イラストで
楽しくわかる

ときめく
百人一首図鑑

立正大学文学部教授
渡邉裕美子 監修

ナツメ社

もくじ

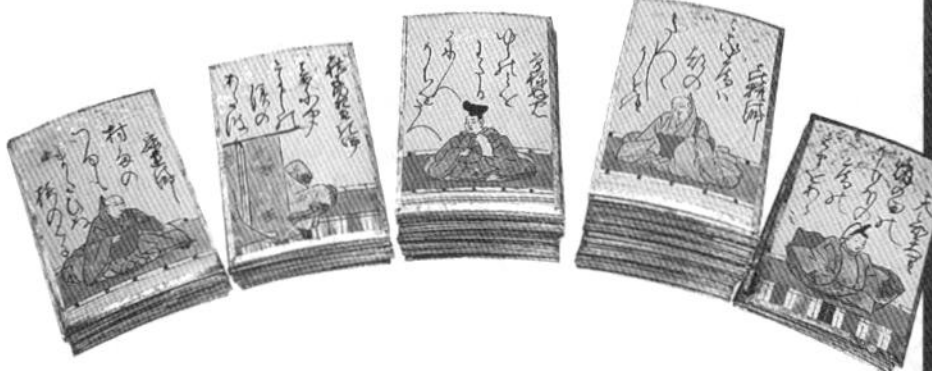

鎌倉時代 192

本書の見方

かかわりのある人物
血縁関係や交友関係など、作者のかかわりのある人物を載せています。

出典
該当する和歌集に色がついています。

キーワード
イラストや図表、地図を使って、和歌の用語解説や歴史的背景、関連情報、歌枕などを解説しています。

和歌の意味
和歌の現代語訳を載せています。

和歌
和歌の本文は基本的に堯孝《ぎょうこう》筆本に拠って示し、ルビは歴史的仮名遣いを使用しています。

歌番号
『百人一首』における歌番号です。

時代
作者が活躍した時代に色がついています。

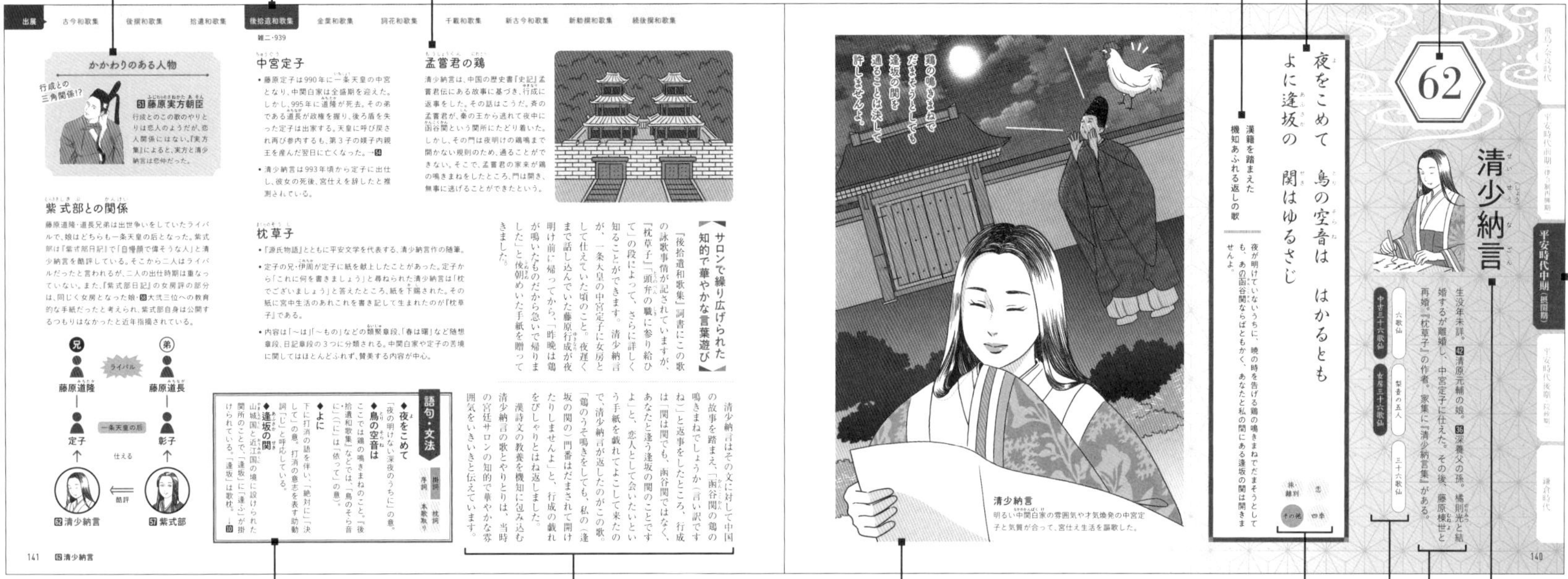

語句・文法
語句や文法の注釈です。該当する技法には色がついています。

和歌の解説・鑑賞
最新の研究成果をもとに和歌を解説しています。

イメージイラスト
各和歌のイメージイラストと補足説明を載せています。

部立《ぶたて》
出典からの情報をもとに該当する部類に色がついています。

歌仙
作者が該当する歌仙に色がついています。

作者プロフィール
生没年、経歴、著作など、作者の基本情報を載せています。

作者名
『百人一首』における作者名です。歴史的仮名遣いを使用し、( )で現代仮名遣いを載せています。

はじめに

『百人一首』ほど、広く愛されている古典はないでしょう。歌を覚えることが、冬休みの宿題だったという方は多いのではないでしょうか。さらに、これが藤原定家《ていか》の撰で、蓮生《れんしょう》という親戚に依頼された、障子《しょうじ》（襖《ふすま》）絵に添えるための歌だったと、ご存じの方もいらっしゃるでしょう。

　そんな古典に、今さら何か新しい話題なんてあるの？　と　思われるかもしれません。ですが、古典というものは、作者の生きていた世界の解像度が上がり、使われている言葉への理解が深まることによって、どんどんヨミが更新されていくものなのです。

　最近の最も大きな話題は、『百人一首』の成立についてです。

『百人一首』には、『百人秀歌《しゅうか》』という双子の兄弟のような作品があることが、研究者の間ではよく知られていました。最も大きな違いは、最後の後鳥羽院・順徳院の二首が、『秀歌』には入っていないということです。この二人は、承久の乱で配流になった天皇です。そのため、成立については、さまざまに考えられてきました。

ただし、あれこれ説は分かれても、どちらも定家撰とすることでは、ほぼ一致していました。ところが、『秀歌』は定家が個人的に蓮生にプレゼントしたもの、『一首』は定家の撰ではなく、のちの人が改訂したものだということが明らかになったのです！

　では、『百人一首』の価値が落ちるのかといえば、そんなことはまったくありません。歌は97首まで一致しますから、歌のセレクションはほとんど定家のままです。後鳥羽・順徳の歌のほかに大きく違うのは、歌の並び方です。『一首』は、広く人々の心をとらえるように工夫を凝らし、あちこちに劇的な仕掛けをほどこしています。

　本書では、成立をめぐってだけでなく、一首一首の歌についても、最新の研究成果を反映するよう努めました。ですが、小難しい理屈を並べているわけではありません。

　新しい『百人一首』の世界を、どうぞ心ゆくまでお楽しみください。

＊成立論の詳細など、田渕句美子氏『百人一首―編纂が開く小宇宙』（岩波文庫）を、ぜひ併せてお読みください。

２０２４年１月　渡邉裕美子（立正大学教授）

『百人一首』ワールドへようこそ！

知っておくと百倍楽しめる基礎知識

百人の歌人が詠んだ和歌を一人につき一首ずつ選んで編まれた秀歌撰『百人一首』。古くから撰者と考えられてきた鎌倉時代前期の歌人・97藤原定家の京都・小倉山（→26）の山荘に深い関係があると考えられていたこともあり「小倉百人一首」と呼ばれ、江戸時代以降、お正月の遊びとなったかるたとして、現代でも多くの人に親しまれています。古代から中世にかけての名高い歌人たちの秀歌を集めた詞華集《アンソロジー》、その珠玉の名歌をより楽しく味わうためのポイントを紹介します。

Point❶ 数字《すうじ》でみる『百人一首《ひゃくにんいっしゅ》』

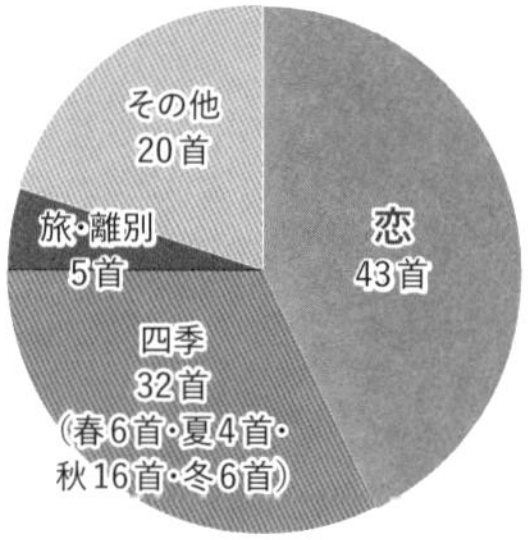

『百人一首』には、「部《ぶ》立《たて》」（テーマ別の分類）や「詞書《ことばがき》」（どんなときに詠んだかという前書き）はない。勅撰和歌集の部立でその内容を示すと、恋歌が多い点が特徴。

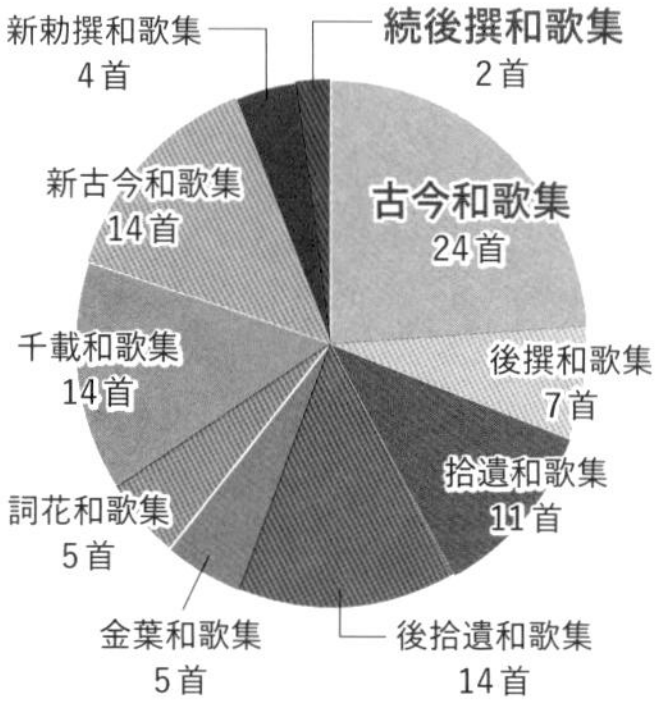

『百人一首』の和歌の出典は、すべて平安時代～鎌倉時代初期に成立した勅撰和歌集。最多は『古今和歌集』の24首で、最少は『続後撰和歌集』の２首（99後鳥羽院・100順徳院→P.13）。

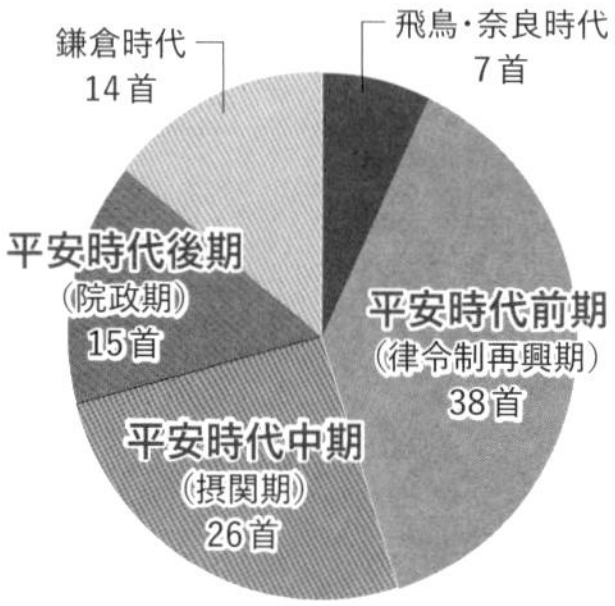

『百人一首』の歌人は、歌番号１番の天智天皇から100番の順徳院までおおよそ時代順に並んでいる。大半は平安時代の歌人。時代によって活躍の舞台である歌壇が移り変わる。

『百人一首』の番号	『百人秀歌』の番号	初句	作者	出典
1	1	秋の田の	天智天皇	後撰
2	2	春過ぎて	持統天皇	新古今
3	3	あしびきの	柿本人麿	拾遺
4	4	田子の浦に	山部赤人	新古今
5	8	奥山に	猿丸大夫	古今
6	5	かささぎの	中納言家持	新古今
7	6	天の原	阿倍仲麿	古今
8	14	わが庵は	喜撰法師	古今
9	13	花の色は	小野小町	古今
10	16	これやこの	蟬丸	後撰
11	7	わたの原	参議篁	古今
12	15	天つ風	僧正遍昭	古今
13	12	筑波嶺の	陽成院	後撰
14	17	陸奥の	河原左大臣	古今
15	18	君がため	光孝天皇	古今
16	9	立ち別れ	中納言行平	古今
17	10	ちはやぶる	在原業平朝臣	古今
18	11	住の江の	藤原敏行朝臣	古今
19	19	難波潟	伊勢	新古今
20	20	わびぬれば	元良親王	後撰
21	22	今来むと	素性法師	古今
22	27	吹くからに	文屋康秀	古今
23	30	月見れば	大江千里	古今
24	23	このたびは	菅家	古今
25	35	名にし負はば	三条右大臣	後撰
26	34	小倉山	貞信公	拾遺
27	36	みかの原	中納言兼輔	新古今
28	21	山里は	源宗于朝臣	古今
29	25	心あてに	凡河内躬恒	古今
30	24	有明の	壬生忠岑	古今
31	29	朝ぼらけ	坂上是則	古今
32	32	山川に	春道列樹	古今
33	26	久方の	紀友則	古今
34	31	誰をかも	藤原興風	古今
35	28	人はいさ	紀貫之	古今
36	33	夏の夜は	清原深養父	古今
37	38	白露に	文屋朝康	後撰
38	39	忘らるる	右近	拾遺
39	37	浅茅生の	参議等	後撰
40	41	忍ぶれど	平兼盛	拾遺
41	42	恋すてふ	壬生忠見	拾遺
42	45	契りきな	清原元輔	後拾遺
43	40	逢ひ見ての	権中納言敦忠	拾遺
44	44	逢ふことの	中納言朝忠	拾遺
45	43	あはれとも	謙徳公	拾遺
46	47	由良の門を	曽禰好忠	新古今
47	52	八重葎	恵慶法師	拾遺
48	46	風をいたみ	源重之	詞花

Point❷『百人一首《ひゃくにんいっしゅ》』の成立《せいりつ》

『百人一首』成立の事情については、古くから諸説あり、今なお不明な点が残っている。最新の研究では、定家が撰者の歌集『百人秀歌』が『百人一首』の原撰本（プロトタイプ）であり、のちの人が改訂して今日の形になったと考えられている。

Point❸『百人秀歌《ひゃくにんしゅうか》』とは？

定家の日記『明月記《めいげつき》』によると、1235年５月27日に定家が「古来の人の歌各一首」を蓮生《れんしょう》（宇都宮頼綱《よりつな》）の山荘の障子を飾る色紙形を書いて送ったとある。そのもととなったのが『百人秀歌』で、定家は15～20首程度を選んで、染筆したと考えられる。『百人一首』と比べると、97首の歌が一致している。合計101首と１首多く、後鳥羽院と順徳院の２首がない代わりに、別の３首が入っている。また、74源俊頼は歌が異なる。表にすると、下のとおり。

Point❹和歌《わか》の教科書《きょうかしょ》

追加された歌を除いたとしても、定家の和歌セレクトは実に多彩で多様である。掛詞や序詞、縁語に歌枕などのさまざまな技法が用いられた歌、歌人の人生を象徴するような歌、恋歌や四季歌、述懐の歌、貴族や女房、僧侶などさまざまな歌人が詠んだ歌…と、和歌を学ぶ教材として最適な性格をもっている。実際に中世以降、和歌の奥義《おうぎ》を伝える際に使われたり、近世には女性や子ども用の教科書のような本が非常にたくさん作られた。

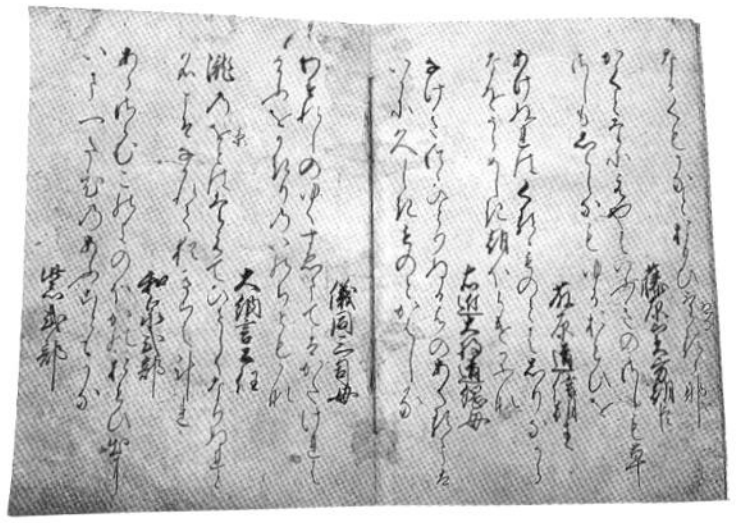

室町時代末に書写された百人一首の本（応胤法親王《おういんほっしんのう》筆）。
提供◎渡邉裕美子

Point❺『百人一首《ひゃくにんいっしゅ》』配列《はいれつ》の妙《みょう》

『百人一首』では、定家が選んだ秀歌が絶妙に配列されている。1・2と99・100を天皇の親子としたり、歌聖と大才歌人を巻頭・巻末で対に並べたり、歌合で対決した作者の歌を続けたり、サロンに仕えていた女房たちの歌をまとめたり…。その配列は一見、時代順に並べただけに見えるが、実は緻密に計算されており、その秀逸さによって、『百人一首』は時代を超えて広く楽しまれる魅力をもったのである。

Point❻『百人一首《ひゃくにんいっしゅ》』の歌仙絵《かせんえ》

三十六歌仙などの有名な歌人の姿を描き、その絵に代表的な和歌などを書き添えた「歌仙絵」。かるたでは当たり前で、頓阿《とんあ》の『水蛙眼目《すいあがんもく》』に「嵯峨の山荘の障子に、上古以来の歌仙百人のにせ絵を書て、各一首の歌をかきそへられたる」とあることから『百人一首』成立当時から歌仙絵は伴っており、それを描いたのは似絵の名手・藤原信実《のぶざね》だと主張されることが多かった。しかし、定家の時代に障子（襖《ふすま》）の絵として楽しむのはまだ一般的ではなく、歌仙絵と一緒に楽しむのは、もう少し時代が下ると考えられている。

近世前期の百人一首かるた。
提供◎渡邉裕美子

49	48	みかきもり	大中臣能宣朝臣	詞花
50	49	君がため	藤原義孝	後拾遺
51	50	かくとだに	藤原実方朝臣	後拾遺
52	51	明けぬれば	藤原道信朝臣	後拾遺
53	56	嘆きつつ	右大将道綱母	拾遺
54	55	忘れじの	儀同三司母	新古今
55	59	滝の音は	大納言公任	千載
56	61	あらざらむ	和泉式部	後拾遺
57	64	めぐり逢ひて	紫式部	新古今
58	62	有馬山	大弐三位	後拾遺
59	63	やすらはで	赤染衛門	後拾遺
60	66	大江山	小式部内侍	金葉
61	65	いにしへの	伊勢大輔	詞花
62	60	夜をこめて	清少納言	後拾遺
63	68	今はただ	左京大夫道雅	後拾遺
64	67	朝ぼらけ	権中納言定頼	千載
65	75	恨みわび	相模	後拾遺
66	71	もろともに	大僧正行尊	金葉
67	69	春の夜の	周防内侍	千載
68	54	心にも	三条院	後拾遺
69	57	嵐吹く	能因法師	後拾遺
70	58	さびしさに	良暹法師	後拾遺
71	70	夕されば	大納言経信	金葉
72	74	音に聞く	祐子内親王家紀伊	金葉
73	72	高砂の	権中納言匡房	後拾遺
74	76	**憂かりける**	**源俊頼朝臣**	**千載**
75	82	契りおきし	藤原基俊	千載
76	79	わたの原	法性寺入道前関白太政大臣	詞花
77	77	瀬を早み	崇徳院	詞花
78	81	淡路島	源兼昌	金葉
79	80	秋風に	左京大夫顕輔	新古今
80	78	長からむ	待賢門院堀河	千載
81	86	ほととぎす	後徳大寺左大臣	千載
82	83	思ひわび	道因法師	千載
83	87	世の中よ	皇太后宮大夫俊成	千載
84	84	長らへば	藤原清輔朝臣	新古今
85	85	よもすがら	俊恵法師	千載
86	88	嘆けとて	西行法師	千載
87	93	村雨の	寂蓮法師	新古今
88	89	難波江の	皇嘉門院別当	千載
89	92	玉の緒よ	式子内親王	新古今
90	91	見せばやな	殷富門院大輔	千載
91	95	きりぎりす	後京極摂政前太政大臣	新古今
92	94	わが袖は	二条院讃岐	千載
93	98	世の中は	鎌倉右大臣	新勅撰
94	97	み吉野の	参議雅経	新古今
95	96	おほけなく	前大僧正慈円	千載
96	101	花さそふ	入道前太政大臣	新勅撰
97	100	来ぬ人を	権中納言定家	新勅撰
98	99	風そよぐ	従二位家隆	新勅撰
99	未収録	**人もをし**	**後鳥羽院**	**続後撰**
100	未収録	**ももしきや**	**順徳院**	**続後撰**
未収録	53	夜もすがら	藤原定子	後拾遺
未収録	73	春日野の	源国信（権中納言国信）	新古今
未収録	90	紀の国の	藤原長方	新古今

飛鳥・奈良時代

❶天智天皇

❷持統天皇

❸柿本人麿（丸）

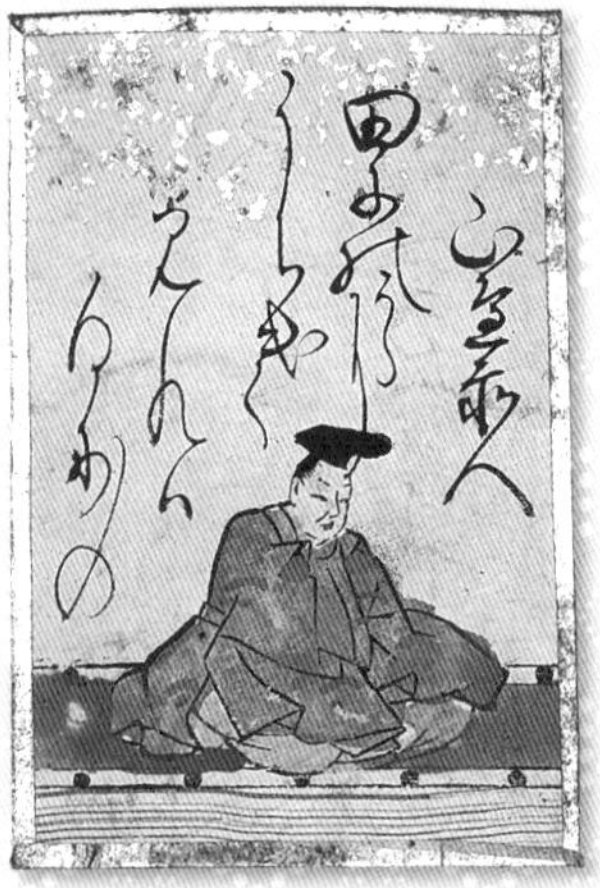

❹山部（辺）赤人

❖歴史年表

西暦	和暦	天皇	できごと
593	推古天皇元年	推古天皇	**聖徳太子**が推古天皇の摂政になる（〜622年）
603	推古天皇11年		**冠位十二階**が制定される
604	推古天皇12年		**十七条の憲法**が制定される
607	推古天皇15年		**小野妹子**が隋に派遣される（**遣隋使**） **法隆寺**が建立される
629	舒明天皇元年	舒明天皇	
630	舒明天皇2年		**犬上御田鍬**が唐に派遣される（**遣唐使**／〜893年）
642	皇極天皇元年	皇極天皇	
645	皇極天皇4年		**蘇我入鹿**が**中大兄皇子**・**中臣鎌足**に暗殺される（乙巳の変）
	大化元年	孝徳天皇	**大化の改新**
655	斉明天皇元年	斉明天皇	
668	天智天皇7年	❶**天智天皇**	
672	弘文天皇元年	弘文天皇	**壬申の乱**が起こる
	天武天皇元年	天武天皇	飛鳥京に遷都
687	持統天皇元年	❷**持統天皇**	
692	持統天皇6年		**班田収授法**が制定される
694	持統天皇8年		**藤原京**に遷都
697	文武天皇元年	文武天皇	
701	大宝元年		**大宝律令**が制定される
707	慶雲4年	元明天皇	
710	和銅3年		**平城京**に遷都
712	和銅5年		**『古事記』**ができる
715	霊亀元年	元正天皇	
720	養老4年		**『日本書紀』**ができる
723	養老7年		**三世一身法**が施行される
724	神亀元年	聖武天皇	
741	天平13年		全国に**国分寺**や**国分尼寺**が建立される
743	天平15年		**墾田永年私財法**が施行される **大仏建立の詔**が発布される
749	天平勝宝元年	孝謙天皇	
752	天平勝宝4年		**東大寺大仏**が完成
754	天平勝宝6年		**鑑真**が来日して律宗を伝える
756	天平勝宝8年		**正倉院**が完成
758	天平宝字2年	淳仁天皇	
759	天平宝字3年		鑑真により奈良に**唐招提寺**が建立される
764	天平宝字8年	称徳天皇	
770	宝亀元年	光仁天皇	
781	天応元年	桓武天皇	
784	延暦3年		**長岡京**に遷都

コラム 勅撰和歌集

歌集には、個人の和歌を集めた私家集と、複数の歌人の和歌を集めた勅撰集・私撰集があり、勅撰和歌集とは、天皇・上皇の命により編纂された歌集のこと。平安時代の905（延喜5）年成立『古今和歌集』から、室町時代の1439（永享11）年成立『新続古今《しんしょくこきん》和歌集』までの534年間で、21の勅撰和歌集が編纂された。このことから「二十一代集」と総称される。97藤原定家はそのうち9の勅撰集から『百人一首』に入れる歌を選んだ。『続後撰和歌集』だけは、定家没後の成立。

❶ 古今和歌集《こきんわかしゅう》

◎成立年：905年頃　◎下命者：醍醐《だいご》天皇
◎撰者：29大河内躬恒／30壬生忠岑／33紀友則／35紀貫之
◎『百人一首』収録歌：24首

5猿丸大夫　7安倍仲麿　8喜撰法師　9小野小町
11参議篁　12僧正遍昭　14河原左大臣　15光孝天皇
16中納言行平　17在原業平朝臣　18藤原敏行朝臣
21素性法師　22文屋康秀　23大江千里　24菅家
28源宗于朝臣　29凡河内躬恒　30壬生忠岑　31坂上是則
32春道列樹　33紀友則　34藤原興風　35紀貫之

❷ 後撰和歌集《ごせんわかしゅう》

◎成立年：953年頃　◎下命者：村上《むらかみ》天皇
◎撰者：42清原元輔／49大中臣能宣／源 順《したごう》／紀時文《ときふみ》／坂上望城《もちき》　◎『百人一首』収録歌：7首

1天智天皇　10蝉丸　13陽成院　20元良親王
25三条右大臣　37文屋朝康　39参議等

❸ 拾遺和歌集《しゅういわかしゅう》

◎成立年：1005年頃　◎下命者：花山院《かざんいん》？
◎撰者：55藤原公任撰『拾遺抄』を補い、花山院と側近で編か？　◎『百人一首』収録歌：10首

3柿本人麿　26貞信公　38右近　40平兼盛
41壬生忠見　43権中納言敦忠　44中納言朝忠
45謙徳公　47恵慶法師　53右大将道綱母

❹ 後拾遺和歌集《ごしゅういわかしゅう》

◎成立年：1086年　◎下命者：白河《しらかわ》天皇
◎撰者：藤原通俊《みちとし》　◎『百人一首』収録歌：14首

42清原元輔　50藤原義孝　51藤原実方朝臣
52藤原道信朝臣　56和泉式部　58大弐三位
59赤染衛門　62清少納言　63左京大夫道雅　65相模
68三条院　69能因法師　70良暹法師　73権中納言匡房

❺ 金葉和歌集《きんようわかしゅう》

◎成立年：1124年初奏・1125年再奏・1126年三奏
◎下命者：白河院《しらかわいん》　◎撰者：74源俊頼
◎『百人一首』収録歌：5首

60小式部内侍　66大僧正行尊　71大納言経信
72祐子内親王家紀伊　78源兼昌

❻ 詞花和歌集《しかわかしゅう》

◎成立年：1151年　◎下命者：77崇徳院
◎撰者：79藤原顕輔　◎『百人一首』収録歌：5首

48源重之　49大中臣能宣　61伊勢大輔
76法性寺入道前関白太政大臣　77崇徳院

❼ 千載和歌集《せんざいわかしゅう》

◎成立年：1187年　◎下命者：後白河院《ごしらかわいん》
◎撰者：83藤原俊成　◎『百人一首』収録歌：15首

55大納言公任　64権中納言定頼　67周防内侍
74源俊頼朝臣　75藤原基俊　80待賢門院堀河
81後徳大寺左大臣　82道因法師　83皇太后宮大夫俊成
85俊恵法師　86西行法師　88皇嘉門院別当
90殷富門院大輔　92二条院讃岐　95前大僧正慈円

❽ 新古今和歌集《しんこきんわかしゅう》

◎成立年：1205年　◎下命者：99後鳥羽院
◎撰者：94藤原雅経／97藤原定家／98藤原家隆／源通具《みちとも》／藤原有家《ありいえ》　◎『百人一首』収録歌：14首

2持統天皇　4山部赤人　6中納言家持
19伊勢　27中納言兼輔　46曾禰好忠
54儀同三司母　57紫式部　79左京大夫顕輔
84藤原清輔朝臣　87寂蓮法師　89式子内親王
91後京極摂政前太政大臣　94参議雅経

❾ 新勅撰和歌集《しんちょくせんわかしゅう》

◎成立年：1235年　◎下命者：後堀河《ごほりかわ》天皇
◎撰者：97藤原定家　◎『百人一首』収録歌：4首

93鎌倉右大臣　96入道前太政大臣
97権中納言定家　98従二位家隆

❿ 続後撰和歌集《しょくごせんわかしゅう》

◎成立年：1251年　◎下命者：後嵯峨院《ごさがいん》
◎撰者：藤原為家《ためいえ》　◎『百人一首』収録歌：2首

99後鳥羽院　100順徳院

1

天《てん》智《ぢ（じ）》天《てん》皇《わう（のう）》

626〜671年。第38代天皇。中大兄皇子《なかのおおえのおうじ》の時代に、中《なか》臣鎌足《とみのかまたり》とともに蘇我《そが》氏を倒し、大化の改新を断行。翌年、即位。庚午年籍《こうごねんじゃく》（戸籍）の作成や近江令《おうみりょう》の制定などを行う。

六歌仙
梨壺の五人
三十六歌仙
中古三十六歌仙
女房三十六歌仙

秋《あき》の田《た》の　かりほの庵《いほ》の　とまをあらみ
わがころもでは　露《つゆ》にぬれつつ

秋の農民のわびしげな様子を情感を込めて詠んだ歌

秋の田のほとりに造った仮の小屋の、屋根を葺《ふ》いた苫《とま》の目が粗いので、私の袖は夜露に濡れに濡れ続けているよ。

恋
旅・離別
四季
その他

仮庵《かりほ》
農民たちは収穫の時期になると大切な稲を動物に奪われないよう、一晩中、田んぼのそばの粗末な仮小屋で番をしていた。

藤原氏《ふじわらし》

古代より藤原氏は朝廷に圧倒的な勢力を保っていたため、『百人一首』には藤原姓をもつ人物が34人も登場する。藤原氏は、天智天皇が中臣鎌足に「藤原」の姓を与えたことに始まる。そして、鎌足の子・不比等《ふひと》が娘を2持統天皇の孫・文武《もんむ》天皇の夫人としたことにより、藤原氏は天皇家との関係を深めていった。

18番	藤原敏行朝臣
19番	伊勢（藤原継蔭の娘）
25番	三条右大臣（藤原定方）
26番	貞信公（藤原忠平）
27番	中納言兼輔（藤沢兼輔）
34番	藤原興風
43番	権中納言敦忠（藤原敦忠）
44番	中納言朝忠（藤原朝忠）
45番	謙徳公（藤原伊尹）
50番	藤原義孝
51番	藤原実方朝臣
52番	藤原道信朝臣（藤原道信）
53番	右大将道綱母（藤原道綱の母）
54番	儀同三司母（藤原道隆の妻）
55番	大納言公任（藤原公任）
57番	紫式部（藤原為時の娘）
58番	大弐三位（藤原賢子）

63番	左京大夫道雅（藤原道雅）
64番	権中納言定頼（藤原定頼）
75番	藤原基俊
76番	法性寺入道前関白太政大臣（藤原忠通）
79番	左京大夫顕輔（藤原顕輔）
81番	後徳大寺左大臣（藤原実定）
82番	道因法師（藤原敦頼）
83番	皇太后宮大夫俊成（藤原俊成）
84番	藤原清輔朝臣
87番	寂蓮法師（藤原定長）
91番	後京極摂政前太政大臣（藤原良経）
94番	参議雅経（藤原雅経）
95番	前大僧正慈円
96番	入道前太政大臣（藤原公経）
97番	権中納言定家（藤原定家）
98番	従二位家隆（藤原家隆）

露《つゆ》

『百人一首』には「露」が詠み込まれた歌が4首（1 37 75 87）ある。和歌では秋季に草木の上に置く露を詠むことが非常に多い。露を「玉」や「涙」に見立てる歌も多くある。また、すぐに消えてしまうことから、はかなさの比喩に用いられる。「消ゆ」「散る」「置く」などの動詞を伴うことが多い。

かかわりのある人物

2 持統天皇《じとうてんのう》

3人めの女性天皇であり、天武天皇の皇后。藤原京を造営するなど、政治家として優れた才能を発揮した。

歌語《かご》（歌《うた》ことば）

和歌に用いられる言葉。特に鶴を「たづ」、蛙を「かわず」など、和歌を詠むときだけに使われる言葉を指すことが多い。広くは、四季の景物、枕詞、序詞、掛詞などもいう。

天皇《てんのう》

『百人一首』には、全部で8人の天皇の歌が載っている（下表）。「院」とは、天皇を退いた上皇の尊称。上皇の御所を「院」といったが、転じて上皇の別称となった。

1番	天智天皇
2番	持統天皇
13番	陽成院
15番	光孝天皇
68番	三条院
77番	崇徳院
99番	後鳥羽院
100番	順徳院

私の袖が露で濡れぼそっていく秋の今

『後撰和歌集』「秋中」に、「題しらず　天智天皇御製」とあるのが出典です。『万葉集』（巻十）の「秋《あき》田《た》刈《か》る仮廬《かりほ》を作《つく》り我《わ》が居《を》れば衣手《ころもで》寒《さむ》く露《つゆ》ぞ置《お》きにける」が原歌で、もともとは天智天皇の作った歌ではないと考えられています。平安王朝の天皇の血脈が天智系であったため、敬う意味を込めて、庶民を思いやる天智の歌として『百人一首』では1番に据えられています。

『万葉集』では「露ぞ置きにける」と露で濡れてしまったことを強調して農民の嘆きが素朴に歌われていますが、この歌では王朝らしい雅な美意識のもと語調が整えられ、優しく穏やかな印象をもつ歌となっています。秋の田の風景と粗い苫の目、そこから漏れる露が「つつ」と時間の経過を伴って詠嘆的に表されることによって、秋の歌らしい寂寥やわびしさが表現されているのです。

語句・文法

掛詞　序詞　枕詞　本歌取り

◆かりほの庵《いほ》

農作業のための粗末な仮小屋。「仮庵《かりほ》の庵」は重ね詞で語調を整えている。

◆とまをあらみ

苫《とま》は、菅《すげ》や茅《かや》を編んだもの。主に屋根を葺くのに用いる。「苫の目が粗いので」の意。「名詞＋を（間投助詞）＋形容詞の語幹＋み（接尾語）」という形で、「～が～なので」を表す。ほかに、48「風をいたみ」、77「瀬を早み」の例がある。

◆ころもで

衣手。袖のこと。

◆つつ

動作の継続・反復を表す接続助詞。

2

持《ぢ(じ)》統《とう》天《てん》皇《わう(のう)》

645〜702年。第41代天皇。天智《てんじ》天皇の娘。壬申《じんしん》の乱で天武《てんむ》天皇が即位すると皇后となり、その崩御後に天皇になった。初めて上皇（太上《だいじょう》天皇）を名乗った人物。

三十六歌仙
六歌仙
梨壺の五人
中古三十六歌仙
女房三十六歌仙

春《はる》過《す》ぎて　夏来《なつき》にけらし　白妙《しろたへ》の　衣《ころも》ほすてふ　天《あま》の香具山《かぐやま》

天の香具山に干される白い衣を見て夏を実感する歌

春が過ぎて、いつの間にか夏が来たらしい。白妙の衣を干すというあの天の香具山に白い衣が干してあるよ。

旅・離別　恋　その他　四季

天の香具山に
白い衣が干されている。
もう夏がやって来たのね…。

持統天皇
この歌は飛鳥から北に香具山を見て詠んだ可能性が高い。その後、持統天皇が遷都した藤原京は大和三山に囲まれており、東南の方角に香具山が見えた。

歌枕《うたまくら》

もともとは、歌を詠むときによく用いられる言葉やその解説書を指した。平安時代後期頃から、特に歌によく詠まれる諸国の地名や、その地名を集めた書物を指すことが多くなる。→P.193

天《あま》の香具山《かぐやま》 歌枕

奈良県橿原《かしはら》市にある山で、大和三山の一つ。『伊予国風土記《いよのくにふどき》』逸文には、「天の香具山」は天上から降りてきたという伝承が記されており、古代には天皇の「国見」が行われた。時代が下ると、この山がどこにあるか知る人がいない(『五代集歌枕』)とされたり、天の岩戸神話と結びつけられ、「あまりにも高い山で、空の香が漂ってくる」(『八雲御抄《やくもみしょう》』)と記されたりする。

かかわりのある人物

❶天智天皇《てんじてんのう》

中大兄皇子とも。中臣鎌足と蘇我氏を滅ぼし、大化の改新を行った。

衣《ころも》

14世紀の『詞林采葉抄《しりんさいようしょう》』(由阿《ゆうあ》著)は、この歌の注として、甘樫《あまかし》の明神が人の虚実を調べるために、衣を神水《じんすい》に浸して干したという伝承を記す。

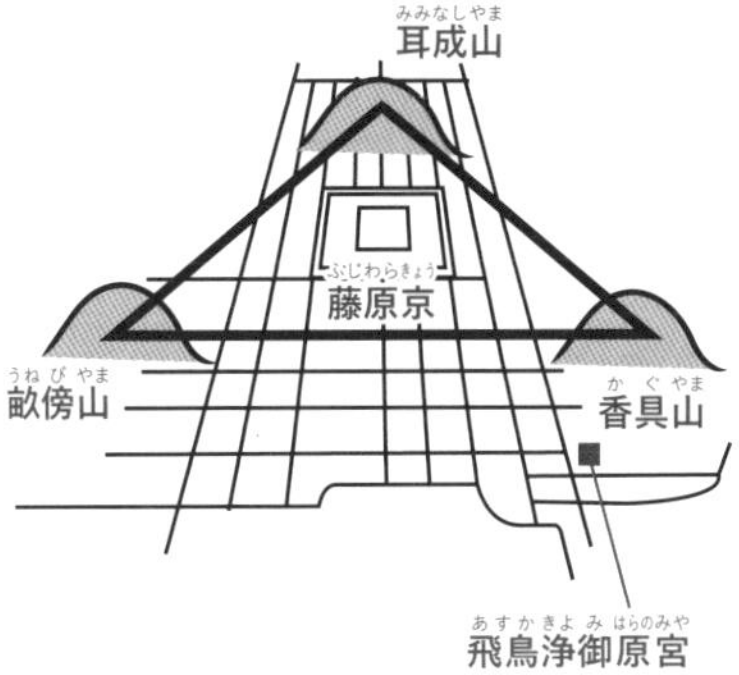

大和三山《やまとさんざん》

香具山、耳成山《みみなしやま》、畝傍山《うねびやま》を3つ合わせた呼び方。大和三山は奈良県飛鳥地方にあり、古来信仰の対象。藤原京は大和三山の内に造られた。中大兄皇子(❶天智天皇)が弟の大海人皇子《おおあまのおうじ》(天武天皇)と額田王《ぬかたのおおきみ》を争ったことを踏まえて詠んだとされる。「香具山は畝傍《うねび》ををしと耳梨《みみなし》と相争《あひあらそ》ひき神代《かみよ》よりかくにあるらし…」(『万葉集』巻1)の歌が有名。

香具山に干してあるという衣に夏を感じる

『新古今和歌集』「夏」に「題しらず　持統天皇御製」とあるのが出典で、『万葉集』(巻一)の「春過《はるす》ぎて夏来《なつき》たるらし白妙《しろたへ》の衣《ころも》ほしたり天《あめ》の香具山《かぐやま》」が原歌です。『万葉集』では「ほしたり」=「今衣を干している」という初夏のすがすがしい情景を見たまま歌にしているのに対し、『新古今和歌集』では「ほすてふ」と伝聞表現になっています。

「天の香具山」は万葉の時代には身近な神聖な山でしたが、平安京に遷都し、時代が下ると、実在の山を離れて遠い神話の時代の山としてイメージされるようになります。白妙の衣を干す天の香具山の伝承に思いを馳せつつ夏の到来を感じる、そんな歌となっているのです。語調も「来たるらし」から「来にけらし」とやわらかになっています。

また、この歌は『新古今和歌集』では夏の部立の巻頭に載せられて、「更衣の歌」と位置づけられています。

語句・文法

掛詞　枕詞　序詞　本歌取り

◆来《き》にけらし
「来たらしい」の意。「けらし」は「けるらし」を縮めた形。「ける」は過去、「らし」は推量の助動詞。

◆白妙《しろたへ》の
「白栲《しろたえ》」は、コウゾの木の皮の繊維で織った白い布のこと。白色の意でも用いられる。「白妙の」は「衣」の枕詞として用いられるが、ここでは本来の意味。

◆ほすてふ
「干すといふ」を縮めた形。

◆天《あま》の香具山《かぐやま》
歌枕。『万葉集』では「あめの」と読む。

3

柿本人麿《かきのもとのひとまろ》

生没年未詳。持統《じとう》・文武《もんむ》天皇の時代の宮廷歌人。下級官人だったとされるが詳細は不明。『万葉集』を代表する歌人で、のちに「歌聖」として崇《あが》められた。

三十六歌仙

六歌仙 / 梨壺の五人 / 中古三十六歌仙 / 女房三十六歌仙

あしびきの　山鳥《やまどり》の尾《を》の　しだり尾《を》の
ながながし夜《よ》を　ひとりかも寝《ね》む

長い夜を山鳥の尾と重ねて、一人寝のわびしさを詠んだ歌

山鳥の、その長く垂れ下がった尾のように長々しい夜を、恋しいあなたと離れて、たった一人で寝ることになるのだろうか。

恋　旅・離別　四季　その他

あの山鳥の尾のように
長い秋の夜をたった一人で寝る
わびしさよ…。

柿本人麿
多くの秀歌を詠じた『万葉集』最大の歌人。

恋三・778

一人で過ごすなんと長くて寂しい夜

『拾遺和歌集』に「題しらず　人麿」とあるのが出典です。原歌は『万葉集』（巻十一）に「或本の歌に曰く」として作者未詳で載っている歌です。これが伝誦されるうちに、いつのまにか人麿の歌ということになりました。

　山鳥の長く垂れ下がった尾を引き合いに出して、寂しく一人寝する秋の夜の長さを印象づけている歌です。山鳥の尾という具体的なイメージで抽象的な夜の長さを表現するところにおもしろみがあります。また、山鳥は夜になると雄と雌が谷を隔てた場所で寝る習性をもつと考えられていました。その習性と、恋人と離れた場所で一人きりの夜を過ごすイメージが重なることで、寂しさや切なさがより深く伝わってくるのです。

　平安時代は恋人の来訪を待ちわびるのは女性です。この歌の作者は人麿とされていますが、女性の立場に立って詠んだ歌という説もあります。ただし、男歌か女歌か、決められない歌もたくさんあり、この歌も「待つ」とは詠んでいないので、どちらか決めずに味わったほうがよさそうです。

あしびきの　山鳥《やまどり》の尾《お》の　しだり尾《お》の
ながながし夜《よ》を　ひとりかも寝《ね》む

序詞：あしびきの　山鳥の尾の　しだり尾の
枕詞：あしびきの
伝えたい思い：ながながし夜を　ひとりかも寝む

序詞《じょことば》

ある語句を引き出すために、イメージや音の連想からその語句の前に置かれる言葉。二句以上三、四句に及ぶ。物に寄せて心を詠むための修辞法。

かかわりのある人物

もう一人の歌聖！

4 山部赤人《やまべのあかひと》

奈良時代初期の宮廷歌人。清澄な叙景歌が高く評価されている。

歌聖《かせい》

最も優れた歌人として尊ばれる人のこと。特に柿本人麿と4山部赤人をいう。『古今和歌集』の仮名序において35紀貫之が人麿を「歌のひじり」と称したことに由来する。人麿は歌神と意識されるようになり、平安時代末期には人麿の画像を掲げ、和歌を献じて供養する「人麿影供《えいぐ》」が行われるようになった。

枕詞《まくらことば》

枕詞は「あしびきの／山」「たらちねの／母」など、あとに続く語句を導く言葉。通常、五音節の一句からなる。本来、呪術的な意味をもっていたと思われるが、語源は不明なことが多い。しかし、意味が不明になっても和歌らしい風情や雰囲気をもち、人々に親しまれてきた。

たらちねの
入れるだけで和歌らしくなるね！

語句・文法

掛詞　序詞　枕詞　本歌取り

◆**あしびきの**
「山」を導く枕詞。古くは「あしひき・の」。

◆**山鳥《やまどり》**
キジ科の鳥。雄は尾が長い。

◆**しだり尾《を》**
長く垂れ下がった尾。

◆**ひとりかも寝《ね》む**
「か」は疑問の係助詞。「も」は詠嘆の間投助詞。「寝《ね》」は下二段活用動詞「寝」の未然形。「む」は推量の助動詞。「か」の結びで連体形。自分に問いかける言い方。

動物《どうぶつ》

『百人一首』のうち、動物が詠み込まれている歌は全部で7首ある（3 5 6 62 78 81 83）。そのうちの5首が鳥で、特に鳴き声を詠む歌が多い。

3番	山鳥
5・83番	鹿
6番	かささぎ
62番	鳥（鶏）
78番	千鳥
81番	ほととぎす

4

山部赤人《やまべのあかひと》

生没年未詳。奈良時代初期の宮廷歌人。宮廷関係の歌を多く残す。特に、自然を美しく詠む叙景歌に優れていた。柿本人麿とともに「歌聖」と称された。 3

六歌仙
梨壺の五人
中古三十六歌仙
女房三十六歌仙
三十六歌仙

田子《たご》の浦《うら》に　うち出《い》でて見《み》れば　白妙《しろたへ》の
富士《ふじ》の高嶺《たかね》に　雪《ゆき》は降《ふ》りつつ

田子の浦から富士山を望み
その美しさを詠んだ歌

田子の浦にうち出でて眺めてみると、真っ白な富士の高嶺に雪が今なお降り続いていることよ。

恋　旅・離別　**四季**　その他

山部赤人
聖武《しょうむ》天皇の行幸《ぎょうこう》のたびに供をして、賛歌を詠んでいる。ただし、この歌は、行幸従賀《じゅうが》以外の作で、各地を旅したことがあったか。

かかわりのある人物

3 柿本人麿《かきのもとのひとまろ》

山部赤人とともに「歌聖」と称され、『万葉集』を代表する歌人。

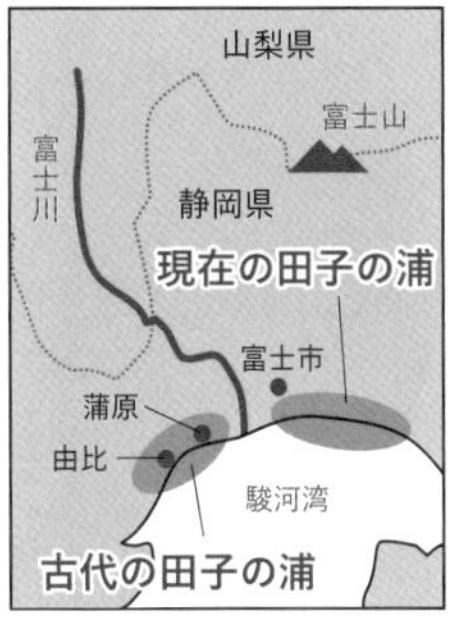

田《た》子《ご》の浦《うら》

歌枕

現在、田子の浦は静岡県富士市の海岸をいうが、古代には蒲原《かんばら》・由比《ゆい》のあたりの駿河湾北西部一帯を指したと考えられている。

雪《ゆき》

この歌は雪がしきりに降り続いていると詠んでいるが、現実には山頂付近の降雪の様子は雲に隠れて遠望できるはずがない。これは想像上の幻想的な風景なのである。

あおぎ見ると今も降り続いている富士の雪

『万葉集』（巻三）の原歌は長歌に付された反歌の「田《た》子《ご》の浦《うら》ゆうち出《い》でてみれば真白《ましろ》にそ富士《ふじ》の高《たか》嶺《ね》に雪《ゆき》は降《ふ》りける」です。『新古今和歌集』と比較してみると、「真白にそ」が「白妙の」、「降りける」が「降りつつ」に変わっています。もとは「真白」と色を直接的に表現していますが、これが「白妙」に変わると、あたかも白妙の衣のような真っ白な雪という比喩になって、やわらかな印象になります。

また、「田子の浦ゆ」と「に」の違いには注意が必要です。「ゆ」は上《じょう》代《だい》（主として奈良時代）にのみ用いられた助詞で、「田子の浦より」の意になります。そうなると、「田子の浦に」うち出たと詠む場合は、田子の浦の位置が変わることになるのです。

『万葉集』の結句の「ける」は今はっと気づいたという詠嘆ですが、「つつ」で終わると、今もしきりに雪が降り続いているという、現実には眺望できない幻想的な風景が描かれることになります。新古今時代には、このような美しい映像の浮かぶ歌が好まれました。

語句・文法

掛詞　枕詞　序詞　本歌取り

◆**田《た》子《ご》の浦《うら》**
駿河（現在の静岡県）の海岸。

◆**うち出《い》でて**
「見えるところに進み出て」の意。

◆**白妙《しろたへ》の**
白い布のこと。ここでは色の白を表す。→1

［長歌］

天地《あめつち》の　分《わ》かれし時《とき》ゆ
神《かむ》さびて　高《たか》く貴《たふと》き
駿河《するが》なる　富士《ふじ》の高嶺《たかね》を
天《あま》の原《はら》　振《ふ》り放《さ》け見《み》れば
渡《わた》る日《ひ》の　影《かげ》も隠《かく》らひ
照《て》る月《つき》の　光《ひかり》も見《み》えず
白雲《しらくも》も　い行《ゆ》きはばかり
時《とき》じくそ　雪《ゆき》は降《ふ》りける
語《かた》り継《つ》ぎ　言《い》ひ継《つ》ぎ行《ゆ》かむ
富士《ふじ》の高嶺《たかね》は

［反歌］

田子《たご》の浦《うら》ゆ
うち出《い》でてみれば
真白《ましろ》にそ
富士《ふじ》の高嶺《たかね》に
雪《ゆき》は降《ふ》りける

山部赤人
〈『万葉集』巻三〉

長歌《ちょうか》／反歌《はんか》

長歌とは、五・七の二句を交互に３回以上続け、最後に七音を添えたもの。長さに決まりはない。反歌は、長歌のあとに添えられる五・七・五・七・七の和歌のこと。『万葉集』に多く見られ、3柿本人麿が形式として完成させた。

5

猿丸《さるまる》太夫《たいふ（たゆう）》

生没年未詳。『古今和歌集』真名序《まなじょ》に名前が見えるのみで、伝未詳。『猿丸太夫集』は、後代『万葉集』などの作者未詳の歌が集められたもの。確実な実作は残っていない。

三十六歌仙
六歌仙
中古三十六歌仙
梨壺の五人
女房三十六歌仙

奥山《おくやま》に　紅葉《もみぢ》踏《ふ》み分《わ》け　鳴《な》く鹿《しか》の
声《こゑ》聞《き》く時《とき》ぞ　秋《あき》は悲《かな》しき

鹿の鳴き声に秋の悲哀を感じる歌

人気《ひとけ》のない奥山で、紅葉を踏み分け妻を求めて鳴く鹿の声を聞くときこそ、いっそう秋は悲しいものと感じられることだ。

旅・離別　恋　その他　四季

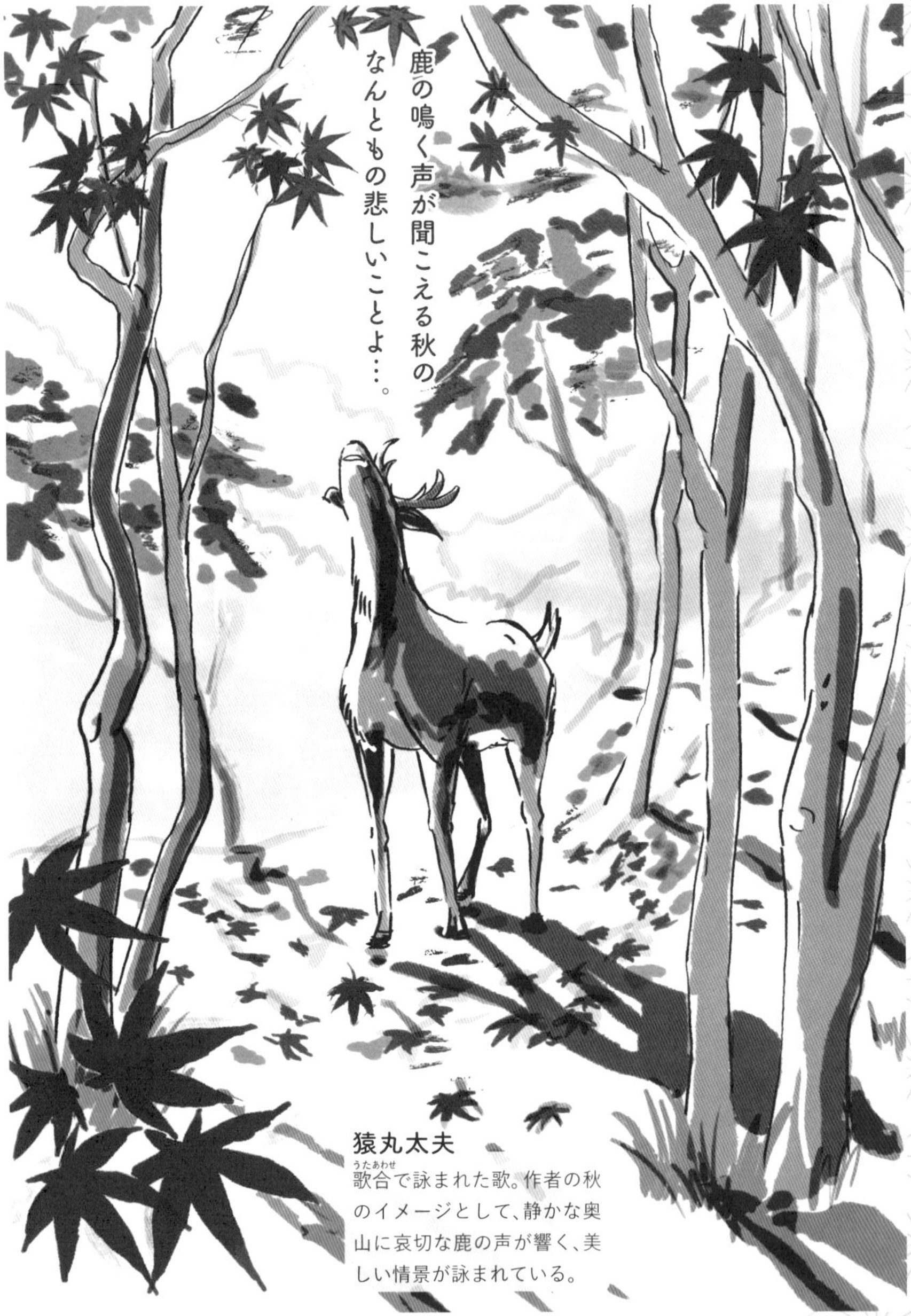
鹿の鳴く声が聞こえる秋の
なんともの悲しいことよ…。

猿丸太夫
歌合《うたあわせ》で詠まれた歌。作者の秋のイメージとして、静かな奥山に哀切な鹿の声が響く、美しい情景が詠まれている。

鳴く鹿に感じる秋のもの悲しさ

この歌は、『古今和歌集』の詞書に「是貞親王《これさだのみこ》の家の歌合の歌」とあって、歌合という催しで詠まれた歌です。作者は「よみ人知らず」。その作者を猿丸太夫としたのは、55藤原公任《きんとう》の秀歌撰『三十六人撰』に拠るかと考えられています。

『古今和歌集』では、この歌は中秋の萩の黄葉の歌群に含まれます。また、この歌を漢詩に翻案した『新撰万葉集』は紅葉を踏み分けるのは鹿ではなくて、人だとしています。しかし、次第に、鹿が紅葉を踏み分け鳴いていると解されるようになりました。

秋とは悲哀や憂いの季節であるという感覚は、中国の「悲秋《ひしゅう》」という概念を取り入れたものですが、この歌が詠まれた9世紀末頃には日本でも根づいていたとわかります。冬に移り変わるにつれて植物や生物が衰えていく秋という季節に、妻を求めて鳴く鹿の切なさを帯びた鳴き声、鹿が紅葉を踏み分ける風景が具体的に描かれて、よりいっそう秋のもの悲しさを引き立てているのです。

また、黄葉から紅葉へと解釈が変わって、静かな奥山の情景に紅の色彩が加わり、映像的に美しい歌として愛されるようになりました。

語句・文法

掛詞 序詞 枕詞 本歌取り

◆**奥山《おくやま》**
人里から離れた山。「端山《はやま》」の対義語。

◆**紅葉《もみぢ》踏《ふ》み分《わ》け**
踏み分ける動作の主語は、鹿とする説と、人とする説がある。

◆**鳴《な》く鹿《しか》**
雄鹿が雌鹿を求めて鳴く。

紅葉《もみじ》

紅葉は古くは「黄葉《もみじ》」と書かれていたが、平安時代になると、徐々に赤く色づく楓《かえで》の「紅葉」が好まれるようになった。後代、「紅葉」と「鹿」の取り合わせは10月の花札にも描かれている。

植物《しょくぶつ》

『百人一首』のうち木(花)が詠み込まれているものは全部で18首。そのうちの6首が桜で、もう6首が紅葉である。桜と紅葉は春と秋を代表する景物として多く登場している。

5番	紅葉
9番	桜
16番	松
17番	紅葉
24番	紅葉
26番	紅葉

29番	菊
32番	紅葉
33番	桜
34番	松
35番	梅
61番	桜

66番	桜
69番	紅葉
73番	桜
87番	真木
96番	桜
98番	楢

三十六歌仙《さんじゅうろっかせん》

平安中期に藤原公任が選んだ36人の優れた歌人。「歌仙」とは優れた歌人のことをいう。これにならって、のちに中古三十六歌仙などがつくられた。三十六歌仙の中で『百人一首』に歌が収められている歌人は下記のとおり。

3番	柿本人麿
4番	山部赤人
5番	猿丸太夫
6番	中納言家持
9番	小野小町
12番	僧正遍昭
17番	在原業平朝臣
18番	藤原敏行朝臣
19番	伊勢
21番	素性法師
27番	中納言兼輔
28番	源宇于朝臣

29番	凡河内躬恒
30番	壬生忠岑
31番	坂上是則
33番	紀友則
34番	藤原興風
35番	紀貫之
40番	平兼盛
41番	壬生忠見
42番	清原元輔
43番	権中納言敦忠
48番	源重之
49番	大中臣能宣朝臣

鹿《しか》

和歌の「鹿」は、鳴き声に焦点があてられている。鳴く鹿の声を切なく情緒のあるものとして、特に離れている妻への恋しさが重ねられることが多い。『百人一首』の中では、この歌と83に鹿が登場する。ちなみに、中国最古の詩集『詩経』の中の「鹿鳴」の詩は来客をもてなす宴会で詠ずる歌として知られ、明治時代に建てられた「鹿鳴館」の名前の由来にもなっている。

6

中納言家持《ちゅうなごんやかもち》

生年未詳～785年。大伴家持《おおとものやかもち》。旅人《たびと》の息子。従三位中納言。父・旅人の死後、由緒ある大伴氏の首長となった。『家持集』は家持の家集だが、確かな家持歌は20首ほど。

三十六歌仙

六歌仙　梨壺の五人

中古三十六歌仙　女房三十六歌仙

**かささぎの　渡《わた》せる橋《はし》に　置《お》く霜《しも》の
白《しろ》きを見《み》れば　夜《よ》ぞ更《ふ》けにける**

七夕のイメージと重ね合わせて冬の夜更けを感じさせる歌

かささぎが翼を連ねて、天の川に架け渡した橋に降りた霜が真っ白なのを見ると、夜もずいぶんと更けてしまったのだなあ。

旅・離別　恋　その他　四季

あの天の川にかささぎが
翼を広げて架けた橋に
真っ白な霜が降りている。
夜が更けたのだなあ。

天の川《あまがわ》
「かささぎの渡せる橋」は七夕伝説を想起させる。

万葉集《まんようしゅう》

奈良時代末期の成立とされる、現存最古の歌集。推古《すいこ》朝以前の歌は伝承性が強く、実質的には7世紀から8世紀半ばの約130年間の歌が20巻に約4,500首収められている。ほとんどの歌は作者未詳で、作者が判明する歌の中では家持の歌が最多。左の表は『万葉集』の作者の歌数ランキング。

1位	作者不明（約2,000首）
2位	6大伴家持（約470首）
3位	3柿本人麿（約90首）
4位	大伴坂上郎女《いらつめ》（約80首）
5位	大伴旅人（約70首）

霜《しも》

秋・冬に気温の降下で空気中の水蒸気が氷の結晶となって地面を白く覆ったもの。身近で美しい自然現象として古くから和歌に非常に多く詠まれた。

大伴旅人《おおとものたびと》

家持の父・旅人は晩年の約2年間、大宰府の長官を務めた。長官当時の邸宅で開かれた「梅花の宴」（『万葉集』巻5）は文学史的意義が高い。その序文の一節をよりどころに、元号「令和」が制定された。

時《とき》に初春《しょしゅん》の令月《れいげつ》にして、気淑《きよ》く風和《かぜやわ》らぐ
梅《うめ》は鏡前《きょうぜん》の粉《こ》を披《ひら》き、蘭《らん》は珮後《はいご》の香《こう》を薫《かお》らす

七夕《たなばた》

7月7日に行う織女星《しょくじょせい》と牽牛星《けんぎゅうせい》を祭る行事。奈良時代に中国から織物や裁縫の上達を願う「乞巧奠《きこうでん》」という習俗が伝来し、日本古来の「たなばたつめ」の伝説と結びついて宮中で行われたのが始まり。近世には民間にも普及し、庭に笹竹を立て、5色の短冊に願いを書いて枝葉に飾り、祈るようになった。

大伴旅人《たびと》（父）
｜

6大伴家持《やかもち》（子）

大伴家持《おおとものやかもち》

衰退しつつある大伴氏の首長としてさまざまな困難に直面し、左遷も含め地方官となって日本各地に下り、政治的には不遇に終わった。家持の歌風は優美で繊細、新しい感覚の歌を多く詠んだ。『万葉集』の巻17以降の4巻は家持の歌日記的な体裁となっており、『万葉集』の最終的な編纂に関わったことが確実視されている。

幻想的で美しく冴え冴えとした冬の情景

この歌は、『家持集』に見え、『新古今和歌集』では家持の歌とされています。しかし、『万葉集』には見えず、本当は家持の作ではないと考えられます。

「かささぎの渡せる橋」とは、七夕の夜、かささぎが羽を重ねて橋となり、牽牛のもとへ織女を渡したという伝説に拠った表現です。冬の夜の澄んだ空に光る天の川を見て、七夕を思い出し、あのかささぎの橋に霜が降りたと想像した情景ということになります。冬の夜空に七夕伝説を重ね合わせることで、幻想的なイメージが沸き上がります。

「寒い」「冷たい」という直接的な形容を使わずに、天の川や霜のイメージを用いて、冴え冴えとした冬の夜空を詠んだ非常に美しい歌と言えるでしょう。

語句・文法

掛詞 枕詞 序詞 本歌取り

◆かささぎの渡《わた》せる橋《はし》
七夕の夜、かささぎが翼を連ねて天の川に橋を架け、織女星を牽牛星に逢わせるという中国の故事に由来する橋。この歌では宮中を天上にたとえて、宮中の御殿の御階《みはし》（階段）のことをいうとする賀茂真淵《かものまぶち》説については近年は否定的。

◆置《お》く霜《しも》の
霜が降りるのは、冬の深夜から未明にかけて。最も寒い時間帯。

◆夜《よ》ぞ更《ふ》けにける
「ける」は過去回想の助動詞「けり」の連体形で、「ぞ」の結び。初めて気づいたという感動を表す。

7

安《あ》倍《べ》仲《のなか》麿《まろ》

701〜770年。吉備真備《きびのまきび》や玄昉《げんぼう》らとともに遣唐留学生《けんとうるがくしょう》として唐へ渡り、帰国できないまま唐で没する。玄宗《げんそう》皇帝に仕え、李白《りはく》・王維《おうい》らとも親交があった。唐名は朝衡《ちょうこう》。

六歌仙　梨壺の五人　三十六歌仙　中古三十六歌仙　女房三十六歌仙

天《あま》の原《はら》　ふりさけ見《み》れば　春日《かすが》なる
三笠《みかさ》の山《やま》に　出《い》でし月《つき》かも

唐で月を見て故郷に思いを馳せた歌

大空を遠く見渡すと月が浮かんでいるのが見えるけれど、あれは故郷の春日にある三笠の山に出ていた月と同じなのだなあ。

旅・離別　恋　その他　四季

あの月は三笠の山に出た月と同じなのだなあ。

阿倍仲麿
僧・鑑真《がんじん》に渡日を要請し、自らも帰国しようとしたが遭難した。

羈旅・406

阿倍仲麿《あべのなかまろ》

正しくは阿倍仲麻呂。遣唐留学生として唐の大学に入った仲麿は、科挙《かきょ》という難しい国家試験に合格し、玄宗皇帝に厚遇された。一度は帰国を拒否されたものの、その後やっと許されて出航したが、難破して安南《あんなん》（現在のベトナム）に漂着。再び唐の朝廷に仕え、故国の土を踏むことなく、そのまま生涯を閉じた。渡唐後、実に54年に及ぶ歳月が流れていた。

遣唐使《けんとうし》

遣隋使のあとを受け、630年以降、日本から唐に送った公式使節。航海には多くの危険を伴ったため、犠牲者も相次いだ。実際に入唐したのは15回。国交や学問・文化の輸入が主な目的である。山上憶良《やまのうえのおくら》も遣唐使として渡唐している。唐が衰微するなど政治外交上の使命が薄れて、894年に24菅原道真の建議によって停止。入唐した最後の遣唐使は834年。

別れを惜しみ故郷を懐かしむ夜

『古今和歌集』の詞書には「唐土《もろこし》にて月を詠みける」とあります。これは仲麿が日本に帰国する前に、中国・唐《とう》での送別の宴の際に月を見て詠んだ歌だと伝えられています。この年は753年で、717年に18歳で入唐してから30年以上過ごした現地での友人たちとの別れの宴でした。人々との別れを惜しみながらもふと空に浮かぶ月を見て、はるか昔の青年時代、唐に渡る前に安全を祈願した三笠山の月を思い出します。「場所は違っても今見ている月はあのときと同じ月なのだ」と帰国を目前にして故郷のことを思い出し、住み慣れた異郷との別れも相まって感傷的な気持ちになっているのでしょう。

しかし、仲麿の乗った船は嵐のため難破してしまい、日本に帰ることはかないませんでした。この歌はのちの遣唐使によって伝えられたといわれています。大らかな古調と浪漫的な気分をもち、多くの平安貴族に愛誦されました。55藤原公任の『和漢朗詠集《わかんろうえいしゅう》』や、83藤原俊成の『古来風体抄《こらいふうていしょう》』などにも載っています。

語句・文法

掛詞　枕詞　序詞　本歌取り

◆**天《あま》の原《はら》**
大空のこと。「原」は広々とした平らな所を指す語。

◆**ふりさけ見《み》れば**
遠くを振り仰ぐこと。

◆**春日《かすが》なる**
「春日にある」の意。春日は奈良県奈良市東部の奈良公園のあたりの地名。

◆**三笠《みかさ》の山《やま》**
奈良市の東方にある山。

◆**出《い》でし月《つき》かも**
記憶にある月と、今見ている月とが、「月かも」という言葉で重なっている。「かも」は上代に用いられた詠嘆の終助詞。

三笠山《みかさやま》 歌枕

大和国（現在の奈良県）の歌枕。現在の春日大社の背後にそびえる山。古くから神体山として信仰された。また、遣唐使の旅の安全を祈る祭祀《さいし》が行われたとされる。

かかわりのある人物

11参議篁《さんぎたかむら》

篁は遣唐副使に任命されたが、遣唐使船への乗船を拒否し、隠岐《おき》に流罪となった。

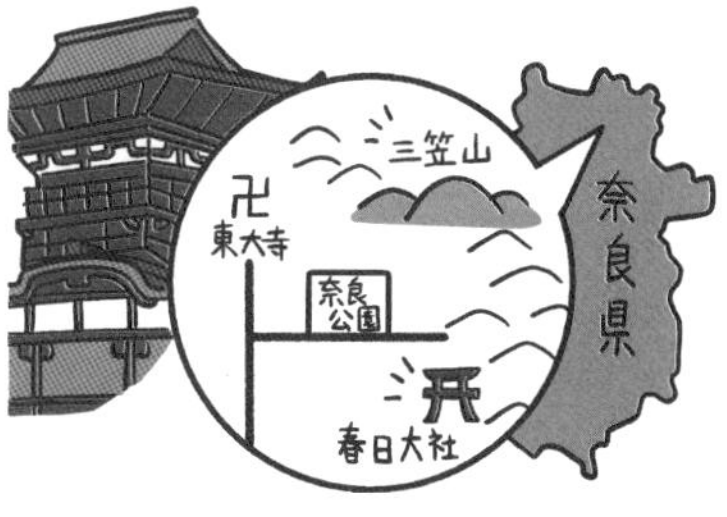

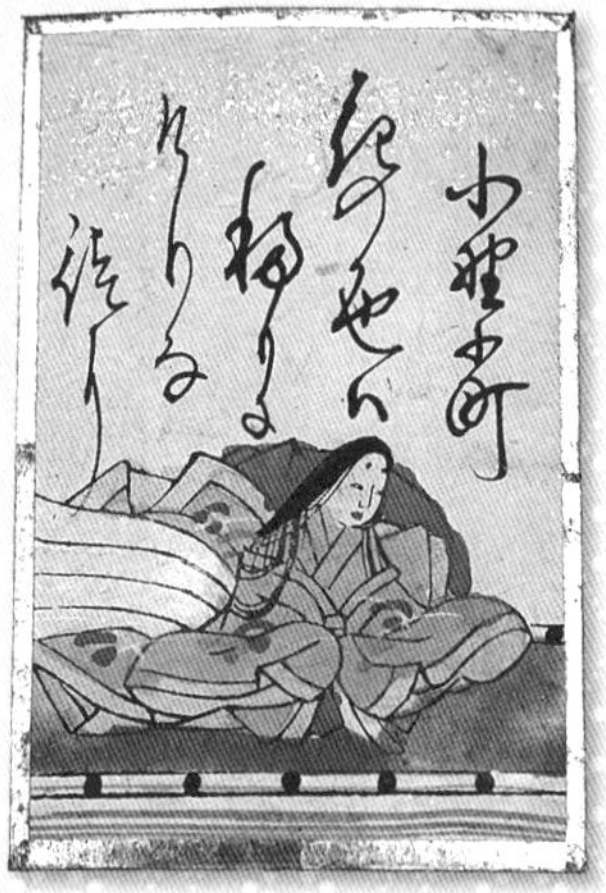

9 小野小町

10 蝉丸

平安時代前期

（律令制再興期）

24 菅家（菅原道真）

35 紀貫之

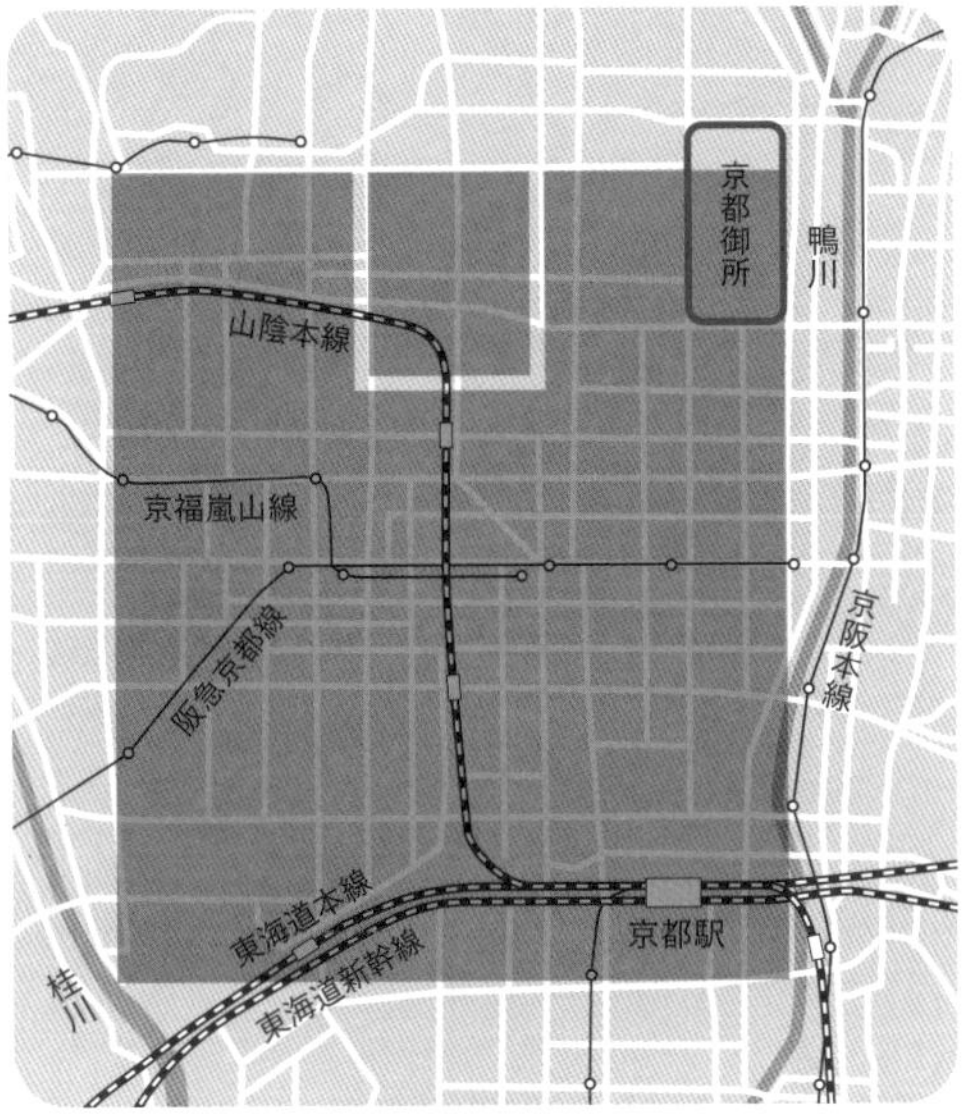

コラム

平安京

唐の都・長安を模して造営された都城。794年、桓武《かんむ》天皇が長岡京から遷都。東西約4.5km、南北約5.3km。北部中央に宮城（大内裏）を置いた。ただし、左京（東の京）は栄えたが、湿地帯だった北西部や南部の一部はまったく開発されず、羅城《らじょう》（都城を囲む垣）は南辺だけで、遷都11年めにして造営は中止された。羅城門も980年に倒壊後、再建されなかった。

❖歴史年表

西暦	和暦	天皇	できごと
794	延暦13年	桓武天皇	平安京に遷都
806	大同元年	平城天皇	
809	大同4年	嵯峨天皇	
823	弘仁14年	淳和天皇	
833	天長10年	仁明天皇	
850	嘉祥3年	文徳天皇	
858	天安2年	清和天皇	
866	貞観8年	←	**藤原良房**が摂政となる
876	貞観18年	陽成天皇	
884	元慶8年	光孝天皇	
887	仁和3年	宇多天皇	**藤原基経**が関白となる
894	寛平6年	←	**菅原道真**により遣唐使が廃止される
897	寛平9年	醍醐天皇	
905	延喜5年	←	**『古今和歌集』**成立
930	延長8年	朱雀天皇	
935	承平5年	←	**平将門**の乱が起こる（承平の乱／～940年）
939	天慶2年		**藤原純友**の乱が起こる（天慶の乱／～941年）
946	天慶9年	村上天皇	
953	天暦7年	←	**『後撰和歌集』**成立

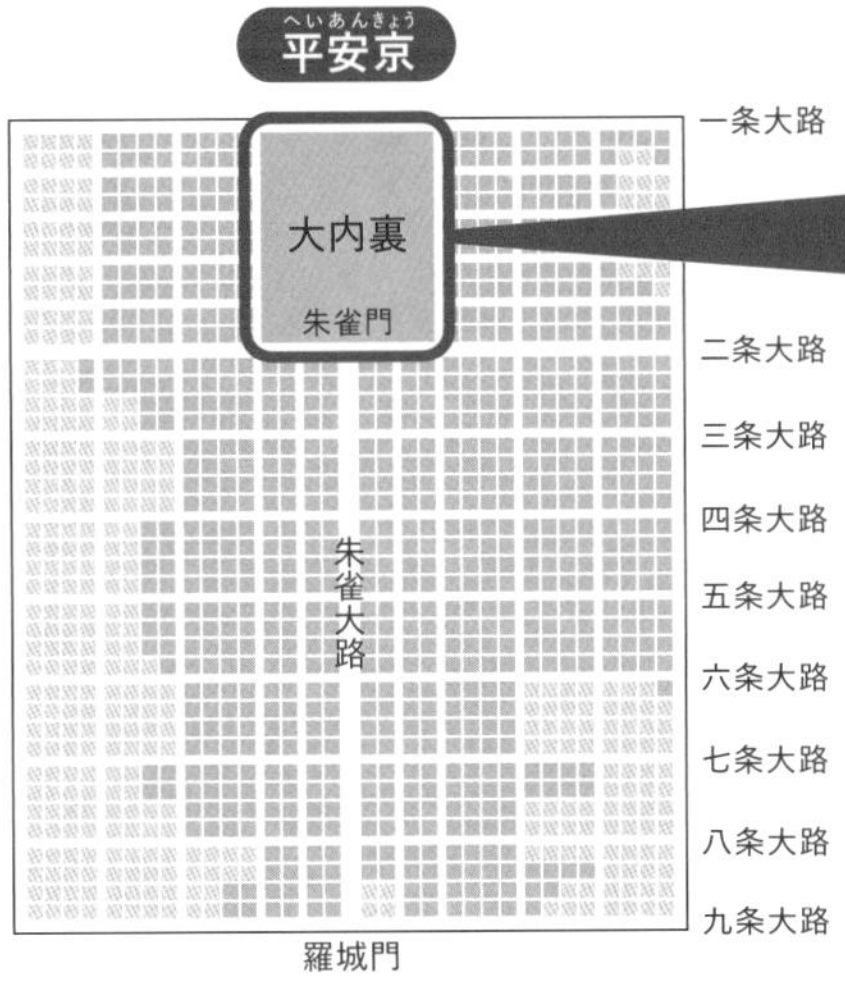

1町：いちばん小さい単位。一辺約120m。
1坊：町4×4の単位。一辺約510m（120×4＋小路幅×3）
朱雀大路：幅約84m　大路：幅約30m　小路：幅約12m

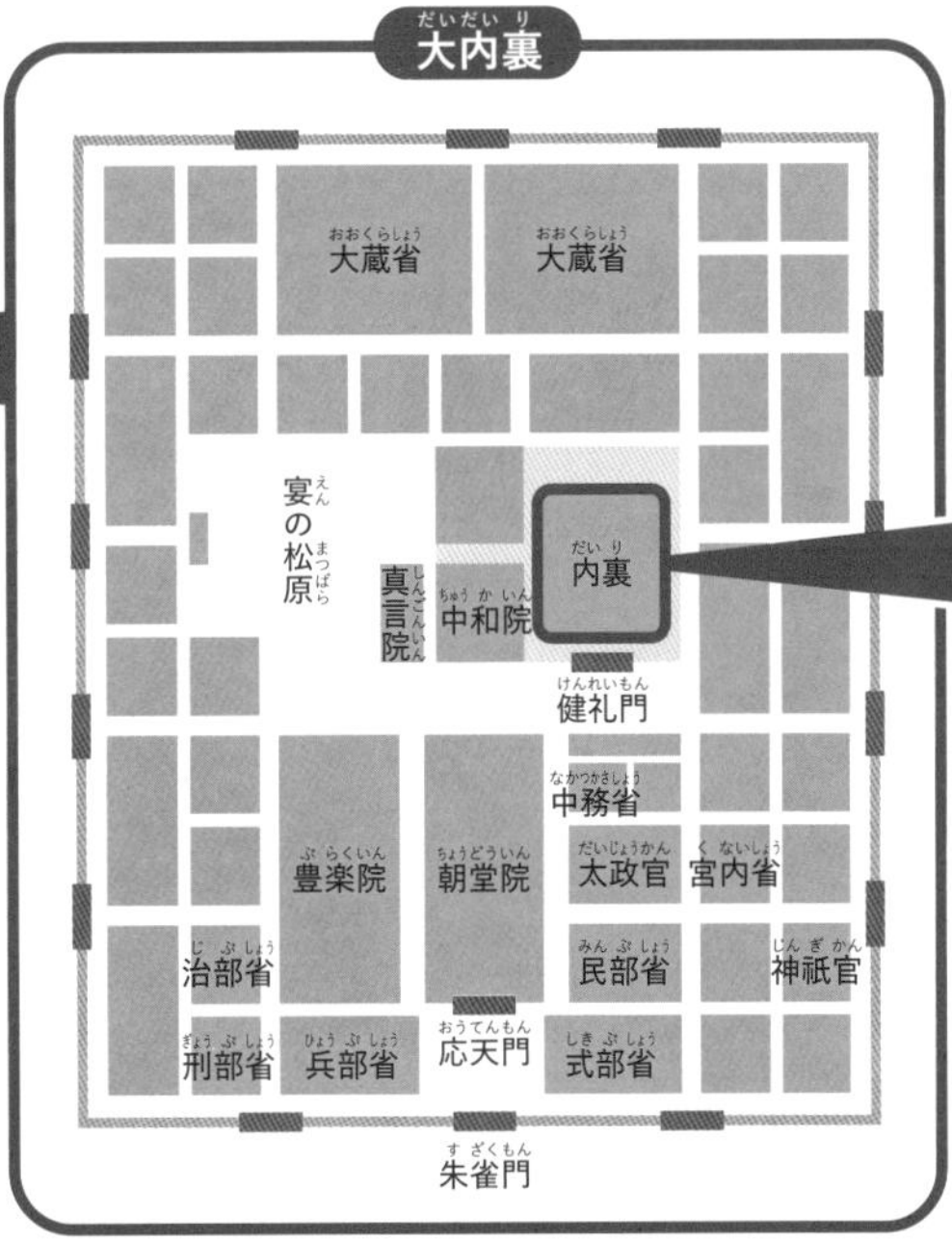

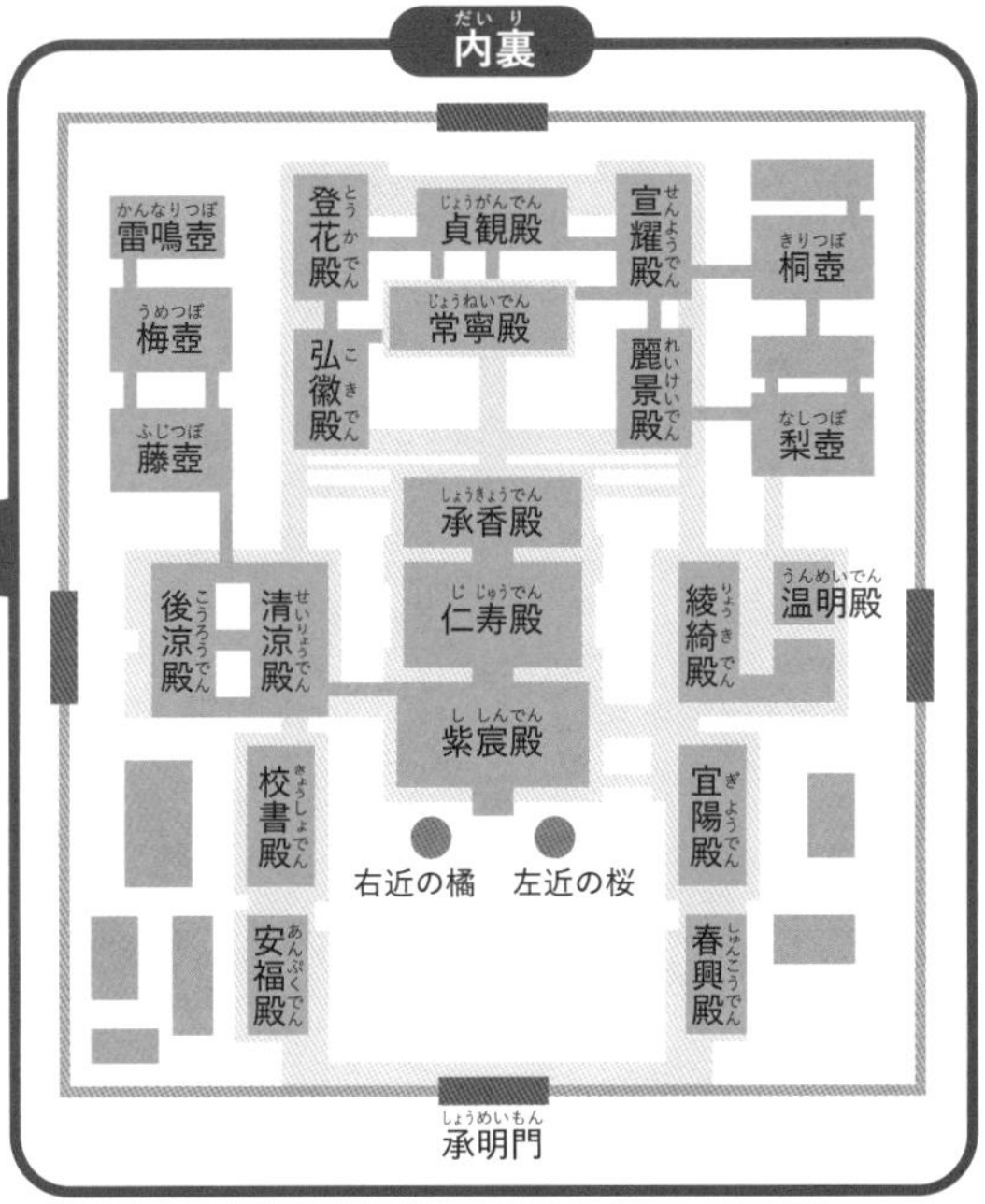

8

喜《き》撰《せん》法《ほふ（ほう）》師《し》

生没年・伝未詳。『古今和歌集』仮名序《かなじょ》に「宇治山の僧喜撰」とあるが、当時すでに伝説的な人物だった。確かな詠歌は『百人一首』にあるこの歌のみ。

六歌仙

中古三十六歌仙

梨壺の五人

女房三十六歌仙

三十六歌仙

わが庵《いほ》は　都《みやこ》のたつみ　しかぞ住《す》む
世《よ》をうぢ山《やま》と　人《ひと》はいふなり

静かな庵《いおり》で
世の人の噂を思う歌

私の庵は都の東南にあって、このように穏やかに住んでいる。それなのに、この場所を世は憂《う》きものとして住む宇治山だと、世の中の人は言っているそうだ。

旅・離別　恋　その他　四季

このように心静かに住んでいるのに
世を憂《う》い住む宇治山と
人々は言っているそうだ。

喜撰法師

喜撰に仮託された歌論書『倭歌《わか》作式《さくしき》（喜撰式）』があるが、これは平安時代中期に成立したもの。

雑下・983

宇治山《うじやま》

現在の京都府宇治市の南東部にある山（現在の喜撰山）。標高は416 m。鴨長明《かものちょうめい》の『無名抄《むみょうしょう》』は、喜撰法師が住んでいた跡があったと記している。この歌の影響で世を憂いた人が住む山というイメージが定着した。

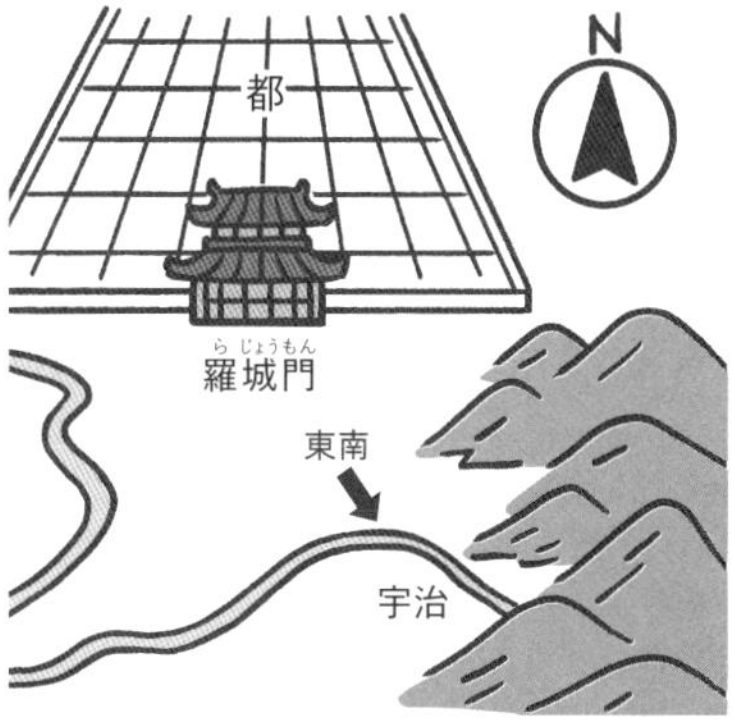

六歌仙《ろっかせん》

『古今和歌集』序に挙げられた平安時代初期の優れた歌人６人のこと。そのうち、大友黒主だけは『百人一首』に歌がない。『百人一首』に登場する六歌仙は次のとおり。

8番	喜撰法師
9番	小野小町
12番	僧正遍照
17番	在原業平朝臣
22番	文屋康秀

掛詞《かけことば》

修辞法の一つで、「宇（治）」と「憂（し）」、「松」と「待つ」、「秋」と「飽き」など、平仮名で表記したときに二つの異なる意味をもつ言葉のこと。当時は濁音《だくおん》表記がなかったので、清濁は問題にしない。掛詞は散文でも好んで使われ、坪内逍遥《つぼうちしょうよう》の『当世書生気質《とうせいしょせいかたぎ》』といった明治時代の小説に至るまで用いられている。

しか
➡ 然［このように］（住んでいる）
➡ 鹿が（すんでいる）？

うぢ
➡ 宇治
➡ 憂し

方位《ほうい》

古くは、方角を十二支で表していた。北の子《ね》から右回りに十二支が続く。東は卯《う》、南は午《うま》、西は酉《とり》。十二支は中国から伝わり、時刻を表すのにも用いられた。喜撰法師が住んでいたのは「都の辰巳《たつみ》」、つまり、都から東南の方角となる。

宇治山での静かな生活で思う都の評判

『古今和歌集』に「題しらず」とある歌です。第三句の「しか」を「然《しか》」と解釈して、喜撰法師の庵での生活のことを「このように」と表しているととるのが一般的です。歌の上の句と下の句で自分の心持ちと世の中の人々の見方とが比較されており、俗世から離れた作者の穏やかで静かな生活を楽しむ心が読み取れます。

「うぢ山」の「宇（治）」と「憂（し）」が掛けられているように、当時、すでに宇治山は世の中を憂いて逃れる先だというイメージがもたれていました。しかし、喜撰法師はそのようには思っていなかったようです。むしろ、「人はそう言うけれど」という飄々《ひょうひょう》とした明るさがあり、重苦しい憂いの感情は感じられません。

また、「しか」を「鹿」との掛詞だとする解釈もあります。これは、方角を示す「辰・巳《たつみ》」の次の「午《うま》」から鹿を連想させると考えたり、山里なので鹿も住んでいるという意味を言外に込めるとするものです。

語句・文法

掛詞　序詞　枕詞　本歌取り

◆庵《いほ》
木で造り草を葺《ふ》いた粗末な小屋のこと。僧や世捨て人が静かに暮らす小屋。

◆たつみ
東南の方角のこと。辰と巳の方角。

◆しかぞ住《す》む
「しか」は、ここでは「このように」の意。「鹿」との掛詞であるという説もある。「ぞ」は強意。

◆うぢ山《やま》
京都府宇治市にある宇治山。「う」は「憂」との掛詞。

9

小《を(お)》野《の》小《こ》町《まち》

生没年未詳。平安時代初期の女性歌人。小野氏であること以外は未詳。仁明《にんみょう》朝に活躍した。『古今和歌集』以降の勅撰集に歌が入集する。家集に『小町集』がある。

六歌仙　中古三十六歌仙　梨壺の五人　女房三十六歌仙　三十六歌仙

花《はな》の色《いろ》は　移《うつ》りにけりな　いたづらに
わが身《み》世《よ》にふる　ながめせし間《ま》に

花の色があせるのを
自分の衰えと重ねて詠んだ歌

桜の花はすっかり色あせてしまったものよ、むなしく春の長雨が降り続いていた間に。そして、私もすっかり衰えてしまった…、男女の間のことでもの思いをしていたうちに。

旅・離別　恋　その他　四季

桜の花が色あせるように、
私もすっかり衰えて
しまったものです…。

小野小町
絶世の美女と伝えられる。小町像の説話化はかなり早い段階から進み、晩年、落ちぶれて流《る》浪《ろう》したなど多くの説話や伝説が生み出された。

春下・113

情景と心情が結びつく掛詞が光る憂いの歌

この歌は上の句で春の桜の情景を詠み、下の句で心情を歌っています。『古今和歌集』では春の部立に載っているため、あくまで季節の歌として解釈すべきという主張もありますが、やはり情景と心情とが重ね合わされていると読んだほうがいいでしょう。「いたづらに」が上の句と下の句を結びつけ、長雨が降り続けたことと、もの思いにふけっていたこととの両方にむなしくはかない思いが込められています。

「世」とは世の中や人生などの意味で使われることもありますが、男女の仲のことも表します。この歌の「世にふる」は、さまざまな恋をし、もの思いにふけっているうちに、いつのまにか時間が経ってしまったという意味になります。

自分の容色がすっかり衰えてしまったことのむなしさが、桜が色あせてしまったことと響き合い、歌全体に悲しくもの憂げな雰囲気が漂います。掛詞によって、花への思いと自身の内面が複雑に絡み合わせて表現されているのです。

語句・文法

掛詞　枕詞　序詞　本歌取り

◆花《はな》の色《いろ》
桜の色の移り変わりのこと。この歌では自分の容色と重ねている。

◆いたづらに
「無駄に、はかなく、むなしく」の意。「ふる」に掛かるとともに、上の「移りにけりな」にも掛かる。

◆世《よ》にふる
「世」は男女の仲のこと。「ふる」は「経る」と「降る」の掛詞。「降る」は「長雨」の縁語。

◆ながめ
「長雨」と「眺め」の掛詞。「眺め」とは、もの思いに沈みながら、ぼんやりと見やること。

御息所《みやすんどころ》

天皇に仕えた女性の敬称。皇子・皇女を産んだ女御・更衣をいう場合が多いが、広く天皇に寵愛された宮中に仕えた女性たちにもいう。

花《はな》

古典作品、特に平安時代に「花」といえば「桜」を指す場合が多い。咲き誇る桜だけでなく、むしろ散る桜の美しさが多く歌われている。

皇后《こうごう》・中宮《ちゅうぐう》…天皇の正妻。本来一人だったが、藤原道長《みちなが》の娘・彰子が一条《いちじょう》天皇の中宮となり、定子が皇后となって、1帝2后の初例となった。

女御《にょうご》…摂関家や大臣家など、高い身分の貴族の娘がなる。天皇の妃になるための教育を受けているため、高い教養をもっていた。

更衣《こうい》…納言以下の中流貴族の娘がなる。小町はその名に「町」とあることから、更衣であったとの見方もある。

小町伝説《こまちでんせつ》

謎多き小町をめぐっては多くの伝説が誕生した。その一つ「百夜通《ももよがよ》い」は、熱心に求愛してくる深草少将に対して、小町が「私のもとに百夜通ったら、あなたの意のままになる」と告げ、少将は毎晩通うが、思いを遂《と》げられないまま息絶えるという話。能や歌舞伎、浮世絵などの題材となった。

後宮《こうきゅう》

天皇のいる皇居（内裏《だいり》）の中で、殿舎《でんしゃ》の北側（後方）にある奥御殿のこと。後宮には、天皇の妃（皇后・中宮）とその妃に仕える女房や女官が住んでいた。後宮の女性たちの存在は家の繁栄に関わる政治的な側面が強く、父親や兄弟の身分によって序列が定められた。

かかわりのある人物

贈答歌を交わした！

⑫僧正遍昭《そうじょうへんじょう》
小町と交わした贈答歌が残る。小町の伝説「百夜通い」に出てくる深草少将は、僧正遍昭がモデルだともいわれる。

小町を誘った！

㉒文屋康秀《ふんやのやすひで》
三河国に赴任する際に小町を誘ったという話が、『古今和歌集』の小町の歌の詞書に見える。この話をもとにさまざまな説話が作られた。

10

蝉丸《せみまる》

生没年・伝未詳。『後撰和歌集』の詞書によれば、逢坂《おうさか》の関のほとりの庵室《あんしつ》に住んでいた隠者。盲目の琵琶の名手で、源博雅《ひろまさ》に琵琶の秘曲を授けたと伝えられる。

六歌仙
梨壺の五人
三十六歌仙
中古三十六歌仙
女房三十六歌仙

これやこの　行《ゆ》くも帰《かへ》るも　別《わか》れては
知《し》るも知《し》らぬも　逢坂《あふさか》の関《せき》

逢坂の関に庵を造ったときに行き交う人々を見て詠んだ歌

これがまぁ、あの、東国に出ていく人も都に帰る人もここで別れて、知っている人も知らない人も逢うという逢坂の関であるよ。

旅・離別
恋
その他
四季

ここがあの人々が別れ、そして出会う逢坂の関なのだ。

蝉丸
宇多《うだ》天皇の皇子・式部卿敦実《しきぶきょうあつみ》の雑色《ぞうしき》（雑役を勤めた身分の低い者の呼称）だったとも、醍醐《だいご》天皇の皇子ともいう。

雑一・1089

人の往来でにぎわう出会いと別れの逢坂の関

逢坂の関は都から東国へ向かう直接の出入り口で、この歌で「行く」は都から東国へ行くこと、「帰る」は東国から都へ向かうことを指します。「帰る」には、逢坂の関まで見送りに来た人が都に帰るという意味であるとする説もあります。ですが、和歌の形式として見ると、都から東国へ行く人と東国から都に帰る人、知っている人と知らない人というように、それぞれが対になっていると考えるのが自然でしょう。

このような表現によって、逢坂の関に人々が行き交いにぎわっている様子が表現されています。「別れては」と「ては」が使われていることで、繰り返し続いていく様子が表され、人々の往来と出会いと別れに、活気と同時にはかなさを感じさせます。

『後撰和歌集』の詞書「逢坂の関に庵室をつくりて住み侍りけるに、行きかふ人を見て」からは、人々の様子を眺める蝉丸の庵室の静けさも読み取ることができるでしょう。「これやこの」や「行くも帰るも」、「知るも知らぬも」のように韻が踏まれていることで、リズムよく流れるような調べになっています。

語句・文法

掛詞 枕詞 序詞 本歌取り

◆**これやこの**
「これがあの」と、詠嘆の気持ちを込めた表現。「や」は詠嘆。「この」には「あの」の意味もある。「逢坂の関」に続く。

◆**行《い》くも帰《かへ》るも**
「行く」は逢坂の関を通って東国に行くこと。「帰る」は都に帰ること。

◆**別《わか》れては**
『後撰和歌集』本文や、97藤原定家のほかの秀歌選では「別れつつ」。

◆**逢坂《あふさか》の関《せき》**
山城国《やましろのくに》（京都府）と近江国（滋賀県）の境にある関。「逢坂」に「逢ふ」を掛ける。

関所《せきしょ》

要所や国境に設置された、人や物の検査、脱出や侵入を防ぐために設置された場所。大化２（646）年に軍事目的で制度化されたことに始まり、中世には関《せき》銭《せん》の徴収という経済的な目的へと変化した。これは交通の妨げとなり、戦国大名によって一度は廃止されたものの、江戸幕府が全国に50あまりの関所を新設。「入《い》り鉄砲《てっぽう》に出女《でおんな》」が厳しく取り締まられたのは有名である。明治２（1869）年に廃止された。

三関《さんせき》

大化２年に設置された関所のうち、東海道鈴鹿関《すずかのせき》、東山道不破関《ふわのせき》、北陸道愛発関《あらちのせき》が三関とされた。その後、愛発関が廃止され、逢坂関が加えられた。

蝉丸《せみまる》の芸能《げいのう》

説話の多い蝉丸は、謡曲《ようきょく》や浄瑠璃《じょうるり》の題材にもなった。謡曲とは能の脚本のこと。中世の謡曲『蝉丸』は、醍醐帝の皇子ながら盲目ゆえに捨てられた蝉丸と、髪が逆立つ奇形ゆえに放浪する姉・逆髪《さかがみ》の姉弟の巡り会いを描く。これがもとになって、浄瑠璃や歌舞伎で「蝉丸物」といわれる数多くの作品が生み出された。

逢坂《おうさか》の関《せき》 歌枕

近江国《おうみのくに》（滋賀県）の歌枕。「逢坂の関」の「逢」に「逢ふ」を掛けて、恋の歌で男女の逢瀬《おうせ》を詠む例が非常に多い。『百人一首』で逢坂の関が出てくる歌は以下のとおり。

25番	三条右大臣
62番	清少納言

11

参議篁《さんぎたかむら》

802〜852年。小野篁《おののたかむら》。従三位参議。遣唐副使となったが、大使・藤原常嗣《つねつぐ》と争って乗船を拒否し、嵯峨《さが》上皇の怒りにふれて隠岐国《おきのくに》に流され、翌々年に帰京した。

三十六歌仙　六歌仙　梨壺の五人　中古三十六歌仙　女房三十六歌仙

わたの原《はら》　八十島《やそしま》かけて　漕《こ》ぎ出《い》でぬと
人《ひと》には告《つ》げよ　海人《あま》の釣舟《つりぶね》

流刑先の隠岐国に行く船に乗船するときに都の人を思って詠んだ歌

大海原に多くの島々をめざして船を漕ぎ出していったと、都にいる大切な人には告げてくれ、海人の釣舟よ。

旅・離別　恋　その他　四季

私は大海原を漕ぎ出していったと、都の人に告げてくれ。海人の釣舟よ……。

参議篁（小野篁）

漢学者・漢詩人でもある篁には『宇治拾遺物語《うじしゅういものがたり》』や『十訓抄《じっきんしょう》』『江談抄《ごうだんしょう》』などにその才人ぶりを伝える説話が残るほか、異母妹との悲恋を描く『篁物語』も創作された。

かかわりのある人物

57 紫式部《むらさきしきぶ》

京都の北大路堀河に紫式部と篁の墓とされる供養塔が隣り合って立っている。いずれも後世に建てられたもの。仏教上、物語は罪なものと考えられていたため、紫式部は地獄に落ちたとされていた。それを、閻魔大王に仕えていた篁が救い出したという言い伝えによる。

作者名《さくしゃめい》

貴族は位階が高位であればあるほど官職で呼ばれ、大納言・参議の歌人は「官職＋実名」を基本とする。殿上人は「氏名＋朝臣」という敬称が基本である。

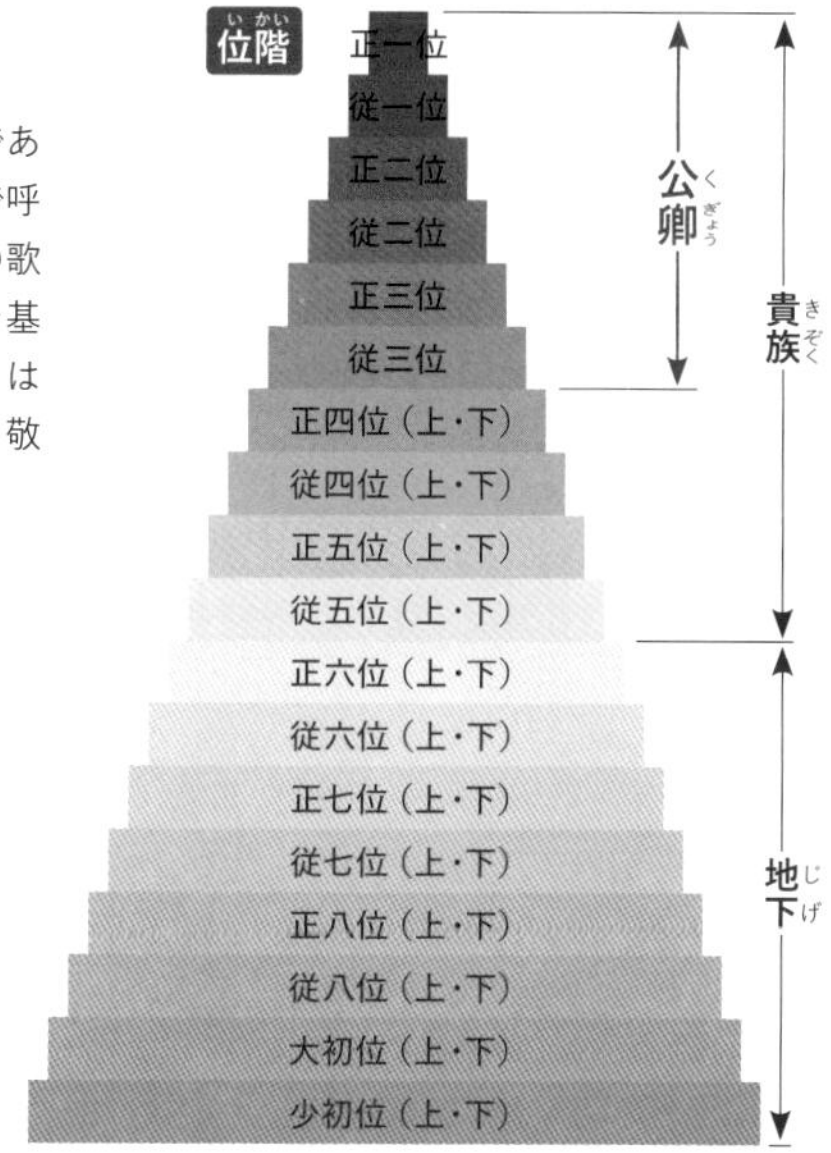

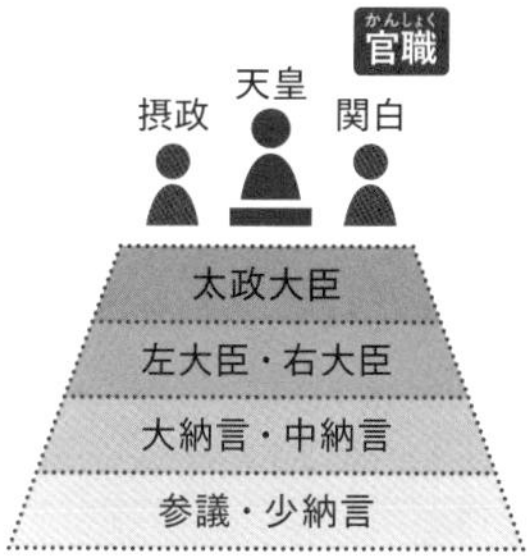

官位《かんい》

「官職」と「位階」のこと。官職とは朝廷に仕える官人の地位のことで、参議篁の「参議」はそれにあたる。位階とは律令制における官人の序列。一位から八位までとそれ以下がある。五位以上の官人とその一族を貴族と呼んでいる。

流罪《るざい》（配流《はいる》）

古代以来、明治時代末まで行われた死刑に次ぐ重罪。罪人を辺境の地、または島に流す刑。当時は流刑地によって、近流《ごんる》・中流《ちゅうる》・遠流《おんる》の3種あった。隠岐は最も重い刑の遠流。流罪や左遷などで地方に下った『百人一首』の歌人は以下のとおり。

16番	（中納言行平）
24番	（菅家）
77番	崇徳院
99番	後鳥羽院
100番	順徳院

篁《たかむら》の伝説《でんせつ》・説話《せつわ》

篁は幼い頃は弓馬に熱中し学問はあまり興味がなかったが、嵯峨《さが》天皇に優れた漢詩人であった父・岑守《みねもり》とは違うとなげかれ、それを機に学問に励んだといわれる。篁にはさまざまな伝説や説話が残っており、夜は閻魔大王に仕えていたとか、嵯峨天皇に「子子子子子子子子子子子子」を読めと言われて、「子」には「ね」「し（じ）」「こ」の読み方があることから「猫の子の子猫、獅子の子の子獅子」と巧みに読んでみせたという説話がある。

公卿《くぎょう》・殿上人《てんじょうびと》

「公」は太政大臣、左・右大臣、「卿」は大・中納言、三位以上の官人および参議のこと。「上達部《かんだちめ》」「月卿《げっけい》」とも。左大臣と右大臣では左大臣のほうが上位で、参議は四位であっても公卿に含まれる。また、内裏の清涼殿の殿上に昇ることを許された四位・五位の者、および六位の蔵人のことを「殿上人」といった。「雲の上人《うえびと》」「雲客《うんかく》」とも。

遠くの島へと都を離れ、大切な人を思う

『古今和歌集』の詞書には「隠岐国に流されけるときに、船に乗りて出《い》でたつとて、京なる人のもとに遣はしける」とあります。篁は遣唐使について風刺した漢詩「西道謡《さいどうのうた》」がもとで隠岐に流罪になりました。

上の句には、陰暦12月、暗く、寒く、どこまでも広がる海原を前にして船が出航する様子が描かれ、都を離れ、一人遠くの島に赴く寂寥感や不安、孤独感を読み取ることができます。これまで築いてきた地位を失い、罰として送り出される隠岐国への道程では絶望にも似た喪失感を抱いたことでしょう。

隠岐に行くには、難波（現在の大阪）から出帆し、瀬戸内海を通って外海に出るというのが通説でしたが、当時は陸路で出雲国千酌《ちくみ》（境港市）まで行って出航するのが一般的だったと近年指摘されています。そうだとすると、穏やかな瀬戸内海ではなく、波の高い日本海を前にして、都にいる大切な人のことを思って詠んだ歌ということになります。

語句・文法

掛詞　枕詞　序詞　本歌取り

◆**わたの原《はら》**
「わた」は海のこと。「原」は広々とした場所のこと。「海原」の意。→7

◆**八十島《やそしま》かけて**
「八十」は数が多いことを示す。多くの島をめがけて進むこと。島々の間を縫うように進むことも。

◆**人《ひと》には**
「せめて都にいるあの人にだけは」の意。「人」は妻や老母などだろう。

◆**海人《あま》の釣舟《つりぶね》**
漁夫の釣舟のこと。

12

僧《そう》正《(じょう)じゃう》遍《へん》昭《(じょう)ぜう》

816～980年。俗名は良岑宗貞《よしみねのむねさだ》。桓武《かんむ》天皇の孫。仁明《にんみょう》天皇崩御の直後に出家し、のちに僧正となった。元慶寺《がんぎょうじ》（花山寺）を創建。家集に『遍昭集』がある。

六歌仙　梨壺の五人　三十六歌仙
中古三十六歌仙　女房三十六歌仙

天《あま》つ風《かぜ》　雲《くも》の通《かよ》ひ路《ぢ》　吹《ふ》きとぢよ
をとめの姿《すがた》　しばしとどめむ

宮中の祭りで踊る舞姫たちを見て詠んだ歌

空を吹く風よ、雲の中にある天と地をつなぐ道を吹き閉ざしてくれ。この天女たちの姿を、もうしばらくここに留めたいと思うから。

旅・離別　恋　その他　四季

風よ、雲の中の通い路を閉ざしておくれ。
あの天女たちの姿をもう少し留めておきたいから……。

僧正遍昭
35歳で出家、比叡山で修行して僧官の最高位・僧正にまでなった。突然の出家で人々を驚かせたため、『大和物語』や『今昔物語集』などに説話が見える。ちなみに、当時の記録類は「遍照」と記すことが多い。

雑上・872

天女のような舞姫の舞

この歌は、『古今和歌集』では「良岑宗貞《よしみねのむねさだ》」の名前で載せられています。そのため、僧正遍昭が35歳で出家する前に詠まれた歌であると考えられます。

詞書には「五節の舞姫を見てよめる」とあります。若い官人として「豊明の節会」に参加した際、五節の舞を見て心を躍らせ、舞が終わりに近づいて、その名残惜しさを即興的に詠んだのでしょう。

「五節の舞姫」には、公卿などの貴族の娘たちが選ばれます。家の名誉をかけて天皇の御前で舞うのですから、さぞかし華やかで美しかったことでしょう。人々の視線を集めて舞う舞姫たちは、この世のものとは思えないほど幻想的に感じられたのだと想像できます。

そんな舞姫たちを天女にたとえ、「しばしとどめむ」と、去っていくのを惜しんでいるのです。雲の合間の道を通って天上へ帰っていく天女のような乙女たちの姿は、五節の舞の起源といわれる天女の伝説を想起させます。

かかわりのある人物

15 光孝天皇《こうこうてんのう》

第58代天皇。仁明天皇の皇子。文化人で、僧正遍昭とは和歌を通じて親しい関係にあった。

21 素性法師《そせいほうし》

三十六歌仙の一人。僧正遍昭の在俗のときの息子。『古今和歌集』の代表的歌人。

語句・文法

掛詞 枕詞 序詞 本歌取り

◆**天《あま》つ風《かぜ》**
「つ」は格助詞、「の」の意。「空を吹く風よ」と呼びかける。

◆**雲《くも》の通《かよ》ひ路《ぢ》**
天女が天と地を行き来するための雲の中の道のこと。雲に向かう道を指すという説もある。

◆**をとめの姿《すがた》**
五節の舞姫を、その起源の伝説に登場する天女に見立てた。

◆**とどめむ**
「む」は意思の助動詞。「留めたい」の意。

風《かぜ》

「風」は古来多くの和歌に詠み込まれるが、風そのものが主題になることは少なく、描かれた景色などを支えていることが多い。この歌でも、天女たちが往来する道を塞ぐために、風で雲を動かしてほしいと祈っている。主役ではないが、重要な脇役と言える。風に対する関心は高く、「山風」(22)、「秋風」(71 79 94)のほか、「朝風」「神風」など多くの風の名前がある。

五節《ごせち》の舞姫《まいひめ》

大嘗会《だいじょうえ》や新嘗会《にいなめえ》の際に、五節の舞を舞う未婚の少女たちのこと。公卿の娘から2人、殿上人・受領の娘から2人(大嘗祭には3人)が選ばれた。また、舞姫には童女が付き添った。この舞は、天武《てんむ》天皇が吉野の滝で琴を弾いたとき、天女が現れて袖を5回ひるがえして舞ったという故事に由来するといわれる。

豊明《とよのあかり》の節会《せちえ》

11月の下の卯の日に行われた大嘗祭や新嘗祭のあとに、豊楽殿《ぶらくでん》で催される宴のこと。即位後初めて行われる新嘗祭が大嘗祭で、天皇が新穀を天神地祇《てんじんちぎ》に供え、自ら食した。大嘗祭では3日めの午《うま》の日、新嘗祭では翌日の辰《たつ》の日に豊明の節会が行われた。

出家《しゅっけ》

俗世を離れ、仏門に入ること。僧正遍昭は仁明天皇の崩御に遭って悲嘆して出家した。出家後は「良僧正」と呼ばれたり、現在の京都にある花山の元慶寺《がんぎょうじ》に住んでいたことから「花山僧正」と呼ばれたりした。

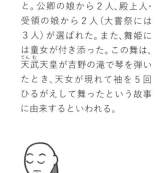

13

陽《(よう)やう》成《ぜい》院《(いん)ゐん》

868〜949年。第57代天皇。清和《せいわ》天皇が退位したあと、9歳で即位した。しかし、その後乱行が続いたとされ、摂政・藤原基経《もとつね》によって退位させられた。

六歌仙
中古三十六歌仙
梨壺の五人
女房三十六歌仙
三十六歌仙

筑波嶺《つくばね》の　峰《みね》より落《お》つる　みなの川《がは》
恋《こひ》ぞつもりて　淵《ふち》となりぬる

募る恋心を
川の流れにたとえて詠んだ歌

筑波山の峰から流れ落ちるみなの川が、つもりつもって深い淵になるように、私の恋もつもりにつもって淵のように深い思いになったことだ。

恋　旅・離別　四季　その他

私の淡い恋心は
つもりにつもって、
淵のように深い思いに
なってしまったよ…。

陽成院
17歳で譲位してから、82歳まで生きた。上皇として過ごした晩年、歌合を主催。勅撰集には『後撰和歌集』にこの歌が１首入集するのみ。

次第に深くなっていく相手への秘めた恋心

『後撰和歌集』の詞書に「釣殿のみこに遣はしける」とあり、この歌は綏子内親王に贈られた歌です。恋心が育ち深まっていくことを川の流れが成長していく景色に対応させて詠んでいます。

上の句では上流の浅く速い川の流れから、ほのかで激しい恋の始まりを表し、下の句では下流の深く静かな流れから、相手への思いが深い淵のように募っている様子が表されています。いつのまにか恋心が膨らんで、深く切実になってしまったことが感じられます。

古く歌垣が行われた筑波山は恋の気分を秘めていて、情景と心情が一致した歌になっていると言えるでしょう。

なお、この歌は『古今和歌六帖』の「筑波嶺《つくばね》の岩《いわ》もとどろに落《お》つる水《みず》絶《た》えんものとは我《わ》が思《おも》はなくに」に発想を得たと指摘されています。

語句・文法

掛詞　枕詞　序詞　本歌取り

◆**筑波嶺《つくばね》**
常陸国《ひたちのくに》（茨城県）にある筑波山。

◆**みなの川《かわ》**
筑波山から麓に流れ、桜川に合流する。ここまでが序詞。

◆**淵《ふち》となりぬる**
「淵」は水が淀んで深くなっているところ。流れが浅く速いところを「瀬」という。「ぬる」は完了の助動詞「ぬ」の連体形。「ぞ」の結び。『後撰和歌集』をはじめ、多くの本では「なりける」。

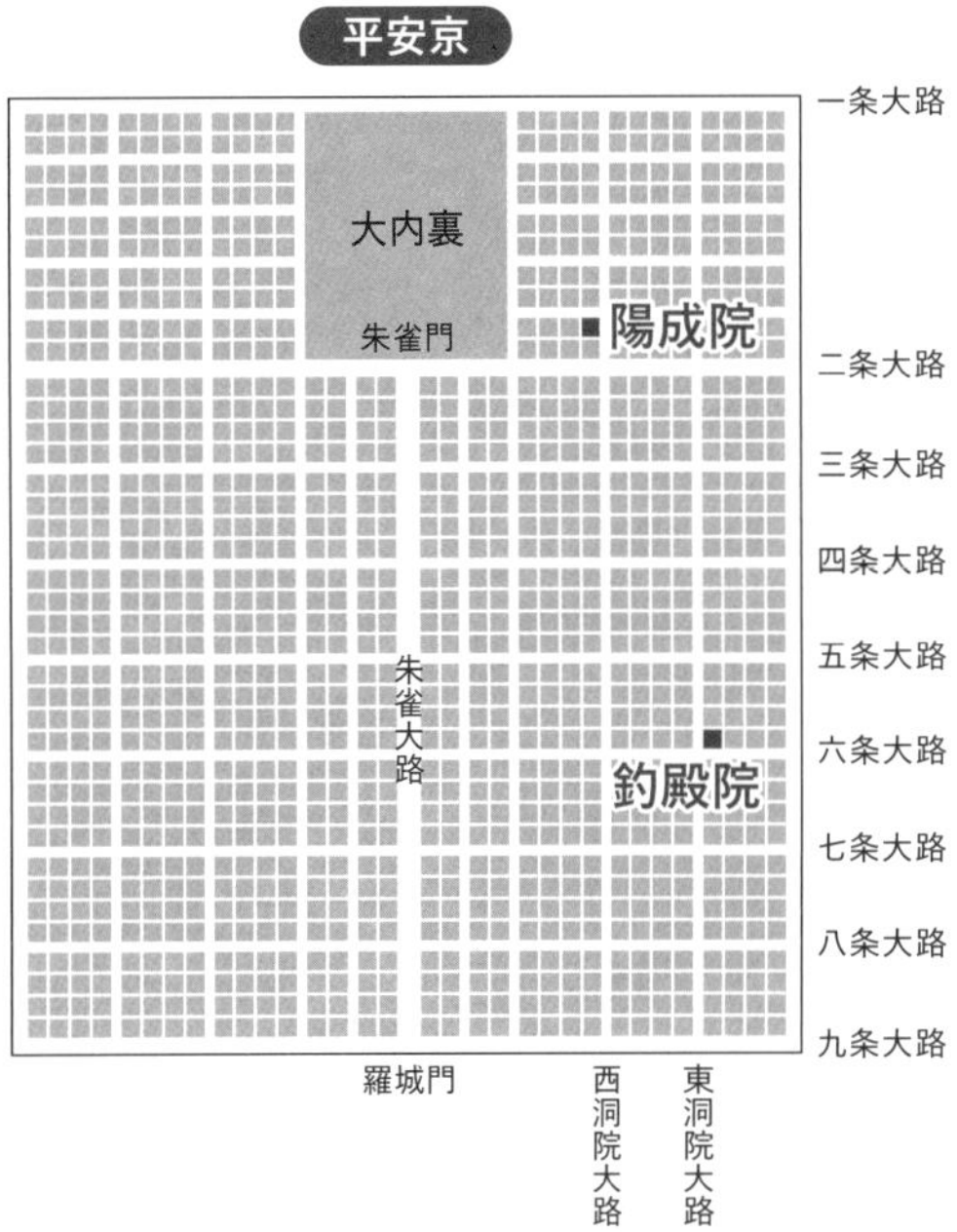

かかわりのある人物

⑮光孝天皇《こうこうてんのう》

陽成天皇のあと、藤原基経《もとつね》に推されて55歳で即位。基経に政治を任せ、これが関白の初例といわれる。

綏子内親王《ないしんのう》

歌を贈られた綏子内親王は、⑮光孝天皇の皇女で、のちに陽成《ようぜい》天皇の妃となった。光孝天皇の御所の釣殿院《つりどのいん》に住んでいたため、「釣殿宮《つりどののみこ》」と称された。「みこ」は皇女のこと。陽成天皇が退位して営んだ御所・陽成院は、『源氏物語』の主人公・光源氏の邸宅の一つである二条院のモデルの候補地ともなっている。

筑波嶺《つくばね》（山）　歌枕

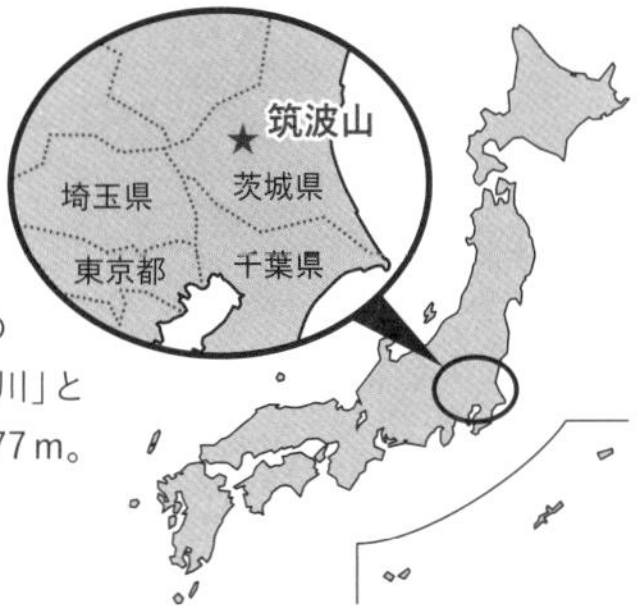

常陸国（茨城県）の歌枕。関東平野の北東に位置し、男体と女体の2つの峰がある。この峰の間から発する川を「みなの川」といい、「男女川《みなのがわ》」とも書く。標高877 m。『万葉集』から歌に詠まれる。

歌垣《うたがき》

「かがい」とも。古代、男女が山などに集まって飲食や舞踏をし、掛け合いで歌を歌ったりした。もともとは、農耕や豊猟の予祝行事の一つだった。時期は春・秋に行われ、筑波山や肥前（現在の佐賀県と長崎県）の杵島岳《きしまだけ》などで催された。儀式的な意識が薄れ、未婚の男女の出会いの場としての性格をもつようになり、奈良時代には男女が歌を唱和する宮廷行事にもなった。

連歌《れんが》の起源《きげん》

ヤマトタケルが筑波を過ぎて甲斐に着いたとき、歌を歌ったところ、火ともしの翁《おきな》が歌で答えたという故事が、「5・7・5」と「7・7」を交互に詠む連歌の起源と考えられている。ここから、連歌のことを「つくばの道」という。

14

河《か》原《(わら)はらの》左《さ》大《だい》臣《じん》

822～895年。嵯峨《さが》天皇の皇子。源融《みなもとのとおる》。源の姓を賜って臣籍に降り、従一位左大臣に至った。東六条に河原院を造ったことから「河原左大臣」と呼ばれる。

三十六歌仙　六歌仙　梨壺の五人　中古三十六歌仙　女房三十六歌仙

陸奥《みちのく》の　しのぶもぢずり　誰《たれ》ゆゑに
乱《みだ》れそめにし　われならなくに

恋によって乱れた心をうったえた歌

陸奥の「しのぶもじずり」の乱れ模様のように、私の心は忍ぶ思いに乱れているが、誰かのために乱れはじめたのか。私ではないのに。

恋　旅・離別　四季　その他

私の心が乱れているのは
ほかの誰でもない、
あなたのせいなのですよ。

河原左大臣（源融）
風雅を好み、数奇を凝らした邸宅の河原院は、貴公子たちの社交場となった。

恋四・724

陸奥《みちのく》 歌枕

陸奥国《むつのくに》のこと。陸前《りくぜん》（宮城県・岩手県）と陸中《りくちゅう》（岩手県・秋田県）、陸奥《むつ》（青森県・岩手県）、磐城《いわき》（福島県・宮城県）、岩代《いわしろ》（福島県）の奥州五国。東北地方を漠然と指すこともある。「みちのくに」「むつ」とも。

陸前《りくぜん》：岩手県の一部と宮城県の大部分
陸中《りくちゅう》：秋田県の一部と岩手県の大部分
陸奥《むつ》：福島県・宮城県・岩手県の一部と青森県
磐城《いわき》：福島県の東側半分
岩代《いわしろ》：福島県の西側半分

源氏物語《げんじものがたり》

平安時代中期に成立した57紫式部作の五十四帖からなる長編物語。融は、その『源氏物語』の主人公・光源氏のモデルの一人であると考えられている。光源氏は、桐壺帝《きりつぼてい》の第２皇子で、融と同じように源の姓を賜って臣籍に降った。臣籍とは皇族以外の臣民のことで、皇族が身分を失って臣籍に入ることを「臣籍降下《しんせきこうか》」という。

平安京

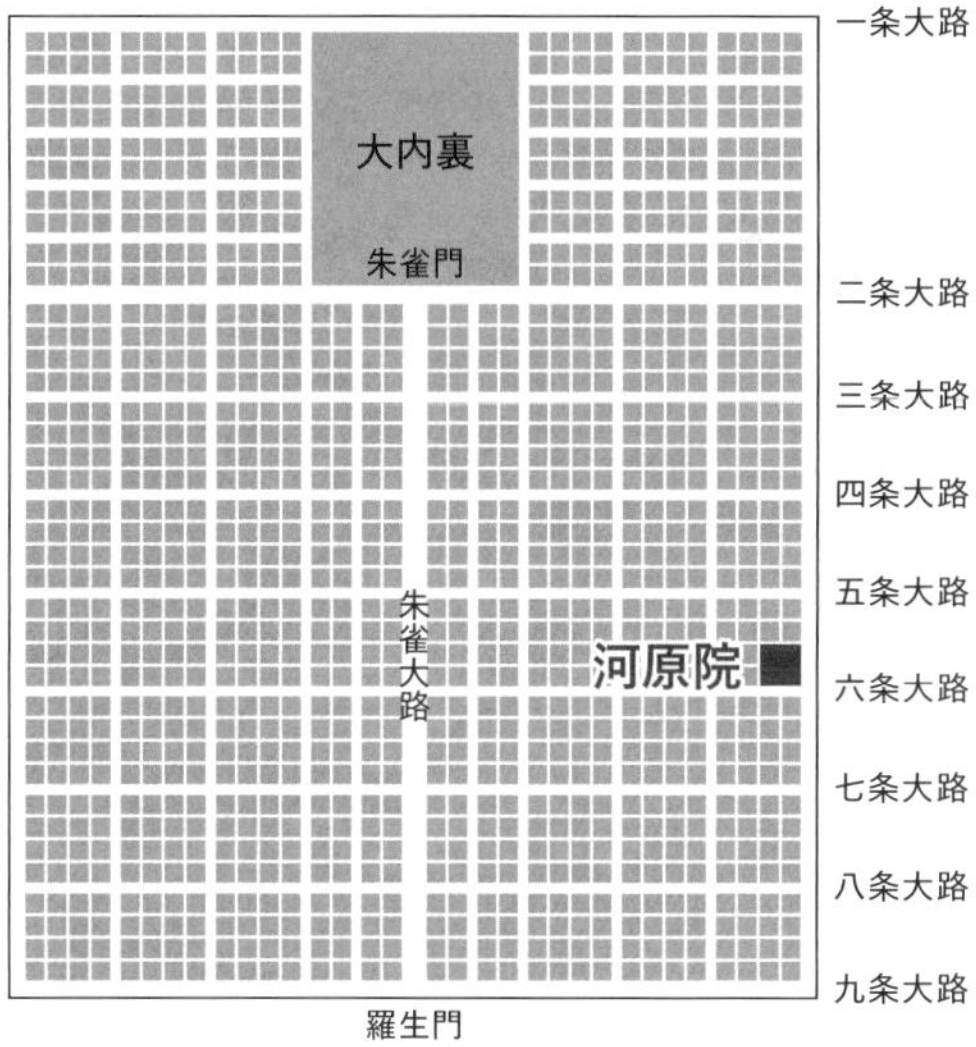

かかわりのある人物

17 在原業平朝臣《ありわらのなりひらあそん》

業平は、河原院で塩釜の風景を模した庭のすばらしさを歌に詠んでいる。また、業平と関わりの深い『伊勢物語』初段には、融のこの歌が引用されている。

河原院《かわらのいん》

融が賀茂川のほとりに建てた邸宅。平安京の六条坊門《ろくじょうぼうもん》の南、万《ま》里小路《でのこうじ》の東にあり、八町の広大な地を占めた。一町は40丈四方（約120メートル四方）。庭園は奥州《おうしゅう》（陸奥国の別名）の塩釜の景色を模したものであった。融の没後、宇多《うだ》天皇の御所となった。その折、融の幽霊が出現したという説話がある。次第に荒廃したが、歌人・文人たちが好んで訪れた。47恵慶法師は荒廃した河原院で歌を詠んでいる。

摺《す》り衣《ごろも》

ヤマアイやツキクサなどの染め草の汁を摺りつけて、文様を染め出した衣。「しのぶずり」もその一種。「すりぎぬ」とも。

乱れ模様の布に託した恋に動揺する男性の想い

出典の『古今和歌集』には「題しらず」とあります。この歌は恋で乱れた心を、「しのぶもぢずり」という乱れ模様に染められた布に託して詠んでいます。この布は、本来は忍ぶ草で摺ったもののことをいいましたが、97藤原定家の時代には陸奥の「信夫《しのぶ》」郡を産地とする布と解していたようです。

「しのぶ」という語で忍ぶ恋を感じさせ、「われならなくに」では、このように心を乱しているのは私のせいではないのにと、相手のつれなさを恨めしく思う気持ちを表しています。自分の切実な思いを相手にうったえている歌なのです。

都から遠く異国のような陸奥の布の乱れ文様の強烈なイメージが、恋に心を乱し、動揺する男性の想いを印象づけています。

語句・文法

掛詞　枕詞　序詞　本歌取り

◆陸奥《みちのく》
「みちのおく」の音が変化した形。現在の東北地方の東部分。

◆しのぶもぢずり
忍ぶ草で摺った乱れ文様の布。もしくは、福島県信夫郡《しのぶぐん》で作られた摺り染めの布。ここまでの二句が序詞。

◆乱《みだ》れそめにし
「心が恋のために乱れ始めてしまった」の意。「そめ」は「染め」と「初め」を掛ける。『古今和歌集』や『百人秀歌』などでは「乱れむと思ふ」。

◆われならなくに
「私のせいではないのに」の意。「なら」は断定の助動詞「なり」の未然形。「なく」は、打消の助動詞「ず」の未然形「な」に接尾語「く」をつけたもの。

15

光孝天皇《くわうかうてんわう (こうこう)てん(のう)》

830～887年。第58代天皇。名は時康《ときやす》。藤原基経《もとつね》に推されて55歳で即位。政治を基経に任せ、これが関白の始まりになったといわれる。在位3年で崩御した。

六歌仙
梨壺の五人
三十六歌仙
中古三十六歌仙
女房三十六歌仙

君《きみ》がため　春《はる》の野《の》に出《い》でて　若菜《わかな》つむ
わが衣手《ころもで》に　雪《ゆき》は降《ふ》りつつ

雪が降る中、真心を込めて若菜を摘んでいる様子を詠んだ歌

あなたに差し上げるために、春の野に出て若菜を摘む私の衣の袖に、しきりに雪が降り続いていることだ。

恋
旅・離別
四季
その他

春《はる》の七草《ななくさ》

一般的に、セリ・ナズナ（ぺんぺん草）・ゴキョウ・ハコベラ・ホトケノザ・スズナ（かぶ）・スズシロ（大根）の７種の若菜のこと。七草の種類は時代や土地によって一定しない。

かかわりのある人物

28 源 宗于朝臣《みなもとのむねゆきあそん》

源性を賜って臣籍に下った。優れた歌人として知られ、35紀貫之と贈答歌を交わしている。

若菜摘《わかなつ》み

初春の野で若菜を摘むこと。『万葉集』では若菜を摘むのは主に女性だが、この歌では、新春に贈る若菜に添える歌として、男性である光孝天皇が詠んでいる。

宮中《きゅうちゅう》の正月行事《しょうがつぎょうじ》

→P.107

新春である旧暦の1月は、皇族や貴族はさまざまな儀式で多忙だった。下記のほかにも、国家安泰や五穀豊穣を祈る仏事である御斎絵《ごさいえ》や木製の玉をホッケーのように打って遊ぶ毬杖《ぎっちょう》なども行われた。

元日

◎ **四方拝《しほうはい》**
午前4時に天皇が天下泰平を祈る儀式。

◎ **朝賀《ちょうが》**
天皇が臣下からの新年の挨拶を受ける。

◎ **元日節会《がんじつのせちえ》**
朝賀のあとに天皇主催で行われた。

3日まで

◎ **歯固め**
「歯」はもともと齢《よわい》のことで、齢を固め、長寿を祝う意味があった。鏡餅や大根、瓜などの堅いもの食べて長寿を願った。

4日

◎ **朝覲行幸《ちょうきんのぎょうこう》**
天皇が上皇、皇太后の宮に行幸し、年始の挨拶をする。

5日または6日

◎ **叙位《じょい》**
天皇が五位以上の位階を授ける。

7日

◎ **白馬節会《あおうまのせちえ》**
天皇が「あおうま」を見て、宴を行う。中国から入った五行で青は春の色だったため、春の初めの正月に青い馬を見ることで邪気払いになると考えられていた。平安時代中頃より、表記だけ「白馬」となった。

◎ **若菜・子《ね》の日の遊び**
正月初子《はつね》の日に若菜を摘み、あつものにして食し、邪気を払い長寿を祈った。また、小松を引いて長寿を祈った。

8日

◎ **女叙位《おんなじょい》**
女官に五位以上を与える儀式。

11～13日

◎ **春除目《はるのじもく》(県召《あがためしの》除目)**
地方官が任命される。

14～16日

◎ **踏歌節会《とうかのせちえ》**
祝歌を歌いながら、舞う儀式。男踏歌と女踏歌が別日で行われた。その後、宴が開催された。

17日

◎ **射礼《じゃらい》**
建礼門の前で弓を射る儀式。天皇臨席のもと、親王以下五位以上および六衛府の官人が弓の技を競った。

21日頃

◎ **内宴《ないえん》**
天皇主催の内々の宴。文人たちが詩を作って披露したり、舞姫が舞を舞ったりした。

早春に贈る若菜に添えた挨拶

『古今和歌集』の詞書には「仁和《にんなの》帝《みかど》、親王《みこ》におはしましける時に、人に若菜たまひける御歌」とあります。仁和帝の「仁和」とは、光孝天皇が在位していたときの年号で、「仁和帝」とは光孝天皇のことを指します。また、親王であったときとあるので、この歌は即位する前に詠んだ歌であることがわかります。

早春に若菜を食すと邪気を払うとされていたため、無病息災を願って若菜を贈るときにこの歌を添えているのです。「君」とは天皇のことをいうこともありますが、この歌では、相手のことを「君」と呼んでいます。その相手が誰であるかはわかりません。

春とは旧暦の現在の1月から3月を指し、正月は現在の2月頃になります。この歌では、早春の雪の白さと、萌え出た若菜の緑が対照される色鮮やかな情景が詠まれています。とはいえ、親王自らが若菜を摘みに行ったとは考えにくく、雪が降る中で相手のことを思って若菜を摘むという、相手を大切に思う気持ちと誠意を込めた歌なのでしょう。

語句・文法

掛詞 枕詞 序詞 本歌取り

◆ **君《きみ》がため**
「あなたのために」の意。「が」は「の」の意。

◆ **若菜《わかな》**
春の初めに芽を出す、「せり」や「なずな」などのこと。邪気を払うといわれ、新春に食す習慣があった。

◆ **衣手《ころもで》**
袖のこと。

16

中納言行平《ちゅうなごんゆきひら》

818〜893年。在原行平《ありわらのゆきひら》。平城《へいぜい》天皇の皇子・阿保《あぼ》親王の息子。在原氏一門のために奨学院を創立。現存最古の歌合『在民部卿家歌合《ざいみんぶのきょうのいえのうたあわせ》』を主催した。

六歌仙
梨壺の五人
三十六歌仙
中古三十六歌仙
女房三十六歌仙

立《た》ち別《わか》れ　いなばの山《やま》の　峰《みね》に生《お》ふる
まつとし聞《き》かば　今《いま》帰《かへ》り来《こ》む

都の人々と別れ、地方に赴く寂しさを詠んだ歌

お別れして因幡《いなば》の国に去っても、稲羽山《いなばやま》の峰に生えた「松」の木の名のように、あなたが私を「待つ」と聞いたならば、私はすぐにでも帰って来ましょう。

旅・離別　恋　その他　四季

中納言行平(在原行平)

『古今和歌集』の詞書によると、行平は事件に関与して、摂津国《せっつのくに》(兵庫県)の須磨《すま》にこもったことがあるという。その行平歌が『源氏物語』「須磨」の巻の基底となり、謡曲『松風』に伝説化される。

稲羽の山に生える松の名のように
あなたが待っていると聞いたならば、
私はすぐにでも帰るよ。

離別・365

かかわりのある人物

行平の弟！

17 在原業平朝臣《ありわらのなりひらあそん》

同じ阿保親王を父にもつ和歌の名手。

行平の甥！

23 大江千里《おおえのちさと》

生没年や官歴は未詳。宇多《うだ》天皇に、家集『句題和歌《くだいわか》』を献上した。

国司《こくし》の任期《にんき》

国司の任期はもともと6年だったが、のちに4年となった。行平は2年ほどで任地の因幡国《いなばのくに》から帰京している。中流貴族の女性たちは、父や夫が地方に行く際に同行しないこともあった。

いなばの山《やま》 歌枕

鳥取県の東部、岩美《いわみ》郡国府町にある山(標高249 m)。稲羽の国庁跡の東北にあり、中腹には宇部神社がある。6大友家持も因幡守《いなばのかみ》であった。

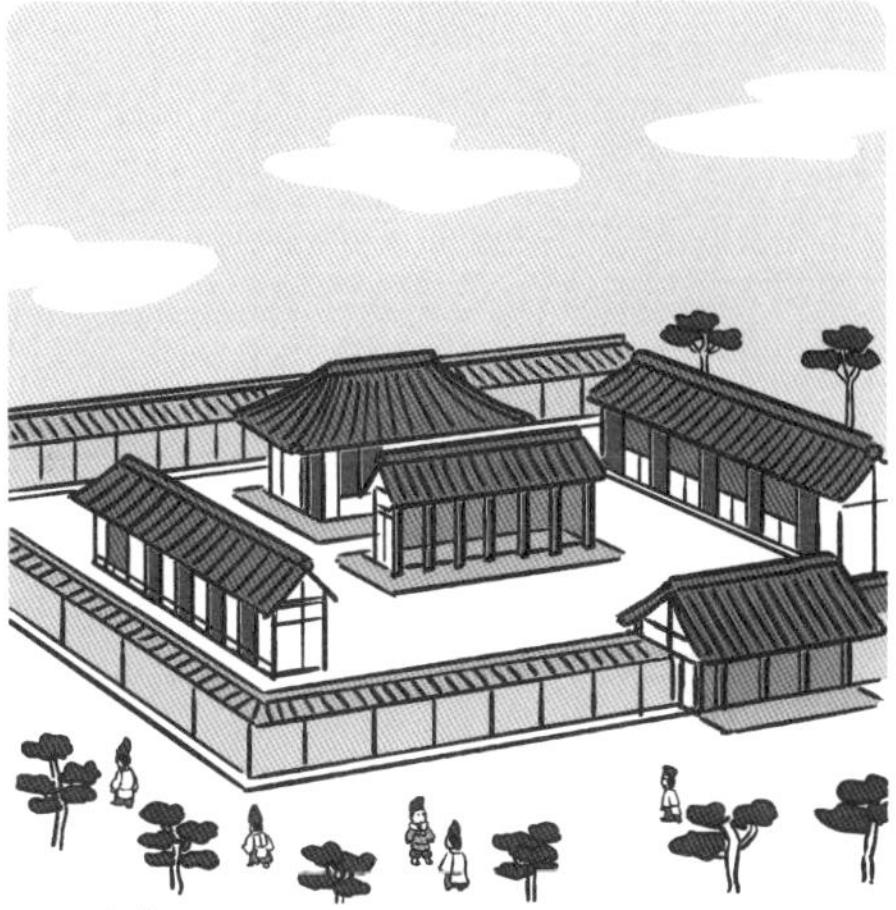

国司《こくし》

律令制に定められた地方官のことで、都から各国に派遣され、役所である「国衙《こくが》」「国庁」に勤めた。その所在地を国府という。「国宰《こくさい》」とも。「守《かみ》」「介《すけ》」「掾《じょう》」「目《さかん》」の四等官があり、行政や司法、戸籍、計帳、徴税などを管理した。のちには守(長官)のみを国司といった。不正を行って、富を手に入れる国司もいたため、平安時代初期にはそれらを監察する「勘解由使《かげゆし》」が配置された。

人との別れを悲しみ惜しむ

『古今和歌集』の詞書には「題しらず」とありますが、元慶9(855)年正月、行平が因幡国に守《かみ》として赴任する際に、京の郊外まで見送りに来た人々と別れるときに詠んだ歌だと考えられています。

「立ち別れいなば」と別れて因幡国に行くことを言い、「いなばの山の峰に生ふるまつ」を序詞として挟み込むことで、赴任先にある松が生えた稲羽山の寂しげな風景をイメージさせます。

また、去って行くという意味の「往《い》なば」と「稲羽」を掛けるだけでなく、「松」と「待つ」を導き出すことで、「あなたが待っているのならばすぐ帰りますよ」と歌っています。

しかし、公命で下るのですから、簡単に帰って来られるわけではありません。4年という長い月日を離れて暮らす心細さと不安、哀愁が感じられる歌なのです。

語句・文法

掛詞 序詞 枕詞 本歌取り

◆**立《た》ち別《わか》れ**
「立ち」は接頭語。

◆**いなばの山《やま》**
歌枕。因幡国(鳥取県)の稲羽山。「稲羽」と「往なば」の掛詞。「往なば」は「往ぬ」の未然形に「ば」がついた形。「去ってしまったならば」の意。

◆**まつとし聞《き》かば**
「まつ」は「松」と「待つ」の掛詞。「待つと聞いたならば」の意。

◆**今帰《いまかへ》り来《こ》む**
「今」は「すぐに」の意。「む」は意思の助動詞。

17

在《あり》原《はら(わら)の》業《なり》平《ひら》朝臣《あそん》

825〜880年。阿保《あぼ》親王の息子。母は桓武《かんむ》天皇の娘・伊登《いと》内親王。従四位上右近衛権中将《うこんえごんのちゅうじょう》、「在《ざい》中将」「在五《ざいご》中将」とも。家集に『業平集』がある。

六歌仙
中古三十六歌仙
梨壺の五人
女房三十六歌仙
三十六歌仙

ちはやぶる　神代《かみよ》も聞《き》かず　龍田川《たつたがは》
からくれなゐに　水《みづ》くくるとは

屏風に描かれた龍田川に
紅葉が流れている絵を見て詠んだ歌

不思議なことが多かった神代の時代にも聞いたことがない。龍田川が美しい紅色に水をくくり染めにするとは。

旅・離別　恋　その他　四季

紅葉が龍田川を
紅に絞り染めにしているとは、
神々の時代にも
聞いたことがありません。

在原業平朝臣
『伊勢物語』の主人公とされる。色好みで、美貌の貴公子であったと伝えられる。『古今和歌集』仮名序で、業平の歌は「心あまりて、詞足らず」と評される。

川に流れる紅葉を織物に見立てる

『古今和歌集』の詞書には、「二《に》条后《じょうのきさき》の春宮《とうぐう》の御息所《みやすんどころ》と申しける時に、御屏風に龍田川に紅葉流れたる形をかけりけるを題にてよめる」とあります。この二条后とは清和《せいわ》天皇の后・高子のことで、『伊勢物語』では業平を思わせる「昔男」と密かに通じ合っていたと描かれています。

この歌が題材とした屏風には、龍田川に紅葉が流れている風景が描かれていたと考えられます。それを業平は、美しい紅に絞り染めをした布地に見立てて詠んでいるのです。

この斬新な見立ての技法によって、絵に描かれた川面の紅葉の紅の色彩がより鮮やかに浮かび上がります。また、「神代の時代にも聞いたことがない」というのは大げさな表現ですが、見立てと呼応して宮中を飾るにふさわしい華麗な印象が与えられます。

しかし、中世の注釈書では「水くくる」を「水潜《くぐ》る」と解釈しています。この場合、絞り染めの見立てではなく、龍田川の川面を埋め尽くすように散り敷いた紅葉の下を水が潜り流れている情景が浮かび上がります。これもまた美しい情景と言えるでしょう。

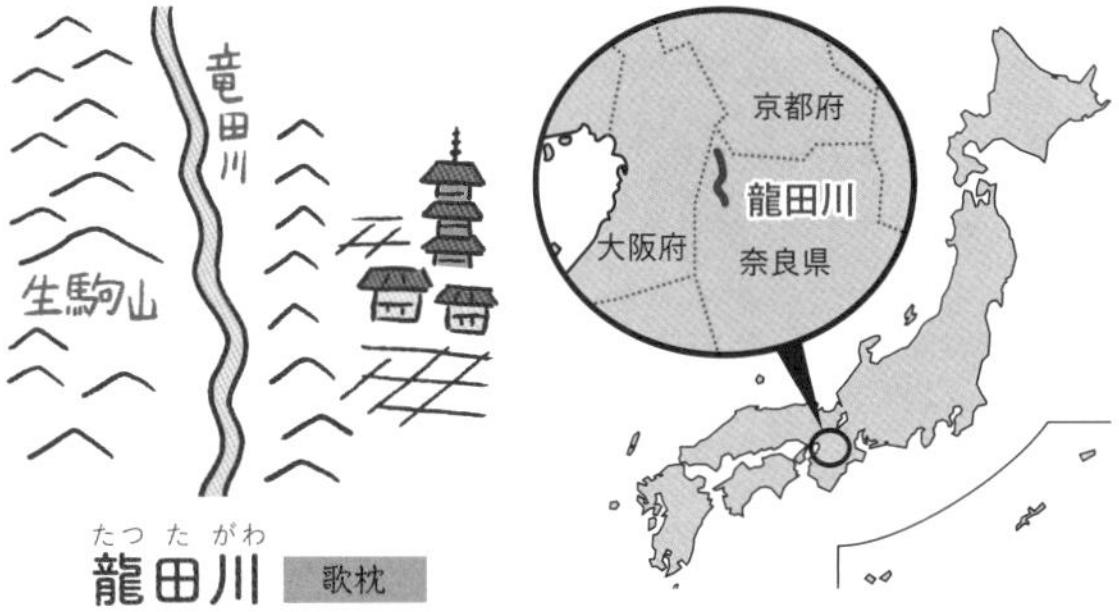

龍田川《たつたがわ》 歌枕

奈良県の生駒《いこま》山地の東側を南流する川。上流を生駒川といい、下流で大和川と合流する。紅葉の名所として知られ、現在も11～12月にかけて紅葉を楽しむことができる。

屏風歌《びょうぶうた》

中国から伝わった屏風絵《びょうぶえ》(唐絵《からえ》)には、漢詩などが書き添えられていた。次第に屏風には、日本を題材とした風景や景物を描くようになり(やまと絵)、和歌が書き添えられるようになった。歌は色紙形に書かれて屏風に貼られたりし、このような歌を「屏風歌」と呼んだ。

伊勢物語《いせものがたり》

「昔、男ありけり」から書き出される小さな物語を集めた歌物語。この冒頭から主人公の男のことを「昔男《むかしおとこ》」などと呼ぶことがある。成立は平安時代の10世紀中頃と考えられ、元服で初めて冠をつける「初冠《ういこうぶり》」から辞世の歌までが一代記風に記されている。97藤原定家の写本の系統では全部で125段。この物語に出てくる歌は業平の歌が中心となっており、物語での男の行動は業平自身のものだと考えられ、後世、業平の人物像のもととなった。『伊勢物語』は、『源氏物語』と並んで和歌に欠かせない教養の一つであった。

語句・文法

掛詞 枕詞 序詞 本歌取り

◆**ちはやぶる**
「神」を導く枕詞。

◆**神代《かみよ》**
神話に見られるような、神々が統治した時代。また、人知を超えた不思議なことが起こるような時代。

◆**からくれなゐ**
「から」は、もともとは韓の国から渡来したものにつける接頭語。美しいことをいう。美しい鮮やかな紅のこと。

◆**くくる**
くくり染め(絞り染め)のこと。江戸時代の賀茂真淵《かものまぶち》以降、この解釈が通説となった。

見立《みた》て

主に視覚上の印象の類似に基づいて、実在する事物Aを、そこには存在しないBと見なす表現のこと。想像力を働かせる比喩の一種。古今集時代に高度に発達し、のちの時代に受け継がれた。江戸時代には俳諧・歌舞伎・浮世絵など、さまざまなジャンルで用いられる。

見立て：Ⓐを Ⓑと見なす

Ⓐ(実在)		Ⓑ(非実在)	
紅葉	➡	織物	17在原業平朝臣
紅葉	➡	錦	24菅家(菅原道真)・69能因法師
雪	➡	月	31坂上是則
紅葉	➡	しがらみ	32春道列樹
白露	➡	玉	37文屋朝康
花	➡	雪	96入道前太政大臣(藤原公経)

かかわりのある人物

16 中納言行平《ちゅうなごんゆきひら》

『在民部卿家歌合』は行平の邸宅で催された。「ほととぎす」「あはぬ恋」の2題12番。

18

藤原《ふぢはら（ふじわら）の》敏行《としゆき》朝臣《あそん》

生年未詳～901年。按察使《あぜち》富士麿《ふじまろ》の息子。母は紀名虎《きのなとら》の娘。清和《せいわ》から宇多《うだ》まで4代の天皇に仕えた。従四位上右兵衛督《うひょうえのかみ》。能書としても知られる。家集に『敏行集』がある。

六歌仙　梨壺の五人　三十六歌仙
中古三十六歌仙　女房三十六歌仙

住《すみ》の江《え》の　岸《きし》に寄《よ》る波《なみ》　よるさへや
夢《ゆめ》の通《かよ》ひ路《ぢ》　人目《ひとめ》よくらむ

夢の中でも人目を避ける恋人を恨む歌

住の江の岸に寄る波の、そのよるではないが、夜までも、夢の中の通い路の人目を避けているのでしょうか。

恋　旅・離別　四季　その他

夢の中でさえ人目を避けて通ってきてくれないのかしら。

藤原敏行朝臣
『是貞親王家歌合《これさだのみこのいえのうたあわせ》』や『寛平御時后宮歌合《かんぴょうのおおんときのきさいのみやのうたあわせ》』に出詠。『古今和歌集』には19首が撰ばれている。

恋二・559

夢の中でも人目を避けているのは誰？

『古今和歌集』の詞書によれば、これは『寛平御時后宮歌合』で詠まれた歌です。この歌は「よくらむ」の主語が誰であるのかによって解釈が異なります。

「よくらむ」とは「避けるのでしょうか」の意味ですが、人目を避けているのは歌を詠んでいる「私」なのか、それとも恋人の「あなた」なのか、ということです。「私」であった場合には、「夢の中でまで私は人目を避けるのでしょう」という弱気でやや自虐的な自己を分析した歌になります。

しかし、詠まれているのが歌合の場であることを考えると、男性である作者が女性の立場に立って詠んだ歌であるという見方もできます。つまり、人目を避けているのは「あなた」ということです。通常、恋人のもとへ通うのは男性なので、人目を避けて通うことをためらうのは相手である恋人の男性ということになります。

この場合は、「昼だけでなく夜、夢の中でまであなたは人目を避けるのでしょうか、夢の中だけでもせめて私の所に通って来てくれればよいのに」と嘆き訴える女性の歌だと読むことができます。

寄せては返す住吉の波のイメージが忍ぶ恋のわびしさや苦しさと重なって感じられる歌です。

語句・文法

掛詞 序詞 枕詞 本歌取り

◆**住《すみ》の江《え》**
摂津国《せっつのくに》（大阪府・兵庫県の一部）の海岸のこと。「住吉」とも。歌枕。

◆**寄《よ》る波《なみ》**
「打ち寄せる波」の意。ここまでが序詞。

◆**よるさへや**
「よる」は「寄る」と「夜」が掛けられている。「さへ」は添加の副助詞。「昼だけでなく夜までも」の意。

◆**夢《ゆめ》の通《かよ》ひ路《ぢ》**
夢の中で恋人に逢いに行く、通い路のこと。

◆**よくらむ**
「よく」は下二段動詞の「避《よ》く」。「らむ」は現在推量の助動詞の連体形。「や」の結び。

教養《きょうよう》

手習い（習字）は、平安時代の貴族たちにとって、男女問わず大切な教養の一つであった。手習いのほかに、管弦や和歌が重要な教養とされており、男性は特に漢籍の知識が重視された。

能書《のうしょ》

特に筆で書く文字が巧みな人のこと。平安時代初期の能書（空海・嵯峨《さが》天皇・橘逸勢《はやなり》）を「三筆《さんぴつ》」といい、平安時代中期の能書（小野道風《みちかぜ》・藤原佐理《すけまさ》・藤原行《ゆき》成《なり》）を「三蹟《さんせき》」という。

住《すみ》の江《え》 歌枕

現在の大阪府大阪市の住吉区と住之江区などにわたる海岸のこと。昔は入り江だった。「すみのえ」は海岸の名、「すみよし」は大社や地名として用いられることが多い。松の名所。また、住吉大社の神は、和歌の神としても知られる。

かかわりのある人物

⑰ 在原業平朝臣《ありわらのなりひらあそん》

敏行の妻は、業平の妻の妹である。『古今和歌集』によれば、敏行は業平の家の女に通い、業平が代作した女の歌を贈られている。

19

伊《い》勢《せ》

生没年未詳。伊勢守《いせのかみ》・藤原継蔭《つぐかげ》の娘。宇多《うだ》天皇の中宮温子に出仕。古今集時代の代表的女性歌人で、屏風歌など晴れの歌においても活躍した。家集に『伊勢集』がある。

三十六歌仙
梨壺の五人
六歌仙
女房三十六歌仙
中古三十六歌仙

難波潟《なにはがた》　短《みじか》き蘆《あし》の　ふしの間《ま》も
逢《あ》はでこのよを　過《す》ぐしてよとや

わずかな時間だけでも逢いたいという恋しく苦しい心を詠んだ歌

難波《なにわ》の入り江の蘆《あし》の短い節と節の間のように、ほんのわずかな時間でさえも、あなたに逢うことができずに、この世を過ごし終えてしまえというのですか。

恋　旅・離別　四季　その他

ほんの短い時間でさえも逢ってはくれないの？

伊勢
敦慶《あつよし》親王との間に生まれた娘・中務《なかつかさ》も優れた歌人で、三十六歌仙に選ばれている。

恋一・1049

逢えないことの苦しみを相手に強く訴える

『新古今和歌集』の詞書は「題しらず」ですが、『伊勢集』の詞書には「秋ごろ、うたて人の物いひけるに」とあります。ところが、この『伊勢集』は作者の没後に編纂されたもので、この歌が載る家集後半は、他人の歌が混入した部分です。つまり、この歌は伊勢の歌ではない可能性が非常に高いのですが、中世には伊勢の作だと信じられていました。

上の句では、蘆が広がる難波潟の情景が描かれています。難波潟には穏やかな春の美しい情景を詠む歌もありますが、この歌は秋であることも相まって、寂しげで孤独感の漂う心象風景と言ってよいでしょう。入り江に蘆が揺れる雄大な自然の描写から、水辺の蘆の茎の節に焦点が当たり、下の句へと展開していきます。

「このよ」の「よ」には、この世の中という意味の「世」と、蘆の節のことを指す「よ」が掛けられ、情景と心情の描写を結びつけています。上の句のゆったりとした様子から、下の句では一転して「過ぐしてよとや」と強い語気を用い、激しい恋心が感じられます。

「短い時間すらも逢えずに、この世を過ごせというのか」となじるような調子で相手に問いかける内容でありながら、美しい調べを伴った情熱的な恋の歌と言えるでしょう。

語句・文法

掛詞　枕詞　序詞　本歌取り

◆難波潟《なにはがた》
「難波」は現在の大阪市やその一帯の古称で、現在の大阪湾の入り江のこと。蘆の名所として知られた。歌枕。

◆短《みじか》き蘆《あし》の
蘆には節があり、その間は短い。ここまでが「ふしの間」を導く序詞。

◆ふしの間《ま》
「短い節と節の間」の意と「ほんのわずかな時間」という二重の意を込める。

◆逢《あ》はで
「逢えないで」の意。「で」は打消の接続助詞。

◆このよ
「よ」は、「世」と節のことである「よ」を掛けている。「節《よ》」は蘆の縁語。

◆過《す》ぐしてよとや
「て」は完了の助動詞「つ」の命令形。「や」は疑問の係助詞。

かかわりのある人物

69 能因法師《のういんほうし》

伊勢が隠棲した草庵があったという伊勢寺《いせじ》の里(大阪府高槻市)の北には、能因法師の墓とされる「能因塚」がある。

難波潟《なにわがた》 歌枕

現在の大阪府の淀川河口付近の海の古称。蘆が繁茂する湿原が広がっていた。「蘆」のほか、「澪標《みをつくし》」が代表的な景物。天王寺や住吉社参詣のため、都人が頻繁に往来し、和歌によく詠まれた。『百人一首』では、次の20元良親王や88皇嘉門院別当が難波を舞台に歌を詠んでいる。「難波江《なにわえ》」ともいう。

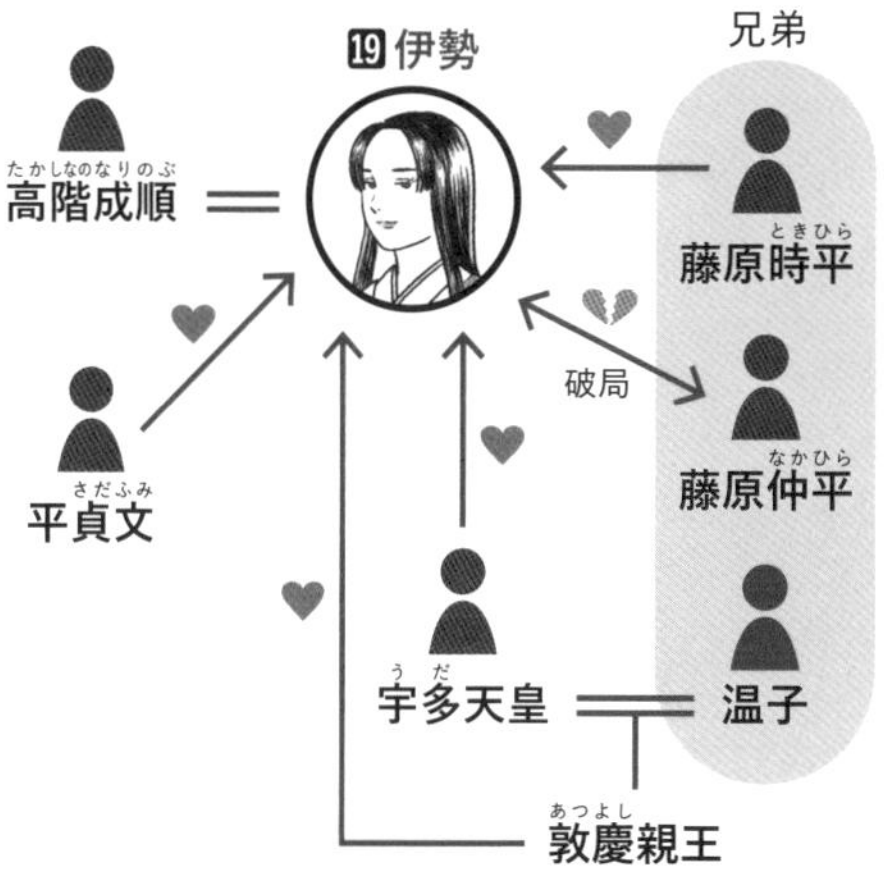

伊勢《いせ》の御《ご》・伊勢《いせ》の御息所《みやすんどころ》

若くして宇多天皇の中宮温子(藤原基経《もとつね》の娘)に仕え、温子の兄・藤原仲平《なかひら》らと恋仲になった。その後、宇多天皇の寵愛を受けて皇子を産んだことから、こう呼ばれた。天皇譲位後、宇多帝の皇子・敦慶親王との間に中務を出産した。

蘆《あし》(葦・芦)

イネ科の植物で、水辺や湿地に群生する。成長すると2mを超えることも。茎で簾《すだれ》を作ったり、屋根を葺《ふ》いたりして用いた。「あし」が「悪《あ》し」に通じるのを避けるため、「善《よ》し」にちなんで「よし」ともいう。

20

元良親王《もとよししんわう（のう）》

890～943年。陽成天皇《ようぜい》（⑬陽成院）の皇子。母は藤原遠長の娘。親王の位階の第3位である三品兵部卿《さんぼんひょうぶきょう》。『後撰和歌集』以下の勅撰集に20首撰ばれている。

三十六歌仙　梨壺の五人　六歌仙　女房三十六歌仙　中古三十六歌仙

わびぬれば　今《いま》はた同《おな》じ　難波《なには》なる
みをつくしても　逢《あ》はむとぞ思《おも》ふ

不倫の恋が露見してもなお逢いたいと願う歌

このように思い悩んでいるのだから、今となっては身を滅ぼしたも同じことです。それならば、難波にある澪標《みおつくし》の名のように、私の身を滅ぼしても、あなたに逢いたいと思います。

恋　旅・離別　四季　その他

身を滅ぼしてでもあなたに逢いたい。

元良親王
色好みの風流人として知られ、『大和物語』に「故兵部卿宮」として説話が残る。後人が編纂した家集『元良親王集』には、多くの女性との贈答歌が歌物語のようにまとめられている。

恋五・960

思い詰めながらも なお逢いたいという決意

『後撰和歌集』の詞書には「事出《い》できて後に京極の御息所《みやすんどころ》につかはしける」とあります。京極の御息所とは左大臣・藤原時平の娘・褒子のことで、宇多法皇の后として3人の皇子を設けていますが、法皇とは親子ほど年齢差がありました。この歌は、そんな褒子との密通が世間に露見してしまったあとに遣わした歌ということです。

天皇の后のような高貴な身分の女性と不義を犯すことは、まさに社会的に身を滅ぼすほどのことでした。それでも「逢はむとぞ思ふ」と言い切る元良親王の決意には、破滅的で激しい恋心が感じられます。

また、「同じ」については、何が同じなのか諸説があります。「難波」の「な」に「名」(評判)が掛かっていると見ると、「立つ名は同じ」となり、「一度噂が立ってしまったのだから、もう同じことだ」という解釈になります。ですが、この歌は二句切れと考えられますので、「みをつくし」が同じと見て、「身を滅ぼすのは同じこと」と解釈するのがよいでしょう。

語句・文法

掛詞 枕詞 序詞 本歌取り

◆**わびぬれば**
「わび」は「わぶ」の連用形。思い煩う、苦しみ嘆く気持ちのこと。

◆**今《いま》はた同《おな》じ**
「はた」は「また、もはや」の意。「同じ」は「みをつくしに同じ」で、「わが身を尽くしたのも同然」の意。

◆**難波《なには》なる**
「なる」は存在を表す助動詞。「難波にある」の意。

◆**みをつくし**
「澪標」と「身を尽くし」を掛ける。

京極御息所《きょうごくのみやすんどころ》

元良親王がこの歌を贈った藤原褒子は、とても美しかったらしい。父の時平《ときひら》は醍醐《だいご》天皇に入内させるつもりで準備していたのに、宇多《うだ》法皇が無理やり奪ったという話や、志賀寺の上人が一目見て心を奪われて仏道修行に身が入らなくなったという話が伝わる(『俊頼髄脳《としよりずいのう》』)。ちなみに、時平は元良親王の父である陽成《ようぜい》天皇(13陽成院)を退位させた藤原基経《もとつね》の子で、因縁が深い。

澪標《みおつくし》

通行する船に水脈や水深を知らせる目印として立てる杭のこと。航路標識。川や浦の深いところなどに杭を立てる。水脈を「みを」と読む。難波の代表的な景物で、「身を尽くす」に掛けて用いられることが多い。

かかわりのある人物

13 陽成院《ようぜいいん》

陽成天皇(13陽成院)の廃位後、皇位についたのは15光孝天皇。その子が宇多天皇。

難波《なにわ》 歌枕

現在の大阪市上町《うえまち》台地を中心とする地域。難波にある難波津《なにわづ》は古代より重要な港であった。飛鳥時代には、仁徳《にんとく》天皇の高津宮《たかつのみや》や孝徳《こうとく》天皇の長柄豊碕宮《ながらのとよさきのみや》が置かれていた。宮が置かれなくなってからも天王寺・住吉大社参詣や熊野詣の通路として人々の往来は頻繁だった。→19

『源氏物語《げんじものがたり》』の「澪標《みおつくし》」

『源氏物語』の巻名にも「澪標」があるが、これは本文中に光源氏が詠んだ「数《かず》ならで難波《なには》のこともかひなきになどみをつくし思《おも》ひそめけむ」に由来してつけられたものである。

21

素《そ》性《せい》法《ほふ（ほう）》師《し》

生没年未詳。俗姓は良岑《よしみね》。父は12僧正遍昭（良岑宗貞《むねさだ》）。出家後、雲林院《うりんいん》に住み、のちに良因院《りょういんいん》に移った。宇多《うだ》天皇の時代に活躍。家集に『素性法師集』がある。

三十六歌仙　六歌仙　梨壺の五人　中古三十六歌仙　女房三十六歌仙

**今来《いまこ》むと　いひしばかりに　長月《ながつき》の
有明《ありあけ》の月《つき》を　待《ま》ち出《い》でつるかな**

来ると言った人を待ち続け
夜を明かすことを嘆いた歌

「すぐに行きます」とあなたが言ったばかりに待っていましたが、あなたは来ず、9月の有明の月を待つようなことになってしまいました。

恋　旅・離別　四季　その他

あなたを
待っていたら、
有明の月が出て
しまいました…。

素性法師
素性法師の歌は『古今和歌集』に36首入集し、歌人別で第４位。同集の撰者たちと親交があった。

明け方に見える月を一人で見る女性

この歌の詞書は「題しらず」ですが、『古今和歌集』の「待恋《まつこい》」の歌に配列されています。当時、恋人の訪れを待つのは女性ですから、作者の素性法師は男性ですが、女性の立場で詠んだ歌ということになります。

「すぐに行くよ」と言った恋人を今か今かと待っていたのに、秋の夜長を待ち明かしても現れず、悪人ではなく、有明の月を待ち受けることになってしまった、と歌っています。女性のもとへやって来た男性は空が明るくなる前に帰るのが常識であった平安時代、明け方とは逢瀬を終えて別れる時間です。晩秋の夜は特に長く、時間の経過とともに不安が募り、裏切られたのだという悲しさが込み上げてくるのです。

『古今和歌集』の配列からすると、女性が待っていたのは一夜のことと考えられますが、97藤原定家は、恋人の訪れが長らく途絶え、いつの間にか長月の有明の月が見える頃になってしまったと解釈しています（『顕注密勘《けんちゅうみっかん》』→30）。長月は秋が終わる季節で、有明の月は下旬に見える月です。この解釈では、待たされているのは一日ではなく、数か月待ち続けて訪れがないという状況ということになります。このほうが物語的な解釈と言えるでしょう。

語句・文法

掛詞 序詞 枕詞 本歌取り

◆**今来《いまこ》むと**
「今」は「すぐに」の意。「すぐに行こう」という男性の言葉。

◆**いひしばかりに**
「言ってよこしたばかりに」の意。「ばかり」は限定の意を表す副助詞。

◆**長月《ながつき》**
陰暦9月。晩秋。

◆**待ち出《い》でつるかな**
「待ち出づ」は待ち受けていて会うこと。「つる」は完了の助動詞。「出てしまった」の意。

時間《じかん》を表《あらわ》す言葉《ことば》

『百人一首』の歌が詠まれた時代には、夜から朝にかけて、さまざまな時間を表す言葉が使われており、「有明」もその一つ。男性は日が沈んだ「夕べ」に女性の家を訪れ、帰るのは日の出前のまだ暗い「暁」の頃だった。

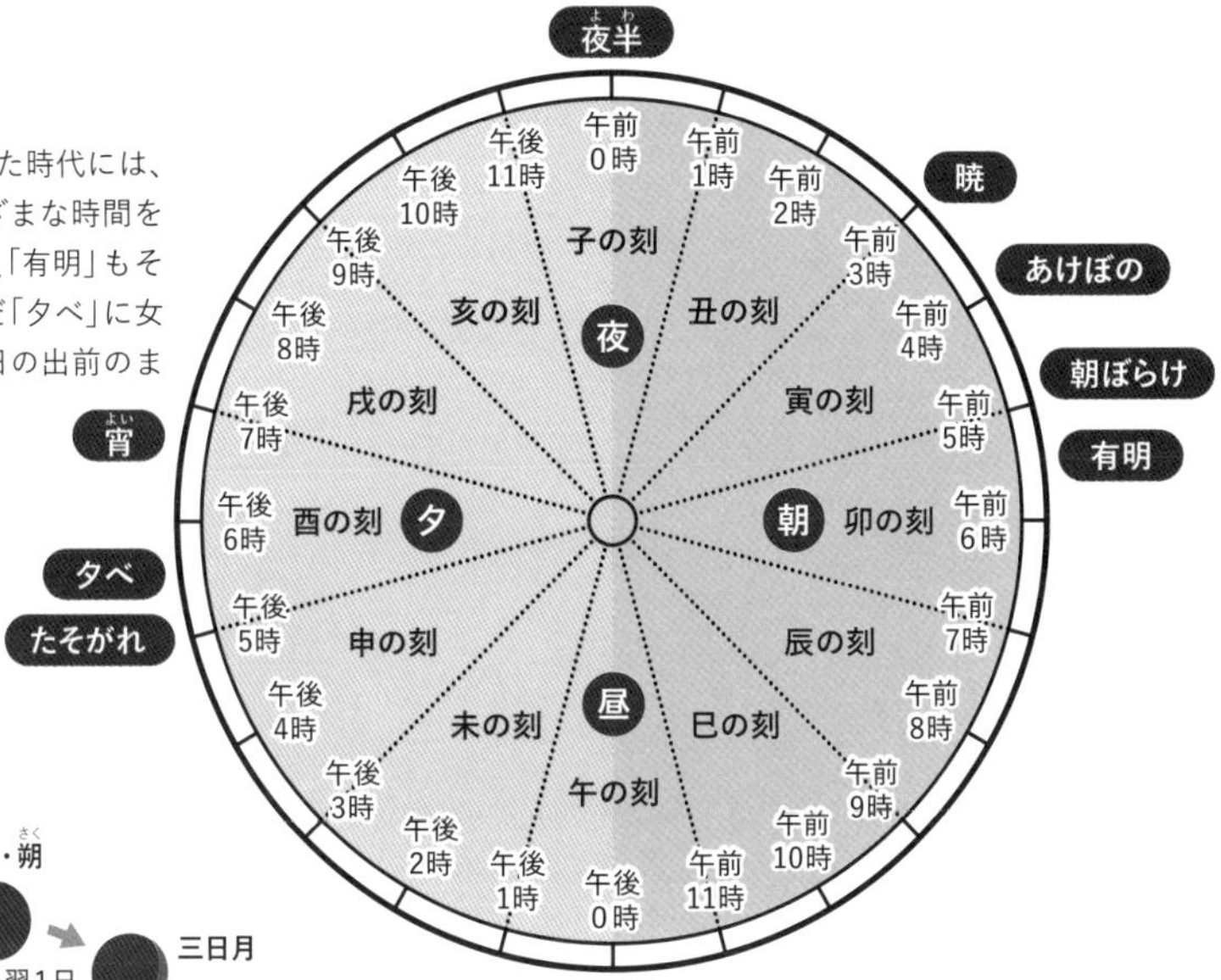

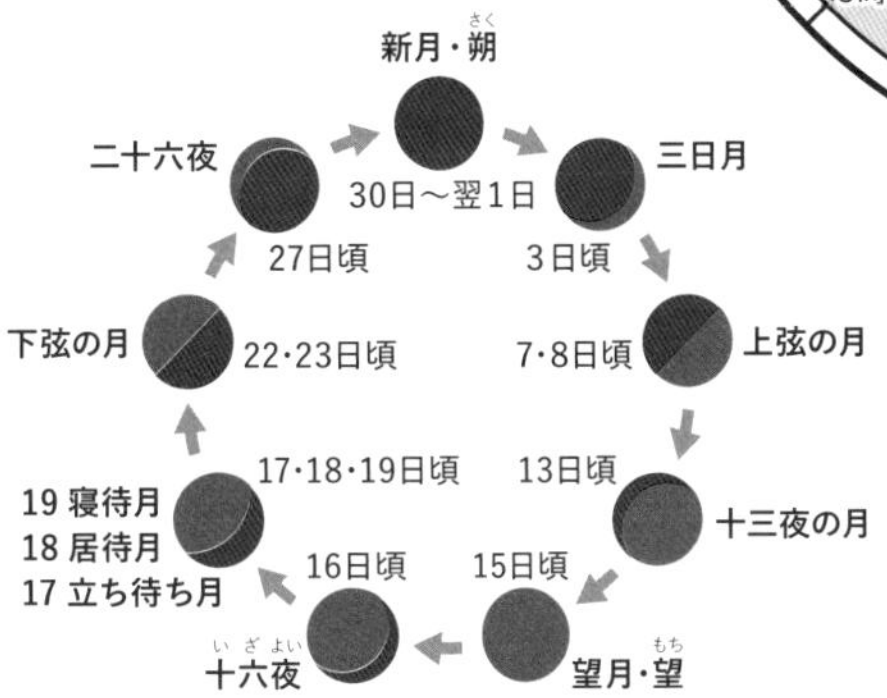

有明《ありあけ》の月《つき》

「有明の月」は夜更けに出て明け方にも残っている月のこと。陰暦で15日以降、特に20日以降の月を指す。『百人一首』で「有明の月」が詠まれているのはこの歌を含めて、4首（21 30 31 81）。

冬			秋			夏			春		
12月	11月	10月	9月	8月	7月	6月	5月	4月	3月	2月	1月
師走《しわす》	霜月《しもつき》	神無月《かんなづき》	長月《ながつき》	葉月《はづき》	文月《ふみづき》	水無月《みなづき》	皐月《さつき》	卯月《うづき》	弥生《やよい》	如月《きさらぎ》	睦月《むつき》

陰暦《いんれき》の異称《いしょう》

陰暦の異称は、次のとおり。

かかわりのある人物

12 僧正遍昭《そうじょうへんじょう》

素性法師は僧正遍昭の在俗時の息子。父の命で出家した。

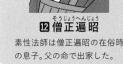

22

文屋康秀《ふんやのやすひで》

生没年・伝未詳。平安時代初期の歌人。身分は低いが、歌人として著名で、六歌仙の一人。『古今和歌集』の真名序《まなじょ》では、中国風に「文琳《ぶんりん》」と称している。

六歌仙
中古三十六歌仙
梨壺の五人
女房三十六歌仙
三十六歌仙

吹《ふ》くからに　秋《あき》の草《くさ》木《き》の　しをるれば
むべ山風《やまかぜ》を　あらしといふらむ

機知的な言葉遊びを用いながらも吹きすさぶ山風の様子を詠んだ歌

吹くとすぐに秋の草木がしおれてしまうので、なるほど、山から吹く荒い風のことを嵐といっているのだろう。

恋　旅・離別　四季　その他

荒々しい山風を
嵐というのももっともだなあ。
文屋康秀
この歌では、草木を吹き倒すほどの秋の嵐を眼前にしているかのように歌っている。

秋下・249

言葉遊びだけではない寂しげな秋の情景

この歌は、詞書に「是貞親王《これさだのみこ》の家の歌合の歌」とあり、歌合で詠まれた歌です。

山から吹き下ろす風を「嵐」というのは、草木を「荒らす」風であるからという気づきと、「山」と「風」の2文字を組み合わせると「嵐」という漢字になるという発見を詠んでいます。

文字の組み合わせによる遊戯的な方法は「離合詩《りごうし》」と呼ばれる漢詩の技法の一つで、この歌はその影響を受けていると思われます。機知的な言葉遊びの歌は、古今集の時代らしい歌と言えるでしょう。

しかし、ただ技巧だけが優れているわけではありません。秋の冷たく激しい風が草木をしおれさせる情景が描かれることで、野分のあとの荒廃の美や秋のあわれを感じることができます。

ちなみに、『古今和歌集』の伝本によっては、この歌の作者を康秀の子・37朝康としていますが、『百人一首』では康秀の作として入れています。

語句・文法

掛詞 枕詞 序詞 本歌取り

◆**吹《ふ》くからに**
「からに」は接続助詞。「吹くやいなや」の意。

◆**しをるれば**
「しをる」は風によって草木がしおれること。「しをるれ」はその已然形。「ば」は原因・理由を表す確定条件の接続助詞。

◆**むべ**
副詞。「なるほど」の意。

◆**山風《やまかぜ》**
山から吹き下ろす風のこと。野分《のわき》。

◆**らむ**
現在推量の助動詞。

中古三十六歌仙《ちゅうこさんじゅうろっかせん》

「三十六歌仙」にならって、藤原範兼《のりかね》が『後六々撰《のちのろくろくせん》』にて名前を挙げた36人の歌人のこと。そのうち『百人一首』に歌が収められている歌人は、以下のとおり。

22番	文屋康秀
23番	大江千里
36番	清原深養父
46番	曽禰好忠
47番	恵慶法師
50番	藤原義孝
51番	藤原実方朝臣
52番	藤原道信朝臣
53番	右大将道綱母
55番	大納言公任
56番	和泉式部
57番	紫式部
59番	赤染衛門
61番	伊勢大輔
62番	清少納言
63番	左京大夫道雅
64番	権中納言定頼
65番	相模
69番	能因法師

歌合《うたあわせ》

主催者を中心として左右の2つのグループに分かれ、双方から1首ずつ歌を出し、優劣を競う遊びのこと。左右に分かれる参加者を「方人《かたうど》」、優劣の判定を下す「判者《はんじゃ》」、その判定の言葉を「判詞《はんし》」という。康秀が参加したといわれる「是《これ》貞《さだの》親王《みこ》家《このいえの》歌合《うたあわせ》」(「仁和《にんな》二《にの》宮《みや》歌合《うたあわせ》」とも)は、寛平5(893)年以前の秋の成立と思われる。

秋《あき》の七草《ななくさ》

秋を代表する草花のこと。『万葉集』(巻八)の山上憶良《おくら》の歌に「萩《はぎ》の花《はな》尾花《をばな》葛花《くずはな》なでしこが花《はな》をみなへしまた藤袴朝顔《ふぢばかまあさがほ》が花《はな》」と詠まれたことに始まる。このうち、アサガオについてはキキョウ説やムクゲ説、ヒルガオ説がある。

言葉遊《ことばあそ》び

「山」と「風」という漢字を縦に組み合わせると「嵐」になる。

山
＋
風
＝
？

かかわりのある人物

9 小野小町《おののこまち》

『古今和歌集』に、康秀が参河掾《みかわのじょう》(地方官の第三位)になったとき、小町を誘った贈答歌がある。

37 文屋朝康《ふんやのあさやす》

康秀の息子で、『古今和歌集』成立直前の歌壇で活躍した歌人。

紀貫之《きのつらゆき》の康秀評《やすひでひょう》

康秀の歌は、『古今和歌集』仮名序において「詞《ことば》はたくみにて、そのさま身におはず。いはば、商人《あきひと》のよき衣《きぬ》着たらむがごとし」、つまり、「言葉は巧みだが、歌の内容と釣り合わない」と評されている。

23

大江《（おお）おほえ》千里《ちさと》

生没年未詳。漢学者・大江音人《おとんど》の息子。宇多《うだ》天皇の勅命により、家集『句題和歌《くだいわか》（千里集）』を献上した。『古今和歌集』に10首が撰ばれる。

六歌仙
中古三十六歌仙
梨壺の五人
女房三十六歌仙
三十六歌仙

月見《つきみ》れば　千々《ちぢ》に物《もの》こそ　悲《かな》しけれ
わが身《み》ひとつの　秋《あき》にはあらねど

しみじみと秋の月を眺めるときに感じる寂しさを詠んだ歌

月を見ると、あれこれさまざまにもの悲しく思われることだ。私一人のためだけに来た秋ではないけれど。

旅・離別　恋　その他　四季

私だけに来た
秋ではないけれど、
もの思いには
際限がない…。

大江千里
この歌は、漢詩文における「悲秋」という通念を前提として、歌合で詠まれた。

秋上・193

燕子楼中霜月夜

（燕子楼中《えんしろうちゅう》　霜月《そうげつ》の夜《よ》）

秋来只為一人長

（秋来《あきき》たっては　只一人《ただいちじん》の為《ため》に長《なが》し）

漢詩《かんし》　中国の古典詩およびその形式によって日本で作られた詩。詩体は古体（古詩と楽府《がふ》）と近体（律詩と絶句）に分かれ、韻文文学としてリズムを大切にしていた。中国と交流があった日本の貴族にとって、漢詩は必須の教養とされ、平安時代初期には『凌雲集《りょううんしゅう》』や『文華秀麗集《ぶんかしゅうれいしゅう》』、『経国集《けいこくしゅう》』などの勅撰漢詩集が編纂された。千里の歌のもととなったのは、白居易《はくきょい》（白楽天《はくらくてん》）の『白氏文集《はくしぶんしゅう》』「燕子楼《えんしろう》」３首のうちの１首である。「燕子楼」とは、張尚書が愛した女性、眄眄《めんめん》が張氏の死後も独り身を守って十数年住んだという楼（高く造った建物）のこと。「燕子楼に霜が降りる冴えた月の夜、訪れた秋はただ私一人のために長い」という内容の詩である。ちなみに、『白氏文集』はかつて「はくしもんじゅう」と読んでいたが、「はくしぶんしゅう」と読むのが正しいことが明らかにされた。

漢詩をもとにして悲愁を和歌に詠む

『古今和歌集』の詞書によれば、この歌は22文屋康秀の歌と同じ『是貞親王家歌合《これさだのみこのいえのうたあわせ》』で詠まれています。白居易《はくきょい》の『白氏文集《はくしぶんしゅう》』「燕子《えんし》楼《ろう》」の「燕子楼中霜月《そうげつ》の夜　秋来たっては只一人の為に長し」を翻案したと考えられています。

千里の歌にはほかにも「対句《ついく》」という漢詩的な修辞法が取り入れられており、「月」と「わが身」、「千々」と「ひとつ」がそれぞれ対になっています。漢詩に通じていた千里らしい構成の歌と言えるでしょう。しかし、こうした技巧を感じさせず、自然な表現になっています。

この歌では、月をしみじみと眺めて感じた秋という季節のもの悲しさや孤独感が情感をもって詠まれています。秋は悲しいものだとする「悲秋」という観念に基づいた歌ですが、そこに「燕子楼」で夫を思い続けた女性のイメージが加わると、悲しさだけでなく、ほのかな艶も感じられます。

語句・文法

掛詞　枕詞　序詞　本歌取り

◆**千々《ちぢ》に**
「さまざまに」「いろいろと」の意。

◆**物《もの》こそ悲《かな》しけれ**
「物悲し」を「こそ」で強調した形。

◆**わが身《み》ひとつの**
「自分一人だけの」の意。「千々」に対して、「ひとり」ではなく「ひとつ」とする。

◆**秋《あき》にはあらねど**
倒置法で、「ど」は上の句へ逆説で続く。言いさした表現で、余韻を感じさせる。

かかわりのある人物

16 中納言行平《ちゅうなごんゆきひら》
（在原行平）
業平の異母兄。千里の叔父にあたる。『古今和歌集』の真名序に見えるように、漢詩文にも通じていた。

17 在原業平朝臣《ありわらのなりひらあそん》
行平の異母弟。同じく千里の叔父にあたる。『伊勢物語』の主人公とされた。

花に鳴く鶯　水に棲む蛙

花《はな》に鳴《な》く鶯《うぐいす》
水《みず》に栖《す》む蛙《かわず》

〈『古今和歌集』仮名序〉

江碧鳥愈白　山青花欲燃

江碧鳥愈白
（江碧《こうみどり》にして鳥《とり》いよいよ白《しろ》く）
山青花欲燃
（山青《やまあお》くして花《はな》燃《も》えむと欲《ほっ》す）
杜甫《とほ》

対句《ついく》
和歌・漢詩文などに用いられる修辞法の一つ。連語の形式が同じで意義の対応する２つの句を並べて用いる。

24

菅《（かん）くわん》家《け》

845〜903年。菅原道真《すがわらのみちざね》のこと。宇多《うだ》・醍醐《だいご》天皇に重用され、従二位右大臣に至る。贈太政大臣。藤原時平《ときひら》の中傷により太宰権帥《だざいのごんのそち》として太宰府に左遷され、その地で没。

六歌仙
梨壺の五人
三十六歌仙
中古三十六歌仙
女房三十六歌仙

このたびは　幣《ぬさ》も取《と》りあえず　手向山《たむけやま》
紅葉《もみぢ》の錦《にしき》　神《かみ》のまにまに

錦のように美しい紅葉を幣として神に手向ける歌

このたびの旅は急なことで幣も用意していません。この手向山の、錦のように美しい紅葉を幣として、神の御心のままにお受けください。

旅・離別　恋　その他　四季

この手向山の紅葉を
幣の代わりに
お受け取りください…。

菅家（菅原道真）
道真は漢詩文にも優れ、詩集に『菅家文草《かんけぶんそう》』『菅家後集《かんけこうしゅう》』がある。

羇旅・420

紅葉を幣に見立てる機転と鮮やかな情景

『古今和歌集』の詞書には「朱雀《すざく》院《いん》の奈良におはしましける時に手向山にてよめる」とあります。朱雀院は宇多《うだ》上皇（→26）のことで、これは寛平10（898）年の宮滝《みやたき》御《ご》幸《こう》の折の歌と考えられています。宮滝は吉野（奈良県）にあり、古代の天皇の離宮があった聖地です。

この御幸は、数か月に及ぶ大旅行で、道真のほか、21素性法師もお伴に加わっていました。訪れた先で詠まれたものであるため、即興性のある歌であったと考えられます。

「取りあえず」とあり、幣を用意できなかったと詠んでいますが、急な御幸で本当に用意する余裕がなかったのか、あまりにも紅葉が美しいので、みすぼらしい自分の幣など捧げられないと表現したのかなど、解釈が分かれています。

しかし、どちらにしても、美しい紅葉を神に手向ける色彩的な鮮やかさは変わりません。紅葉を錦にたとえて、紅葉がいかに美しいかを強調しているのです。紅葉を錦に見立てる技巧は漢詩文にはありましたが、和歌では新しい表現でした。

語句・文法

掛詞　枕詞　序詞　本歌取り

◆**このたび**
「たび」は「度」と「旅」を掛けている。

◆**幣《ぬさ》も取《と》りあえず**
「幣」は神への捧げ物のこと。旅に出るときは、木綿や麻、紙を四角に細かく切って袋に入れて持参し、道祖神の神前でまき散らして手向けた。

◆**手向山《たむけやま》**
奈良県の奈良山の一部、もしくは特定の山ではなく、神に手向けをする山のこと。手向けとは神に供え物をすること。

◆**紅葉《もみじ》の錦《にしき》**
紅葉を美しい絹織物の錦に見立てている。→17

◆**神《かみ》のまにまに**
「神の御心のままに」の意。「お受けください」を略す。

かかわりのある人物

77 崇徳院《すとくいん》
保元の乱に敗れ、流された讃岐で崩御。安元《あんげん》の大火や飢饉、地震などの災害が起こり、崇徳院の祟りだとされた。

99 後鳥羽院《ごとばのいん》
承久の乱に敗れ、流された隠岐で崩御。敵対していた北条泰《やす》時《とき》らが相次いで亡くなったため、後鳥羽院の祟りとされた。

飛《と》び梅《うめ》

道真が太宰府に赴く際、大切にしていた邸の梅に「東風《こちふ》吹かば匂《にお》ひおこせよ梅《うめ》の花《はな》あるじなしとて春《はる》を忘《わす》るな」（『拾遺和歌集』）と歌を詠んだ。その梅は都から太宰府まで飛んでいったと伝えられ、現在の太宰府でも「飛び梅」を見ることができる。

手向山《たむけやま》　歌枕

本来は普通名詞で、特定の山の名前ではなく、旅の安全を祈るために手向けをする山のことをいう。固有名詞になった所としては、山城（京都府）から大和（奈良県）へ抜ける途中の奈良山と、近江（滋賀県）の逢坂山がよく知られる。大和には、春日にも手向山があるが、道真の歌は奈良山で詠まれたもの。

行幸《ぎょうこう》・御幸《ごこう》

天皇が外出をすることを「行幸」、上皇や法皇、女院の外出を「御幸」という。「行幸」と「御幸」の区別は平安時代中期以降につけられるようになった。訓読みはどちらも「みゆき」。

平安京

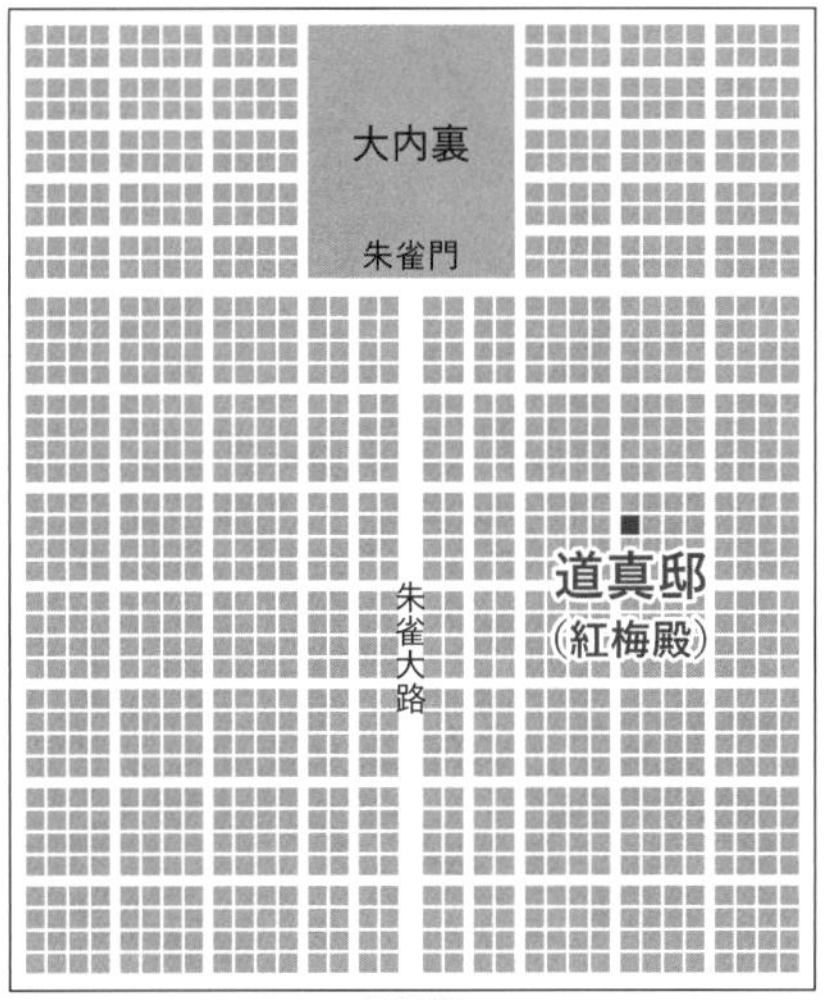

太宰府天満宮《だざいふてんまんぐう》

時平の暗躍により、太宰府に左遷された道真が亡くなったあと、都で続いた一連の異変は道真の怨霊によるものと恐れられた。朝廷はその霊を鎮めるために道真に正一位太政大臣を贈り、太宰府天満宮（福岡県）を創建した。鎌倉時代以降は、文学の神として尊敬され、現在も学問の神として知られる。ちなみに、「太宰府」は古くは「大宰府」と表記するのが一般的。

25

三条右大臣《さんでう（じょう）のうだいじん》

873〜932年。藤原定方《ふじわらのさだかた》。後醍醐《ごだいご》天皇の外祖父《がいそふ》・高藤《たかふじ》の息子。909年に参議となり、のちに従二位右大臣に至る。家集に『三条右大臣集』がある。

六歌仙　梨壺の五人　三十六歌仙　中古三十六歌仙　女房三十六歌仙

名《な》にし負《お》はば　逢坂山《あふさかやま》の　さねかづら
人《ひと》に知《し》られで　くるよしもがな

人に知られずに逢いたいと思う気持ちを詠んだ歌

「逢坂山のさねかづら」と、逢って寝るという名をもっているならば、そのさねかづらを手繰るように、人に知られずにあなたのもとへ来る（行く）方法があればよいのに。

恋　旅・離別　四季　その他

さねかづらを
手繰るように、
人に知られないで
行く方法があればいいのに……。

三条右大臣（藤原定方）
和歌や管弦に通じていたといわれ、息子・44朝忠《あさただ》も楽器を得意とする。35紀貫之や29凡河内躬恒《おおしこうちのみつね》の庇護者としても知られる。

恋三・700

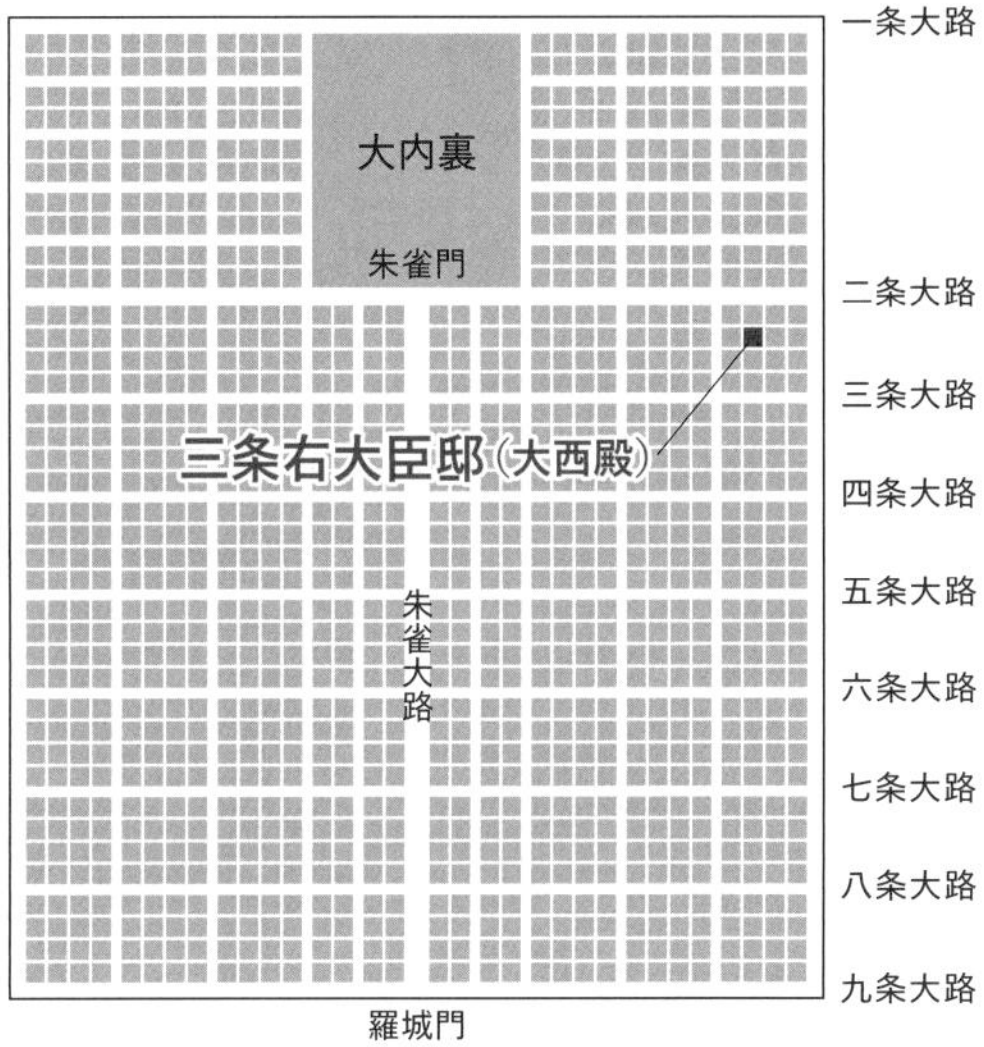

ありきたりにならないよう掛詞を駆使

『後撰和歌集』詞書の「女のもとにつかはしける」からわかるように、この歌は定方が女性に贈った歌です。平安時代には、草花に添えて、その草花にちなんだ歌を贈ることがあり、この歌の場合は「さねかづら」に添えて贈ったのでしょう。

内容は「あなたのもとへ人に知られずに行きたい」というもので、思いを寄せる相手に贈るには平凡な内容と言えますが、和歌の技術面は巧みで独自性のある歌になっています。一首の中には3つも掛詞が詠み込まれています。「逢坂山」と「逢ふ」、「さねかづら」と「さ寝《ね》」、「来る」と「繰《く》る」です。「さ寝」とは共寝《ともね》のことで、「繰る」とはさねかづらを手繰《たぐ》り寄せることを指します。

掛詞がふんだんに用いられていますが、王朝の優雅な生活の中では自然なことで、相手の女性にも十分気持ちが伝わったでしょう。

「来る」については、いくつかの説が唱えられてきました。詠んだのが男性で、男性は「行く」側だからです。現在では女性の立場に立って「来る」を用いたもので、「来る」と「行く」は同意だったと考えられています。21素性法師の歌でも、男性の言葉が「今来む」（すぐに行こう）と表現されています。

名前《なまえ》（場所＋官職）

定方は、平安京の三条坊《ぼう》門《もん》の北、万里小路《ばんりこうじ》の西に邸《やしき》をかまえていた。そのため、「三条」という邸の場所と、「右大臣」という官職名を組み合わせた呼称が用いられている。女性はもちろん、男性も官職で呼ばれることが多く、『源氏物語』をはじめとする物語でも、名前が直接書かれていることは少ない。『百人一首』の歌人の中では、ほかに14河原左大臣（源融）が場所と官職の組み合わせで記されている。

さねかずら

つる性の常緑低木。山地に自生し、夏に黄白色の小花をつけ、秋に球状の果実が赤く熟す。樹皮の粘液を洗髪に用いたことから「美男《びなん》葛《かずら》」の別名がある。長いつるをもつことから、「操る（来る）」が縁語として多用され、「さ寝」を導く序として恋歌に用いられた。

かかわりのある人物

27 中納言《ちゅうなごん》兼輔《かねすけ》

兼輔の邸宅には歌人たちが集い、平安時代中期の歌壇の中心的存在であった。

44 中納言《ちゅうなごん》朝忠《あさただ》

笙《しょう》の名手。笙とは、中国から渡来した雅楽に用いる管楽器。

語句・文法

掛詞　枕詞　序詞　本歌取り

◆名《な》にし負《お》はば
「名をもっているならば」の意。一種の慣用句。

◆逢坂山《あふさかやま》
滋賀県大津市の山。歌枕（→10）。「逢ふ」を掛ける。

◆さねかづら
モクレン科の多年草。「さね」に「さ寝」を掛ける。「さ寝」は男女が共寝をすること。「さ」は接頭語。

◆くる
「来る」と「繰る」を掛ける。

◆よしもがな
「よし」は方法や手段のこと。「もがな」は願望の終助詞。

26

貞信公《ていしんこう》

880〜949年。藤原忠平《ふじわらのただひら》。貞信公はおくり名。基経《もとつね》の息子。従一位関白太政大臣に至る。「小一条太政大臣」とも呼ばれた。日記に『貞信公記』がある。

六歌仙
梨壺の五人
三十六歌仙
中古三十六歌仙
女房三十六歌仙

小倉山《をぐらやま》　峰《みね》のもみぢ葉《ば》　心《こころ》あらば
今《いま》ひとたびの　みゆき待《ま》たなむ

小倉山の紅葉の美しさを天皇にも見せたいと願う歌

小倉山の峰の紅葉よ、もしもお前に心があるならば、もう一度、天皇がいらっしゃるまで散らずに待っていてほしい。

旅・離別　恋　その他　四季

小倉山の峰の紅葉よ、
天皇のみゆきまで
どうか散らずに
待っていておくれ。

貞信公（藤原忠平）
天皇の側近だった菅原道真《みちざね》を追い落としたのが兄の時平《ときひら》。時平の死後、忠平は藤原氏摂関政治の基礎を築いた。ただし、忠平は道真と親しかったので、道真の怨霊に脅かされず、子孫が栄えたと伝えられる。

雑秋・1128

諡号《しごう》(おくりな)

貞信公とは、貴人の功績を称え、死後に与えられた名前(諡号)である。「諡《おくりな》」ともいい、「贈り名」を意味する。

宇多法皇《うだほうおう》

上皇が出家をすると法皇と称されるが、宇多法皇が法皇の初例。宇多の出家は899年のことで、24菅原道真の歌は、出家前の宇多上皇の御幸の際に詠まれた紅葉の歌である。

小倉山《おぐらやま》 歌枕

山城国《やましろのくに》(京都府)の歌枕。小倉山を含む嵯峨野の一帯は、現在でも観光地として有名。97藤原定家の山荘が小倉山の麓にあり、のちに「小倉百人一首」と呼ばれる由縁になった。ただし、定家がここで『百人一首』のもととなる歌を選んだとは考えられない。定家の山荘を「小倉山荘」とするのも後世の称で、定家自身は「嵯峨」または「中院」と呼んでいる。僧・蓮《れん》生《しょう》の中院山荘が臨接していた。中院とは二尊院と清涼寺の間のこと。

平安京

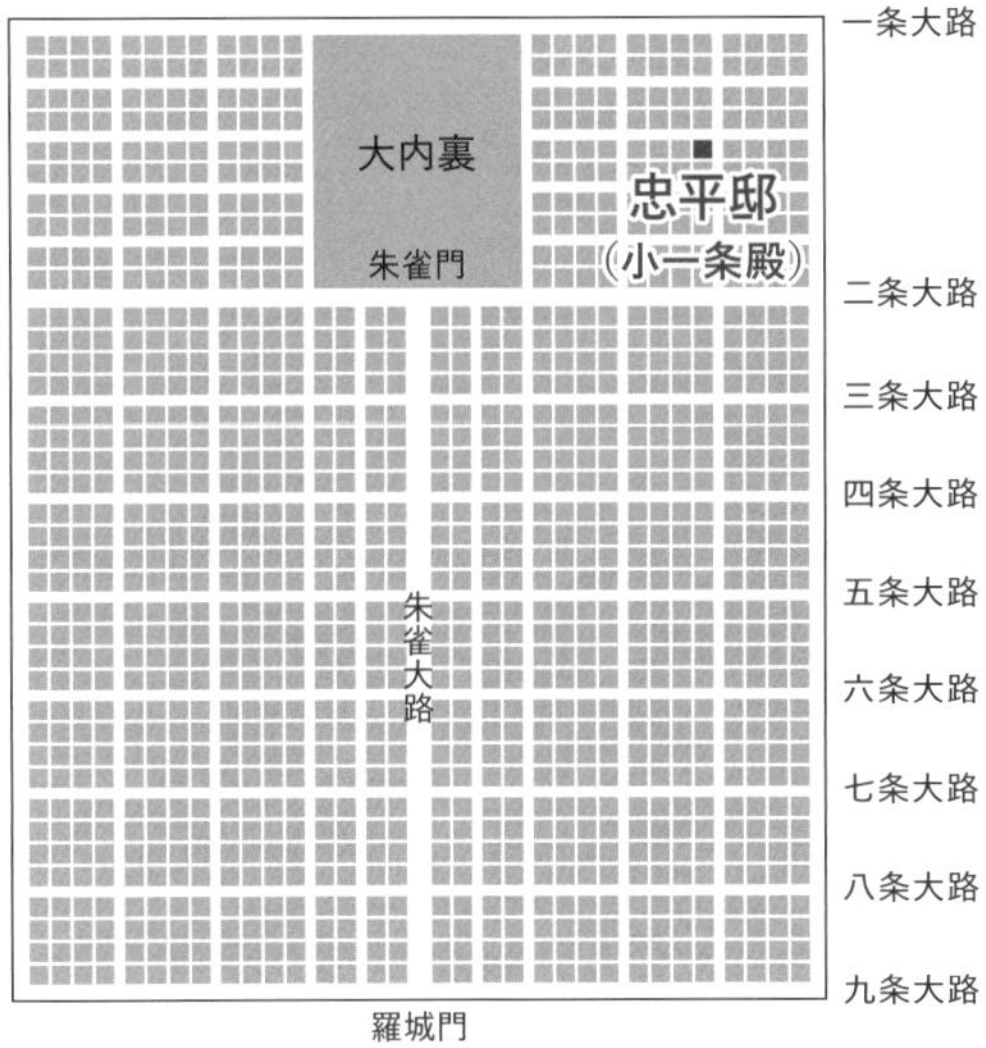

延喜式《えんぎしき》

平安時代の法令集。905(延喜5)年、醍醐《だいご》天皇に命じられ、藤原時《とき》平《ひら》を長として編纂開始。時平の死後、貞信公らが完成させた。全50巻、約3,300条からなる。施行は967年。

雑秋《ぞうあき》

この歌は『拾遺和歌集』では「雑秋」の部立に入る。この「雑秋」という部立は、「雑春」とともに『拾遺和歌集』で初めて見える。「秋」部が純粋に季節を愛でる歌を集めているのに対し、「雑秋」部には何か違う要素をもつ歌が入れられたと考えられる。ただし、この部立はのちの勅撰集にはほとんど受け継がれない。

天皇にも見てもらいたい小倉山の峰の紅葉の美しさ

『拾遺和歌集』の詞書には、「亭《てい》子院《じのゐん》、大堰川《おほゐがわ》に御幸ありて、行幸もありぬべき所なりと仰《おほ》せたまふに、ことのよし奏せむと申して」とあります。亭子院とは、宇多法皇のこと。宇多法皇が小倉山に出かけて紅葉を見たときに、その景色があまりに美しかったので、法皇は「この紅葉をどうかこのまま、わが子の醍醐天皇に見せてやりたい」と言いました。随行して、それを聞いた貞信公が詠んだ歌です。

「心あらば」と紅葉を擬人化して呼びかけることで、法皇の御幸のみならず、天皇の行幸もぜひ実現させたいという宇多法皇に寄り添う気持ちが表現されています。美しい風景をそのまま写生するのではなく、擬人法や仮定法によって、今一度の行幸を期待させるほどの紅葉の美しさが表現されているのです。

語句・文法

掛詞 序詞 枕詞 本歌取り

◆小倉山《をぐらやま》
紅葉の名所。京都市右京区嵯峨にある、大堰川《おおいがわ》を隔て、嵐山に対する。

◆心《こころ》あらば
紅葉を擬人化した表現。「紅葉に心があるならば、宇多法皇の思いをわかってほしい」という呼びかけ。「あらば」は仮定条件を表している。

◆みゆき
行幸。具体的には醍醐天皇の行幸。→24

◆待《ま》たなむ
「なむ」は他者に対する願望の終助詞。紅葉が散らずに待っていてくれることを作者が望んでいる。

27

中《ちゅう》納《な》言《ごん》兼《かね》輔《すけ》

877～933年。藤原兼輔《ふじわらのかねすけ》。従三位中納言兼右衛門督《うえもんのかみ》に至る。10世紀前半の歌壇の中心的存在であった。家集に『兼輔集』がある。

三十六歌仙

六歌仙

梨壺の五人

中古三十六歌仙

女房三十六歌仙

みかの原《はら》 わきて流《なが》るる いづみ川《がは》 いつ見《み》きとてか 恋《こひ》しかるらむ

会ったわけではないのに
想像して恋心をつのらせた歌

みかの原を分けて、湧いて流れる泉川の「いつ」という言葉ではないが、いつ出会ったというので、なぜこんなにもあなたが恋しいのだろう。

恋　旅・離別　四季　その他

噂を聞くだけで
なぜこんなにも
あなたを恋しいと
思うのだろう。

中納言兼輔（藤原兼輔）
賀茂川堤《かもがわつつみ》に邸宅があったため、「堤中納言」とも呼ばれた。その邸宅には、35紀貫之や29凡《おおし》河内《こうちの》躬恒《みつね》などの歌人が集まった。彼らのパトロン的存在。

恋一・996

兼輔《かねすけ》の代表歌《だいひょうか》

兼輔の代表歌は「人《ひと》の親《おや》の心《こころ》は闇《やみ》にあらねども子《こ》を思《おも》ふ道《みち》にまどひぬるかな」(『後撰和歌集』)。人の親の心は闇というわけでもないのに、他のことは何も見えなくなって、子を思う道にただ迷っている、という内容で、広く共感を呼んだ。『源氏物語』に最も多く引用されている歌はこの歌。

かかわりのある人物

25 三条右大臣《さんじょうのうだいじん》(藤原定方《さだかた》)

二人は、ともに有力な政治家で、歌壇の庇護者。従弟同士で仲がよく、兼輔は定方の娘と結婚。『大和物語』に二人の恋が描かれる。

57 紫式部《むらさきしきぶ》

『源氏物語』『紫式部日記』の作者。兼輔は、紫式部の曾祖父にあたる。

垣間見《かいまみ》

平安時代の貴族の恋愛は、男性が女性を「垣間見」したり、噂を聞いたりして、その女性に和歌を贈ることで始まった。「垣間見」は物語でも重視され、『伊勢物語』初段の恋物語も垣間見から始まる。『源氏物語』では「若紫」巻をはじめ、多様な垣間見の場面が描かれる。

恭仁京《くにきょう》

奈良時代中頃に、聖武《しょうむ》天皇は京都府と奈良県の境に位置する瓶原《みかのはら》に恭仁京を造営した。しかし、すぐに都を難波宮《なにわのみや》に移すと数年で平城京《へいじょうきょう》へと戻った。恭仁京が都だった時期は4年ほどで、未完成のまま廃都。中心の「恭仁宮」の跡は現在も残る。三方を山に囲まれた要衝の地。加茂町に編入となるまでこの地に瓶原村が存在した。

みかの原《はら》　歌枕

「みかの原」は「瓶原」と書き、京都府南部の相楽郡加茂町《そうらくぐんかもちょう》を流れる泉川(現在の木津川)の北側一部を指す。『万葉集』の歌には詠まれているが、平安時代にはほとんど関心がもたれていない。鎌倉時代前期の南都《なんと》(奈良)復興を機に「泉川」周辺の古都として脚光を浴びるようになった。この歌が兼輔歌として『新古今和歌集』に選ばれたのも、そうした関心の高まりの表れ。

中納言《ちゅうなごん》

太政官の次官として、大納言の下の官位にあたる。令外官《りょうげのかん》の一つ。持統《じとう》天皇の時代に大納言を2名減らし、中納言を3名置いた。その人数は次第に増加した。職務は大納言とほぼ同じで、政務運営にあたった。別名である唐名では「黄門《こうもん》」と呼ぶ。

2つの解釈《かいしゃく》

この歌には古来より、2つの解釈がある。「いつ見き」の「見る」が、単に「見かける」の意とも、「男女が契りを結ぶ」の意とも解釈できることから、「未《いま》だ逢はざる恋」か、「逢ひて逢はざる恋」か、議論の的になってきた。後者の場合だと、安易に逢瀬を繰り返せない相手との恋の歌となる。

世間の噂だけで恋をしていた時代

『新古今和歌集』では「恋一」に「題しらず　中納言兼輔」として見えます。ただし、この歌は『古今六帖』の作者不明の歌で、『兼輔集』にも載っていません。ですので、本当は兼輔の歌ではないと考えられます。

第二句の「わきて」が掛詞になっており、「泉川」が「湧きて流る」と心の内側から湧き上がる恋しい気持ちを感じさせ、「みかの原」を「分きて流るる」で、おおらかで雄大な景色を想像させます。抑えきれない恋の憧れが内面から溢れてくる様子を心の風景として巧みに表現しています。

この第三句までが序詞で、「いづみ」と仮名表記が同じになる「いつみ」を引き出しています。下の句では、なぜこんなにも深く恋をしてしまったのかと自分自身の心を訝《いぶか》しんでいます。

語句・文法

掛詞　序詞　枕詞　本歌取り

◆みかの原《はら》
山城国(京都府)の歌枕。「みかの原～いづみ川」までの上の句が序詞。

◆わきて流《なが》るる
みかの原が泉川の両岸に広がっている状態。「分きて」と「湧きて」の掛詞とし、「湧き」を「泉」の縁語とする。

◆いつ見《み》きとてか
「いつ見たことがあってか」の意。男女関係の「見る」は人目を忍んで会うこと。「か」は疑問の助詞。

◆恋《こい》しかるらむ
「らむ」は現在推量の助動詞。上の句の「か」と結びになっている。

28

源《みなもとの》宗《むね》于《ゆき》朝臣《あそん》

生年未詳～939年。15光孝天皇の皇子・是忠《これただ》親王の息子。源姓を賜って臣籍に下った。正四位下右京大夫《うきょうのだいぶ》。『大和物語』には九段にわたって登場。家集に『宗于集』がある。

三十六歌仙

六歌仙

梨壺の五人

中古三十六歌仙

女房三十六歌仙

山里《やまざと》は　冬《ふゆ》ぞ寂《さび》しさ　まさりける
人目《ひとめ》も草《くさ》も　かれぬと思《おも》へば

冬の山里の情景から寂しい気持ちを詠んだ歌

山里は、冬がよりいっそう寂しさを感じられるものだ。人が訪ねて来ることもなくなって、草も枯れてしまうのだから。

恋　旅・離別　四季　その他

山里はただでさえ寂しいところなのに、冬はいっそう寂しく感じさせるなあ。

源宗于朝臣
歌人として優れていたと伝えられる。ただし、『古今和歌集』の6首のほか、勅撰集に入る歌は多くない。

冬・315

冬の山里のしみじみとした寂しさ

『古今和歌集』の詞書には「冬の歌とてよめる」とあります。都と比べると、訪れる人もない山里は、冬になると一段と寂寥感や孤独感が強く感じられると歌っています。上の句で寂しさを言い、下の句で「なぜなら」とその理由を説明する形です。

歌の趣向の中心は、下の句の掛詞「かれ」を用いた知的な構成にありますが、歌の主題は山里の寂しさにあります。

冬の山里のしみじみとした寂しさが平明な表現で歌われています。この「寂しさ」とは、苦悩の感情ではなく、寂しさの中にどこか懐かしさも感じさせるものでしょう。

語句・文法

掛詞　序詞　枕詞　本歌取り

◆山里《やまざと》は
山間の人里のこと。「は」は「都」と対比して提示する係助詞。京都郊外の山荘などにいる様子。

◆冬《ふゆ》ぞ
係助詞「ぞ」によって、冬をより強調した表現。

◆かれぬ
「かれ」は掛詞。人の来訪が絶える「離れ」と、草が「枯れ」の意味を掛ける。「ぬ」は完了の助動詞。

◆と思《おも》へば
確定条件の表現方法で、「人目も草もかれぬ」を意識して確認する気持ちでの言葉。

上の句	下の句	意味
秋来《あきく》れば 虫《むし》とともにぞ なかれぬる	人《ひと》も草葉《くさは》も かれぬと思《おも》へば	秋が来ると、虫が鳴くように私も悲しくなって泣いてしまう。人も離れ、草や木も枯れてしまうと思うと。
山里《やまざと》は 冬《ふゆ》ぞ寂《さび》しさ まさりける	人目《ひとめ》も草《くさ》も かれぬと思《おも》へば	山里は、冬がよりいっそう寂しさを感じられるものだ。人が訪ねて来ることもなくなって、草も枯れてしまうのだから。

34 藤原興風

28 源宗于朝臣

類想歌《るいそうか》

宗于と35藤原興風の歌は、特に下の句が非常によく似ている。このように、発想・表現が類似している歌を「類想歌」という。似た句を用いたうえで自身の表現をするハーフメイド的な歌の作り方は、この時代によく見られた。この歌は、その一例と言える。

宗于集《むねゆきしゅう》

三十六歌仙の歌集『三十六人集』の一つ。『古今和歌集』と『後撰和歌集』の9首の宗于の歌を中心として、「よみ人知らず」や他人の歌を増補したもの。

大和物語《やまとものがたり》

『伊勢物語』と並び称される歌物語。173段からなり、約300首の和歌を収録。全体を通じて特定の主人公は存在せず、歌がたり的性格をもつ。『大和物語』前半には、宇多《うだ》天皇、27藤原兼輔、小野好古《よしふる》など実在の人物が登場し、後半では古い時代の言い伝え、伝説などが載せられている。宗于は『大和物語』では不遇意識をもつ人物として描かれている。

山里《やまざと》

『古今和歌集』以降、中国の隠遁《いんとん》思想が取り入れられ、人里から離れた山里が美しい場所として詠まれるようになった。

かかわりのある人物

宗于の祖父で
遅咲きの天皇!

15 光孝天皇《こうこうてんのう》
第58代天皇で、宗于は孫にあたる。陽成《ようぜい》天皇が廃位させられたあと、55歳で天皇に即位。歴史上、初となる関白の職を藤原基経《もとつね》に命じた。

贈答歌を
やりとり!

35 紀貫之《きのつらゆき》
『土佐日記』の作者。宗于の家集『宗于集』に貫之との贈答歌が見える。

29

凡河内躬恒《おほしかふちのみつね》《（おおしこうちのみつね）》

生没年未詳。9世紀後半から10世紀初め頃の人物。下級官人だったが、35紀貫之と並んで当時の代表的歌人として活躍。『古今和歌集』の撰者の一人。家集に『躬恒集』がある。

六歌仙
中古三十六歌仙
梨壺の五人
女房三十六歌仙
三十六歌仙

**心《こころ》あてに　折《を》らばや折《を》らむ　初霜《はつしも》の
置《お》きまどはせる　白菊《しらぎく》の花《はな》**

初霜と見分けがつかない白菊の花の美しさを詠んだ歌

よく注意して折れるなら、折ってみようか。初霜が一面に降りて、見分けがつかない白菊の花を。

恋　旅・離別　**四季**　その他

初霜と見分けられない
白菊の花を
折ってみようか。

凡河内躬恒
淡路権掾《あわじごんのじょう》、和泉権掾《いずみごんのじょう》などの地方官を歴任。歌人として優れ、『寛《かん》平御時后宮歌合《びょうのおんときききさいのみやうたあわせ》』などの歌合に参加し、多くの屏風歌《びょうぶうた》を残した。

躬恒集《みつねしゅう》

躬恒の個人歌集。躬恒の生涯を辿るうえで資料的な価値が高い。97藤原定家が外題《げだい》を書いた本が冷泉《れいぜい》家《け》時雨《しぐれ》亭《てい》文《ぶん》庫《こ》に蔵されている。

菊《きく》の着綿《きせわた》

重陽の節句に行われる日本独自の慣習。前日の9月8日の夜に菊の花に真綿をかぶせる。その香りや露を真綿へと移し、濡れた綿で顔や体を拭った。これによって邪気を払い、若さを保って命が延びるとされた。『枕草子』『紫式部日記』にも記されている。

菊《きく》

そもそもは奈良時代に中国から薬草として渡来し、『古今和歌集』から歌に詠まれるようになった。秋の景物とされるが、「残菊《ざんぎく》」は初冬のものとして歌われる。当時の菊の色は黄色か白色のみで、ほとんどが小菊だった。

かかわりのある人物

名歌人として
肩を並べる!

35 紀貫之《きのつらゆき》

躬恒と歌の才能を並び称される。醍醐《だいご》天皇の命により、ともに『古今和歌集』の編纂に携わった。

菊《きく》の紋《もん》

99後鳥羽院は特に菊の紋を好み、太刀の茎《なかご》に菊花を彫らせていた。それを先例として後代の天皇に引き継がれて、私的に上皇・天皇専用の文様となり、いつしか皇室の紋章になったと考えられている。

重陽《ちょうよう》の節句《せっく》

旧暦の9月9日。中国発祥の行事で、陰陽《いんよう》五行説《ごぎょうせつ》では奇数を縁起のよい数字としているため、奇数が重なる日は節日《せちにち》として祝われてきた。いちばん大きな数字の9が重なる重陽は、特に重要な日とされた。この日、長寿を願って菊の花を浮かべた菊酒を飲んだり、菊の着綿《きせわた》を行ったりした。江戸時代に行われた五節句は右のとおり。

1月7日	人日《じんじつ》
3月3日	上巳《じょうし》
5月5日	端午《たんご》
7月7日	七夕《しちせき》
9月9日	重陽

澄みわたる早朝の清らかな初霜と白菊の花

『古今和歌集』「秋下」の詞書に「白菊の花をよめる」とあります。早朝の庭に咲く白菊の花の美しさを詠んだ歌です。結句を「白菊の花」と体言止めにすることで焦点を白菊の花に絞っています。

「初霜」は、その白菊の白さをより際立たせる役割を担っています。真っ白な白菊の花と初霜の見分けがつかずに迷うということは現実にはあり得ませんが、そのように演技をすることで、白菊の花の美しさを強調しているのです。

初霜が降りるのは晩秋の、それも早朝のことでしょう。冷たく澄みわたる空気の中で捉えた光景とすることで、美しさに清らかさが加わっています。

写実を重んじた正岡子規はこの歌を「駄歌《だか》」とこきおろしていますが、非現実的で幻想的な光景を描いているとわかれば、評価はまた違ってくるでしょう。

語句・文法

掛詞　序詞　枕詞　本歌取り

◆心《こころ》あてに
「当て推量に」の意で解釈するのが通例だが、「よく注意して」「心を込めて」と解すのがよいと指摘される。「折らむ」に掛かる。

◆折《を》らばや折《を》らむ
「折らば」は仮定条件を表す。「や」は疑問の係助詞。「む」で一文が終わるため、二句切れ。

◆置《お》きまどはせる
「置く」「まどはす」の複合動詞。「置く」は白い初雪が降りること。「まどはす」は「わからなくさせる」の意。

◆白菊《しらぎく》の花《はな》
体言止め。余韻が残る表現。また、「折らばや折らむ」に続く倒置法。

30

壬《み》生《ぶ》忠《のただ》岑《みね》

生没年未詳。官位は低かったが、歌人として優れ、『是貞《これさだの》親王家歌合《みこのいえのうたあわせ》』などの歌合に出詠。『古今和歌集』の撰者の一人。家集に『忠岑集』がある。

三十六歌仙

六歌仙　梨壺の五人

中古三十六歌仙　女房三十六歌仙

有明《ありあけ》の　つれなく見《み》えし　別《わか》れより
暁《あかつき》ばかり　憂《う》きものはなし

暁の時刻に思い出す悲しい別れを詠んだ歌

有明の月が夜が明けるのも知らぬ顔でいるとき、そっけないあなたと別れました。その日以来、暁ほどつらく悲しいものはありません。

恋　旅・離別　四季　その他

暁になると、あなたの冷たい態度を思い出して悲しくなってくるなあ。

壬生忠岑
25藤原定方の随身《ずいじん》（警護）を務めたことが『大和物語』に見える。

かかわりのある人物

41 壬生忠見《みぶのただみ》

下級官人だったが、歌人としての才能を引き継ぎ、父・忠岑と同じく三十六歌仙の一人に選ばれた。

顕註密勘《けんちゅうみっかん》

97藤原定家が著した『古今和歌集』の注釈書。定家は「これほどの歌一つ詠み出でたらむ、この世の思ひ出にはべるべし」とこの忠岑の歌を絶賛している。『顕註密勘』は、顕昭《けんしょう》の『古今秘注抄《こきんひちゅうしょう》』に定家が自説を書き加えたもの。

和歌《わか》の地位《ちい》

忠岑を含め、『古今和歌集』の選者は総じて官位が低い。平安時代前期は、文学としては和歌より漢詩文のほうが格が高かった。しかし、35紀貫之をはじめ、撰者たちが和歌を第一級の文学に押し上げようと奮闘したこともあって、徐々に和歌は宮廷文学の中心となり、歌人たちの地位も向上した。

和歌体十種《わかていじっしゅ》の写本《しゃほん》

伝藤原忠家《でんふじわらのただいえ》筆の、平安時代の写本(国宝)が現存。この料紙には、藍色と紫の雲の模様「飛雲《とびくも》」をすき込んである。

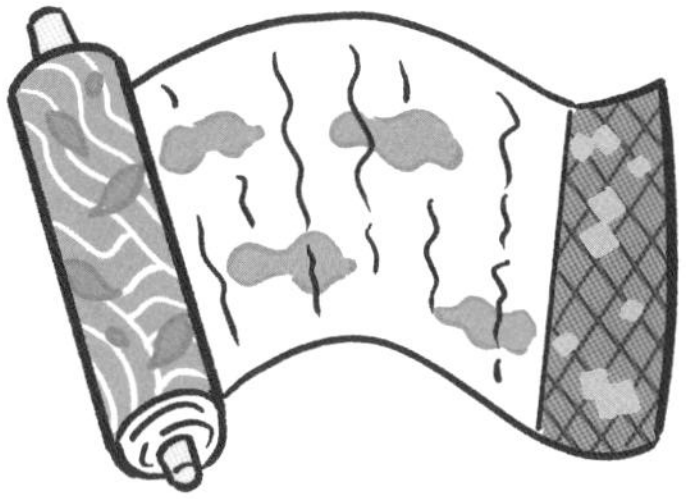

和歌体十種《わかていじっしゅ》

忠岑に仮託した歌論書。55藤原公任と同時代の成立と見られる。中国の詩の分類法にならい、和歌を10種類の歌体に分け、それぞれの歌体に5首の例歌を示し、短い漢文で説明している。

◉五位以上の貴族の一日の例(夏至の時期の場合)

	起床	祈祷や暦による占いをしたり、昨日の日記をつけたりする。軽食を取ったあと、身だしなみを整え、出仕。
4時30分	第一開門鼓 出仕	日の出の15〜20分前に内裏の門が開く。
5時30分	第二開門鼓	勤務スタート。
9時24分	退朝鼓	勤務終了。
10時	朝食	
午後	宿直	昼と夜、シフト制で内裏に詰めていた。年平均、280日程度(月平均19日)勤務した。宿直がないときは中国や日本の古典を読んだり、和歌を学んだりなどして、教養を身につけた。
16時	夕食	夜は、会議や管弦の遊びなどに出席することも。

貴族《きぞく》の一日《いちにち》

法令集である『延喜式《えんぎしき》』には、夏至、春分・秋分、冬至の日の出、日の入りの時刻に合わせて門を開閉する時刻が規定されている。

暁の時刻が思い出させる女性とのつらい別れ

「有明」とは、夜が明けても空に残る月のことです。この歌は、『古今和歌集』では恋三の「女のもとにやって来たのに会えないまま夜が明けてしまった」という歌群の中に並んでいます。したがって、「女性から冷たくされて会えないまま帰るときに、そっけなく見えた月が忘れられないつらい思い出として心に今なお残っている」と詠んでいることになります。その別れ以来、暁の時刻が近づくと、せつない気持ちになってしまうというのです。

一方、97藤原定家の『顕注密勘』では、つれなく見えたのは有明の月だけで、女はつれなくないと解釈しています。女との後朝の別れを惜しんでいたのに、有明の月はそれをそ知らぬ顔をして眺めていたととるのです。こちらのほうが物語的で、より浪漫的な解釈と言えるでしょう。

語句・文法

掛詞 序詞 枕詞 本歌取り

◆有明《ありあけ》

「有明の月」の意。夜が明けても、翌朝まで残っている月のこと。→21

◆つれなく見《み》えし

「冷淡だ、そ知らぬ顔をして、そっけない」の意。有明の月が無情に見えたことと、女性がそっけなかったことを掛けている。

◆暁《あかつき》

夜明け前の暗い時間帯のこと。上の句「有明」と対応している。

◆憂《う》き

形容詞「憂し」の連体形。叶わない憂鬱を表している。「つらい、苦しい」などの意。

31

坂上是則《さかのうえのこれのり》

生没年未詳。父は好陰《よしかげ》。征夷大将軍・坂上田村麻呂《たむらまろ》の子孫。大和権少掾《やまとごんのしょうじょう》などを経て、従五位下に至る。『亭子院歌合《ていじいんうたあわせ》』に出詠。家集に『是則集』がある。

三十六歌仙

六歌仙

梨壺の五人

中古三十六歌仙

女房三十六歌仙

朝《あさ》ぼらけ　有明《ありあけ》の月《つき》と　見《み》るまでに
吉野《よしの》の里《さと》に　降《ふ》れる白雪《しらゆき》

吉野の美しい冬景色に感動したことを詠んだ歌

夜がほのぼのと明ける頃、外を眺めると夜明けの月の光かと思うほど、吉野の里にしらじらと雪が降り積もっていた。

恋　旅・離別　四季　その他

夜明けの月の光かと思うほど
白く輝く吉野の雪だなぁ。

坂上是則
蹴鞠《けまり》の名手で、醍醐《だいご》天皇に蹴鞠を披露したところ、他の殿上人ら４人で206回蹴り続けたことから褒美をいただいたという逸話が残る（『西宮記《せいきゅうき》』）。

冬・332

吉野の里に浮かび上がる雪景色の美しさ

『古今和歌集』の詞書に「大和の国にまかれりける時に、雪の降りけるを見て詠める」とあることから、是則が実際に吉野の里を訪れた際に詠んだ歌です。明け方、雪に一面覆われた光景を見て、有明の月の光が差しているのかと思った、というのです(→17見立て)。

「朝ぼらけ」は、夜がほのぼのと明るくなる時間帯です。真っ白なほの明るい光の中、雪に覆われた、静まりかえった山里の美しい冬景色が浮かび上がります。『古今和歌集』の配列からすると、これは深い雪ではなく、薄く降り敷いた雪のようです。

地方官として大和へ下った是則にとって、吉野はゆかりの地で、同じく『古今和歌集』に「み吉野《よしの》の山《やま》の白雪《しらゆき》つもるらし古里寒《ふるさとさむ》くなりまさるなり」という名歌を残しています。

語句・文法

掛詞 枕詞 序詞 本歌取り

◆**朝《あさ》ぼらけ**
夜がほのぼのと明ける頃のこと。和歌では秋冬に結びつけて用いられることが多い。

◆**有明《ありあけ》の月《つき》**
夜が明けても残っている月のこと。→21

◆**吉野《よしの》の里《さと》**
奈良県(大和国)吉野郡。山深く、雪の名所。

◆**降《ふ》れる白雪《しらゆき》**
体言止めによって感動を込める。「る」は完了の助動詞。

吉野山《よしのやま》の桜《さくら》

吉野の桜は、約1300年前に修験道の開祖である役行者《えんのぎょうじゃ》が桜の木に本尊の蔵王権現《ざおうごんげん》を刻んだことからご神木として崇められ、そこから祈りを込めて桜が植えられえるようになったと伝えられる。現在は、シロヤマザクラを中心とした約200種3万本の桜が咲き、吉野山全体が埋め尽くされる。山下から山上へと桜が順に開花していくため、下千本《しもせんぼん》・中千本《なかせんぼん》・上千本《かみせんぼん》・奥千本《おくせんぼん》と桜が咲く順番に分けて呼ばれている。特に吉野山の桜を愛した歌人として、86西行法師がよく知られる。

吉野《よしの》 歌枕

大和国《やまとのくに》(奈良県)の歌枕。古代には、宮滝《みやたき》付近に離宮が営まれ、「吉野川」が歌によく詠まれた。平安時代以後は、隠遁のイメージと結びつき、また、雪深い地として歌に詠まれるようになる。平安時代後期から春の桜を詠んだ歌が一挙に増え、今日まで桜の名所として知られる。→94

蹴鞠《けまり》

約1400年前の大和朝廷時代に中国から伝わったとされている球戯。蹴鞠を落とさず足の甲で蹴って受け渡しする。蹴る回数や鞠の軌跡、蹴る姿勢の優美さを競った。宮中では盛んに鞠会《まりかい》が催された。「四本懸《しほんかかり》」と呼ばれる桜・柳・楓・松の4本の木を四隅に配置された「鞠庭《まりにわ》」「鞠場《まりば》」と呼ばれる競技場で行う。鞠は鹿皮製の円形で外周60cm前後、100g程度とサッカーボールの約4分の1の軽さ。

かかわりのある人物

94 参議雅経《さんぎまさつね》
和歌と蹴鞠の家である飛鳥井《あすかい》家《け》の祖。鎌倉幕府の将軍・源頼家《よりいえ》に蹴鞠の才能を買われ、平安京と鎌倉を往復することが多かった。

坂上田村麻呂《さかのうえのたむらまろ》

是則の祖先である坂上田村麻呂は、平安時代初期の武将で、征夷大将軍として蝦夷《えみし》を討伐。蝦夷の族長である阿弖流《あてる》為《い》の本拠地に胆沢城《いさわじょう》を築いた。これらの功によって、参議になり、中納言を経て大納言に至った。京都の清水寺は坂上田村麻呂によって建立された。

李白《りはく》の詩《し》

『古今和歌集』の時代、霜や雪の白さを月光の白さに見立てる歌がよく詠まれた。李白の『静夜思《せいやし》』「牀前《しょうぜん》月光を看《み》る、疑ふらくは是《これ》地上の霜かと。頭《こうべ》を挙げて山月《さんげつ》を望み、頭を低《た》れて故郷を思ふ」など漢詩の技法に学んだもの。

32

春道列樹《はるみちのつらき》

生年未詳〜920年。詳しい伝記は不明。漢詩文や史書を学ぶ文章生《もんじょうしょう》から太宰大典《だざいのだいさかん》を経て、壱岐守《いきのかみ》に任ぜられたが、赴任する前に没したといわれている。

六歌仙
中古三十六歌仙
梨壺の五人
女房三十六歌仙
三十六歌仙

山川《やまがは》に　風《かぜ》のかけたる　しがらみは
流《なが》れもあへぬ　紅葉《もみぢ》なりけり

川の流れをせき止める紅葉をしがらみに見立てて詠んだ歌

山中の川に、風がかけたしがらみとは、流れきれずにとどまっている紅葉のことだったのだ。

恋　旅・離別　四季　その他

風が紅葉を散らして
しがらみをつくったようだ。

春道列樹
古代の豪族だった物部氏《もののべうじ》の末流にあたる。下級の官人に終わったが、歌人として優れ、『古今和歌集』に3首、『後撰和歌集』に2首を残した。

かかわりのある人物

1 天智天皇《てんじてんのう》

大化の改新を進めた天智天皇は、大津京の鎮護のために崇福寺を建立。平安時代後期には荒廃してしまったが、現在、史跡として残る。

35 紀貫之《きのつらゆき》

『古今和歌集』には、貫之が志賀の山越えで詠んだ歌が2首入集する。うち1首は「むすぶ手《て》のしずくににごる山《やま》の井《い》のあかでも人《ひと》にわかれぬるかな」。

秋の光景が浮かび上がる川に作られた華麗な柵

『古今和歌集』の詞書に「志賀の山越えにて詠める」とあることから、京都から近江の国（滋賀県）へと抜ける山越え道の秋の景色を詠んだ歌であることがわかります。

本来、川をせき止める「しがらみ」という柵を立てるのは人間ですが、この歌では「風」が紅葉を散らして川に柵をかけたと言って、風を擬人化して紅葉をしがらみに見立てています。このような見立ては他に例のない新奇なものです（→17）。山中の清流と吹き抜けていく風、水に洗われてより色鮮やかになって、しがらみのように溜《た》まった紅葉の美しさを想像させる歌です。

語句・文法

掛詞　枕詞　序詞　本歌取り

◆山川《やまがは》
「やまがわ」と読む。山中を流れる川のこと。「やまかわ」と呼ぶ場合は意味が変わり、「山と川」という意味になる。

◆風《かぜ》の
「風」が人間のようにしがらみ（柵）を立てたとして擬人法を用いている。「の」は主格を示す格助詞。

◆しがらみ
川の流れをせき止める柵のこと。杭を打ったところに木の枝や竹を横に並べ、結びつけたもの。

◆流《なが》れもあへぬ
川の紅葉が流れきらない様子。「あへ」は「敢《あ》ふ（完全にしとげる）」の未然形。これに打消の助動詞「ず」の連体形「ぬ」が合わさることによって、「完全に～しきれない」という意になる。

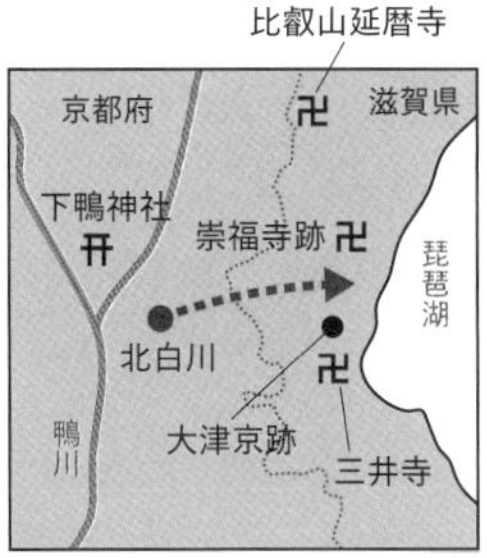

志賀《しが》の山越《やまご》え　歌枕

京都の北白川から山中峠を越え、志賀の里に出る道を「志賀の山越え」という。平安時代には、崇福《すうふく》寺《じ》へ向かう多くの参詣者によって賑わった。特に女性の参詣者が多かったようで、女性と紅葉の取り合わせが屏風絵の画題にもなっている。三代集時代には詞書に見えることが多いが、『後拾遺和歌集』頃から和歌本文に詠み込まれるようになり、春の落花の風情と結びつく歌語となった。

擬人法《ぎじんほう》

人間以外のものである自然や季節、動物、植物などを人間になぞらえて表現する技法。紅葉に散るのを待ってほしいと呼びかけたり（26貞信公）、有明の月をつれないと見たり（30壬生忠岑）するのがその例。

物部氏《もののべうじ》

列樹の祖先。物部氏は、有力な氏族として大和政権を牽引する存在だった。飛鳥時代には、仏教受容に反対して蘇我氏と争い、その後、蘇我氏に滅ぼされた。

紅葉《もみじ》

『百人一首』の中で、四季のうち最も多く詠まれたのは秋の歌。秋の景物としては紅葉が代表的で、列樹の歌のほか、4首（5 24 26 69）の歌が選ばれている。

33

紀友則《きのとものり》

生年未詳〜905年。35紀貫之《つらゆき》のいとこ。『古今和歌集』の撰者の一人だったが、完成前に没した。土佐掾《とさのじょう》、少内記《しょうないき》を経て、大内記《だいないき》に至った。歌集に『友則集』がある。

六歌仙　梨壺の五人　中古三十六歌仙　女房三十六歌仙　**三十六歌仙**

久方《ひさかた》の　光《ひかり》のどけき　春《はる》の日《ひ》に
しづ心《ごころ》なく　花《はな》の散《ち》るらむ

慌ただしく散っていく桜の落花を惜しんで詠んだ歌

日の光がのどかに差す春の日に、どうして花は慌ただしく散っているのだろう。

旅・離別　恋　その他　**四季**

こんなにのどかな春の日に
なぜ桜は散っているのか。

紀友則

官位は低かったが、古今集時代の代表的歌人として活躍し、早くから『寛平御時《かんぴょうのおおんときの》后宮歌合《きさいのみやのうたあわせ》』などの歌合に参加。『古今和歌集』をはじめとして、『後撰和歌集』『拾遺和歌集』などに多くの歌が選ばれている。

春下・84

かかわりのある人物

35 紀貫之《きのつらゆき》

友則とともに『古今和歌集』の撰者。『古今和歌集』に友則の死を悼んだ歌を残した。

30 壬生忠岑《みぶのただみね》

同じく『古今和歌集』の撰者。忠岑も『古今和歌集』に友則との永遠の別れを惜しんだ歌を残した。

友則《とものり》の説話《せつわ》

『十訓抄《じっきんしょう》』など中世の説話集には、友則が寛平の歌合に参加した際、「初雁《はつかり》」という秋の題で「春霞《はるがすみ》かすみて往《い》にし雁《かり》がねは今《いま》ぞ鳴《な》くなる秋霧《あきぎり》の上《うへ》に」と詠むと、反対側の席から「季節が違う」と早とちりして笑われたが、二句めからの展開にその笑い声もなくなったという著名な説話が載る。ただし、この歌は『古今和歌集』では「題しらず　読人しらず」で、のちに説話化されたもの。

平安時代《へいあんじだい》の暦《こよみ》

平安時代の暦は、太陰太陽暦《たいいんたいようれき》だった。これは月の満ち欠けを基準にして作った太陰暦を閏月《うるうづき》を置くなどして調整し、太陽の動きを基準とする1太陽年（約365日）に合わせるもの。太陰暦では大の月は30日、小の月は29日で、1太陽年より11日少なかった。

紀氏《きうじ》

友則や35紀貫之の祖先にあたるのが、古代豪族の紀氏。現在の和歌山県である紀伊国に拠点を置いた。奈良時代末期には、天皇の外戚として勢力を伸ばした。しかし、平安時代前期の応天門《おうてんもん》の変で夏井《なつい》が配流されて以降、藤原氏に圧倒されて衰退に向かった。ただし、政治的衰退の中で、友則、貫之など多くの歌人を輩出した。

春《はる》の一日《いちにち》

62清少納言の『枕草子』の冒頭「春はあけぼの」は、ほのぼのと夜が明ける様子を春という季節の美を表すものとして描き、この美意識が定着した。『新古今和歌集』には、「見《み》わたせば山本霞《やまもとかす》む水無瀬川《みなせがは》夕《ゆふ》べは秋と何思《なにおも》ひけむ」という、それに反論するような99後鳥羽院の歌が収められている。

桜《さくら》

『百人一首』で桜を詠んだ歌はこの歌を含み、5首（9 33 66 73）ある。桜は現在のソメイヨシノではなく、ヤマザクラ系の桜だった。『万葉集』では梅の花が春を代表する花であったが、間近に桜が植栽されるようになって、『古今和歌集』以降、その座を桜が奪った。『古今和歌集』では春の歌の半数以上が桜の歌である。

語句・文法

掛詞　序詞　**枕詞**　本歌取り

◆久方《ひさかた》の
「天」「空」「光」「月」などにかかる枕詞。上の句「光」は「日の光」を省略したもの。

◆春《はる》の日《ひ》に
「に」は時間を表す格助詞。

◆しづ心《ごころ》
静かで落ち着いた心のこと。慌ただしく散る桜を擬人化した表現。

◆花《はな》の散《ち》るらむ
「の」は主格を表す格助詞。「らむ」は原因推量の助動詞。

桜が急ぐように散るはかない美しさを惜しむ

桜は日本を代表する花として今日も愛されていますが、平安時代には、「花」といえば桜というほど親しまれていました。

上の句では、うららかな春の光に包まれて、ひっそりと静まりかえった情景を描き、下の句では、そのような中、桜がまるで先を急ぐかのように慌ただしく散っていくことを詠んでいます。『古今和歌集』の詞書には「桜の花の散るを詠める」とあり、友則は桜が散る様子をじっと見つめていたのでしょう。

「しづ心なく」と擬人法を使って、桜の花が人間のように気ぜわしげに散ると表現し、「それはなぜ」と理由を探ろうとするところに理知的な傾向が見えます。この「なぜ」（どうして）という副詞は、省略されたものとして解釈しましたが、ほかに、落ち着いた心をもたないので桜は散るのだろうという解釈もあります。

34

藤原興風《ふぢはらのおきかぜ（ふじわら）》

生没年未詳。最古の歌論『歌経標式《かきょうひょうしき》』の著者・藤原浜成《はまなり》の曽孫《そうそん》。正六位上下総権大掾《しもうさのごんのだいじょう》。『寛平御時后宮歌合《かんぴょうのおおんときのきさいのみやのうたあわせ》』などに出詠。家集に『興風集』がある。

六歌仙
梨壺の五人
中古三十六歌仙
女房三十六歌仙
三十六歌仙

誰《たれ》をかも　知《し》る人《ひと》にせむ　高砂《たかさご》の
松《まつ》も昔《むかし》の　友《とも》ならなくに

昔からの友人たちが先立ち、独り寂しい心情を詠んだ歌

誰をいったい親しい友にすればよいのだろうか。あの長寿の高砂の松でさえ、昔からの友ではないのに。

恋　旅・離別　四季　その他

友人たちは
この世を去り、
私をよく知る人も
いなくなってしまった……。

藤原興風
官位は低かったが、古今集時代の代表的歌人として活躍。『後撰和歌集』『拾遺和歌集』などにも多くの歌が選ばれている。琴《きん》などの管弦に優れていた。

雑上・909

自分だけ生きながらえて老いていく孤独感

『古今和歌集』の詞書は「題しらず」です。

気づいたときには昔からの友人が皆先立ってしまい、一人寂しくこの世に取り残され、老いていくことを嘆いた歌です。

「高砂」は、「松」を連想させる歌枕です。「松」は長寿を象徴するものので、めでたいものではあるものの、親しみをもった友にはできないと詠んでいます。長い年月を生き続け、今ふと立ち止まってみると、自分をよく知る友人もいなくなってしまっていて、長寿が決して幸せなものではないと感じているのです。独りぼっちになって、深いため息をついている姿が浮かび上がります。

歌の構成は二句切れで、初めの二句で老いの嘆きが詠まれています。下の句では長寿の象徴の高砂の松がかえって孤独感を深めることを詠んで、嘆きの深さを強調しています。

語句・文法

掛詞　枕詞　序詞　本歌取り

◆**誰《たれ》をかも**
「だれをいったい〜としようか」の意。「か」は疑問。「も」は詠嘆。

◆**知《し》る人《ひと》にせむ**
「知る人」は自分をよく知っている人のこと。昔を懐かしく語れるくらい親しい友達。「せむ」はサ変動詞「す」の未然形に、係助詞「か」の結びとして意志を示す助動詞「む」の連体形が接続。

◆**高砂《たかさご》の松《まつ》**
「高砂」は播磨国（兵庫県高砂市）にある歌枕。古来、住吉と並んで松の名所として知られる。「松」は長寿の象徴。

◆**友《とも》ならなくに**
「友ではないので」の意。上に続く倒置法。

高砂《たかさご》 歌枕

播磨国《はりまのくに》の歌枕。現在の兵庫県高砂市。加古川が瀬戸内海に注ぐ三角州。『古今和歌集』以降、歌に詠まれるようになる。「松」を代表的な景物とし、特に「尾《お》の上《え》の松」を詠む例が多い。室町時代の世阿弥作の謡曲「高砂」には、「相生《あいおい》の松」が登場し、祝言曲として著名。ちなみに、現在、高砂神社境内にある「相生の松」は、江戸時代になって移植されたもの。

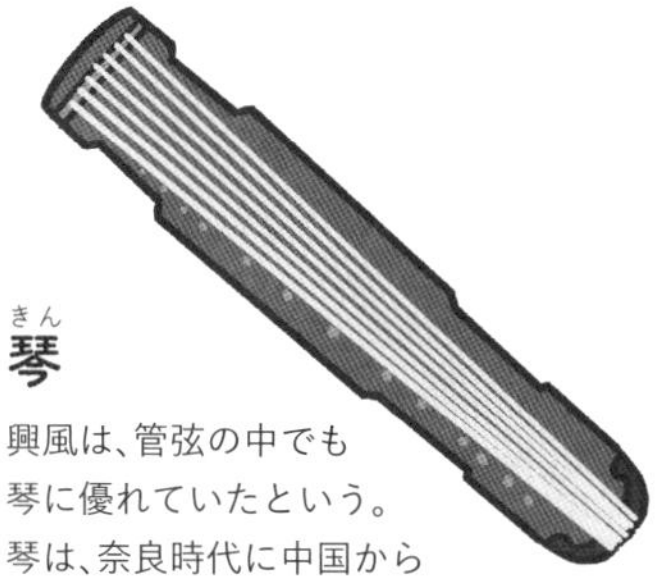

琴《きん》

興風は、管弦の中でも琴に優れていたという。琴は、奈良時代に中国から日本へと伝わったとされ、平安時代末には廃れた。弦が７本張ってあり、「七弦琴」ともいう。弦を支える柱である琴《こと》柱《じ》がなく、表面についた印を目印として左手で弦を押さえ、右手で弾く。『枕草子』によると、琴の奏弦をマスターすることが、貴族女性が皇室に入るための条件の一つであったことが知られる。ちなみに、日本では琴を「こと」とも読んで、弦楽器の総称として用いた。琴と箏《そう》は別種の楽器。

藤原浜成《ふじわらのはまなり》

藤原不比等《ふひと》の孫で、興風の曾祖父にあたる。奈良時代末期の公卿・歌人。参議まで昇進したが、娘婿の氷上川継《ひかみのかわつぐ》が起こした桓《かん》武《む》天皇への反乱計画の発覚により、連帯責任として参議を解任され、晩年は不遇のまま没した。

流行病《はやりやまい》

平安時代の平均寿命が短かった原因として、流行病に罹って亡くなることが挙げられる。疱瘡《ほうそう》（天然痘）や麻《ま》疹《しん》（はしか）などの感染症が流行ると、治療法や特効薬がなかったため、加持祈禱《かじきとう》などに頼るしかなかった。

算賀《さんが》

８世紀の奈良朝以降、40歳から10年ごとに行われた長寿の祝い。古代中国の風習が日本に伝わり、貴族などを中心に広まったといわれている。算賀の儀では、饗宴や楽器の演奏、作詩、作歌などが行われた。平均寿命が延びた室町時代末頃から還暦の60歳が長寿として定着したといわれる。

35

紀貫之《きのつらゆき》

868～945年。望行《もちゆき》の息子。土佐守《とさのかみ》などを経て、従五位上《じょう》木工権頭《もくのごんのかみ》に至る。編著書に『新選和歌』『土佐日記』など、家集に『貫之集』がある。

三十六歌仙

六歌仙　梨壺の五人　中古三十六歌仙　女房三十六歌仙

人《ひと》はいさ　心《こころ》も知《し》らず　古里《ふるさと》は
花《はな》ぞ昔《むかし》の　香《か》ににほひける

宿の主人との再会で軽い皮肉を言われて詠んだ歌

人の心は変わりやすいものだから、あなたの心は昔のままかどうかわからない。しかし、昔なじみの梅の花だけは、昔のままの香りで咲いています。

恋　旅・離別　**四季**　その他

あなたの心は昔のままかどうか、さあどうだろう。
紀貫之
『古今和歌集』の撰者で、仮名序を書くなど中心的人物。『寛平御時后宮歌合《かんぴょうのおおんときのきさいのみやのうたあわせ》』ほか、多くの歌合や屏風歌で活躍した。

春上・42

久しぶりの再会での当意即妙な贈答歌

『古今和歌集』の詞書によると、貫之は長谷寺に参詣するとき、毎回泊まる宿がありました。久しぶりにその宿を訪れた際、宿の主人が「この宿は昔のまま変わらずあるのに」と、疎遠にしていた貫之に軽く皮肉を言いました。それに即座に機知で返した歌です。

『貫之集』によると、宿の主人はこの歌に対して「花《はな》だにも同《おな》じ心《こころ》に咲《さ》くものを植《う》ゑたる人《ひと》の心《こころ》知《し》らなむ」（花でさえ同じ心で咲いているのだから、それを植えた人の心も知ってほしい）と返しました。

この主人については、女性と見る説と男性と見る説があります。『百人一首』には詞書がありませんので、こうした背景を考えずにこの一首を詠むと、移ろいやすい人の心と変わらずに咲き続ける花との対比を、嘆息を込めて詠んだ歌として味わうことができます。

かかわりのある人物

㉝ 紀友則《きのとものり》

貫之と友則はどちらも歌人として優れ、『古今和歌集』の撰者となったが、完成前に友則が没した。貫之は死を悼む歌を詠んでいる。

㉙ 凡河内躬恒《おおしこうちのみつね》

㉗藤原兼輔の邸宅には貫之や躬恒などの歌人が集まり、活動の場を与えられるなどの庇護を受けた。

語句・文法

掛詞 序詞 枕詞 本歌取り

◆人《ひと》はいさ
ここでの「人」は宿の主人。「いさ」は、「さあどうだろうか」の意を表す副詞。下に打消の語である「知らず」が多く用いられる。

◆古里《ふるさと》
昔なじみの土地のこと。ここでは旧都の奈良を指す。

◆花《はな》ぞ昔《むかし》の
ここでの「花」は「梅」。「ぞ」は強意の係助詞。

◆香《か》ににほひける
「よい香りで咲いている」の意。「ける」は助動詞「けり」の連体形で、「ぞ」の結び。「にほふ」はもともと色彩や華やかさをいう言葉だが、平安以降、嗅覚の「匂う」の意味でも使われ始めた。

土佐日記《とさにっき》

仮名文字で初めて書かれた貫之作の日記文学。土佐守として5年の任期を終え、土佐国（高知県）から帰京する際、55日間の海路の旅を日記として構成した。男性官人の日記は漢文体で書くものだったが、貫之自身が女性になったと想定することで、より自由な表現を手に入れた。

長谷寺《はせでら》

大和国《やまとのくに》（奈良県桜井市）に所在。現在は真言宗豊山《ぶざん》派《は》の総本山。10世紀頃から貴族の参詣が多くなり、藤原道長《みちなが》や藤原師実《もろざね》なども参詣しているほか、女性の参籠《さんろう》も目立つ。日本有数の観音霊場。長谷寺に詣でることを「初瀬詣《はつせもう》で」と呼び、『枕草子』『源氏物語』などにも登場する。

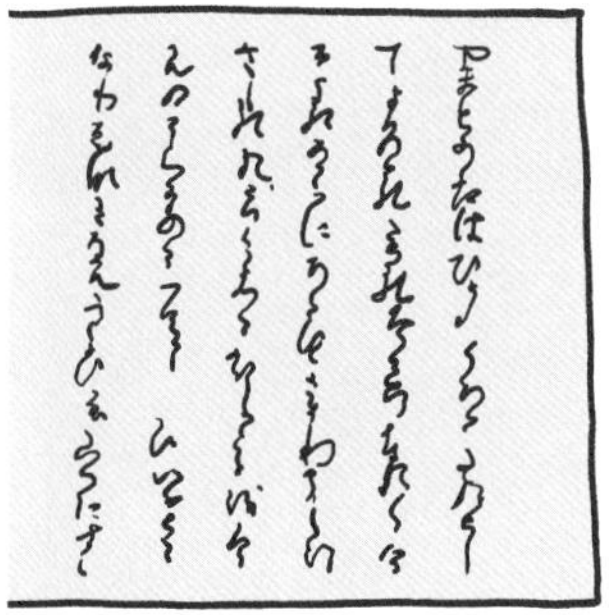

古今和歌集仮名序《こきんわかしゅうかなじょ》

貫之が『古今和歌集』に記した序文。「仮名序」は平仮名で書かれた序文のことで、内容は和歌の歴史や種類、代表的歌人である六歌仙の批評などが記されている。序文にはもう一つ漢字で書かれた「真名序《まなじょ》」があり、それは紀淑望《よしもち》が執筆した。ちなみに、『古今和歌集』には全20巻・約1,100首が収められており、約1割を貫之の歌が占める。

梅《うめ》

平安時代以降、春を代表する花は「桜」だが、古代には「梅」が春を象徴する花だった。梅を題材にした歌は『万葉集』では100首以上にのぼるが、『百人一首』では貫之の1首のみ。梅は奈良時代以前に中国から伝わったとされ、咲いた花の美しさ以上に、その香りが多くの人に愛された。

36

清《きよ》原《はらの》深《ふか》養《や》父《ぶ》

生没年未詳。豊前介房則《ぶぜんのすけふさのり》の息子。従五位下内蔵大允《くらだいじょう》という微官に終わった。晩年は京都の洛北《らくほく》に補陀洛寺《ふだらくじ》を建立し、隠棲。家集に『深養父集』がある。

中古三十六歌仙　六歌仙　梨壺の五人　女房三十六歌仙　三十六歌仙

夏《なつ》の夜《よ》は　まだ宵《よひ》ながら　明《あ》けぬるを
雲《くも》のいづくに　月宿《つきやど》るらむ

夏の夜の短さを月を擬人化して表現した歌

夏の夜は、まだ宵《よい》のくちだと思っているうちに明けてしまったが、月はいったいどの雲に宿っているのだろうか。

旅・離別　恋　その他　四季

月はとても西の山まで行きつく暇はなさそうだ。

清原深養父
㉟紀貫之や㉗藤原兼輔などと親交があり、古今集時代の代表的歌人で、琴《きん》の演奏にも優れていた。

夏・166

あっという間に消えてしまう夏の夜の月

短い夏の夜の月に心惹《ひ》かれているうちに、あっという間に朝を迎えてしまったことを詠んだ歌です。「まだ宵ながら」とは、宵のまま時間が止まってしまっているような気持ちであることをいうのでしょう。「宵」とは夜になってまだ間もない時間帯のことで、どんなに早く夜が明けてしまったかと誇張して表現しているのです。

本来、夜明けの月は西の山の端に移動して姿を隠すもの。しかし、明るくなった空では月がほとんど見えなくなってしまいます。そのことを「雲のいづくに月宿るらむ」と擬人化して表現しているため、まるで月を親しい友のように思う気持ちが伝わってきます。

『古今和歌集』の詞書には、「月のおもしろかりける夜、暁がたに詠《よ》める」とあります。月を眺める作者の清らかな心境も表している歌と言えるでしょう。

語句・文法

掛詞　序詞　枕詞　本歌取り

◆夏《なつ》の夜《よ》は
「は」は、ほかの季節と区別している。「ほかの季節よりも短い夏の夜は」の意。

◆まだ宵《よひ》ながら
「宵」は日が暮れて間もない頃のこと(→21)。「ながら」は「〜のままで」の意を表す接続助詞。

◆明《あ》けぬるを
「ぬる」は完了の助動詞「ぬ」の連体形。「を」は逆接の接続助詞。

◆月宿《つきやど》るらむ
「らむ」は推量の助動詞。疑問詞の「いづく」を受けて連体形。

清原氏《きよはらうじ》

天武《てんむ》天皇の皇子である舎人《とねり》親王の子孫。舎人親王のひ孫にあたる清原夏野《なつの》は史書『日本後紀《にほんこうき》』を編纂するなどの活躍を見せた。

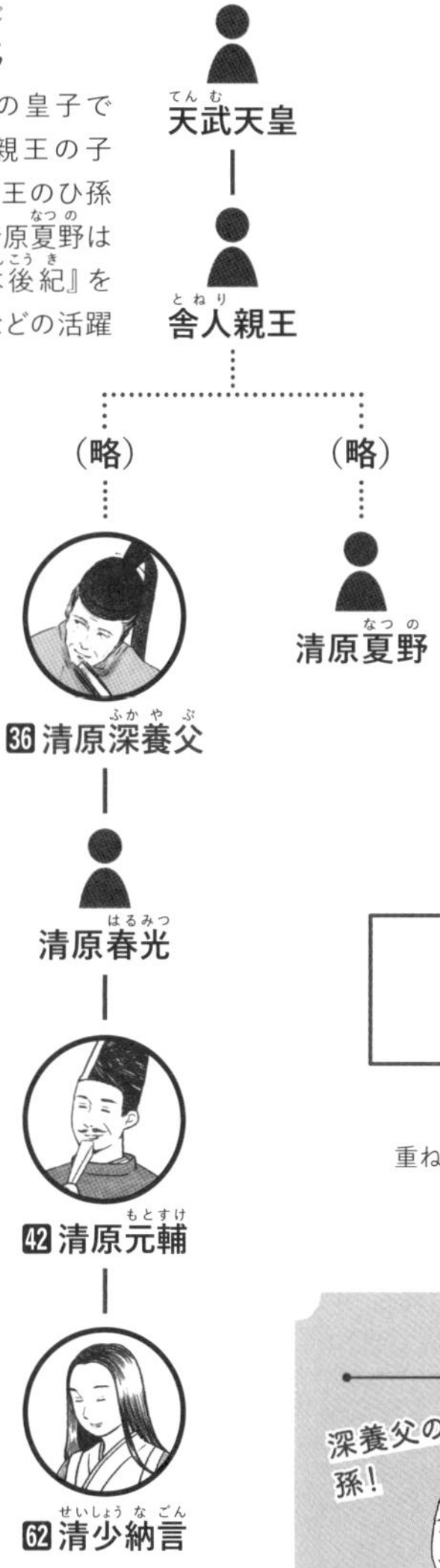

夏《なつ》の夜《よ》

『古今和歌集』や『新古今和歌集』では、夏の夜の短さを嘆く歌が多い。一方、深養父のひ孫にあたる62清少納言の『枕草子』では、美しい月や蛍が飛び交っている風情を取り上げ、夏の夜は素晴らしいと賞賛している。

名家家集切《めいかかしゅうぎれ》

平安時代後期の写。深養父をはじめ、27藤原兼輔、34藤原興風、源公忠、31坂上是則、在原元方、6人の家集の断簡《だんかん》(古筆切《こひつぎれ》)を指す。もとは、本の装丁法の一つ「綴葉装《てつようそう》(列帖装《れつじょうそう》)」の冊子で、藍や紫の繊維を雲が飛んでいるように漉《す》き込んだ「飛雲紙《とびくもがみ》」が料紙に使われている。字形は細長で、書風が35紀貫之筆とされる『高野切第二種《こうやぎれ》』に似ていることから貫之筆の伝承が生まれたか。

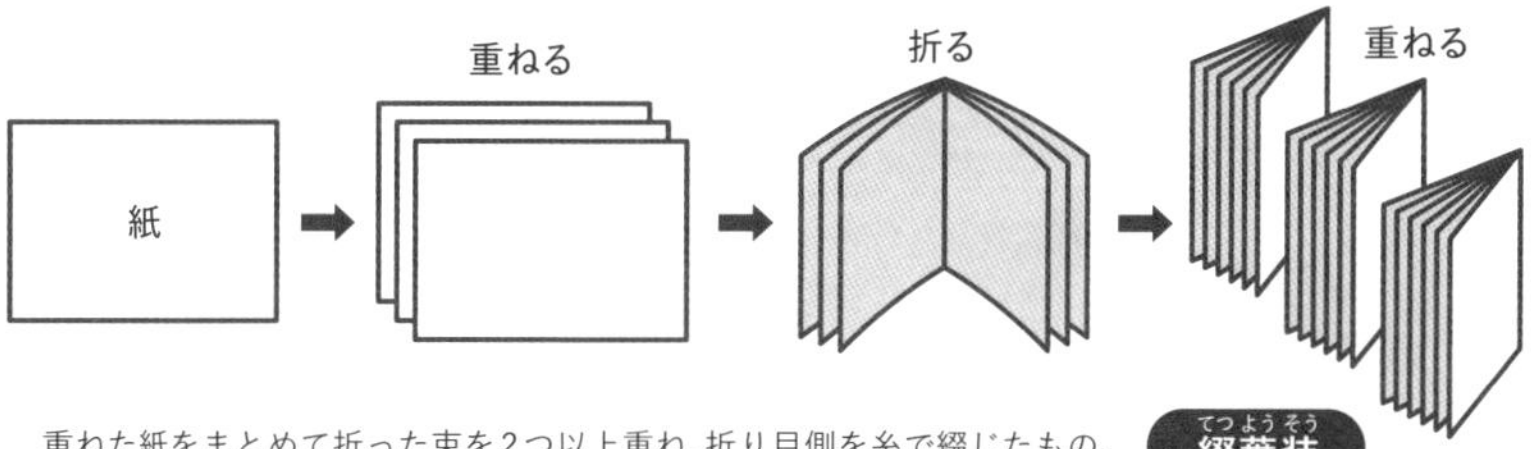

重ねた紙をまとめて折った束を2つ以上重ね、折り目側を糸で綴じたもの。　綴葉装《てつようそう》

かかわりのある人物

42清原元輔《きよはらのもとすけ》

『後撰和歌集』撰者の一人として活躍。和歌を編纂する撰和歌所《せんわかどころ》が宮中の昭《しょう》陽舎《ようしゃ》(梨壺《なしつぼ》)にあったことから、撰者の5人は「梨壺の五人」と呼ばれた。

62清少納言《せいしょうなごん》

中古三十六歌仙、女房三十六歌仙の一人。一条《いちじょう》天皇の中宮定子に出仕し、『枕草子』を執筆した。

37

文屋朝康《ふんやのあさやす》

生没年未詳。『寛平御時后宮歌合《かんぴょうのおおんときのきさいのみやのうたあわせ》』『是貞親王家歌合《これさだのみこのいえのうたあわせ》』の作者になるなど、『古今和歌集』成立直前の歌壇で活躍した歌人。官位は低く、駿河掾《するがのじょう》、大舎人大允《おおとねりだいじょう》を歴任した。

六歌仙　中古三十六歌仙　梨壺の五人　女房三十六歌仙　三十六歌仙

白露《しらつゆ》に　風《かぜ》の吹《ふ》きしく　秋《あき》の野《の》は
つらぬきとめぬ　玉《たま》ぞ散《ち》りける

風に吹き散る白露を真珠の玉に見立て詠んだ歌

草葉の上の白露に風が吹きつける秋の野は、まるで糸を通していない真珠の玉が乱れ散ったようだ。

恋　旅・離別　四季　その他

まるで真珠の玉が乱れ散っているようだなあ。

文屋朝康
勅撰集には『古今和歌集』に1首、『後撰和歌集』に2首の3首が入集するのみだが、歌人として重視されたらしい。

秋の野に白く輝く 真珠のような美しさ

朝の秋の野には草葉に白露が降《お》りていて、風が吹くとあちこちに飛び散ります。その白露を真珠の玉が散乱する様子に見立てた歌です。

「露」を「玉」に見立てるのは、平安時代では常套《じょうとう》の表現です。さらに、細長い草や葉を「緒」、つまり真珠をつなぎとめる糸と見立てています。糸で結ばれていない「白玉」は、風が吹けば飛び散るほかありません。秋の野一面に白い輝きが広がっていく美しさが描かれています。

『後撰和歌集』の配列からすると、この「秋の野」はもの寂しい野原ですが、独立した歌として味わうと、秋の花が咲き乱れる野を想像することもできます。

『後撰和歌集』の詞書には、「延喜の御時、歌召しければ」とあり、醍醐《だいご》天皇時代の歌としています。しかし、この歌はそれ以前の宇多《うだ》天皇時代の『寛平御時后宮歌《かんぴょうのおおんときのきさいのみやのうた》合《あわせ》』で詠まれた歌で、この詞書は誤りと考えられています。

語句・文法

掛詞 序詞 枕詞 本歌取り

◆白露《しらつゆ》に
草葉に置いた露を指す。清らかに白く光るのを強調して「白露」と表現した。

◆風《かぜ》の吹《ふ》きしく
「風がしきりに吹く」の意。「吹きしく」は「吹く」と「頻く」の複合語。

◆つらぬきとめぬ
「つらぬきとめ」は「つらぬく」と「とむ」の複合語。「つらぬく」は「穴に通す」ことで、「とむ」は結びとめることを意味する。「ぬ」は打消の助動詞「ず」の連体形。玉に糸を貫き通して結びとめていないこと。

◆玉《たま》ぞ散《ち》りける
「玉」は宝石のことで、「白玉」は「真珠」を指す。露は白玉に見立てられることが多い。→17

秋《あき》の野《の》

秋の野は、虫の声、草花などと組み合わせて詠まれる。野原の中には皇室専用の狩猟や薬草摘みの場として立ち入りが禁止された、大和国宇陀野《やまとのくにうだの》や河内国交野《かわちのくにかたの》などの禁野《しめの》があった。若菜摘みは春の野で行われ、それを食して健康を祈った。

真珠《しんじゅ》

3世紀の『魏志倭人伝《ぎしわじんでん》』には、魏王から卑弥呼に真珠を贈ったという記事がある。また、邪馬台国でも真珠を採っていたと考えられ、卑弥呼の娘・壱与《いよ》が魏王に真珠を献上したという記事もある。その後、11世紀前半の宋代の勅撰書『冊府元亀《さっぷげんき》』には、開成3(838)年に遣唐使が唐の皇帝に謁見し、真珠を献上したことが記されている。

薄(すすき)

玉の緒にたとえられそうな草木として薄が挙げられる。薄は「秋の七草」の一つで、白い穂が馬などの尾に似ているため、「尾花《おばな》」とも呼ばれる。62清少納言の『枕草子』でも、秋の野の朝霧に濡れる薄の美しさが記されている。

古今和歌六帖《こきんわかろくじょう》

平安時代の私撰集で、編者や成立年は未詳。『万葉集』『古今和歌集』『後撰和歌集』の頃までの歌を約4,500首収めている。天象・地儀・人事・動植物からさらに細分化した項目のもと、歌を分類して載せる。その項目の中には「秋の野」もある。作歌の手引書、資料として古来利用されてきた。

かかわりのある人物

22文屋康秀《ふんやのやすひで》

康秀が詠んだ『百人一首』の歌は、息子の朝康が作ったのではないかとする説がある。9小野小町とは贈答歌を贈り合うなど親交があった。

38

右近《うこん》

生没年未詳。右近衛少将《うこんえのしょうしょう》・藤原季縄《すえなわ》の娘。醍醐《だいご》天皇の后である中宮穏子に仕えた女房。多くの歌合に参加し、歌人として活躍した。

三十六歌仙　梨壺の五人　六歌仙　中古三十六歌仙　女房三十六歌仙

忘《わす》らるる　身《み》をば思《おも》はず　誓《ちか》ひてし
人《ひと》の命《いのち》の　惜《を》しくもあるかな

愛の誓いを破った男を想って詠んだ歌

あなたから忘れ去られる私自身のことは気にしていません。ただ、愛を誓ったあなたが神の罰を受けて、命を失うのではないかと惜しまれてならないのです。

恋　四季　旅・離別　その他

愛を誓ったあなたが
神を怒らせた罰で
命を失わないか心配です…。

右近
43藤原敦忠と恋人関係にあり、20元良親王や44藤原朝忠からもアプローチがあった。『大和物語』に5段にわたって逸話が語られる。

恋四・870

かかわりのある人物

43 権中納言敦忠《ごんちゅうなごんあつただ》（藤原敦忠）

この和歌の贈答相手といわれる敦忠は美男子であり、エリート。和歌や管弦の演奏にも優れていた。

44 中納言朝忠《ちゅうなごんあさただ》（藤原朝忠）

朝忠も恋愛経験が豊富で、楽器の演奏に優れていた。朱雀《すざく》天皇、村上《むらかみ》天皇の時代に活躍。父は25藤原定方。

誓いを破って去った相手への想い

『拾遺和歌集』では「題しらず」ですが、『大和物語』84段によると、決して忘れないと誓ったのに自分を忘れた相手の男性に対し贈った歌ということになります。

平安時代には、神や仏への誓いは重要なことであり、誓いを破ると罰により命を失うと信じられていました。「その誓いを破ってしまったあなたが、罰で命を失ってしまわないか心配です」という下の句は、そのまま相手を心配する言葉として捉えることができる一方、不誠実で薄情な男性に対しての皮肉を詠んだものとして解釈できます。

当時の女性の置かれた弱い立場を考えれば、精いっぱいの抵抗と言えるでしょう。男への未練を断ち切ろうとしつつ、執着の心も捨てきれない、という複雑な感情を表現しています。

左近《さこん》の桜《さくら》・右近《うこん》の橘《たちばな》

作者の名前「右近」は、父親の役職・右近衛少将に由来する。近衛とは宮中の警護や警備を務める官人のことで、平安宮内裏の紫宸殿《ししんでん》の東方（左）には左近衛府の陣が、対して西方（右）には右近衛府の陣が敷かれていた。その前方左右に桜と橘が植えられていたことから「左近の桜」「右近の橘」と呼ばれていた。

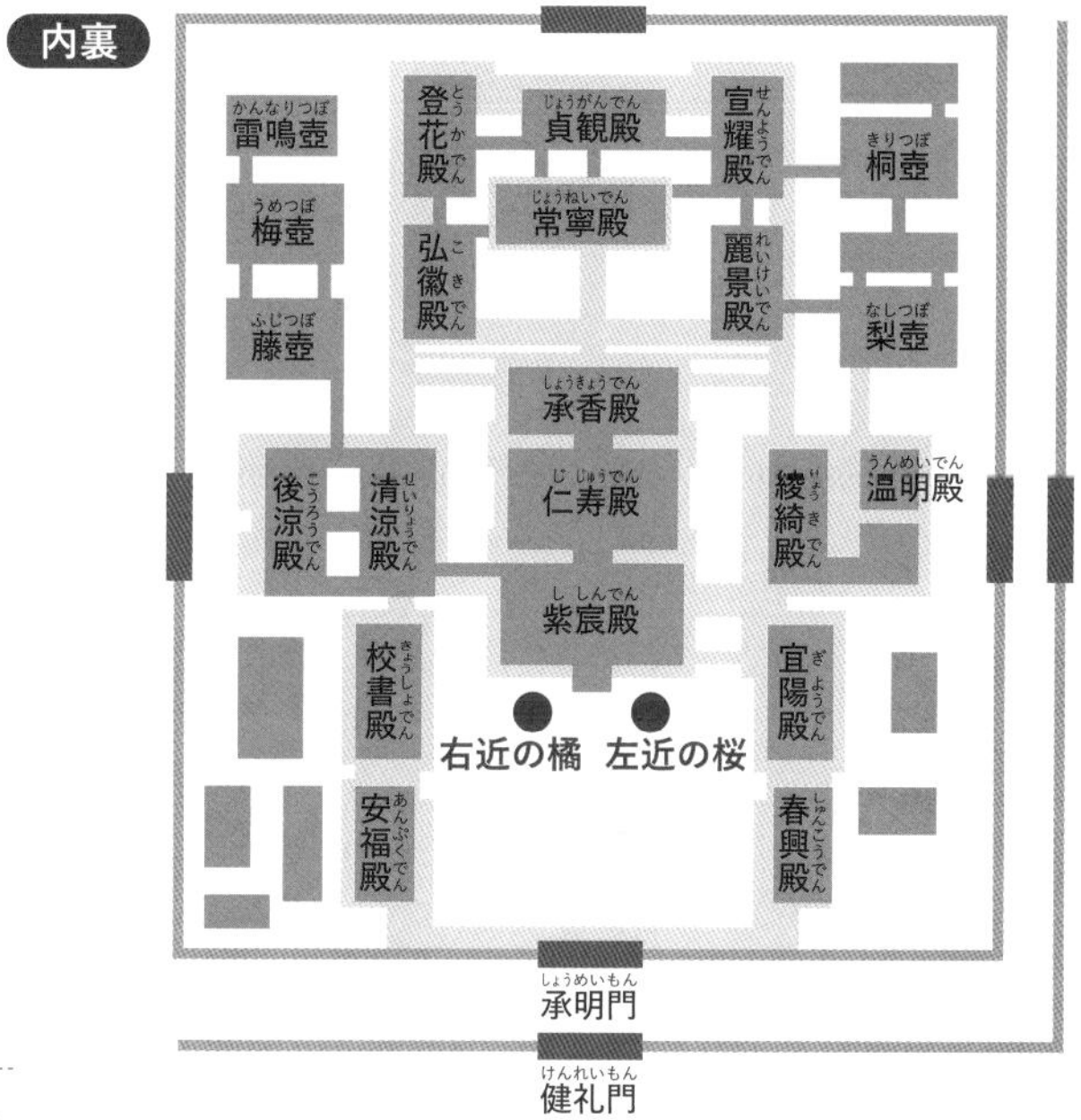

右近歌《うこんか》の贈答相手《ぞうとうあいて》

『大和物語』（→28）84段には「同じ女（右近）、男の、忘れじと、よろづのことをかけて誓ひけれど、忘れにけるのちに、言いやりける」とあってこの歌が置かれ、「返しは、え聞かず」で終わっている。81段から5段続く物語を一連の物語と考えるなら、右近が歌を贈った相手は43藤原敦忠ということになる。敦忠は38歳で早世し、「人の命の惜しくもあるかな」は現実味のある重い言葉となった。

語句・文法

掛詞　枕詞　序詞　本歌取り

◆忘《わす》らるる
「忘れられる」の意。忘れるのは相手の男性で、忘れられるのは自分。「忘ら」は四段動詞の未然形。「るる」は受身の助動詞「る」の連体形。

◆身《み》をば思《おも》はず
「身」は自分自身のこと。「ず」は打消の助動詞の終止形で二句切れ。「ず」を連体形と考え、三句切れとする解釈もある。

◆誓《ちか》ひてし
「誓ふ」は神に固く約束すること。「永久に心変わりしない愛を約束した」の意。誓ったのは相手。

◆人《ひと》の命《いのち》の
「人」は「身」（自分自身）に対して相手を指す。「相手の男性の命」の意。

◆惜《お》しくもあるかな
惜しむのは自分。「も」は強めの係助詞。「かな」は詠嘆。

39

参議等《さんぎひとし》

880〜951年。源等《みなもとのひとし》。嵯峨《さが》天皇の曽孫。中納言・源希《まれ》の息子。参河《みかわ》、丹後《たんご》、三河守《みかわのかみ》などの地方官を歴任し、50歳を過ぎてから正四位下参議となった。

六歌仙　梨壺の五人　三十六歌仙

中古三十六歌仙　女房三十六歌仙

浅茅生《あさぢふ》の　小野《をの》の篠原《しのはら》　忍《しの》ぶれど
あまりてなどか　人《ひと》の恋《こひ》しき

恋心が忍びきれずに
想いつのらせ詠んだ歌

朝茅《あさじ》の生ゑる小野の篠原の「しの」のように、私はずっと忍んできたけれど、今はもう忍びきれず、どうしてこんなにあなたが恋しいのだろう。

旅・離別　恋　その他　四季

どうしてこんなにも
あなたが恋しいと
思う気持ちが
溢れてしまうのだろう……。

参議等（源等）
歌人としての経歴は未詳で、『後撰和歌集』に入集した4首しか知られていない。

恋一・577

忍びきれないあなたを恋しいと想う気持ち

この歌は、『古今和歌集』の「浅《あさ》茅《ぢ》生《ふ》の小《を》野《の》の篠原《しのはら》忍《しの》ぶとも人知《ひとし》るらめや言《い》ふ人《ひと》なしに」（よみ人知らず）や、『古今和歌六帖』の「浅《あさ》茅《ぢ》生《ふ》の小《を》野《の》の篠原忍《しのはらしの》ぶとも今《いま》は知《し》らじな問《と》ふ人《ひと》なしに」（3柿本人麿）に見える類型的表現を上三句にそのまま用いています。この上の句の序詞は、同類の語音や同母音が繰り返され、心地よい響きをつくっています。

そして、下の句では一転、人目を忍ぶ恋の苦しみや、孤独に耐えかねて隠しきれなくなった相手の女性への強い恋心が歌われています。

『後撰和歌集』の詞書には「人につかはしける」とあり、等が恋の苦しみに耐えかねて、相手に自分の思いを訴えかけた歌と考えられます。その相手がどのような女性なのかは不明ですが、世間に関係が知られてはいけない人だったのでしょう。

しかし、下の句は、詞書を外して見れば、恋する者の内面のつぶやきというふうに詠みとることもできます。

語句・文法

掛詞　枕詞　序詞　本歌取り

◆浅《あさ》茅《ぢ》生《ふ》の
「浅茅生」は、丈の低いチガヤがまばらに生えている所のこと。

◆小《を》野《の》の篠原《しのはら》
「小野」の「小」は接頭語で、「野」または「野原」の意。「篠原」は細い竹の生えている原のこと。この二句までは、三句の「忍ぶれど」の「しのぶ」を導くための序詞。

◆忍《しの》ぶれど
「忍ぶ」は気持ちを抑えること。上二段活用動詞。「忍ぶれ」は已然形。「ど」は逆接の接続助詞。

◆あまりてなどか
「あまりて」は「忍ぶにあまりて」で、「恋しい気持ちを忍びきれない」ということ。「などか」は「など」と「か」の連語で、「どうしてなのか」の意。

◆人《ひと》の恋《こひ》しき
「人」は作者が恋する相手の女性のこと。「恋しき」は上の「などか」の結びで連体形。

嵯峨天皇《さがてんのう》

桓武《かんむ》天皇の第2皇子。名は神野《かみの》。天皇の秘書官である蔵人《くらうど》や平安京内の警備、裁判を行う検非違使《けびいし》を設置。また、律令を補う法典『弘仁格式《こうにんきゃくしき》』を編纂させ、法令を整備した。能書として知られ、空海・橘逸勢《はやなり》と並び、三筆の一人（→18）。弟の淳和《じゅんな》天皇に譲位し、57歳で崩御した。

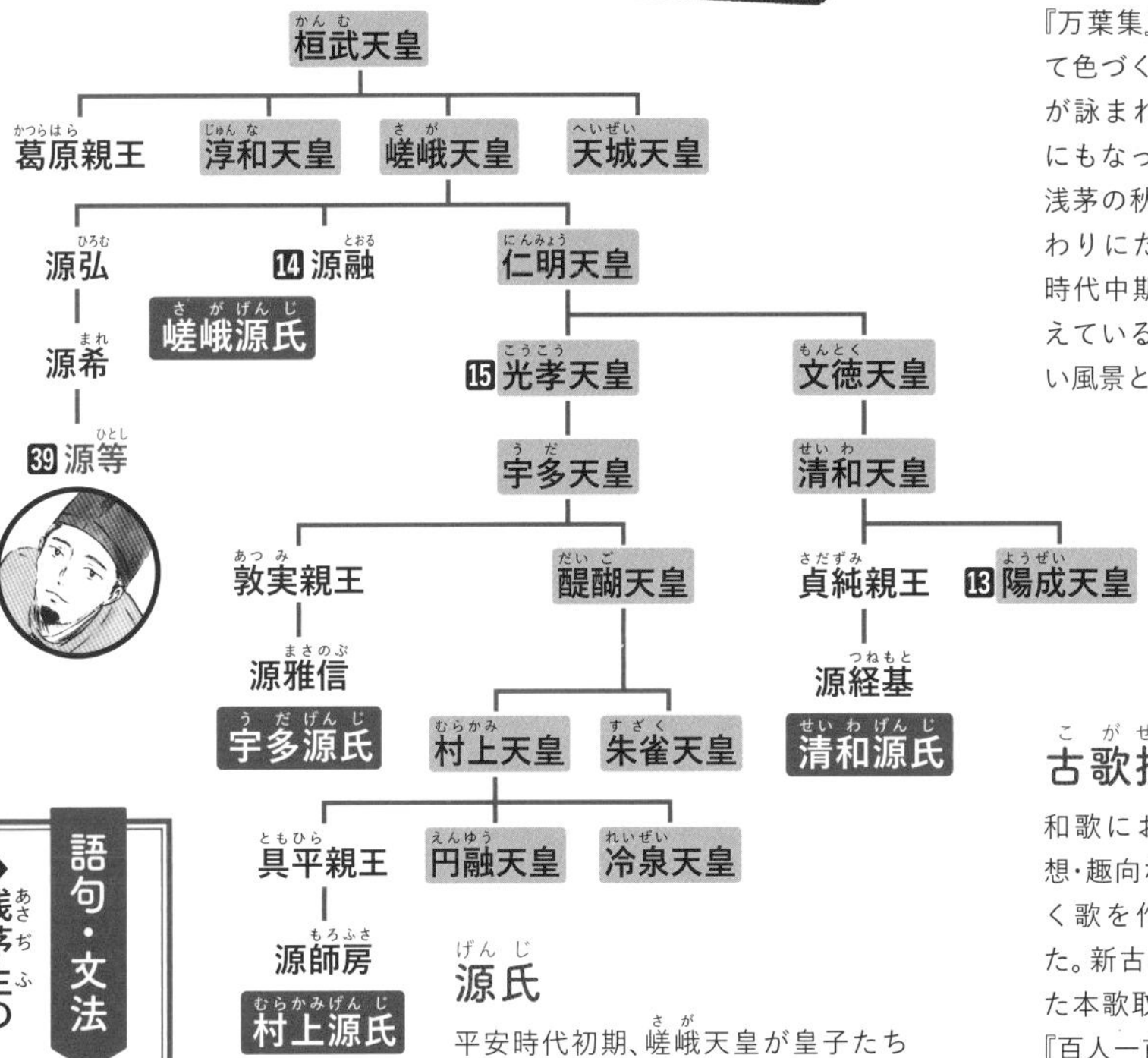

源氏《げんじ》

平安時代初期、嵯峨《さが》天皇が皇子たちに源姓を賜って、臣籍に降下させたことに始まる。以後、淳和《じゅんな》・仁明《にんみょう》・文徳《もんとく》・清和《せいわ》・陽成《ようぜい》・宇多《うだ》（→71）・醍醐《だいご》・村上《むらかみ》・花山《かざん》などの諸源氏が生まれた。11世紀末には、清和源氏が武的勢力として大きく伸長していたのに対し、中央政界では村上源氏が活躍した。

源 希《みなもとのまれ》

等の父。弘《ひろむ》の息子。宇多《うだ》天皇に近侍《きんじ》し、蔵人頭《くろうどのとう》兼右大弁《うだいべん》から左近衛中将《さこのえのちゅうじょう》へ昇進し、参議となった。54歳で没。極官は従三位中納言。

浅茅《あさじ》

『万葉集』では、秋の訪れによって色づく浅茅（丈の低いチガヤ）が詠まれたり、若い女性の比喩にもなった。『古今和歌集』には、浅茅の秋の色づきを恋人の心変わりにたとえる歌が見え、平安時代中期以降では、まばらに生えている浅茅は荒れ果てて寂しい風景とされることが多い。

古歌摂取《こがせっしゅ》

和歌において、古歌の語句・発想・趣向などを取り入れて、新しく歌を作ることはよく行われた。新古今時代に盛んに行われた本歌取り（→91）もその一種。『百人一首』で本歌取りを用いている歌は以下のとおり。

90番	殷富門院大輔
91番	後京極摂政前太政大臣
93番	鎌倉右大臣
94番	参議雅経
97番	権中納言定家

40

平兼盛《（たいら）たひらのかねもり》

生年未詳～990年。15光孝天皇の曽孫である篤行《あつゆき》の息子。「兼盛王」と名乗っていたが、臣籍に降下し、平氏を称した。従五位下駿河守《するがのかみ》。家集に『兼盛集』がある。

三十六歌仙

六歌仙

梨壺の五人

中古三十六歌仙

女房三十六歌仙

忍《しの》ぶれど　色《いろ》に出《い》でにけり　我《わ》が恋《こひ》は
物《もの》や思《おも》ふと　人《ひと》の問《と》ふまで

隠していても顔に出る恋心を詠んだ歌

誰にも知られないように隠していた恋心がとうとう顔色に出てしまった。周りの人が怪しんで尋ねるまでに。

恋

旅・離別

四季

その他

とうとう顔色に出てしまった……。

平兼盛

後撰集時代の代表的歌人で、『麗景殿女御歌合《れいけいでんのにょうごのうたあわせ》』など、多くの歌合に参加した。

恋一・622

顔色に表れた隠しきれない恋の気持ち

心の内に抑えきれない恋の気持ちがついに顔色に出てしまったことを、「物や思ふと」と第三者の目を意識させる会話体を取り入れながら客観的に表現した歌です。恋を心や内面の働きによるものとして捉え、自分の意志ではコントロールできないものであるとしています。

この歌は倒置法が使われていて、直すと「我が恋は忍ぶれど物や思ふと人の問ふまで色に出で《い》にけり」となります。『天徳四年内裏歌合』の「恋」の題詠で、『百人一首』では次に登場する41壬生忠見と競い合いました。

両歌とも優れていたので、判者の藤原実頼《さねより》は勝負をつけられず、天皇が低く「忍ぶれど」と口ずさんでいたので、この歌を勝ちとしたのでした。

語句・文法

掛詞　枕詞　序詞　本歌取り

◆忍《しの》ぶれど
「人に知られないように心に秘めているけれど」の意。→39

◆色《いろ》に出《い》でにけり
「色」は顔色のこと。男女関係の「色の出づ」は、恋をしていることが表情や態度に現れてしまうこと。

◆物《もの》や思《おも》ふと
「物」は恋に関するもの思いのこと。「や」は疑問の係助詞。「ものや思ふ」は周りの人から作者への問いかけで、歌の中に会話が取り入れられている。

◆人《ひと》の問《と》ふまで
「人」は周りの人、第三者のこと。「まで」は程度や限界を表す副助詞。

かかわりのある人物

15 光孝天皇《こうこうてんのう》
兼盛は光孝天皇の4世の孫にあたる。第58代天皇で、55歳にして即位した。

41 壬生忠見《みぶのただみ》
兼盛が村上天皇《むらかみ》の『天徳四年内裏歌合』で競い合った相手。官位は低かったが、歌人として優れていた。

天徳四年内裏歌合《てんとくよねんだいりうたあわせ》

- 天徳4（960）年3月30日、平安京の内裏における殿舎「清涼殿《せいりょうでん》」で、村上《むらかみ》天皇により開催された歌合。女房たちの発案による。12の歌題（霞・鶯《うぐいす》・柳・桜・山吹・藤花・暮《ぼ》春《しゅん》・初夏・郭公《ほととぎす》・卯花《うのはな》・夏草・恋）が設定された。管弦や宴、禄《ろく》（報酬）があり、善美を尽くした君臣和楽の遊宴としての歌合で兼盛をはじめ、41壬生忠見など、当時を代表する歌人が参加した。
- この歌合の方人《かたうど》（歌合というゲームのプレイヤー）は天皇に仕える女房たち。歌人は方人から歌を依頼された専門職のようなのもので、どちらかといえば裏方的存在だった。
- 平安時代初期の歌合は遊戯的な性格が強いが、時代が下ると、次第に歌人たちが真剣に議論する文芸的な場に変わっていった。この歌合はオペラのような総合芸術的な遊びで、方人たちは衣装の色を統一したり、その場に飾るものとして精巧な工芸品が用意されるなど、初期の遊戯的な歌合の最も整った形のものとされている。

兼盛《かねもり》の歌合成績《うたあわせせいせき》

84藤原清輔著の歌学書『袋草紙《ふくろぞうし》』によれば、兼盛はこの歌が勝つと聞いて拝舞しつつ退出し、他の歌の勝負にはこだわらなかったという。なお、この歌合での兼盛の成績は、勝3、負5、持（引き分け）2となっている。

題詠《だいえい》

この兼盛の歌は題詠で、あらかじめ決められた「恋」という歌題によって詠まれたもの。題詠は奈良時代にも宴席などで行われていたが、平安時代になって、歌合の流行などに伴って盛んになり、院政期以降は詠歌の第一の手法となった。初期には「霞」「桜」などの単純な題だったが、のちには「遠村霞」のような複雑な題も用いられた。

41

壬生忠見《みぶのただみ》

生没年未詳。30忠岑の息子。初名は「名多《なた》」、のちに「忠実《ただみ》」となり、「忠見」と改めた。摂津大目《せっつのだいさかん》など地方官を歴任。村上《むらかみ》天皇時代の歌壇で活躍した。家集に『忠見集』がある。

三十六歌仙

六歌仙　梨壺の五人

中古三十六歌仙　女房三十六歌仙

恋《こひ》すてふ　我《わ》が名《な》はまだき　立《た》ちにけり
人《ひと》知《し》れずこそ　思《おも》ひそめしか

『天徳四年内裏歌合』で兼盛の歌と対決した忍ぶ恋の歌

恋をしているという私の評判が早くも立ってしまったよ。人知れず、密かに思い始めたばかりなのに。

恋　旅・離別　四季　その他

恋をしていることが
噂になってしまった…。

壬生忠見
歌合で40平兼盛の歌に敗れた忠見は、「不食《ふじき》の病」にかかって亡くなったという説話がある（『沙石集《しゃせきしゅう》』）。

恋一・621

恋の噂に困惑しながらも内面を顧みる

恋をし始めたばかりなのに、早くも噂になっていることに困惑する気持ちを表した歌です。

「まだき」「思ひそめ」からは、「この恋はまだ始まったばかりであり、周りに気づかれるはずもなかったのに」という無念さが伝わります。「立ちにけり」には、周りに知られてしまった驚きの気持ちが込められています。三句切れと倒置法を用いたこの歌は、事実を述べることから始め、下の句で作者の内省に流れていくところに妙があります。

40兼盛と対したこの歌は、『天徳四年内裏歌合』で最後を飾る二十番で勝負しました。忠見の歌は惜しくも負けてしまいましたが、『拾遺和歌集』には撰入されました。その後しばらく評価されませんでしたが、97藤原定家の父・83俊成が歌論書『古来風体抄《こらいふうていしょう》』に入れて、再び注目を集めることになりました。

ちなみに、12世紀末の安元の大火で、内裏・大内裏は壊滅的な被害を受け、その後、再建されることはありませんでした。『百人一首』成立の頃には、この歌合が繰り広げられた舞台は、遠い昔の幻想の中にしか存在しなかったのです。

語句・文法

掛詞　枕詞　序詞　本歌取り

◆**恋《こひ》すてふ**
「恋をしている」の意。「てふ」は伝聞を意味する「といふ」が縮まった形。

◆**我《わ》が名《な》はまだき**
「名」は世間の評判、噂のこと。「まだき」は「まだその時期にならないのに早くも」を意味する副詞。

◆**立《た》ちにけり**
「気がついたら噂が立ってしまっていた」を意味する作者の気持ち。ここで、三句切れとなる。

◆**人知《ひとし》れずこそ**
「人に知られないように」の意。ここでの「人」は他人のこと。「こそ」は強意の係助詞。

◆**思《おも》ひそめしか**
「思ひそめ」は複合動詞「思ひそむ」の連用形。「しか」は係助詞「こそ」を受けて、過去の助動詞「き」の已然形。「〜のに」「〜のだが」の意。前の部分と逆接の関係になり、歌全体が倒置法となる。

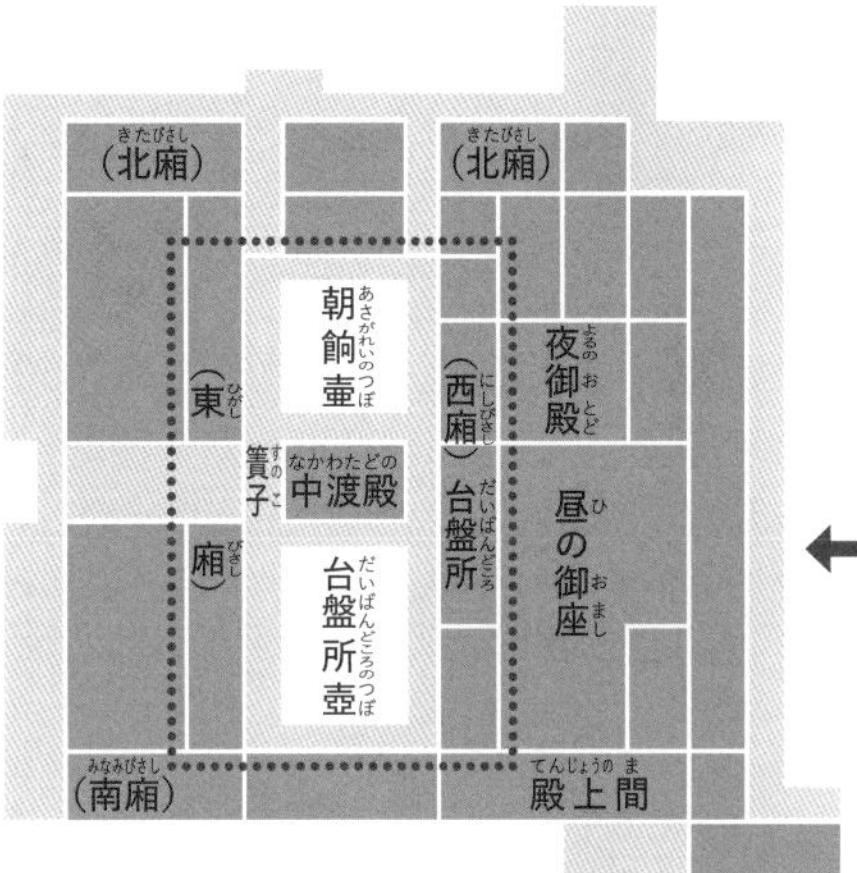

清涼殿《せいりょうでん》・後涼殿《こうろうでん》

清涼殿は天皇の日常の住居。昼《ひ》の御座《おまし》や殿上間《てんじょうのま》がある南半分は公的性格が強く、北半分と台盤所《だいばんどころ》などがある西廂《にしびさし》は私的な生活空間。後涼殿は清涼殿に付属する建物で、東廂《ひがしびさし》は女官が控える場などに使われた。『天徳四年内裏歌合』は、清涼殿の西廂と後涼殿の東廂の渡殿《わたどの》を舞台として行われた。

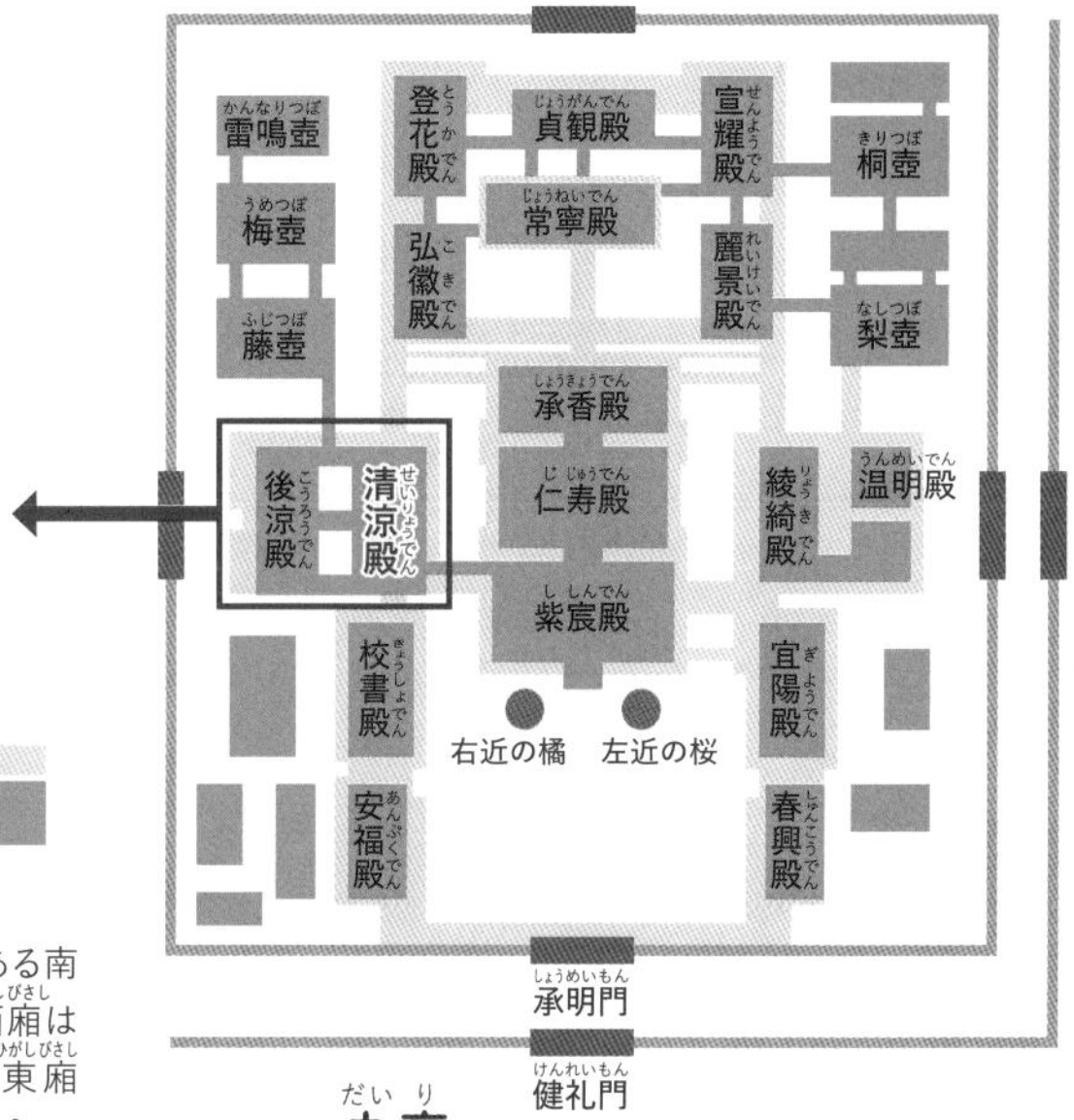

内裏《だいり》

この歌合は、天皇の住居である内裏の清涼殿《せいりょうでん》で催された。内裏は内郭・外郭の二重構造からなり、外郭の正門である建礼門《けんれいもん》と内郭の正門である承明門《しょうめいもん》をくぐると、内裏の正殿である紫宸殿《ししんでん》や天皇の日常生活の居所である清涼殿などが見える。ただし、歌合開催後、同じ年（960）に内裏は全焼。翌年、再建されたが、その後も火災が頻発し、天皇は里内裏《さとだいり》に住むようになった。

大内裏《だいだいり》（平安宮《へいあんぐう》）

→P.29

平安京の中央北端を占める宮城。「平安宮」ともいう。東西約960 m、南北約1.2kmの敷地内に、行政施設、国家儀式や年中行事を行う殿舎、天皇の居住する内裏が設置されている。ただし、天皇は内裏の紫宸殿で政務を行うようになったため、本来、政務を行う場である朝堂院《ちょうどういん》や、儀式を行う豊楽院《ぶらくいん》は10世紀頃には使われなくなっていた。

かかわりのある人物

30 壬生忠岑《みぶのただみね》

父・忠岑も官位は低かったが、歌人として優れており、『古今和歌集』の撰者を務めた。

40 平兼盛《たいらのかねもり》

『天徳四年内裏歌合』で競い合った歌人。『沙石集』では、この歌合に敗れ、体調を崩した忠見のお見舞いに行ったとされている。

42

清原元輔《きよはらのもとすけ》

908〜990年。春光《はるみつ》の息子。従五位下肥後守《ひごのかみ》。歌合や屏風歌などに多く召された。陽気な人柄で晩年まで歌壇で活躍。機知に富んだ速詠を得意とした。家集に『元輔集』がある。

六歌仙
梨壺の五人
三十六歌仙
中古三十六歌仙
女房三十六歌仙

契《ちぎ》りきな　かたみに袖《そで》を　しほりつつ
末《すゑ》の松山《まつやま》　波越《なみこ》さじとは

心変わりをした
相手の不実を責めた歌

固く約束をしましたね。互いに袖を涙で濡らしながら、あの末の松山を波が越えることがないように、何があっても私たちの仲は変わるまいと。

恋　旅・離別　四季　その他

私たちの仲は
いつまでも変わらないと
約束したのに…。

清原元輔
賀茂祭の勅使になって落馬し、冠を落とした際、丁寧な弁解をして人々を笑わせたという説話が伝わる（『今昔物語集』）。

恋四・770

約束を強調して遠回しに恨み言をいう

『後拾遺和歌集』詞書に「心変《がわ》りして侍りける女に、人に代《かわ》りて」とあることから、この歌は元輔が代作として詠んだ歌であることがわかります。

「契りきな」は文脈を考えると、本来、歌の最後につくものですが、この歌ではあえて倒置して初句にもってくることで、「約束しましたね」と約束を強調しています。

第二句以下では、二人の仲が親密だった過去を回想して、「末の松山を波が越えることはあるまい」と約束したことが述べられています。これは、ほかの人に心変わりをすることは決してあり得ないということを表しています。

「末の松山」を波が越すということが、このような意味をもつようになったのは、元となる古歌があるからです。それが『古今和歌集』（東歌《あずまうた》・陸奥歌1093）の「君《きみ》をおきてあだし心《こころ》を我《わ》が持《も》たば末《すゑ》の松山波《まつやまなみ》も越《こ》えなむ」です。ほかの人に心を移したならば、末の松山を波が越えるだろう、という意味です。

元輔はこの古歌を思い浮かべ、それをうまく生かして歌を詠みました。正面きって相手を責めたてずに、相手を恨めしく思う心と、できることならまた元の仲に戻りたいと願う気持ちが表されています。

語句・文法

掛詞 枕詞 序詞 本歌取り

◆**契《ちぎ》りきな**
「契る」は「約束する」の意。男女の仲が変わらず続くことを約束する。

◆**かたみに**
「互いに」の意。

◆**しほりつつ**
「しほる」は従来「絞《しぼ》る」と解釈されてきたが、「霑《しほ》る」、びっしょり濡らすの意とするのが適切と指摘される。「つつ」は反復・継続の接続助詞。

◆**末《すゑ》の松山《まつやま》**
「末の松山」は歌枕。陸奥（宮城県）にあるが、詳しい位置は特定できない。

◆**波越《なみこ》さじとは**
「波が越すことはあるまい」の意。「は」は強意。

かかわりのある人物

62 清原深養父《きよはらのふかやぶ》

官位は低かったが歌人として優れ、その歌風は古今集時代の先駆的傾向を示している。

62 清少納言《せいしょうなごん》

『枕草子』「五月の御精進のほど」の段から父親である元輔の歌人としての名声が伺える。

代作《だいさく》

人に代わって、その人の名で和歌や詩を作ること。和歌を贈るときに歌がうまい人物に代作を頼むことは、平安時代にはよく見受けられる。特に身分の高い貴族の女性は、恋の初めの返歌を女房に書かせることがしばしばあり、受け取る側もそれを承知していた。

末《すえ》の松山《まつやま》 歌枕

陸奥国《むつのくに》の歌枕。宮城県多賀城市八幡の丘陵地だとも、岩手県二戸《にのへ》郡一戸《いちのへ》町と二戸町の境にある峠のことだともいわれる。「末の松山を波が越える」という表現は、絶対にあり得ないことのたとえ。これは単なる大げさな比喩ではなくて、古代の大津波の記憶が歌に留められたものと考えられている。

梨壺《なしつぼ》の五人《ごにん》

951年に村上《むらかみ》天皇の勅命により、宮中の梨壺《なしつぼ》（昭陽舎《しょうようしゃ》）に撰和歌所《せんわかどころ》を設け、『万葉集』の訓読と『後撰和歌集』の編纂が行われた。それを務めた5人を「梨壺の五人」という。5人のうち、『百人一首』に名があるのは元輔と49能宣《よしのぶ》の2人。

42番	清原元輔
49番	大中臣能宣朝臣
歌なし	紀時文《ときふみ》
歌なし	坂上望城《もちき》
歌なし	源順《したごう》

43

権《ごん》中《ちゅう》納《な》言《ごん》敦《あつ》忠《ただ》

906～943年。藤原敦忠《ふじわらのあつただ》。左大臣・藤原時平《ときひら》の息子。従三位権中納言。38歳で早世。琵琶と和歌に優れ、「枇杷《びわ》中納言」と称される。家集に『敦忠集』がある。

三十六歌仙

六歌仙

梨壺の五人

中古三十六歌仙

女房三十六歌仙

逢《あ》ひ見《み》ての　後《のち》の心《こころ》に　くらぶれば　昔《むかし》は物《もの》を　思《おも》はざりけり

恋人と結ばれたあとと結ばれる前の心境を比べた歌

あなたに会って愛し合ったあとの恋しく切ない気持ちに比べたら、以前はもの思いなどしていなかったも同然でしたよ。

恋　四季　旅・離別　その他

会えなかった頃より
会って愛し合ったあとのほうが
恋しく胸が苦しい…。

権中納言敦忠（藤原敦忠）
時平の子であるため、24菅原道真の祟りにより短命を予期していたと伝えられる（『大鏡』）。

恋二・710

会えなかった頃より深まる恋人への想い

『拾遺和歌集』には「題しらず」としかありませんが、『拾遺抄』では、初めて相手に会ったあとに贈った「後朝の歌」であるとされています。この歌の「後の心」は女性に会ったあとの心境を表し、「昔」は出会う前に恋心を募らせていた頃の気持ちを表しています。

女性と実際に会って昔のことを思い返してみると、以前は何も思っていなかったと言っていいほど、今のほうが恋の気持ちが深くなり苦しくなってしまったと言っています。

これまでは女性と会える日が一日も早く来るよう願い続け、会うことができたなら恋の苦しみから解放されると期待していましたが、会ってみるとかえって重苦しいつらさが増してしまったという複雑な心境です。

古注ではこの歌を「後朝」の歌ではなく、「逢《あ》ひて逢はざる恋」の歌として解釈しています。つまり、女性と契りを結んだあとに、会えなくなってしまった苦しみを詠んでいると考えるのです。この歌には、後朝の歌に限定されない恋の苦しみが歌われているので、そのような解釈も生まれたのでしょう。

語句・文法

掛詞 序詞 枕詞 本歌取り

◆逢《あ》ひ見《み》ての
「逢ひ見る」は男女が会って契りを結ぶこと。

◆後《のち》の心《こころ》
契りを結んだあとの気持ち。現在の心境のこと。

◆くらぶれば
「くらぶれ」は下二段活用動詞「くらぶ」の已然形。「ば」は確定条件の接続助詞。「〜すると」の意。

◆昔《むかし》は
「逢ひみる」以前は。「は」は区別を表す係助詞。

◆思《おも》はざりけり
昔もの思いをしていたはずだが、今思えば大したことはなかったと回想している。「けり」は詠嘆の助動詞。

禁断《きんだん》の恋《こい》

敦忠は、恋愛はタブーとされていた斎宮・雅子内親王と恋に落ちた。家集『敦忠集』には二人の贈答歌が残されている。最終的に恋は実らず、雅子はのちに藤原師輔《もろすけ》と結婚した。

後朝《きぬぎぬ》の歌《うた》

逢瀬を終えて帰った翌朝、男性が恋愛のルールに従って贈る歌のこと。敦忠のこの歌も、相手への想いを伝えている。

菅原道真《すがわらのみちざね》の祟《たた》り

24道真は、藤原時平の策略で九州の太宰府に左遷されたが、その後、時平やその家系の者は次々と命を失う事件が起きたことにより「菅原道真の祟り」だと恐れられた。敦忠は時平の息子であるが、祟りかどうかはともかく若くして亡くなった。

かかわりのある人物

敦忠の曽祖父!?

17在原業平朝臣《ありわらのなりひらあそん》
敦忠の母は在原棟梁《むねはり》の娘ともいわれ、この説が正しければ、業平のひ孫となる。

敦忠の交際相手!?

38右近《うこん》
『大和物語』では、敦忠は右近の恋人として登場し、『百人一首』に入る右近が詠んだ恋の歌も敦忠が相手かと言われる。

平安時代の恋愛・結婚

①男性が気になる女性に文(手紙)と和歌を贈る

↓

②受け取った女性は相手の気持ちを確かめる内容の返歌を贈る

高貴な女性の場合は、初めは女房などによる代筆だが、相手の気持ちを受け入れるようなら本人が直筆で返す。

↓

③何度か和歌のやりとりをしてお互いの気持ちが通じたら、男性は女性の家を訪れる

ここで初めて二人は対面する。

↓

④朝になったら男性は自宅に帰り、女性に文を贈る

愛し合った男女が迎えた朝のことを「後朝《きぬぎぬ》」といい、男性は帰宅後、女性に文を贈るのが慣わしで、これを「後朝の文」といった。

↓

⑤その後も男性が女性のもとに通うという形で恋は進展する

男性が3日連続で女性のもとに通うと、妻として認めたことになる。

恋文《こいぶみ》

平安時代の恋文(手紙)は和歌のセンスが重要視されたが、それだけでなく、料紙の色や文をつける季節の「折り枝」など、細やかな配慮がされた。

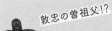

44

中納言朝忠《ちゅうなごんあさただ》

910〜966年。藤原朝忠《ふじわらのあさただ》。25定方の息子。左中将、参議などを経て、従三位中納言に至る。『天徳四年内裏歌合』などに出詠した。家集に『朝忠集』がある。

三十六歌仙

六歌仙

梨壺の五人

中古三十六歌仙

女房三十六歌仙

逢《あ》ふことの　絶《た》えてしなくは　なかなかに
人《ひと》をも身《み》をも　恨《うら》みざらまし

好きな人と会ったがために苦しさが増した恋心を詠んだ歌

もしも会うことがまったくなかったら、かえってあなたの冷たさや、わが身のつらさを恨んだりすることもなかったでしょうに。

恋　旅・離別　四季　その他

こんなに
つらくなるなら、
会わなければ
よかった…。

中納言朝忠（藤原朝忠）
恋愛経験が豊富な貴公子として知られる。管楽器・笙《しょう》の名手でもあった。

世《よ》の中《なか》に　たえて桜《さくら》の　なかりせば
春《はる》の心《こころ》は　のどけからまし

（もし世の中に桜がまったくなかったら、春を過ごす人の心はどんなにのどかだろう）

在原業平
〈『古今和歌集』春上〉

反実仮想《はんじつかそう》

朝忠のこの歌は、事実と反対のことを想定して詠む「反実仮想」と呼ばれる表現を用いている。これは、17在原業平《なりひら》の『古今和歌集』に収録された右の歌に学んだものかもしれない。業平の歌は、桜がいっそなかったなら、咲くのか散るのかと思い煩うこともなかったのにと詠んで、桜のすばらしさを称えている。

歌《うた》の再解釈《さいかいしゃく》

97藤原定家も、この歌を「逢不逢恋」の歌として味わっていた（『定家八代抄』）。こうした歌の再解釈によって新たな魅力が発掘されている例はほかにもあり、21素性法師や30壬生忠岑の歌もその例。

かかわりのある人物

朝忠の父！

25 三条右大臣《さんじょうのうだいじん》（藤原定方《さだかた》）

定方は天皇家と関わりが深く、定方の姉妹の胤子の夫・源定省《さだみ》が宇多《うだ》天皇として即位。胤子が醍醐《だいご》天皇の母になったことで、定方は天皇の叔父となった。

この歌を再解釈！

97 権中納言定家《ごんちゅうなごんていか》（藤原定家）

古くからの有名な歌を取り入れて新しい歌とする本歌取りの理論をまとめたほか、日記『明月記』を残すなど、文学で大きく活躍した。

会ったからこそ生まれた恨めしく切ない気持ち

この歌は、相手に会ったがためにつらい気持ちになり、自分のことも相手のことも恨んでしまうという気持ちを詠んでいるとするのが素直な解釈でしょう。

上の句「逢ふことの絶えてしなくは」は仮定条件ですから、現実には、まれには会うことができたということになります。それは、ほとんど偶然を待つほかない逢瀬であり、その心もとなさが感じられます。

この歌は、40平兼盛や41壬生忠見の歌と同じ『天徳四年内裏歌合』で詠まれた歌です。歌合では藤原元《もと》真《ざね》の歌と競い、勝ちとなりました。

この歌合の恋の歌はすべて「未《いまだ》逢恋《あわざるこい》」（恋の初期の契る前の段階）の歌なので、朝忠の歌もそうだとすると、まだ契りを結んだことはないけれど、逢いたい気持ちが募って、いっそ会う可能性などまったくなければよかったのに、と詠んだことになります。

このような作者のもともとの意図を離れ、「逢不逢恋《あいてあわざるこい》」の歌として再解釈されることで、広く愛唱される歌となりました。

語句・文法

掛詞　枕詞　序詞　本歌取り

◆逢《あ》ふことの
「逢ふ」は男女が会って契りを結ぶこと。「逢ふこと」の述語は「なく」。

◆絶《た》えてしなくは
「絶えて」は「まったく」の意の副詞。「し」は強意の副助詞。「なく」は形容詞「無し」の連用形。「は」は係助詞で、仮定を表す。

◆なかなかに
「かえって」「なまじ」の意の副詞。

◆人《ひと》をも身《み》をも
「人」は相手、「身」は自分自身のこと。

◆恨《うら》みざらまし
上の句の「なくは」を受けて、「まし」と応じた反実仮想の構文。「ざら」は打消の助動詞「ず」の未然形。

百人一首一夕話《ひゃくにんいっしゅひとよがたり》

江戸時代の国学者・尾崎雅嘉《まさよし》が著した『百人一首』の注釈書。この本には、朝忠は座るのも苦しいほど肥満だったと記されている。しかし、実際に太っていたのは弟の朝成《あさひら》で、『宇治拾遺物語《うじしゅういものがたり》』の内容を雅嘉が勘違いしたのではないかといわれている。

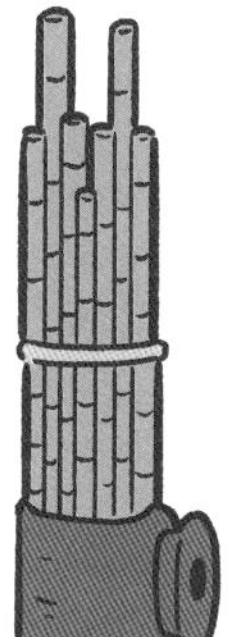

笙《しょう》

雅楽で用いる管楽器の一つ。奈良時代に中国より渡来。匏《ほう》と呼ばれる椀に、長短17本の細い竹管を差し込んだもので、全長は約50cm。羽を閉じた鳳凰にも似ていることから鳳笙《ほうしょう》といわれることもある。『源氏物語』や『枕草子』などにも登場する。

45

謙徳公《けんとくこう》

924～972年。藤原伊尹《ふじわらのこれただ》（「これまさ」とも）。九条右大臣師輔《もろすけ》の息子。正二位摂政太政大臣に至る。家集に『一《いち》条摂政御集《じょうせっしょうぎょしゅう》』がある。

六歌仙
梨壺の五人
三十六歌仙
中古三十六歌仙
女房三十六歌仙

あはれとも　言《い》ふべき人《ひと》は　思《おも》ほえで
身《み》のいたづらに　なりぬべきかな

最愛の人に冷たくされ、嘆く気持ちを詠んだ歌

私のことをあわれと言ってくれそうな人がいるとは思えず、一人で虚しく恋焦がれて死んでしまうに違いない。

恋　四季　旅・離別　その他

このまま虚しく
死んでしまうに違いない…。

謙徳公（藤原伊尹）
「謙徳公」は、亡くなったあとにおくられた諡号《しごう》。伊尹は宮中の梨壺《なしつぼ》にある撰和歌所の別当を務めた。

愛する人に相手にされない悲しみ

『拾遺和歌集』の詞書には「物言ひはべりける女の、後につれなくはべりて、さらに逢はずはべりければ」とあります。また、『一条摂政御集』では「言ひかはしけるほどの人は、豊蔭《とよかげ》にことならぬ女なりけれど、年月《としつき》を経《へ》て、返り事をせざりければ、負けじと思ひて言ひける」とあって、この歌が揚げられています。「豊蔭」は伊尹が創作した人物です。

自分が死んだとしても、悲しんでくれる人は誰一人おらず、あなたに恋焦がれながら死んでしまうという孤独感を強調して、相手に訴えかけています。

自身の弱さや苦しみをあえてさらけ出すことで、冷めてしまった相手が気持ちをひるがえしてくれることを願っているのです。

かかわりのある人物

26 貞信公《ていしんこう》（藤原忠平《ただひら》）

伊尹と同じく、摂政となり、太政大臣となった。臣下の諡号《しごう》（おくり名）は、平安時代初期には太政大臣で出家しなかった者に贈られたが、のちには見られなくなった。

語句・文法

掛詞　枕詞　序詞　本歌取り

◆**あはれとも**
「あはれ」は、「かわいそう、気の毒」の意。いたわしいという同情の気持ちが込められている。

◆**言《い》ふべき人《ひと》**
「人」は、相手の女性のこと。広く世間の人のことを指すという解釈もある。

◆**思《おも》ほえで**
「思ほえ」は下二段活用動詞「思はゆ」の未然形。「思われる」の意。「で」は打消の接続助詞。

◆**身《み》のいたづらに**
「いたづらに」は、「むなしく、むだに」の意。ここでは恋に焦がれ、死ぬことを指す。

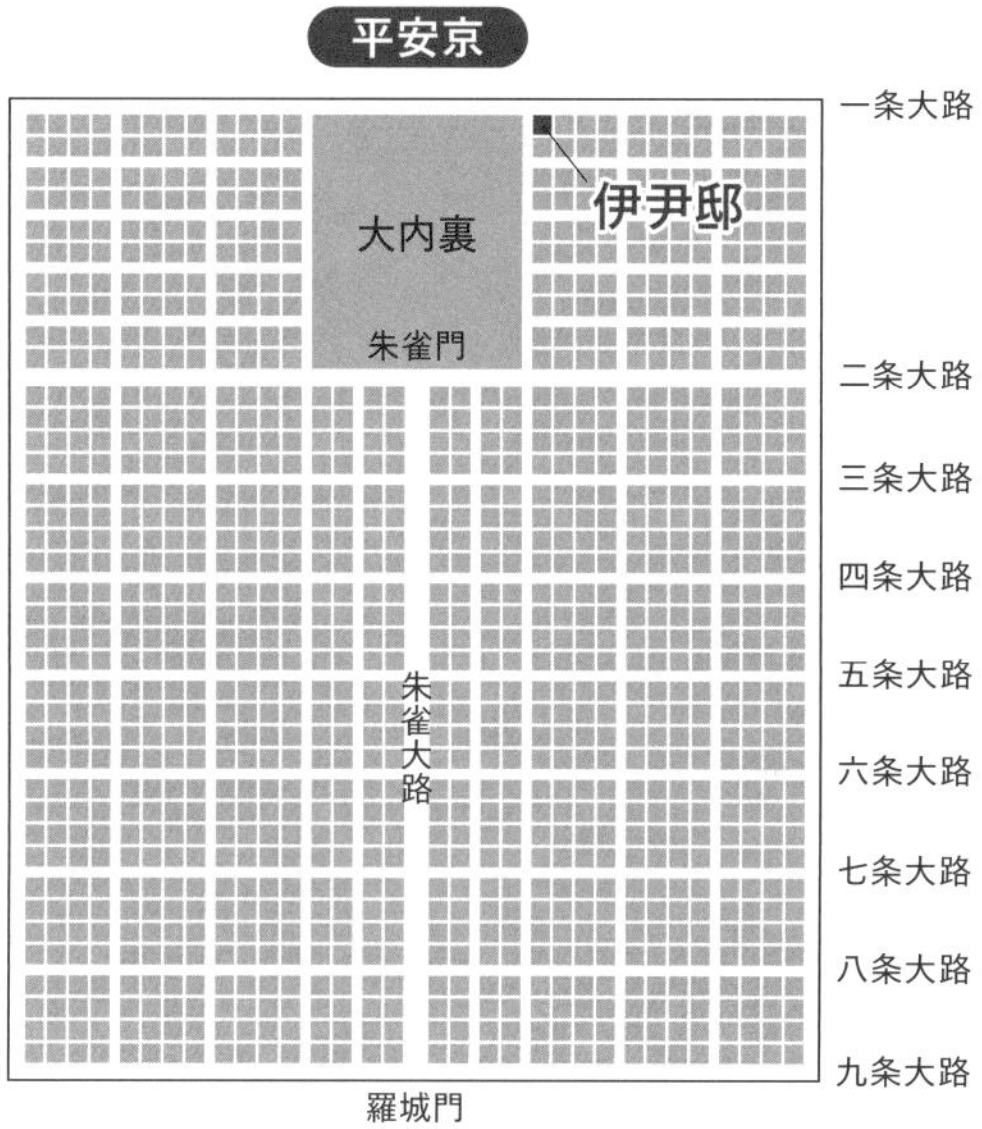

一条摂政御集《いちじょうせっしょうぎょしゅう》

一条に邸宅があったので、「一条摂政」と呼ばれた伊尹の家集。冒頭部分は、大蔵史生豊蔭《とよかげ》という身分の低い架空の人物に仮託し、長大な詞書を加えるなどして、歌物語風に構成されている。その巻頭に、この歌が長い間振り向いてくれない女性を意地でも振り向かせようとした歌として据えられている。冒頭41首は作者が選んだ歌、続く151首は伊尹の没後、身近な人によって編まれたものと思われ、恋の贈答歌が多く収録されている。

柏木《かしわぎ》の恋《こい》

『源氏物語』には柏木という若者が登場し、光源氏の正妻・女三宮《おんなさんのみや》に横恋慕《よこれんぼ》する姿が描かれている。むりやり女三宮と契りを交わしたが、自分の罪に怖れおののき、やがて衰弱死してしまう。この柏木の物語には、伊尹のこの歌が投影されていると指摘される。

花山天皇《かざんてんのう》

冷泉《れいぜい》天皇の第１皇子。母は伊尹の娘・懐子。摂政で外祖父でもあった伊尹の威光によって、生後10か月足らずで春宮《とうぐう》（皇太子）となった。17歳で即位して花山《かざん》天皇となったが、２年足らずの短い在位だった。

平安時代中期（摂関期）

55 大納言公任

57 紫式部

59 赤染衛門

62 清少納言

コラム

年中行事

毎年一定の日に繰り返される儀式や行事のこと。地域・階層・職種などの集団の中で伝承される。単調な日常生活に非日常的なハレの時間をもたらす意義があり、信仰と深くかかわる。公家《くげ》の年中行事は平安時代初期に完成し、15光孝天皇のときに清涼殿広廂《ひろびさし》の殿上間《てんじょうのま》に「年中行事御障子《みしょうじ》」(両面に年中行事が書いてある衝立《ついたて》)が置かれるようになった。平安時代の主な年中行事は次のとおり。

春

1月[睦月]

●**小朝拝《こちょうはい》** …元日に天皇にお祝いの言葉を申し上げる儀式。清涼殿の東庭で行う。皇太子、大臣以下、公卿・殿上人が参列した。

●**白馬節会《あおうまのせちえ》** …正月7日、天皇が紫宸殿《ししんでん》の庭に7頭ずつ計21頭の白馬《あおうま》(葦毛の馬のこと)が牽《ひ》かれるのを御覧になる儀式。その後、宴が開かれた。

●**若菜・子《ね》の日の遊び** …正月に野に出て若菜を摘み邪気《じゃき》を払い、あつものにして食べて長寿を祈る民間の風習が、宮中で正月初子《はつね》の日の行事となった。小松《こまつ》引きも行われた。→15

●**十五日粥《じゅうごにちのかゆ》** …正月15日に七種《ななくさ》粥を食べることで邪気を払った。七種とは、米・粟《あわ》・黍《きび》・稗《ひえ》・葟子《みの》・胡麻《ごま》・小豆《あずき》のこと。室町時代前期までに春の七草の七草粥(正月7日)に変化した。

2月[如月]

●**春日祭《かすがのまつり》** …藤原氏の氏神の春日大社の祭礼。前日、斎女《さいじょ》が京を出発し、大行列で社頭に至り、さまざまな祭儀が行われた。

3月[弥生]

●**曲水の宴《ごくすいのえん》** …3月上巳《じょうし》の日(のちに3日に固定)、流水のほとりで禊祓《みそぎはらえ》をしたあとの遊宴が発展したもの。上流から流される杯が自分の前を通りすぎないうちに詩歌を詠む遊び。

夏

4月[卯月]

●**更衣《ころもがえ》** …4月1日と10月1日、季節に応じて衣服や調度・敷物を変えた。和歌で詠まれるのはもっぱら夏の更衣である。→2

●**賀茂祭《かもまつり》(葵祭《あおいまつり》)** …上賀茂《かみかも》社と下鴨《しもがも》社の祭礼。平安時代に単に「祭り」というと、この祭を指した。「葵祭」とも称されるのは、参列者が葵の葉を身につけたため。『源氏物語』葵巻に描かれていることで著名。

5月[皐月]

●**端午節会《たんごのせちえ》** …5月5日の節会。もともと中国で5月を悪月として邪気払いの行事をしていたのが伝来して変化したもの。強い香りを放つ菖蒲《しょうぶ》が邪気を払うとして、薬玉《くすだま》を作ったり、身につけたり、屋根に葺《ふ》いたりした。菖蒲の根の長さを競う「根合《ねあわせ》」も行われた。

6月[水無月]

●**祇園御霊会《ぎおんごりょうえ》** …祇園社(八坂神社)の祭礼。疫病を引き起こす牛頭天王《ごずてんのう》を鎮《しず》めるために、6月7日に神輿《みこし》を洛中に迎えてさまざまな芸能が奉納され、14日に送った。疫神鎮送《えきしんちんそう》の意味から鉾《ほこ》や長刀《なぎなた》が尊ばれた。

●**水無月祓《みなづきばらえ》** …6月と12月の晦日《みそか》(30日)に罪障・穢《けが》れ・災いを除くために行う禊祓《みそぎはらえ》を「大祓《おおはらえ》」といった。そのうち6月のものを「水無月祓」「夏越《なごし》の祓《はらえ》」と呼んだ。→98

秋

7月[文月]

●**七夕《たなばた》(乞巧奠《きっこうでん》)** …7月7日に牽牛《けんぎゅう》と織女《しょくじょ》の二星を祭り、裁縫や諸芸の上達を願う行事。牽牛・織女の伝説と裁縫の上達を織女に願う乞巧奠が中国から輸入され、日本の棚機《たなばた》つ女《め》の信仰と結びついて、行事化した。

●**盂蘭盆会《うらぼんえ》** …7月15日、故人の霊を供養する仏事。「仏説《ぶっせつ》盂蘭盆経」の、目蓮《もくれん》が餓鬼道《がきどう》で苦しむ亡母を救ったという説話に由来する。

8月[葉月]

●**月見の宴《つきみのうたげ》(八月十五夜)** …8月15日、月を鑑賞し、詩歌や管弦を楽しむ宴。中国では白居易に漢詩があり、日本では24菅原道真の漢詩が早い例。

●**駒牽《こまひき》・駒迎《こまむかえ》** …駒牽は、諸国の御牧《みまき》(朝廷の直轄牧場)から献上された馬を宮中で天皇がご覧になり、貴族たちに分配する儀式。それに先立って、貴族が逢坂の関(→10)に赴いて駒迎が行われた。

9月[長月]

●**重陽節《ちょうようのせち》** …9月9日、邪気を払い長寿を祈って、菊酒を飲んだり、菊の着綿《きせわた》を行ったりした。

●**十三夜の宴《じゅうさんやのうたげ》** …9月13日の月を賞《め》でて催された宴。日本独自の行事。『躬恒集』(→29)に例がある。

冬

10月[神無月]

●**亥子餅《いのこもち》** …10月の初の亥の日に食べる亥の子の形に切った餅のこと。万病を避けられるとされた。『源氏物語』葵巻にも登場。

●**残菊の宴《ざんぎくのうたげ》** …9月9日の重陽を過ぎても咲いている残菊を賞《め》で、宮中で天皇が出御して行われた宴。菊酒をいただき、漢詩を作ったりした。残菊の美しさは29凡河内躬恒も歌う。

11月[霜月]

●**新嘗祭《にいなめさい》** …「しんじょうさい」とも。収穫祭。天皇が天《てん》神地祇《じんちぎ》に新穀を供え、自らも食す祭儀。即位後、初めて行う場合は大嘗祭《だいじょうさい》という。現在は勤労感謝の日とする。

●**豊明節会《とよのあかりのせちえ》・五節《ごせち》** …豊明節会は新嘗祭翌日の辰の日に、天皇が出御して行われる公式の宴会。宴の後、舞姫が舞う五節舞《ごせちまい》が行われる。→12

12月[師走]

●**御仏名《おぶつみょう》** …過去・現在・未来の仏の名を唱えて、その年の罪障を懺悔《ざんげ》し、消滅を祈る仏事。

●**追儺《ついな》(鬼《おに》やらい)** …大晦日の夜、悪鬼を駆除する行事。宮中では大舎人《おおとねり》から選ばれた方相氏《ほうそうし》が大声で悪鬼を祓って歩いた。現在の節分の豆まきのもとになった行事。

❖歴史年表

西暦	和暦	天皇	できごと
967	康保4年	冷泉天皇	延喜式が施行される
969	安和2年	円融天皇	
984	永観2年	花山天皇	
986	寛和2年	一条天皇	
1005	寛弘2年		『拾遺和歌集』成立
1011	寛弘8年	三条天皇	
1016	長和4年	後一条天皇	藤原道長が摂政となる
1036	長元9年	後朱雀天皇	
1045	寛徳2年	後冷泉天皇	
1051	永承6年		前九年の役が起こる(～1062年)
1053	天喜元年		藤原頼道により平等院鳳凰堂が建立される
1068	治暦4年	後三条天皇	
1069	延久元年		荘園の整理が行われる
1072	延久4年	白河天皇	
1083	永保3年		後三年の役が起こる(～1087年)
1086	応徳3年	堀河天皇	『後拾遺和歌集』成立

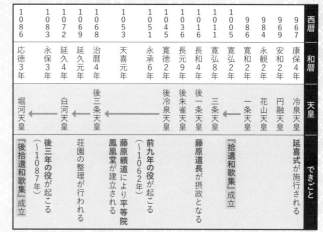

46

曽《そ》禰《ね》好《のよし》忠《ただ》

生没年未詳。丹後掾《たんごのじょう》であったことから、「曽丹後《そたんご》」「曽丹《そたん》」と略称された。円融院《えんゆういん》の子《ね》の日《ひ》の御遊《ぎょゆう》に召されずに参上して追い返されたなど、逸話が多い。家集に『曽丹集』がある。

六歌仙
中古三十六歌仙
梨壺の五人
女房三十六歌仙
三十六歌仙

由良《ゆら》の門《と》を　渡《わた》る舟人《ふなびと》　梶《かぢ》を絶《た》え
行方《ゆくへ》も知《し》らぬ　恋《こひ》の道《みち》かな

この先どうなるかわからない恋の道行へ思いを馳せた歌

由良の門を漕ぎ渡る舟人が、櫂《かい》をなくして行方も知らず流されていくように、どうなるかわからない私の恋の道であることよ。

旅・離別　**恋**　その他　四季

私の恋は
この先どうなって
ゆくのだろう…。

曽禰好忠
好忠は、近年はかなり教養のある人物と考えられている。新奇な素材や『万葉集』の古語を用いるなど、その清新な歌風は後世に高く評価された。

不遇《ふぐう》の人生《じんせい》

好忠は花山《かざん》天皇時代の歌人で、丹後掾《たんごのじょう》(国庁の三等官)という地方の役人を少なくとも10年は務めたといわれている。「掾」は「守《かみ》(長官)」「介《すけ》(次官)」に次ぐ3番めの官職であったが、身分の低さから軽く扱われていたという。

由良《ゆら》の門《と》 歌枕

紀伊国《きいのくに》と淡路島の由良(兵庫県洲本市)を結ぶ紀淡海峡とも、紀伊国の由良の湊《みなと》(和歌山県日高郡)ともいわれる。この歌の場合は、作者が過ごした丹後国《たんごのくに》(京都府宮津《みやづ》市由良川)の由良川河口と推測される。いずれにしろ、「由良の門」を詠み込む後代の歌は、ほぼ例外なくこの好忠歌の影響を受けている。

梶《かじ》

現在は、船の進路を定める装置を「かじ」というが、古代には、水をかいて舟を動かすための道具の「櫂《かい》」や「櫓《ろ》」のことを「かじ」と呼ぶ。なお、「かぢを」を「梶緒」(梶を舟につなぐ縄)とする説もある。その場合、梶緒が切れたということになる。

かかわりのある人物

歌風を受け継いだ!

74 源俊頼朝臣《みなもとのとしよりあそん》

好忠の自由奔放で新しい雰囲気をもった歌風は、俊頼に受け継がれたといわれている。

由良の湊

梶を失くした舟人にたとえる自分の恋

『新古今和歌集』の詞書は「題しらず」です。この歌の主想は、うまくいかない恋への不安です。それを表現するために三句まで序詞を用いて、「行方も知らぬ」を導き出し、そのあとの「恋の道かな」の嘆きにつなげています。

序詞では、梶をなくして海をさまよう小舟がイメージされます。梶を失くし、そのままどこへ行ってしまうかわからないという不安が、恋の悩みと重ね合わされて一首に詠み込まれているのです。

この恋の不安を具体的にイメージさせる序詞が秀逸です。ただし、梶をなくし、なす術もなく小舟が漂っていたのが、どこの海なのかについては少々問題があります。好忠は丹後に下っているので、由良川河口を思い浮かべていると推測されます。しかし、新古今時代には紀伊国の「由良の湊」と同じ場所と考えられていたようです。「由良の門」は、この歌以降、ほとんど詠まれていませんでしたが、新古今時代には好忠歌の影響のもと、海を渡る小舟を描く多くの叙景歌が生まれました。

語句・文法

掛詞 枕詞 序詞 本歌取り

◆**由良《ゆら》の門《と》**
「門」は両側に岸や山が迫って狭くなった海峡や河口などの、水流の出入り口のこと。

◆**梶《かぢ》を絶《た》え**
「を」は格助詞。「絶え」は「絶ゆ」の連用形。「絶ゆ」は自動詞だが、他動詞のように用いた。ここまでが序詞。

◆**恋《こひ》の道《みち》かな**
「道」は「渡る」「絶え」の縁語。

47

恵《ゑ（え）》慶《ぎやう（ぎょう）》法《ほふ（ほう）》師《し》

生没年未詳。天徳《てんとく》から寛和《かんな》の頃に活躍した僧。播磨国《はりまのくに》の国分寺の講師《こうじ》（僧官）として下向したことがあり、「播磨講師」と称した。家集に『恵慶集』がある。

六歌仙 / 中古三十六歌仙 / 梨壺の五人 / 女房三十六歌仙 / 三十六歌仙

八重葎《やへむぐら》　しげれる宿《やど》の　さびしきに
人《ひと》こそ見《み》えね　秋《あき》は来《き》にけり

河原院で「荒れた宿に秋が来た」という歌題で詠んだ歌

幾重にも葎が生い茂っている宿は寂しいのに、人は誰も訪れないけれど、秋だけは来たのだなあ。

恋 / 旅・離別 / 四季 / その他

人は来ないけれど、秋はやって来たのだなあ。

恵慶法師
河原院に住んでいた安法《あんぽう》法師と親しく、河原院で催された歌会にしばしば出詠。「梨壺の五人」など、当時の一流歌人と親交があった。

河原院の荒廃に見出した静寂と哀感

『拾遺和歌集』詞書には「河原院にて、荒れたる宿に秋来たるといふ心を、人々よみ侍りけるに」とあり、「荒れている宿に秋が来た」という歌題で詠まれた歌です。

河原院は、⑭河原左大臣（源融）が風流を懲らした大邸宅でしたが、この歌が詠まれた頃には融が亡くなってから約100年が経過し、かなり荒廃していました。そんな河原院の荒廃を哀感をもって詠んでいます。

葎《むぐら》は蓬《よもぎ》と並んで、荒廃を表す植物として歌に詠まれます。雑草が生い茂り、人が訪れることのない静寂に包まれた邸、かつてのにぎやかさに思いを馳せれば、なおのこと寂しく感じられます。しかし、誰も訪れることのないこの邸なのに、秋だけは変わらずにやって来たのだという気づきが、しみじみとした感慨とともに詠まれています。

歴史の推移と季節の移り変わりが重なる、静かな河原院の情景がよりいっそうあわれをかき立てる歌となっていると言えるでしょう。

語句・文法

掛詞　枕詞　序詞　本歌取り

◆**八重葎《やへむぐら》**
「八重」は「いく重にも」の意。「葎」はツル性の雑草。荒れた庭園や邸宅を象徴とする植物として用いられる。

◆**しげれる宿《やど》**
「宿」は宿泊施設ではなく邸のことで、歌語。「る」は完了の助動詞「り」の連体形。

◆**さびしきに**
「に」は逆接の接続助詞。「寂しいのに」の意。格助詞ととって「寂しいこの宿に」ととるのが一般的。順接の接続助詞とみて、「寂しいので」ととる節もある。

◆**人《ひと》こそ見《み》えね**
「人の姿は見えないが」の意。「こそ＋已然形」で逆説の文脈を表す。「ね」は打消しの助動詞「ず」の已然形。

◆**来《き》にけり**
「けり」は初めて気がついた感動を表す。

河原院文化圏《かわらのいんぶんかけん》

さびれた河原院には、⑭源融のひ孫で、恵慶法師の友人である安法法師が住み、恵慶をはじめ、㊵平兼盛や㊷清原元輔、㊻曽禰好忠、㊽源重之、㊾大中臣能宣など、かつての風雅をしのぶ歌人たちが集い、歌合が催されるなどして再び脚光を浴びるようになった。

河原院《かわらのいん》の荒廃《こうはい》

河原院は、⑭源融が造営した豪壮な邸宅だったが、融の没後、次第に荒廃が進んだ。その荒廃ぶりは、融の幽霊が現れて、河原院を献上された宇多《うだ》法皇を脅したという説話ができるほど。『源氏物語』「夕顔」の巻の「なにがしの院」は、この河原院がモデルといわれている。

かかわりのある人物

㊷清原元輔《きよはらのもとすけ》

和歌所で『後撰和歌集』の選出などに従事。㊵平兼盛や㊾大中臣能宣などとともに河原院文化圏の歌人。

48

源重之《みなもとのしげゆき》

生没年未詳。清和《せいわ》天皇の曽孫で兼信《かねのぶ》の息子。地方の微官を歴任。陸奥守《むつのかみ》になった。51藤原実方を頼って陸奥に下り、その地で没した。家集に『重之集』がある。

三十六歌仙

六歌仙　梨壺の五人

中古三十六歌仙　女房三十六歌仙

風《かぜ》をいたみ　岩《いは》うつ波《なみ》の　おのれのみ
くだけて物《もの》を　思《おも》ふころかな

思い人につれなくされても恋せずにはいられない心を詠んだ歌

風が激しいので、岩を打つ波がおのれ一人砕け散るように、私だけが心砕けてもの思いをするこの頃であるよ。

旅・離別　恋　その他　四季

岩に打ち寄せる波が砕けるように、つれないあなたに私の心が砕けて思い悩む日々です…。

源重之

重之の娘と息子も歌人。娘は陸奥に下った父に同行したらしい。

恋上・211

岩に散る波にたとえる片思いのつらさ

『詞花和歌集』詞書に「冷泉院、春宮《とうぐう》と申しける時、百首歌奉りけるによめる」とあるように、この歌は百首歌の中の「恋十首」の一つです。

二句までは序詞で、「くだけて」を導き出すために用いられています。この序詞では、岩に打ちつけて砕け散る波の情景が詠まれていますが、これはただの情景描写に留まりません。「岩」はどんなに好意を伝えてもつれない態度の女性を表し、「波」は片思いに心を乱す自分のことを表します。「物を思ふころかな」と自分の心に転じることで、一方的に自分だけが熱を上げていて、相手はまったく動じず冷たいという状況が浮かび上がってくるのです。

「くだけて物を思ふころかな」は当時の慣用句だったようで、この表現を用いた歌はほかにも例が見られます。しかし、序詞部分で、波が岩に砕け散る大自然の激しい情景を映像として浮かび上がらせていて、印象鮮明な一首になっていると言えるでしょう。

語句・文法

掛詞　枕詞　序詞　本歌取り

◆風《かぜ》をいたみ
「風が激しいので」の意「名詞＋を(間投助詞)＋形容詞の語幹＋み(接尾語)」という形で、「〜が〜なので」を表す。→**1**

◆岩《いは》うつ波《なみ》の
波に打たれても動じない「岩」を相手の女性、砕け散る「波」を自分にたとえる。ここまでが序詞で「くだけて」を導き出す。

◆おのれのみ
「のみ」は限定の副助詞。

◆くだけて
波が砕けることと、自分の心が砕けることを重ねている。

◆物《もの》を思《おも》ふころかな
「もの思いをするこの頃であるよ」の意。もの思いは恋の悩みのこと。

かかわりのある人物

51 藤原実方朝臣《ふじわらのさねかたあそん》
任地の陸奥国で没し、説話が多く語られる。重之が随行した陸奥国への赴任は、藤原行成《ゆきなり》との口論が原因という説話がある。

百首歌《ひゃくしゅうた》

百首をまとまりとして詠んだ歌のこと。平安時代中期、46曾禰好忠が創始したと考えられている。のちには題をあらかじめ設定する「組題《くみだい》」が行われるようになった。院政期の『堀河百首』は、初めての組題百首。14人が参加した多人数百首でもあり、天皇に奉覧され、画期的な催しとなった。重之の百首歌は、好忠百首の影響下にある初期百首の一つ。『百人一首』の作者では、47恵慶法師や65相模《さがみ》などに初期百首がある。

地方赴任《ちほうふにん》

重之は冷泉《れいぜい》天皇の東宮《とうぐう》時代に帯刀長《たちはきのおさ》を務めたが、その後、官途に恵まれず、相模《さがみ》(神奈川県)、信濃《しなの》(長野県)、日向《ひゅうが》(宮崎県)、肥後《ひご》(熊本県)、越前《えちぜん》(福井県)などの地方官を歴任した。そのため、重之の歌には旅の歌が多く、歌枕を用いた例が多い。

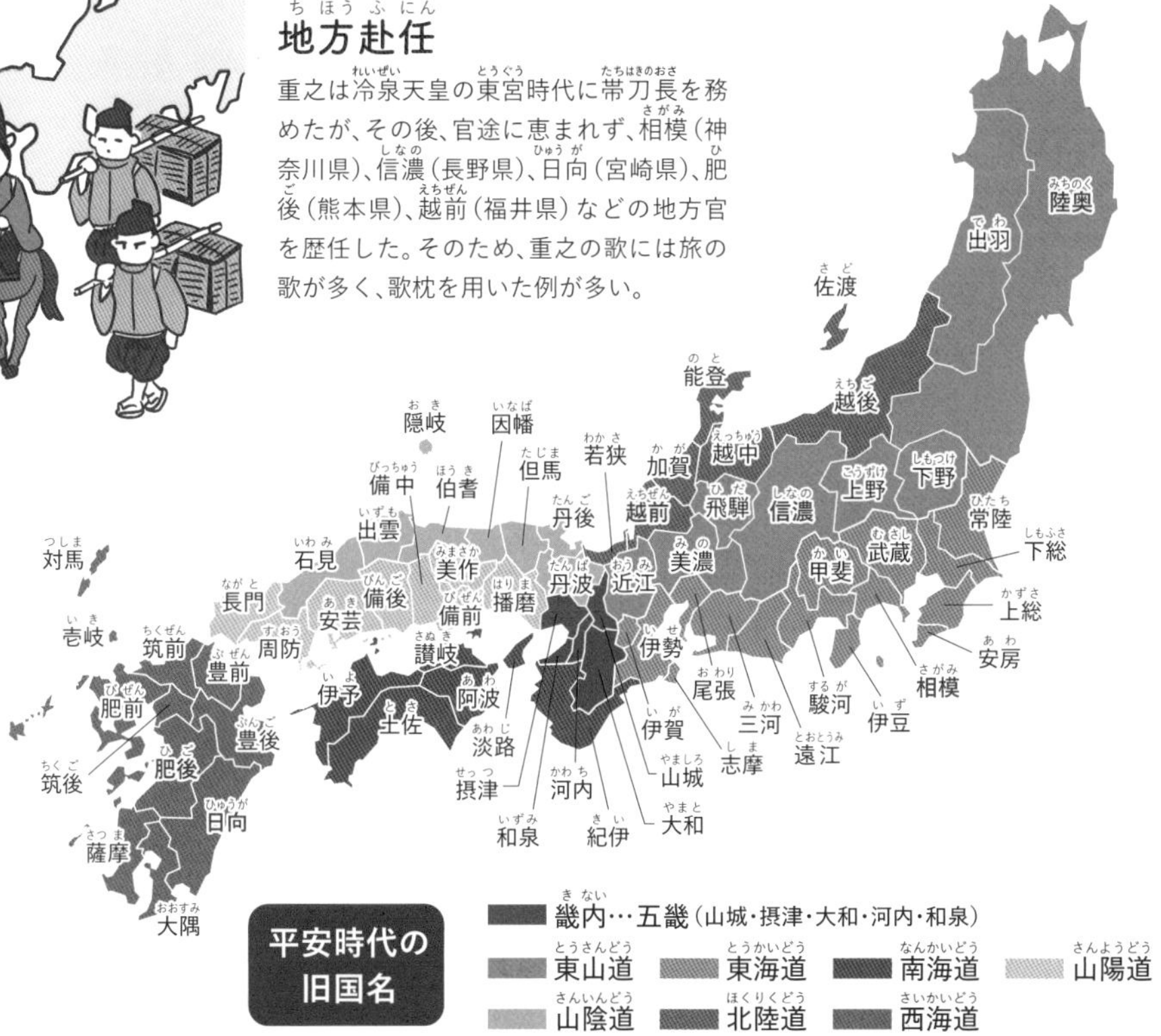

49

大中臣能宣朝臣《おほなかとみのよしのぶあそん》

921～991年。正四位下神祇大副《じんぎたいふ》・祭主《さいしゅ》。村上《むらかみ》天皇の勅命で、「梨壺の五人」の一人として『万葉集』の解読と『後撰和歌集』の編纂にあたった。家集に『能宣集』がある。

六歌仙　梨壺の五人　三十六歌仙　中古三十六歌仙　女房三十六歌仙

みかきもり　衛士《ゑじ》のたく火《ひ》の　夜《よる》は燃《も》え
昼《ひる》は消《き》えつつ　物《もの》をこそ思《おも》へ

一日中相手のことを考えてしまうほど熱い恋心を詠んだ歌

宮中を守る衛士が焚くかがり火が、夜は燃え、昼は消えてしまうように、私の思いも夜は燃え上がり、昼は消え入るばかりの毎日で、もの思いにふけっていることだ。

恋　旅・離別　四季　その他

私の恋心は
かがり火のように、
夜は燃え上がり、
昼間は消え入るよう…。

大中臣能宣朝臣
大中臣家は神祇官《しんぎかん》の家柄で、朝廷での祭祀や大嘗祭などの神事を取り仕切るのが役目であった。

かがり火にたとえる燃えるような恋心

『詞花和歌集』のこの歌の詞書は「題しらず」となっています。

二句までは序詞で、ここでは、衛士が管理するかがり火の様子が情景として詠まれています。街灯などの灯りがない平安時代の夜は、本当に真っ暗だったことでしょう。大内裏のあたりだけは、衛士のたくかがり火で暗闇に炎が赤く燃えさかっているのを見ることができます。そのかがり火も、空が明るくなると消されてしまいます。このかがり火のイメージが、主想となる恋心と重ね合わされて表現されているのです。

夜は、愛しい人のことを人目を気にせずに考えられる時間。恋心はかがり火のように燃え上がり、昼になると、ほかの人に悟られないように、相手のことを考えながら消え入るばかりの様子でもの思いをする、そんな心の動きが詠まれています。昼も夜も相手のことを思っているのです。

ところで、『古今和歌六帖』には「みかきもり衛士《えじ》のたく火《ひ》の昼《ひる》は消《き》え夜《よる》は燃《も》えつつ物《もの》をこそ思《おも》へ」という作者未詳の歌があり、ほかにも類歌があります。加えて家集である『能宣集』にこの歌は載っていないことから、能宣の作というのは誤伝ではないかと考えられています。

語句・文法

掛詞 序詞 枕詞 本歌取り

◆**衛士《えじ》のたく火《ひ》の**
ここまでが序詞。

◆**夜《よる》は燃《も》え昼《ひる》は消《き》えつつ**
かがり火の様子を描写するとともに、胸中の恋心の動きを重ねている。「つつ」は反復継続の接続助詞。毎日そういう状態であることを示す。

◆**物《もの》をこそ思《おも》へ**
「ものを思ふ」は恋に悩むこと。「こそ」は強意の係助詞。「思へ」はその結びで已然形。

御垣守《みかきもり》
宮中の諸門などを警固する衛士。杖を持ち、夜は火をたいて諸門を守るのが職務の一つだった。

衛士《えじ》①
宮殿・御所・貴人などを守る兵士。奈良時代には、地方各地の軍団から選ばれて集められ、厳しく監督されたため、逃亡者が絶えず、次第に弱体化した。

衛士《えじ》②
平安時代になって軍団の制度が廃れてからは衛士の規模は縮小され、御殿の清掃などといった雑役を担うようになった。

神祇官《じんぎかん》
官庁（官人の組織）の一つ。「かみづかさ」とも。天武《てんむ》・持統《じとう》朝の頃に成立したと考えられ、太政官と並ぶ格が与えられていた。中臣家や忌部《いむべ》ら名負《なおい》の氏の就く例が多く、平安時代中期以降は、花山《かざん》天皇の後裔《こうえい》・白川家が世襲した。

かかわりのある人物

61 伊勢大輔《いせのたいふ》
彰子に仕えていた女性歌人。56和泉式部や57紫式部と交流があった。

50

藤原義孝《ふぢはらのよしたか（ふじわら）》

954〜974年。45謙徳公（藤原伊尹《これただ》）の息子。行成《ゆきなり》の父。正五位下右少将。兄の挙賢《たかかた》の「前少将《さきの》」に対して、「後少将《のちの》」と称された。家集に『藤原義孝集』がある。

中古三十六歌仙
女房三十六歌仙
六歌仙
梨壺の五人
三十六歌仙

君《きみ》がため　惜《を》しからざりし　命《いのち》さへ
長《なが》くもがなと　思《おも》ひけるかな

恋が成就し、命が長くあってほしいと願うようになったことを詠んだ歌

あなたと逢うためならば、惜しくはないと思った命までもが、長くあってほしいと思うようになったことだ。

恋　旅・離別　四季　その他

命も惜しくないと
思っていたのに、
今では長らえたいと
思うようになってしまったよ…。

藤原義孝
流行病の疱瘡《とうそう》により、兄・挙賢ともども若くして没する。『大鏡』によると、眉目秀麗《びもくしゅうれい》で、仏教への信心が厚かったという。

恋二・669

恋の成就によって変化する心情

『後拾遺和歌集』詞書に「女のもとより帰りて遣《つか》はしける」とあるように、この歌は後朝《きぬぎぬ》の歌として女に贈ったものです。恋人になる前には、もしも逢うことができるのなら命さえも惜しいと思わないと思っていたけれど、実際思いが叶ってみると、命が惜しく感じて、少しでも長く一緒にいたいと思うようになったという内容の歌です。

思いを素直に表して、なだらかな調べをもつ歌と言えるでしょう。ただし、この歌には別解があります。この世を仮の世のものと見る仏教的世界観からすると、そもそも命は惜しくはないものなので、「君がため」は「惜しからざりし命」ではなくて、「長くもがな」に掛かっていくとみるのです。惜しくはない命だったのに、あなたのために長くあってほしいと願うようになったと歌っていると考えます。

この歌には、『古今和歌集』の33紀友則《きのとものり》の歌「命《いのち》やはなにぞは露《つゆ》のあだものを逢《あ》ふにしかへば惜《を》しからなくに」（命なんて露のようにはかないもので、逢瀬できるなら惜しくもないのに）のように、同じような発想の歌が何首か見られます。ただ、義孝の歌の場合、21歳で早世してしまうため、いくつかの死をめぐる説話とともに人々の心に切なさをかき立てたのだと思われます。

語句・文法

掛詞　枕詞　序詞　本歌取り

◆君《きみ》がため
「君」は普通、女から男を指して言うが、ここでは逆。

◆惜《を》しからざりし
「惜しから」は形容詞「惜し」の未然形。「ざり」は打消の助動詞「ず」の連用形。「し」は過去の助動詞「き」の連体形。

◆命《いのち》さへ
「命までもが、今となっては」の意。「さへ」は添加の副助詞。

◆長《なが》くもがな
「もがな」は願望の終助詞。「長くありたいものだ」の意。

◆思《おも》ひけるかな
『後拾遺和歌集』『百人秀歌』は「思ひぬるかな」。こちらが元の形。

疱瘡《いもがさ》

天然痘の古名。「もがさ」ともいう。高熱と発疹が現れ、治療法がなかった時代、症状が重症化して命を落とす者が多くあった。義孝は兄・挙賢とともに宮中の花形としてもてはやされていたが、974年9月16日、当時流行していた疱瘡のため、朝に挙賢がまず亡くなり、夕方には義孝が亡くなった。一日のうちに二人の子を失った母に同情が集まった。義孝21歳、息子の行成は3歳だった。

義孝《よしたか》の死《し》にまつわる話《はなし》

『大鏡』によると、死を覚悟した義孝は、法華経を読み終えるためにこの世に戻ってくるから死者の支度をしないでほしいと母に遺言した。ところが、義孝が亡くなると、母が悲しみに暮れている間に周りの者が死者の支度をしてしまった。義孝は母の夢に現れて、「あれほど約束したのに忘れるなんて」という歌を詠んだという。

かかわりのある人物

45 謙徳公《けんとくこう》（藤原伊尹《これただ》）

和歌に優れ、『後撰和歌集』の撰集にも関与していた。家集の『一条摂政御集』の冒頭部は、自身の恋愛を歌物語風に記す。

52 藤原道信《ふじわらのみちざね》朝臣《あそん》

45藤原伊尹の娘が母。彰子に仕えた女房たちに人気の貴公子だったという。しかし、23歳にして亡くなる。

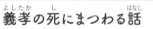

51

藤原実方朝臣《ふぢはら（ふじわら）のさねかたあそん》

生年未詳～998年。定時《さだとき》の息子。花山《かざん》・一条《いちじょう》天皇に仕えた。従四位上左中将。995年に陸奥守《みちのくのかみ》として下向し、任地で没する。家集に『実方朝臣集』がある。

六歌仙　梨壺の五人　三十六歌仙　中古三十六歌仙　女房三十六歌仙

かくとだに　えやはいぶきの　さしも草《ぐさ》
さしも知《し》らじな　燃《も》ゆる思《おも》ひを

初めて伝える
相手への燃える思いを詠んだ歌

こんなにも思っているとさえ言えないので、まして伊吹山のさしも草ではないが、それほどまでとはあなたは知らないでしょう。この燃えるような私の思いを。

恋　旅・離別　四季　その他

伊吹山のさしも草のように
燃えるような私の思いを
あなたはご存じないでしょう。

藤原実方朝臣
多くの女性と華やかな恋愛を繰り広げた宮廷の花形。風流才子として、さまざまな説話が残る。

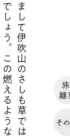

かかわりのある人物

26 貞信公《ていしんこう》（藤原忠平《ただひら》）

実方は、藤原氏の全盛期を築いた忠平のひ孫にあたる。忠平は時平《ときひら》の遺業である『延喜式《えんぎしき》』を完成させた。

55 大納言公任《だいなごんきんとう》（藤原公任）

同じく26藤原忠平のひ孫で友人。52道信、道綱《みちつな》（53右大将道綱母の息子）らとも親しかった。

62 清少納言《せいしょうなごん》

多くの女性との恋愛を繰り広げた中、『枕草子』の作者・清少納言とも恋仲だったといわれている。

舞人《まいびと》

宮廷の儀式で演奏された雅楽《ががく》のうち舞を伴う舞楽《ぶがく》で舞を舞う人。実方は和歌だけでなく、舞にも優れていた。

さしも草《ぐさ》（よもぎ）

よもぎの葉の裏にある綿毛を集めたものが「もぐさ」で、火をつけてお灸に使った。平安時代に編纂された、日本に現存する最古の医学書『医心方《いしんぼう》』には、灸療法についての記述がある。和歌では、「燃ゆ」「焼く」「火」などの縁語がよく用いられる。

陸奥守《みちのくのかみ》

不仲だった藤原行成《ゆきなり》との口論中、実方が行成の冠を投げ捨てたところを一条天皇が目撃。天皇は冷静さを欠いた実方に陸奥守となり、歌枕を見てくるようにと命じたという説話が有名（『古事談』）。陸奥国に赴任してわずか3年後に没した。任地で客死という数奇な運命をたどったため、多くの説話が生まれた。落馬した際のけがが原因というのもその一つ。

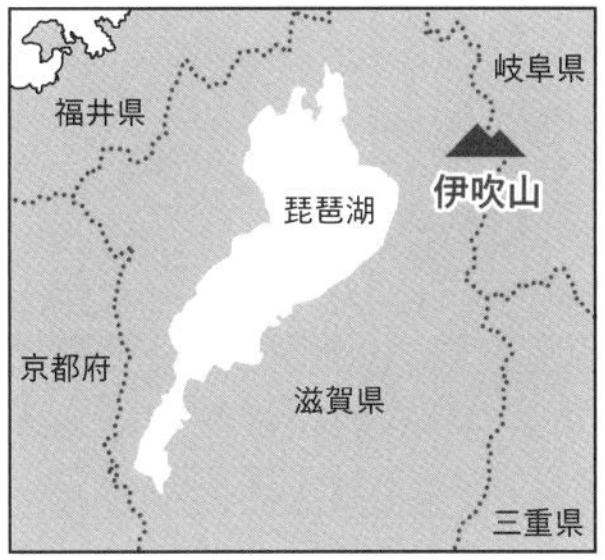

伊吹山《いぶきやま》 歌枕

近江国《おうみのくに》（滋賀県）と美濃国《みののくに》（岐阜県）の国境にある山。古来、薬草の産地として知られ、さしも草（よもぎ）を連想させる。なお、顕昭《けんしょう》著『袖中抄《しゅうちゅうしょう》』は、下野国《しもつけのくに》（栃木県）にある山とみる。

初めて相手に伝える燃えるような恋心

『後拾遺和歌集』の詞書には「女に初めて遣《つか》はしける」とあり、恋する女性に初めて文を贈り、自分の思いを打ち明けたときの歌ということがわかります。

この歌の中心は「かくとだにえやは言ふ、さしも知らじな燃ゆる思ひを」にあります。「この恋心を伝えられないので、あなたは知らないでしょうね、私の燃えるような思いを」というのです。その主想に絡ませて、「伊吹のさしも草」という語句を挿入しています。

歌枕を使った序詞に掛詞、倒置法など、さまざまな技巧を凝らして目に見えない恋心を具象化し、視覚的に伝えようと工夫されています。

語句・文法

掛詞 枕詞 序詞 本歌取り

◆かくとだに
「このようにあなたを恋い慕っているとさえ」の意。「かく」は「このように」の意で、ここでは「あなたを恋い慕っている」ことを示す。「だに」は「～さえ」の意。

◆えはやいぶきの
「えはや言ふ」は「言うことができるだろうか、いやできない」の意。「言ふ」を「伊吹」との掛詞にする。

◆さしも草《ぐさ》
「よもぎ」の異名。お灸のときに使うもぐさの原料。「燃ゆる」「火」と縁語の関係。「さしも」を同意の繰り返しで引き出す。

◆さしも
「そんなにも」の意。「さ」は指示副詞で、「燃ゆる」を指す。「し」は強意の副助詞、「も」は係助詞。

◆燃《も》ゆる思《おも》ひを
「ひ」は「火」との掛詞。「知らじな」に続く倒置法が用いられている。

52

藤原道信朝臣《ふぢはらのみちのぶあそん》(ふじわら)

972〜994年。父は太政大臣為光《ためみつ》。伯父・兼家《かねいえ》の養子として元服。従四位上左近中将。23歳で夭折《ようせつ》。家集に『道信集』がある。

六歌仙　梨壺の五人　三十六歌仙　**中古三十六歌仙**　女房三十六歌仙

明《あ》けぬれば　暮《く》るるものとは　知《し》りながら
なほ恨《うら》めしき　朝《あさ》ぼらけかな

ほんの少しの別れでもつらいという思いを詠んだ歌

夜が明けると、また日は暮れて夜になり、あなたに逢えることはわかっているけれど、やはりうらめしい朝ぼらけである。

恋　四季　旅・離別　その他

またあなたに
逢えるとは
わかっていても、
夜が明けるのが
うらめしいのです。
藤原道信朝臣
花山院《かざんいん》・51藤原実方・55藤原公任など親しかったほか、藤原道兼《みちかね》の文化サロンにも出入りしていた。

恋二・672

こんなにも寂しいしばしの別れ

『後拾遺和歌集』では「女のもとより雪降り侍りける日、帰りて遣《つか》はしける」という詞書があり、この歌の前には「帰《かへ》るさの道《みち》やは変はる変はらねどとくるに惑《まど》ふ今朝《けさ》のあは雪《ゆき》」（帰り道は変わっただろうか、いや変わっていない。しかし、今朝は淡雪が溶けて、昨晩あなたも打ち解けてくれたので、かえって戸惑っています）の一首が置かれています。淡雪が道に降り敷いた朝、女性の家を出たあとの寂しく恋しい思いを歌にした「後朝《きぬぎぬ》の歌」二首一連の作となっています。

　上の句では、また夜になれば必ず逢えるはずという理屈を詠み、下の句では、それでもやはり、わずかな時間でも離れがたく、しらじらと明けていく朝ぼらけがうらめしいという切実な感情を詠んでいます。そうして、相手を恋しく思う気持ちがいかに強いかを強調しているのです。

かかわりのある人物

45 謙徳公《けんとくこう》（藤原伊尹《これただ》）

道信は、摂政太政大臣を勤めた伊尹の孫にあたる。伊尹は才色兼備の風流人だった。

51 藤原実方朝臣《ふじわらのさねかたあそん》

同じ四位ということもあり、よく行動をともにし、祭りに一緒に参加して舞人を務めたこともあった。

語句・文法

掛詞　枕詞　序詞　本歌取り

◆明《あ》けぬれば
「夜が明けてしまえば」の意。「ぬれ」は助動詞「ぬ」の已然形。「ば」は接続助詞で、「〜すると、いつも〜」の意を表す。

◆暮《く》るるものとは
上の確定条件を受けて、あとに続くことの必然関係を述べている。ここでは「必ず日は暮れるものであり、あなたに逢うことができるということは」の意。「暮るる」は「暮る」の連体形。

◆なほ
「それでもやはり」の意。

◆朝《あさ》ぼらけ
夜がほのぼのと明ける頃のこと。男性が帰る時間。→31

辞世《じせい》の歌《うた》

道信は病気で亡くなる際、形見として、山吹色の衣を脱いで、「くちなしの園《その》にやわが身《み》入《い》りにけむ思《おも》ふことをもいはでやみぬる」（くちなしの花園に入り込んでしまったのだろうか。ああ、あなたをどんなに愛していたことか。この思いを伝えきれないまま死んでしまうことが残念でしかたがない）という歌を添えて贈ったという（『千載和歌集』哀傷549）。

摂政…天皇が子ども・病気のときなどに、天皇の代わりに政治を行う。

関白…成人した天皇を補佐する。

摂関家《せっかんけ》

摂政・関白に任じられる家柄。道信が養子になった兼家が一条《いちじょう》天皇の摂政となって地位を確立し、兼家の息子の道長《みちなが》の時代には巨大な政治の力を手にした。

くちなしに　ちしほやちしほ　染《そ》めてけり　藤原道信

（くちなしの実のように私はものが言えない。「口無し」なので、その証拠にくちなしで幾度も染めた山吹色の花を持っているのです）

こはえもいはぬ　花《はな》の色《いろ》かな　伊勢大輔

（なるほど、これは何とも言えない・・・すばらしい花の色ですね）

即興《そっきょう》の歌人《かじん》

即興の歌人でもあった道信。山吹の花を女房たちに差し出しながら上の句を詠み、居合わせた61伊勢大輔が下の句をつけたという（『俊頼髄脳』）。

53

右《う》大《だい》将《しゃう(しょう)》道《みち》綱《つな》母《のはは》

生年未詳～995年。陸奥守《みちのくのかみ》・藤原倫寧《ともやす》の娘。953年に藤原兼家《かねいえ》と結婚し、翌年に道綱《みちつな》を生む。和歌の名手とされた。家集に『道綱母集』、日記に著名な『蜻蛉日記《かげろう》』がある。

六歌仙　梨壺の五人　三十六歌仙

中古三十六歌仙　**女房三十六歌仙**

嘆《なげ》きつつ　ひとり寝《ぬ》る夜《よ》の　明《あ》くる間《ま》は
いかに久《ひさ》しき　ものとかは知《し》る

一人で待つ身の
つらく長い夜を詠んだ歌

あなたが来ないことを嘆きながら一人寝る夜の明けるまでの間がどんなに長く感じるものか、あなたはご存じでしょうか、知らないでしょうね。

恋　旅・離別　四季　その他

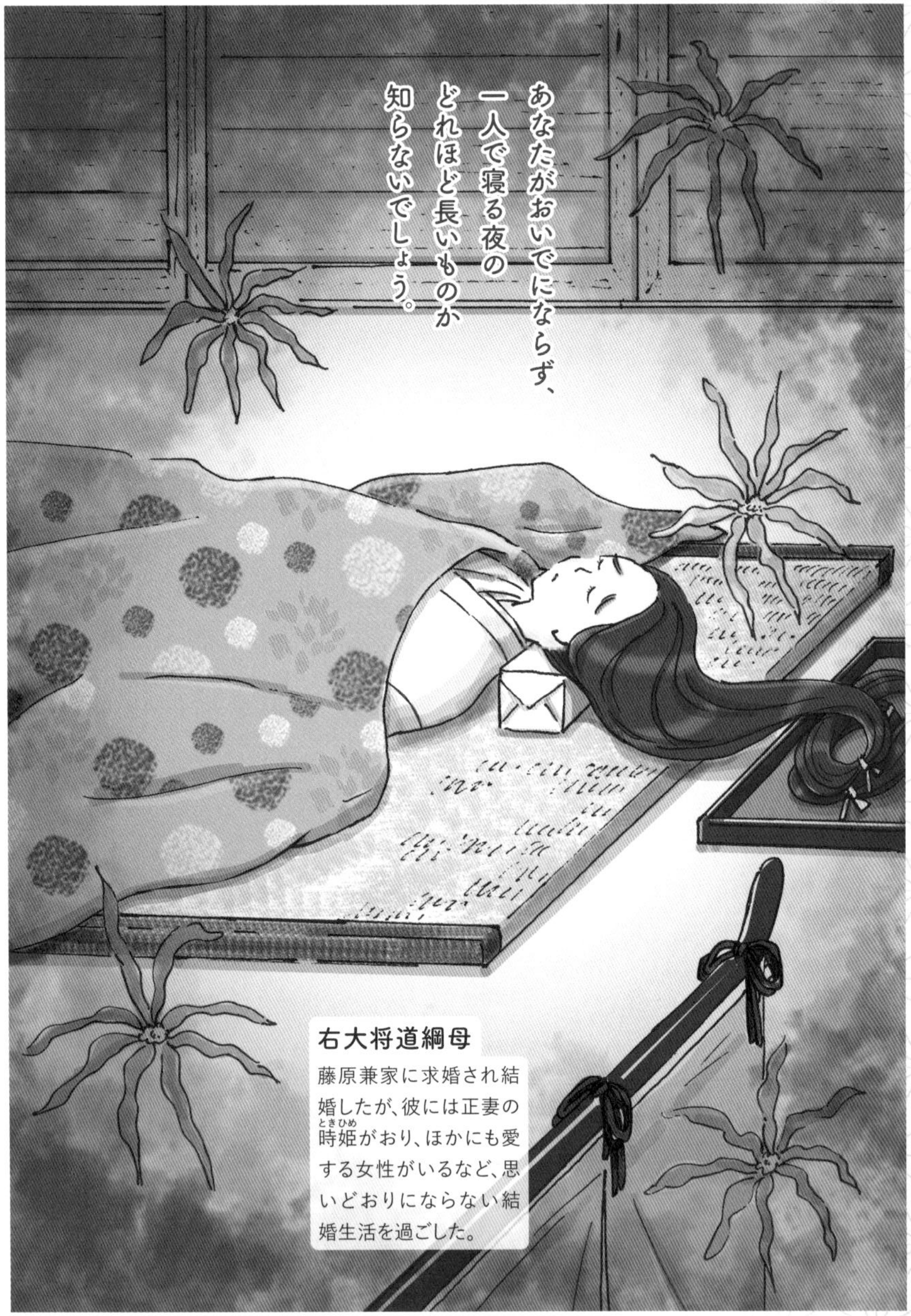
あなたがおいでにならず、
一人で寝る夜の
どれほど長いものか
知らないでしょう。

右大将道綱母
藤原兼家に求婚され結婚したが、彼には正妻の時姫《ときひめ》がおり、ほかにも愛する女性がいるなど、思いどおりにならない結婚生活を過ごした。

恋四・912

げにやげに
冬《ふゆ》の夜《よ》ならぬ
真木《まき》の戸《と》も
おそく開《あ》くるは
わびしかりけり

(ほんとにねえ、冬の夜明けではないが、門がなかなか開かないのもつらいものだよ)

〈『蜻蛉日記』〉

兼家《かねいえ》の返歌《へんか》

この歌に対する兼家の返歌は、道綱母の気持ちをはぐらかすようなものだった。

蜻蛉日記《かげろうにっき》

道綱母作の回想的日記。3巻。天延2(974)年頃の成立。天暦8(954)年に兼家と結婚してから、不安定な結婚生活に苦悩し、嫉妬や絶望を重ねながら、やがて息子の道綱への愛や芸術の世界に目覚めていく。21年間の心の遍歴を描く。女性の書いた最初の日記文学として、のちの日記文学や物語文学に大きな影響を与えた。

本朝三美人《ほんちょうさんびじん》

道綱母は、歌の才能と美貌を併せ持つ才色兼備の女性として評判だった。衣通姫《そとおりひめ》、光明《こうみょう》皇后とともに「本朝三美人」と伝えられる。

三日夜餅《みかよのもちい》

平安貴族の結婚は、男性が女性のもとに3日連続で通うと成立とされた。新郎新婦は3日めに「三日夜餅」という餅を食べたあと、「露顕《ところあらわし》の儀」によって公に結婚が認められた。平安時代前期は結婚後も別居し、夫が妻のもとに通う妻問《つまどい》婚《こん》で、子どもは男児も含め、ある程度大きくなるまで母親と生活した。

町《まち》の小路《こうじ》の女《おんな》

町小路《まちのこうじ》は、西洞院大路《にしのとういんおおじ》と室町小路《むろまちこうじ》の間の小路名で、身分の低い者が住む地域を指すわけではない。『蜻蛉日記』でおとしめられているこの女性は、皇室の血を引き、町小路に面した邸に住む貴族であったと近年指摘されている。

女房三十六歌仙《にょうぼうさんじゅうろっかせん》

鎌倉時代中期の成立とされる『女房三十六人歌合』に歌を採用された、平安・鎌倉時代の女性歌人36人のこと。『百人一首』に登場する女房三十六歌仙は次の14人。

9番	小野小町
53番	右大将道綱母
56番	和泉式部
57番	紫式部
58番	大弐三位
59番	赤染衛門
60番	小式部内侍
61番	伊勢大輔
62番	清少納言
65番	相模
67番	周防内侍
89番	式子内親王
90番	殷富門院大輔
92番	二条院讃岐

あなたが来ない日のつらく長い夜

『蜻蛉日記』によると、道綱が生まれてまもなく、夫の兼家が三夜続けて家を訪れないことがありました。どこへ行っていたのかを調べさせると、「町の小路の女」のもとへ通っていることがわかりました。

そして、同じようなことが続いたため、夜明け近くに兼家が訪ねてきたときに、道綱母は門を開けずに、しおれかけの菊の花とともに、この歌を贈りました。色変わりした菊は、心変わりした夫への皮肉です。

当時の貴族は一夫多妻制が普通で、男性は多くの女性のもとへ通うことが認められており、兼家には時姫という正妻もいました。しかし、夜明け前についでのように自分のもとへと来たのでは、さすがに許せません。門を開けずにいると、夫はすぐさま去り、例の女性の家に行ってしまったのです。

「いかに久しきものとかは知る」と反語を使い、切実な感情を強く訴えかけています。

語句・文法

掛詞　枕詞　序詞　本歌取り

◆嘆《なげ》きつつ
「あなたが来ないことを嘆きながら」の意。「つつ」は反復を表す接続助詞。

◆寝《ぬ》る
動詞「寝《ぬ》」の連体形。

◆ものとかは知《し》る
「か」「は」はともに係助詞で、複合して反語を表す。「知る」の主語は相手で、「おわかりでしょうか、いやおわかりではないでしょう」の意。

54

儀同三司母《ぎどうさんしのはは》

生年未詳～996年。高階貴子《たかしなのたかこ》。円融《えんゆう》天皇に仕え、「高階」の姓から「高内侍《こうのないし》」とも呼ばれた。のちに関白となる藤原道隆《みちたか》と結婚。62清少納言が仕えた中宮定子の母。

三十六歌仙
梨壺の五人
六歌仙
女房三十六歌仙
中古三十六歌仙

忘《わす》れじの　行末《ゆくすゑ》までは　かたければ
今日《けふ》を限《かぎ》りの　命《いのち》ともがな

愛されている喜びを感じたまま命を終えたいという思いを詠んだ歌

「いつまでも忘れない」という言葉を、遠い将来までは頼みにしがたいので、その言葉を聞いた今日を最後とする命であってほしいものです。

恋　旅・離別　四季　その他

あなたが私を
忘れまいとおっしゃる
今日を限りに
死んでしまいたい…。

儀同三司母（高階貴子）
「儀道三司」とは、「三司（太政大臣・左大臣・右大臣）と同じ待遇である」という意味で、息子の藤原伊周《これちか》を指している。

あなたに愛されている今死んでしまいたい

『新古今和歌集』の詞書には「中《なかの》関白《かんぱく》通ひそめ侍りけるころ」とあり、中関白（道隆）が儀同三司母の邸に通い始めた頃、すなわち、新婚当初に詠まれた歌であることがわかります。

「忘れじ」の部分は道隆の言葉で、「私は決してあなたを忘れないつもりだ」という意味です。永遠の愛を誓ってくれた夫の言葉に喜びながらも、「その言葉どおりかどうか、未来はわからない」と相手の心変わりを不安に感じているのです。それならば、「今日の愛の言葉を人生最良の思い出として、いっそ死んでしまいたい」という心情を歌にしています。

当時の女性は、男性との恋愛が成就したあとも、男性が訪ねてくるのを待つしかない立場でした。男性が通い始めたばかりでも、こんなふうに感じなければならなかったのです。その切実な嘆きがよく表されています。

語句・文法

掛詞 枕詞 序詞 本歌取り

◆**忘《わす》れじ**
「じ」は打消しの意志を表す助動詞。

◆**かたければ**
「難しいので」の意。「ば」は確定条件の接続助詞。ここでは「言葉どおりにあなたの心が変わらないことは難しいので」ということ。

◆**今日《けふ》**
夫が「忘れじ」と言ってくれたその日を指す。

◆**ともがな**
「と」は格助詞、「もがな」は願望を示す終助詞。

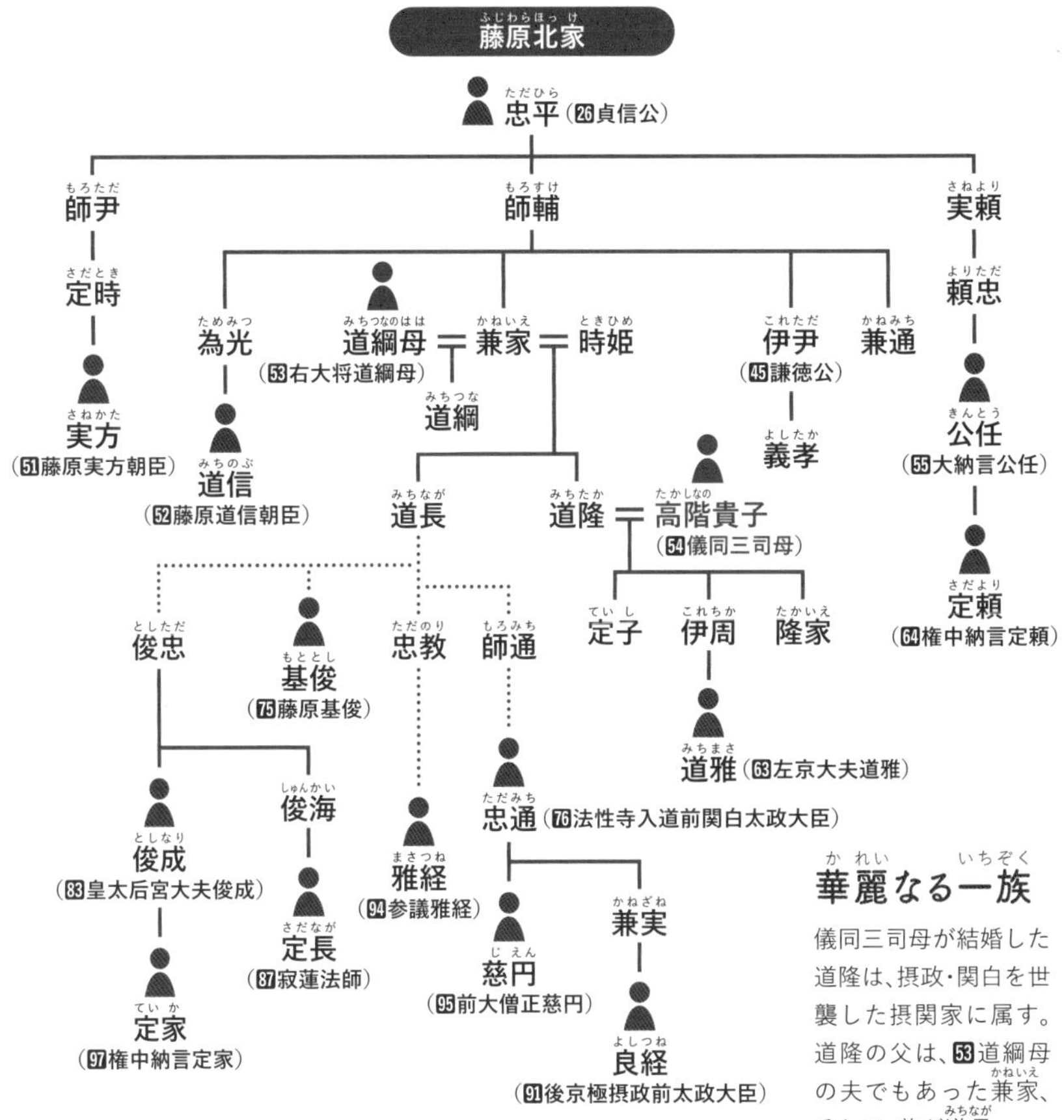

華麗《かれい》なる一族《いちぞく》

儀同三司母が結婚した道隆は、摂政・関白を世襲した摂関家に属す。道隆の父は、53道綱母の夫でもあった兼家《かねいえ》、そして、弟が道長《みちなが》。

中関白家《なかのかんぱくけ》の没落《ぼつらく》①

道隆が43歳の若さで亡くなったあと、伊周と隆家が叔父・道長との政争に敗れたうえ、花山《かざん》法皇に矢を射るという不祥事を起こしたことで、兄弟そろって地方に左遷された。貴子は伊周に同行することを求めたが許されず、失意のうちに病で亡くなった。→63

内侍《ないし》

天皇の身近に仕え、後宮の礼式や事務を取り扱う女官のこと。内侍司《ないしのつかさ》という役所に勤めた。単に内侍というと「掌侍《ないしのじょう》」を指し、学才に優れた人物が選ばれた。「掌侍」は内侍司の第三等官で、長官は「尚侍《ないしのかみ》」、次官は「典侍《ないしのすけ》」といった。

儀同三司母《ぎどうさんしのはは》の子《こ》どもたち

儀同三司母は、夫との間に伊周・隆家・定子をもうけた。道隆が関白になると、定子は一条《いちじょう》天皇の中宮に、嫡男・伊周（儀同三司）は10代でありながら公卿に列するなど、朝廷内で重要な地位につくこととなった。

藤原道隆《ふじわらのみちたか》

夫の道隆は、この歌が詠まれた当時は10代後半で官位はまだ低かった。しかしその後、父の兼家が権力を掌握すると、道隆も急に官位を進めた。そして、父が病で政界を退くと、道隆がその地位を引き継いだ。

55

大《だい》納《な》言《ごん》公《きん》任《たふ（とう）》

966〜1041年。藤原公任《ふじわらのきんとう》。通称は「四条大納言」。編者書に歌論書『新撰髄脳』、『拾遺和歌集』の前身『拾遺抄』など。家集に『前大納言公任集』がある。

六歌仙 / 梨壺の五人 / 三十六歌仙
中古三十六歌仙 / 女房三十六歌仙

滝《たき》の音《おと》は　絶《た》えて久《ひさ》しく　なりぬれど
名《な》こそ流《なが》れて　なほ聞《き》こえけれ

時を超え、今も聞こえ続ける
滝の名声を詠んだ和歌

滝の流れる音は聞こえなくなって長い月日が経ってしまったけれども、その滝の名声は流れ伝わって、今でもやはり聞こえてくることだ。

恋 / 旅・離別 / 四季 / その他

滝の流れる音は
聞こえないけれど、
その名声は
人々に伝わっています。

大納言公任（藤原公任）
関白太政大臣・頼忠《よりただ》の息子で、和歌だけでなく、漢詩、管弦にも優れた当代最高の文化人だった。

雑上・1035

小倉山《おぐらやま》
嵐《あらし》の風《かぜ》の
寒《さむ》ければ
もみぢの錦《にしき》
きぬ人《ひと》ぞなき

（小倉山から吹き下ろす風が寒いので、紅葉の落ち葉が散りかかって、皆が錦の衣を着ているようだ）

〈『大鏡』〉

名古曽《なこそ》の滝《たき》

大覚寺の庭園の滝。大覚寺は京都嵯峨に所在。もと嵯峨《さが》上皇の離宮・嵯峨院があった。その滝殿《たきどの》は、公任の時代には遺跡だけになっていた。現在は、1994年に復元され、歌にちなんで「名こその滝」と呼ばれている。

かかわりのある人物

公任も読者だった！

57 紫式部《むらさきしきぶ》

『紫式部日記』には、宴の席で酔った公任が紫式部のいる部屋の近くまで来て、「このあたりに若紫（『源氏物語』の登場人物）はいらっしゃいますか」と声をかけたとある。この発言から、公任が『源氏物語』の読者だったことがわかる。

公任の息子！

64 権中納言定頼《ごんちゅうなごんさだより》（藤原定頼）

定頼は公任の長男。「四条中納言」と呼ばれ、60小式部に「大江山」の一首を詠みかけられたことで著名。

拾遺抄《しゅういしょう》

公任による私撰和歌集で、のちの勅撰和歌集『拾遺和歌集』の母体となった。また、公任による歌合形式の秀歌撰『三十六人撰』に選ばれた歌人が「三十六歌仙」と呼ばれる。

四納言《しなごん》

平安時代中期、一条《いちじょう》天皇の頃に秀才として知られた４人の納言（大納言藤原公任／中納言藤原斉信《なりのぶ》／中納言源俊賢《としかた》／中納言藤原行成《ゆきなり》）のこと。公任は斉信にライバル心を抱いていたとされ、鎌倉時代中期の説話集『十訓抄』によると、斉信に官位を追い越された際に公任は不満を募らせ、７か月にもわたって出仕を放棄したという。

三船《さんせん》の才《さい》

歴史物語『大鏡』によると、藤原道長《みちなが》が川遊びを催した際、和歌・漢詩・管弦の３つの船に分け、それぞれにその道の達人を乗船させることにした。公任はいずれにも優れていたため、どの船に乗るか注目を集めたが、和歌の船を選び、船の上で上記の歌を詠んだという。この逸話から、公任は「三船の才」を備えていると言われるようになった。

滝の音が絶えてなお語り継がれる名声よ

この歌は『千載和歌集』と『拾遺和歌集』に重出していますが、出典は『千載和歌集』と考えられます。『前大納言公任集』に「大殿（藤原道長）のまた所々におはせし時、人人具して紅葉見にありき給ひしに、嵯峨の滝殿にて」という詞書でみえ、さらに藤原行成《ゆきなり》の日記である『権記《ごんき》』により、９９９年９月12日に公任が藤原道長の供として、京都の嵯峨（現在の京都市右京区）にある「大覚寺滝殿栖霞観《せいかかん》」を訪れたときに詠んだ歌であることがわかります。

当時の大覚寺の滝は造られてから２００年も過ぎており、水が枯れていました。しかし、滝の音が絶えてから長い年月が経っても、その滝のすばらしかったという話（名声）は世の中に流れ伝わり、今もなお人々が語り継いで、世間に知られているということを公任は和歌にしたのです。

また、初・二句の頭に「た」、第三・四・五句の頭に「な」の音を配し、同音の繰り返しによって心地よい言葉の響きをつくっています。

語句・文法

掛詞　枕詞　序詞　本歌取り

◆滝《たき》の音《おと》は

『拾遺和歌集』は「滝の糸は」。原型は「音」。『権記』は「滝の音の」と記す。

◆名《な》こそ流《なが》れて

「名」は「名声」のこと。「流る」は「流れ伝わる」の意で、「滝」の縁語。

◆なほ聞《き》こえけれ

「なほ」は「それでもやはり」の意の副詞。「聞こえ」は上の「（滝の）音」の縁語。「けれ（けり）」は詠嘆の助動詞で、上の係助詞「こそ」の結び。

56

和泉《いづみ（いずみ）》式部《しきぶ》

生没年未詳。父の大江雅致《おおえのまさむね》が式部卿《しきぶきょう》、夫の橘道貞《たちばなのみちさだ》が和泉《いずみの》守《かみ》だったことから、「和泉式部」と呼ばれた。娘に60小式部内侍。日記に『和泉式部日記』、家集に『和泉式部集』がある。

六歌仙　梨壺の五人　三十六歌仙

中古三十六歌仙　**女房三十六歌仙**

あらざらむ　この世《よ》のほかの　思《おも》ひ出《いで》に
いまひとたびの　逢《あ》ふこともがな

この世を離れる前にもう一度会いたい気持ちを詠んだ歌

私はもうすぐこの世を去るのでしょう。せめてあの世への思い出に、もう一度あなたにお会いしたいものです。

旅・離別　**恋**　その他　四季

あの世への
思い出として、
もう一度あなたに
お会いしたいのです。

和泉式部
恋多き女性として、藤原道長《みちなが》には「浮かれ女」と言われた一方で、歌人としては55藤原公任などから高く評価されていた。

死ぬ前にもう一度会いたいと願う切実な気持ち

『後拾遺和歌集』の詞書に「心地例ならず侍りけるころ、人のもとにつかはしける」とあるように、和泉式部が病床から恋人に贈った和歌です。作者は優れた歌人であり、数多くの恋を重ねる中で、ロマンチックで華やかな歌をたくさん生み出しました。

「黒髪《くろかみ》の乱《みだ》れも知《し》らずうちふせばまづかきやりし人《ひと》ぞ恋《こひ》しき」（『後拾遺和歌集』恋三）のような官能的な恋歌がその代表ですが、この世を離れる前の思い出に、もう一度会いたいという切ない心情を詠むこの歌は、和泉式部の歌の中ではおとなしめです。

和泉式部は橘道貞と結婚し、60小式部を生んだあと、為尊《ためたか》親王や敦道《あつみち》親王と恋をし、のちに藤原保《やす》昌《まさ》と再婚しました。この和歌を詠んだ時期や相手はわかっていません。恋多き和泉式部が死期を予感した際、会いたいと強く願った人物はいったい誰だったのでしょうか。

語句・文法

掛詞 枕詞 序詞 本歌取り

◆あらざらむ
「あら（あり）」は「生きている」、「あらざらむ」で「生きていないだろう」の意。下の「この世」にかかる。

◆この世《よ》のほか
「この世」は現実の世の中、現世のこと。「ほか」は「外」の意。「この世の外」で、「あの世」の意。

◆もがな
「～であったらなあ」という願望を表す終助詞。

後宮《こうきゅう》サロン

一条天皇の妃だった彰子と定子のもとには有能な女房が集められ、文学や芸術などの会話を楽しむサロンが形成されていた。サロンに属していた『百人一首』の女房たちは以下のとおり。

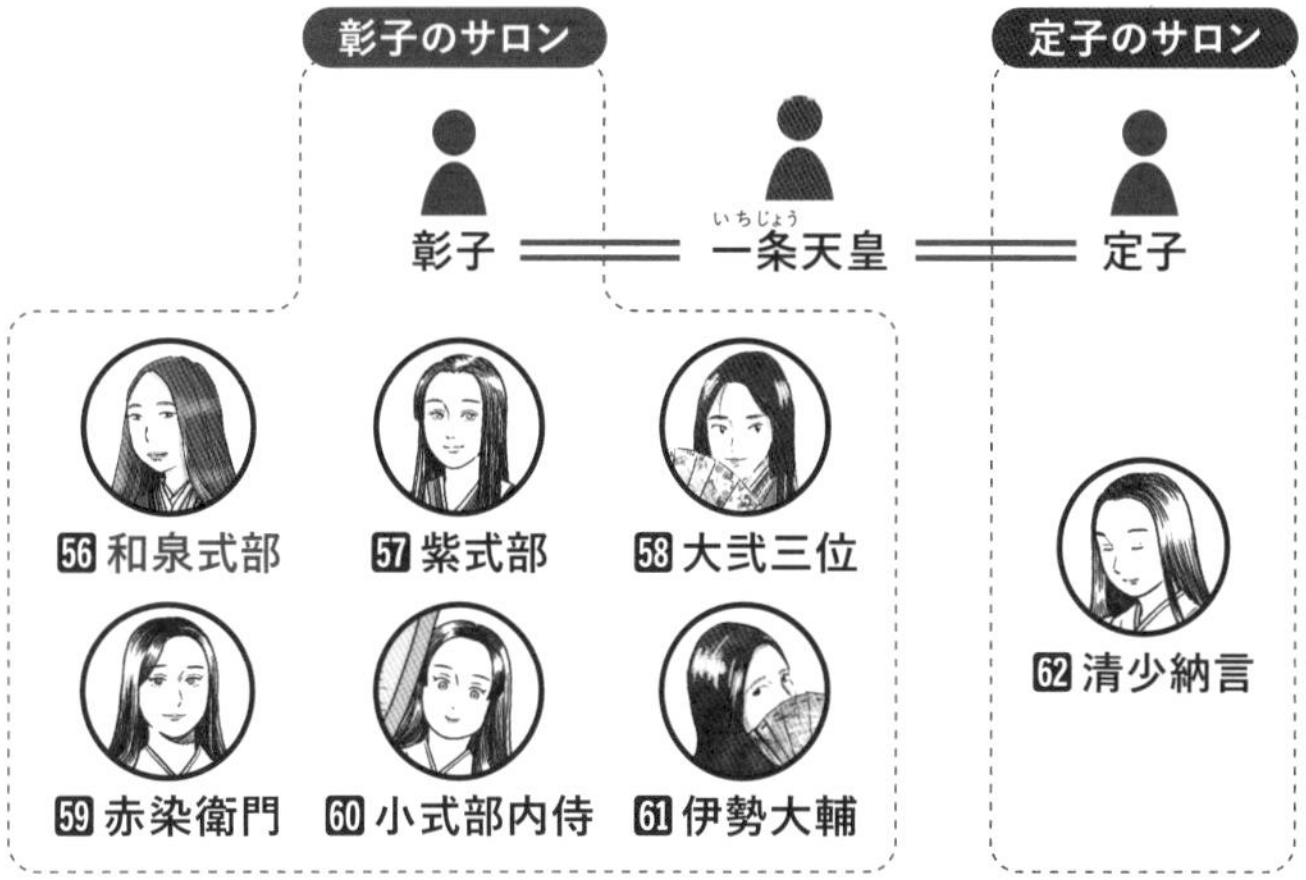

女房《にょうぼう》

天皇や上皇、諸院宮、一般の貴族の家などに仕えた女性のこと。一人で住む「房」、すなわち部屋を与えられた。宮中の雑事をはじめ、貴族の子女の教育などを行う。実家や夫の家柄から身分が決まり、女房名は夫や父の官位からつけられることが多い。女房が天皇の寵愛を受け、子女をもうけることもあった。

中宮彰子《ちゅうぐう》

和泉式部は敦道《あつみち》親王の死後、女房として藤原道長《みちなが》の娘・中宮彰子に仕えた。彰子が一条《いちじょう》天皇に入内した際には、彼女に仕える女房は40名もいたといわれている。

かかわりのある人物

60 小式部内侍《こしきぶのないし》
母・和泉式部とともに中宮彰子に仕えた。母親同様、多くの貴族男性に愛されたが、28歳ほどの若さで亡くなる。

57 紫式部《むらさきしきぶ》
『紫式部日記』で和泉式部のことを「歌才はあるが素行には感心できない」と評している。

『和泉式部日記《いずみしきぶにっき》』

敦道親王との恋愛の経緯を記した日記で、他作説もあったが自作とするのが定説。敦道親王と贈り合った贈答歌を中心に140首あまりの和歌が収録されている。

57

紫《むら》式《しき》部《ぶ》

生没年未詳。越後守《えちごのかみ》・藤原為時《ためとき》の娘。幼少の頃から漢詩に親しむ。娘に58大弐三位。夫・藤原宣孝《のぶたか》の死後、一条《いちじょう》天皇の中宮彰子に仕え、『源氏物語』『紫式部日記』を執筆した。

六歌仙
梨壺の五人
三十六歌仙
中古三十六歌仙
女房三十六歌仙

めぐり逢《あ》ひて　見《み》しやそれとも　わかぬ間《ま》に
雲《くも》隠《がく》れにし　夜《よ》半《は》の月《つき》かな

久しぶりに再会した幼なじみのことを詠んだ和歌

久しぶりに会えたのに、見たかどうかもわからないうちに、あなたは姿を隠してしまいました。まるで、夜中の月が雲に隠れてしまったようでしたよ。

恋
旅・離別
四季
その他

本当にあなただったのかしら…。

紫式部
初めは「藤式部」と呼ばれ、『源氏物語』の登場人物である紫の上にちなんで、「紫式部」と呼ばれるようになったらしい。

雑上・1499

源氏物語《げんじものがたり》

紫式部作。主人公・光源氏とその息子・薫《かおる》の生涯を主軸として、平安貴族の愛の世界や罪の意識、苦悩などを描いた。全五十四帖にわたる長編物語。物語文学の最高峰とされ、後世の文学に多大な影響を与えた。

光源氏《ひかるげんじ》

『源氏物語』の主人公。桐壺帝《きりつぼてい》の皇子として生まれ、「光《ひか》る君《きみ》」と呼ばれる。母親の桐壺更衣《こうい》が早世、後ろ盾となる後見人がいなかったたため、臣籍降下《しんせきこうか》した。

幼なじみとの束の間の再会を惜しむ

『新古今和歌集』の詞書には「早くより童《わらは》友達に侍りける人の、年ごろ経《へ》て行きあひたる、ほのかにて、七月十日のころ、月にきほひてかへり侍りければ」とあり、この歌は、幼い頃の友人との再会と別れを詠んだものだということがわかります。この友人は、作者と同じく地方官となる受領層《ずりょうそう》の娘だったのではないでしょうか。

当時、紫式部は一条《いちじょう》天皇の中宮彰子のもとで宮仕えをしていました。何かと気を遣う環境で、彼女は気持ちが通じ合う友人との再会を喜び、楽しいひとときを過ごしたのでしょう。しかし、その時間はあっという間で、まるで雲に隠れる月と競うように友人は去っていきました。10日頃の月は、夜半には西山に沈んでしまいます。美しい月光を惜しむ気持ちと友人との名残惜しさを重ねているのです。

『紫式部集』冒頭にもほぼ同じ内容の詞書が記されていますが、日付が「十月十日のほど」とあります。10月であれば晩秋の、より寂しい時期の別れとなります。

語句・文法

掛詞 枕詞 序詞 本歌取り

◆めぐり逢《あ》ひて
月に「逢ふ」と、幼なじみの友人に「逢ふ」の掛詞。「めぐり（巡り）」は月の縁語。初句は6音の字余りになっている。

◆見《み》しやそれともわかぬ間《ま》に
「見たのが、それ（月、または幼なじみの友人）だったのかどうかも判別がつかないうちに」の意。

◆雲隠《くもがく》れ
雲に隠れて見えなくなること。友人の姿が見えなくなったこともいう。

◆月《つき》かな
「かな」は詠嘆の終助詞。『紫式部集』『新古今和歌集』などには「月かげ」とある。「月かげ」は月光のこと。

『源氏物語《げんじものがたり》』の愛読者《あいどくしゃ》

紫式部のパトロンだった藤原道《みち》長《なが》や、文学を好んだ一条《いちじょう》天皇、中宮彰子など、多くの人物が愛読していた。

ファン①

78 源兼昌

「淡路島～」の和歌は、自ら須磨に下った光源氏の姿を思い浮かべて詠ったといわれている。

ファン②

83 藤原俊成

ある歌合の際、「『源氏物語』を読まない歌人は残念だ」と述べ、歌人の必読書と位置づけた。

ファン③

藤原孝標女《たかすえのむすめ》

『源氏物語』の熱烈なファンで、『更級日記』には『源氏物語』への憧れが綴られている。

光源氏《ひかるげんじ》のモデル

一般的に光源氏のモデルとされる人物は、源高明《たかあきら》や14源融だが、そのほかにも光源氏と共通点をもった人物が多くいる。

モデル①

源高明《たかあきら》

醍醐《だいご》天皇の皇子の一人。臣籍降下し、源氏姓を賜った。母親の身分は更衣だった。のちに左大臣の地位までのぼりつめた。

モデル②

14 源融

醍醐天皇の皇子の一人。京都の六条に河原院、嵯峨野に阿弥陀堂を築いた。

モデル③

17 在原業平

16在原行平の弟。平成《へいぜい》天皇の孫として生まれたが、臣下降下した。美男子で歌才に恵まれ、多くの恋愛を重ねた。

かかわりのある人物

27 中納言兼輔《ちゅうなごんかねすけ》（藤原兼輔）

紫式部は、兼輔のひ孫。賀茂川堤に邸宅があったので、「堤中納言」と呼ばれた当代歌界のパトロン的存在であった。

62 清少納言《せいしょうなごん》

『紫式部日記』には「清少納言は漢籍の知識をひけらかす人」と書かれている。

58 大弐三位《だいにのさんみ》

母親である紫式部の文学的な才能を受け継ぎ、歌人として活躍した。

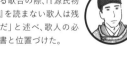

58

大《だい》弐《に》三《のさん》位《み》

生没年未詳。藤原《ふじわらの》賢子。父は宣孝《のぶたか》。「越後弁《えちごのべん》」「藤三位《とうのさんみ》」とも。母・57紫式部と同じく一条《いちじょう》天皇の中宮彰子に仕え、後冷泉《ごれいぜい》天皇の乳母《めのと》も務めた。家集に『藤三位集』がある。

六歌仙
中古三十六歌仙
梨壺の五人
女房三十六歌仙
三十六歌仙

有馬山《ありまやま》　猪名《ゐな》の笹原《ささはら》　風吹《かぜふ》けば
いでそよ人《ひと》を　忘《わす》れやはする

恋人の言い訳にうまく切り返す
機知に富んだ歌

有馬山から猪名の笹原に風が吹けば、そよそよと音を立てます。そうですよ、（忘れたのはあなたのほう）、私はあなたのことをどうして忘れましょうか、決して忘れはしません。

恋
旅・離別
四季
その他

あなたは
私のことを
不安だと
おっしゃいますが、
私があなたのことを
忘れるはずが
ありません。

大弐三位（藤原賢子）
後冷泉《ごれいぜい》天皇即位の際に従三位に叙《じょ》せられた。夫の高階成章《たかしなのなりあき》が大宰大弐《だざいのだいに》となったことから、「大弐三位」と呼ばれるようになった。

恋二・709

ゆきとても
おもなれにける
舟路《ふなみち》に
関《せき》の白波《しらなみ》
こころしてこせ

（だいぶ慣れてきた船旅ですが、荒く波立っている門司の関の白波には気をつけて越してほしいものです）

〈『藤三位集』・36〉

恋人の言い訳にうまく切り返す機知

『後拾遺和歌集』の詞書には、「離《か》れ離《が》れなる男の、おぼつかなくなど言ひたるに詠める」とあります。大弐三位のもとにしばらく訪れなかった恋人が、そのくせ「おぼつかなく（あなたが心変わりしていないか気がかりだ）」と言ってきたことに対する返しの歌です。

この歌で作者が最も言いたいことは、「人を忘れやはする（私があなたのことを忘れるものですか）」ということです。その場しのぎの相手に対して、「忘れたのはあなたでしょう」と強く反発しているのです。

ですが、それを「そよ」を笹の葉音に関連づけ、「有馬山猪名の笹原風吹けば」という序詞による寂しげな風景描写と美しい韻律でくるんでいます。雅な王朝生活の場で、気の利《き》いた秀歌として愛誦された歌です。

語句・文法

掛詞 序詞 枕詞 本歌取り

◆風吹《かぜふ》けば
「ば」は確定条件の接続助詞。「風が吹くと」の意。初句からこの句までが、「いでそよ」の「そよ」を引き出す序詞。

◆いでそよ
「いで」は勧誘・決意などを示すのに用いる副詞。「さあ～」の意。「そよ」は掛詞で、「そうよ（そのことですよ）」という意味とともに、笹の「そよそよ」という葉音を表している。

有馬山《ありまやま》 歌枕

摂津国《せっつのくに》（兵庫県）有馬郡、現在の神戸市の六甲山北側にある有馬温泉付近の山々。「有間山」とも書く。

猪名《いな》の笹原《ささはら》 歌枕

有馬山の南東にあたる、摂津国河辺郡（尼崎市猪名川町）の猪名川両岸に広がっていた笹原。右の万葉歌の影響のもと、「有馬」「猪名」は一対にして詠まれることが非常に多い。

しながどり
猪名野《いなの》を来《く》れば
有馬山《ありまやま》
夕霧立《ゆうぎりた》ちぬ
宿《やど》りはなくて

（猪名野にやって来たら、有馬山には夕霧が立ちこめてきた。宿るところはないというのに）

〈『万葉集』巻七・1140〉

太宰府《だざいふ》への旅路《たびじ》

夫の成章が1054年頃に太宰大弐となって九州に赴任していたとき、大弐三位は夫に会うために二度太宰府に旅している。当時、平安京から関門海峡までは約20日もかかったといわれ、2回めの往路では門司の関で潮流の激しさに対して安全を願う歌を詠むなど、簡単な旅路ではなかったようだ。

大弐三位《だいにのさんみ》の生涯《しょうがい》

大弐三位は彰子に出仕したあと、藤原道長《みちなが》の甥である藤原兼隆《かねたか》と結婚し、のちに離婚。その10年後に高階成章と結婚し、為家《ためいえ》を生んだ。また、最初の結婚の前には、藤原道長の息子・頼宗《よりむね》や、55藤原公任の息子・64藤原定頼ら、摂関家の貴公子にも愛された。定頼と交わした贈答歌が『新古今和歌集』に残されている。

かかわりのある人物

57 紫式部《むらさきしきぶ》

紫式部は娘を大切に養育した。『紫式部日記』中ほどの消息文体の部分は、もともと娘に宛てた教育的な手紙だったと推測される。

乳母《めのと》

当時、身分が高い女性が自分で子育てすることはほとんどなく、代わりに乳母が養育していた。自分の子を出産して授乳ができる女性が選ばれるが、平安時代中期以降は養育が重要視され、天皇の乳母が典侍《すけ》（上級の女官）となることも多かった。

59

赤《あか》染《ぞめ》衛《ゑ（え）》門《もん》

生没年未詳。赤染時用《ときもち》の娘。時用は養父で、40平兼盛を実父とする説が有力。夫は大江匡衡《まさひら》。藤原道長《みちなが》の妻である源倫子や、その娘の彰子に仕えた。家集に『赤染衛門集』がある。

六歌仙　梨壺の五人　三十六歌仙　中古三十六歌仙　女房三十六歌仙

やすらはで　寝《ね》なましものを　小夜更《さよふ》けて　かたぶくまでの　月《つき》を見《み》しかな

来ない相手を待ちつつ迎える夜明けの思いを詠んだ歌

あなたが来ないとわかっていたなら、ためらわずに寝てしまいましたのに。あなたをずっとお待ちしていて、とうとう夜も更けて西に傾く月を見てしまいましたよ。

恋　旅・離別　四季　その他

あなたを
お待ちしているうちに
とうとう夜が更け、
月は西に沈もうと
している…。

赤染衛門

倫子や彰子の側近女房。宮中では、57紫式部、56和泉式部、62清少納言、61伊勢大輔ら女房と交流があった。

恋二・680

代《か》はらむと
思《おも》ふ命《いのち》は
惜《お》しからで
さても別《わか》れむ
ほどぞ悲《かな》しき

（病の身代わりになれるなら私の命は惜しくはないが、この子＝挙周と別れることになるのが悲しいのです）

《『赤染衛門集』・543》

姉妹のつらい思いを代弁した歌

この歌は、訪ねてくると言っていた男性のことを寝ずに待ち続け、結局そのまま暁を迎えてしまったときの気持ちを素直に歌にして、相手に贈ったものです。

『後拾遺和歌集』の詞書には「中《なかの》関白《かんぱく》、少将に侍りける時、はらからなる人に物いひわたり侍りけり、たのめて来ざりけるとつめて、女にかはりてよめる」とあります。待ちくたびれてつらい思いをしていたのは赤染衛門の姉妹で、代わりに歌を詠み、その恋人に贈ったのです。「中関白」とは藤原道隆《みちたか》のことで、彼が少将であった頃というと、赤染衛門は10代末頃です。

なお、この歌は同時代の馬尚侍《うまのないし》という女性歌人の家集にも見えて、問題となっています。詳細は不明ですが、当時は自分の気持ちにぴったりくる他人の歌を借用して贈ることがあったのではないかと推測されています。

家族《かぞく》への愛情《あいじょう》

赤染衛門は大江匡衡と夫婦仲がよく、「匡衡衛門《まさひらえもん》」というあだ名をつけられていたほど。匡衡の二度にわたる尾張赴任にも同行し、傍で支えた。また、息子・挙周《たかちか》の官位昇進にも力添えした。挙周が和泉守の任を終えて上京する際に重い病気にかかったが、赤染衛門が住吉明神に歌を奉納すると、挙周の病が治ったと『赤染衛門集』に記している。

栄花物語《えいがものがたり》

平安時代後期の歴史物語。宇多《うだ》天皇から堀河《ほりかわ》天皇の時代に至るまで、15代約200年間の宮廷貴族社会の公私にわたるできごとを記している。初めの30巻を正編、続く10巻が続編と呼ばれており、正編は藤原道長《みちなが》の栄華の記述が中心。赤染衛門が正編の作者という説がある。

歴代天皇一覧（即位年）

第59代	宇多《うだ》天皇（887年）
第60代	醍醐《だいご》天皇（897年）
第61代	朱雀《すざく》天皇（930年）
第62代	村上《むらかみ》天皇（946年）
第63代	冷泉《れいぜい》天皇（967年）
第64代	円融《えんゆう》天皇（969年）
第65代	花山《かざん》天皇（984年）
第66代	一条《いちじょう》天皇（986年）
第67代	三条《さんじょう》天皇（1011年）
第68代	後一条《ごいちじょう》天皇（1016年）
第69代	後朱雀《ごすざく》天皇（1036年）
第70代	後冷泉《ごれいぜい》天皇（1045年）
第71代	後三条《ごさんじょう》天皇（1068年）
第72代	白河《しらかわ》天皇（1072年）
第73代	堀河《ほりかわ》天皇（1086年）

語句・文法

掛詞　枕詞　序詞　本歌取り

◆やすらはで

「やすらふ」は「ためらう」の意。「で」は打消の接続助詞。

◆寝《ね》なましものを

「まし」は、現実には起こらなかったことを仮に起こったと想像する反実仮想の助動詞。「あなたがここに来ないとわかっていたのならば」と仮定し、「寝てしまったものを」という。

◆かたぶく

月が西の山に傾くこと。男の来訪を長時間待つうちに、夜明けが近づいていることを表す。

かかわりのある人物

55 大納言公任《だいなごんきんとう》（藤原公任）

和歌、漢詩、管弦に優れた才人。中納言の辞表の代作を大江匡衡に依頼した際、赤染衛門が夫にアドバイスをして、公任に喜ばれたという話がある。

57 紫式部《むらさきしきぶ》

『紫式部日記』では、赤染衛門のことを「家柄が特によいわけではないが風格があり、歌もすばらしい」と評している。

73 権中納言匡房《ごんちゅうなごんまさふさ》（大江匡房）

赤染衛門が曽祖母にあたる匡房は、学問の家に生まれた血筋を受け継ぎ、幼い頃から神童の誉れ高かった。

60

小式部内侍《こしきぶのないし》

生年未詳〜1025年。父は橘道貞《みちさだ》。母は56和泉式部で、同じく中宮彰子に仕えた。藤原教通《のりみち》との間の子に静円《じょうえん》がある。藤原公成《きんなり》の子を出産後、20代後半で没した。

六歌仙
梨壺の五人
三十六歌仙
中古三十六歌仙
女房三十六歌仙

大江山《おほえやま》 いく野《の》の道《みち》の 遠《とほ》ければ まだふみも見《み》ず 天《あま》の橋立《はしだて》

当意即妙に歌を詠んで実力を知らしめた歌

大江山を越え、生野を通っていく道は都からは遠いので、天の橋立には足を踏み入れたこともなく、母からの手紙も見ていません。

恋　旅・離別　四季　**その他**

天の橋立にはまだ足を踏み入れていませんし、母の文も見ていません。
小式部内侍
母親譲りの歌才に恵まれる。藤原教通《のりみち》・頼宗《よりむね》・64定頼《さだより》・範永《のりなが》など、多くの男性貴族に愛された。

雑上・550

和泉式部《いずみしきぶ》の哀傷歌《あいしょうか》

小式部の母親である56和泉式部は、愛娘の突然の死を深く嘆き、家集に哀愁歌を残している。

などて君《きみ》　むなしき空《そら》に　消《き》えにけむ
淡雪《あはゆき》だにも　ふればふる世《よ》に

（どうしてあなたは虚しい空に消えてしまったのでしょう。淡雪でさえも、降れば、しばらくはとどまるこの世の中なのに）

とどめおきて　誰《たれ》をあはれと　思《おも》ひけむ
子《こ》はまさるらむ　子《こ》はまさりけり

（亡くなった娘は、この世に自分の子どもたちと母親の私を残して、いったい誰のことをしみじみと思い出しているのだろう。きっとわが子を思う気持ちのほうが勝っているのだろう。私もあの子との死別がつらくて、ひたすら思っているのだから）

天《あま》の橋立《はしだて》／大江山《おおえやま》／生野《いくの》　歌枕

天の橋立は、丹後国《たんごのくに》与謝《よさ》郡（現在の京都府宮津《みやづ》市）にある名勝の地。松島、宮島とともに日本三景の一つ。この歌では、和泉式部のいる丹後国を象徴させている。平安時代には、歌枕としてたびたび詠まれているが、この小式部内侍の歌が不滅の歌枕とした。また、大江山と生野は、ともに天の橋立へと続く道。この３つの歌枕を順に詠み、都からの距離感を表現している。

雲《くも》の上《うえ》は
ありし昔《むかし》に
変《か》はらねど
見《み》し玉《たま》だれの
うちやゆかしき　← ぞ

（宮中は昔と変わりありませんが、かつて入ることが許されていた御簾の中が懐かしいのではありませんか／女房）

←

「や」を消して「ぞ」を書くと、（恋しいですよ／成範）となる

返歌《へんか》

人から贈られた歌に対する答えの歌のこと。当時、歌を詠みかけられたらすぐに歌を返すのが礼儀であり、返歌をしないのは無粋で、恥をかいた。『百人一首』の中では、72紀伊の歌が優れた返歌として有名。説話集『十訓抄』には、急いで内裏から退出しようとした藤原成範《しげのり》が、女房に詠みかけられた歌の係助詞「や」を「ぞ」にのみ変えてとっさに返歌したという話が載る。

かかわりのある人物

64権中《ごんちゅう》納《な》言《ごん》定頼《さだより》
（藤原定頼）

55藤原公任の長男。小式部と恋仲だった時期もある。

母親の作だというレッテルを跳ね返した歌

『金葉和歌集』の詞書によると、ある日、都で歌合が行われることになり、小式部も詠み手に選ばれました。小式部の母親は、和歌の名手として有名な56和泉式部です。

宮中の局に訪れた64藤原定頼は、小式部に「丹後（和泉式部が夫・藤原保昌《やすまさ》に伴って下向した国）に出した使いは帰って参りましたか？」と、母親に代作してもらった和歌はちゃんと手元に届いたのかという皮肉を言ってからかいました。

そこで、小式部はとっさに定頼の袖をつかんで引き止め、即座にこの歌を詠んでみせたのです。『俊頼髄脳』では、驚いた定頼は返歌もできず、つかまれた袖を振り切り、そそくさとその場を立ち去ったと語られています。このエピソードは有名で、多くの歌学書や説話集に収められています。

語句・文法

掛詞　枕詞　序詞　本歌取り

◆**大江山《おほえやま》**
丹波国《たんばのくに》桑田郡（現在の京都市右京区）の、山城国《やましろのくに》との境にある山。歌枕。「大枝山」とも書く。

◆**いく野《の》**
生野は、丹後国天田《あまた》郡《ぐん》（現在の京都府福知山市）にある歌枕。これに「行く」を掛けた。

◆**遠《とほ》ければ**
「遠いので」の意。「ば」は確定条件の接続助詞。

◆**ふみも見《み》ず**
「ふみ」は、その土地を「踏み」と、母からの「文（手紙）」を掛けている。「踏み」は「橋」の縁語として、次の「天の橋立」を導く。

61

伊勢大輔《いせのたいふ》

生没年未詳。平安時代中期の女性歌人。正三位神祇伯《じんぎはく》大中臣輔親《おおなかとみのすけちか》の娘。中宮彰子に出仕したあと、高階成順《たかしなのなりのぶ》と結婚し、夫の死後に出家した。家集に『伊勢大輔集』がある。

六歌仙　梨壺の五人　三十六歌仙
中古三十六歌仙　女房三十六歌仙

いにしへの　奈良《なら》の都《みやこ》の　八重桜《やへざくら》
けふ九重《ここのへ》に　にほひぬるかな

古都の八重桜を宮中に迎える歌

昔の都の奈良で咲いた八重桜が、今日は九重《ここのえ》のこの宮中で美しく咲きほこって、ひときわ輝いていますね。

旅・離別　恋　その他　四季

古都で咲いた八重桜が
今日はこの九重で
美しく咲きほこって
いることですよ。

伊勢大輔

同じく中宮彰子に仕えた57紫式部や61和泉式部と親交があった。彰子から信頼され、彰子後宮の歌人兼文筆家として活躍した。

紫式部から託された宮中に桜を迎える大役

『詞花和歌集』と『伊勢大輔集』の詞書から、この歌の詠歌事情を詳しく知ることができます。一条《いちじょう》天皇のもとへ奈良から恒例の八重桜が贈られたとき、その桜を受け取るのは、一条天皇の后である中宮彰子に仕える57紫式部の役目でしたが、紫式部は、この役を宮中に仕え始めたばかりの伊勢大輔に譲りました。さらに、この日、同席していた彰子の父親である藤原道長《みちなが》は、歌を詠んで桜を受け取るよう命じたのです。それを受けて、伊勢大輔は、天皇、彰子をはじめ、多くの貴族が注目する中でたちまちにこの歌を詠んでみせました。

歌は「いにしへ（昔）」と「けふ（今日）」、八重桜の「八重《やえ》」と宮中を意味する「九重《ここのえ》」と、対になる言葉を巧みに使っています。さらに、桜が京の都の宮中に移され美しく咲きほこるとして、当代の繁栄を称えています。

宮中での儀式にふさわしい歌であると周囲の人々に称賛され、伊勢大輔は見事、大役を果たすことができました。84藤原清輔著の『袋草紙』には、このときの様子が「万人感嘆、宮中鼓動《こどう》」と記されています。

語句・文法

掛詞 序詞 枕詞 本歌取り

◆いにしへの奈良《なら》の都《みやこ》
かつて都があり繁栄した奈良の都のこと。平安時代以降、「ふるさと（古い都）」とされた。歌枕。

◆けふ
今日。「いにしへ」と対になる。

◆九重《ここのへ》
宮中のこと。「八重《やへ》」との対になる。

◆にほひぬる
「にほふ」は色美しく輝くこと。→35

九重《ここのえ》

中国で、王城の門を幾重にも造ったことに由来し、「宮中」のことを指すようになったとされる。

いにしえの奈良《なら》の都《みやこ》 歌枕

大和国《やまとのくに》（奈良県）に造られた平城京のこと。710年に藤原京から遷都して以来、784年に長岡京に遷《うつ》るまでの、元明《げんめい》天皇から光仁《こうにん》天皇までの7代約70年の帝都である。

かかわりのある人物

49大中臣能宣朝臣《おおなかとみのよしのぶあそん》

伊勢大輔は、能宣の孫にあたる。能宣は「梨壺の五人」として、『万葉集』訓読と『後撰和歌集』編集にあたった。

56和泉式部《いずみしきぶ》

伊勢大輔よりあとに中宮彰子に仕え始めた。和泉式部が初出仕の日、二人は夜通し語り明かし、親しい仲だった。

八重桜《やえざくら》

ヤマザクラの変種で、花びらの数が多く重なって咲く。他の桜よりも開花はやや遅い。京都では珍しい品種だったらしく、兼好《けんこう》法師の『徒然草』139段には「八重桜は奈良の都にのみありけるを、このごろぞ世に多くなりはべるなる」とある。この伊勢大輔の歌以来、「九重」と組み合わせる例が多い。

大中臣頼基《よりもと》
｜

49大中臣能宣《よしのぶ》
｜
大中臣輔親《すけちか》
｜

61伊勢大輔 ＝ 高階成順《なりのぶ》
- 康資王母《やすすけおうのはは》 …（養女）安芸《あき》
- 筑前乳母《ちくぜんのめのと》
- 源兼俊母《かねとしのはは》

六代相伝《ろくだいそうでん》の歌人《かじん》（大中臣家《おおなかとみけ》）

大中臣家《おおなかとみけ》は代々伊勢神宮の祭主を務めた家系で、祖父・49大中臣能宣（三十六歌仙の一人）、父・輔親《すけちか》（中古三十六歌仙の一人）は優れた歌人でもあった。さらに、夫・高階成順《なりのぶ》との間には2男3女をもうけたが、3人の娘はいずれも勅撰歌人となった。後代、頼基《よりもと》から安芸《あき》までを「六代相伝の歌人」と呼んだ。

62

清《せい》少《せう(しょう)》納《な》言《ごん》

生没年未詳。42清原元輔の娘。36深養父の孫。橘則光《のりみつ》と結婚するが離婚し、中宮定子に仕えた。その後、藤原棟世《むねよ》と再婚。『枕草子』の作者。家集に『清少納言集』がある。

六歌仙
梨壺の五人
三十六歌仙
中古三十六歌仙
女房三十六歌仙

夜《よ》をこめて　鳥《とり》の空音《そらね》は　はかるとも
よに逢坂《あふさか》の　関《せき》はゆるさじ

漢籍を踏まえた
機知あふれる返しの歌

夜が明けていないうちに、暁の時を告げる鶏の鳴きまねでだまそうとしても、あの函谷関《かんこくかん》ならばともかく、あなたと私の間にある逢坂の関は開きませんよ。

旅・離別　恋
その他　四季

鶏の鳴きまねで
だまそうとしても
逢坂の関を
通ることは決して
許しませんよ。

清少納言
明るい中関白《なかのかんぱく》家《け》の雰囲気や才気煥発の中宮定子と気質が合って、宮仕え生活を謳歌した。

雑二・939

かかわりのある人物

行成との三角関係!?

51 藤原実方朝臣《ふじわらのさねかたあそん》

行成とのこの歌のやりとりは恋人のようだが、恋人関係にはない。『実方集』によると、実方と清少納言は恋仲だった。

中宮《ちゅうぐう》定子

- 藤原定子は990年に一条《いちじょう》天皇の中宮となり、中関白家は全盛期を迎えた。しかし、995年に道隆《みちたか》が死去。その弟である道長《みちなが》が政権を握り、後ろ盾を失った定子は出家する。天皇に呼び戻され再び参内するも、第３子の媄子内親王を産んだ翌日に亡くなった。→54
- 清少納言は993年頃から定子に出仕し、彼女の死後、宮仕えを辞したと推測されている。

孟嘗君《もうしょうくん》の鶏《にわとり》

清少納言は、中国の歴史書『史記』孟嘗君伝にある故事に基づき、行成《ゆきなり》に返事をした。その話はこうだ。斉の孟嘗君が、秦《しん》の王から逃れて夜中に函谷関《かんこくかん》という関所にたどり着いた。しかし、その門は夜明けの鶏鳴まで開かない規則のため、通ることができない。そこで、孟嘗君の家来が鶏の鳴きまねをしたところ、門は開き、無事に逃げることができたという。

紫式部《むらさきしきぶ》との関係《かんけい》

藤原道隆・道長兄弟は出世争いをしていたライバルで、娘はどちらも一条天皇の后となった。紫式部は『紫式部日記』で「自慢顔で偉そうな人」と清少納言を酷評している。そこから二人はライバルだったと言われるが、二人の出仕時期は重なっていない。また、『紫式部日記』の女房評の部分は、同じく女房となった娘・58大弐三位への教育的な手紙だったと考えられ、紫式部自身は公開するつもりはなかったと近年指摘されている。

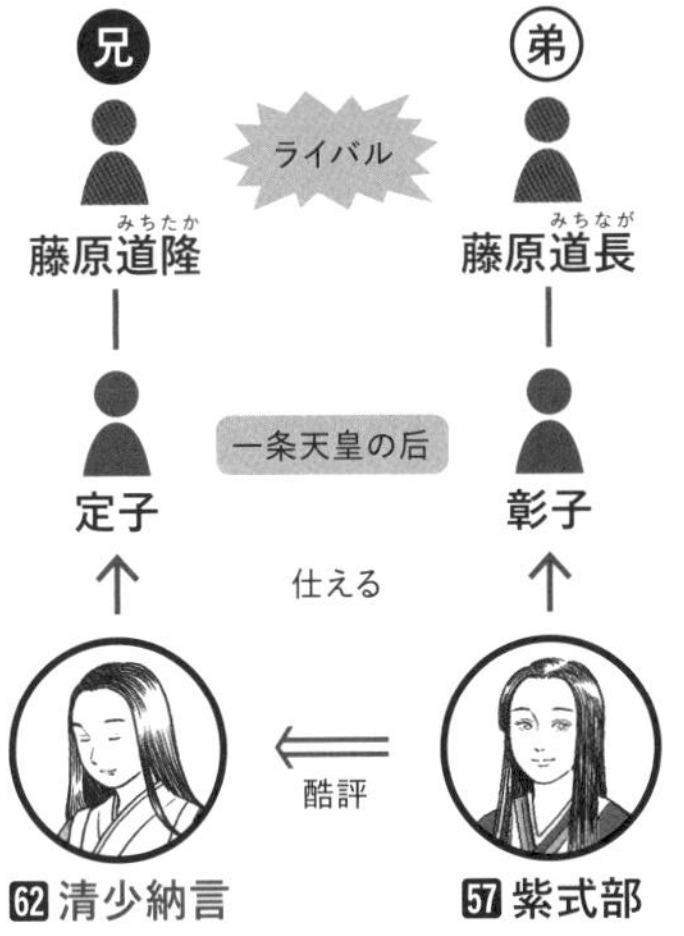

枕草子《まくらのそうし》

- 『源氏物語』とともに平安文学を代表する、清少納言作の随筆。
- 定子の兄・伊周《これちか》が定子に紙を献上したことがあった。定子から「これに何を書きましょう」と尋ねられた清少納言は「枕でございましょう」と答えたところ、紙を下賜《かし》された。その紙に宮中生活のあれこれを書き記して生まれたのが『枕草子』である。
- 内容は「〜は」「〜もの」などの類聚《るいじゅ》章段、「春は曙」など随想章段、日記章段の３つに分類される。中関白家や定子の苦境に関してはほとんどふれず、賛美する内容が中心。

サロンで繰り広げられた知的で華やかな言葉遊び

『後拾遺和歌集』詞書にこの歌の詠歌事情が記されていますが、『枕草子』「頭弁《とうのべん》の職《しき》に参り給ひて」の段によって、さらに詳しく知ることができます。清少納言が、一条天皇の中宮定子に女房として仕えていた頃のこと。夜遅くまで話し込んでいた藤原行成《ゆきなり》が夜明け前に帰ってから、「昨晩は鶏が鳴いたものだから急いで帰りました」と後朝《きぬぎぬ》めいた手紙を贈ってきました。

清少納言はその文に対して中国の故事を踏まえ、「函谷関《かんこくかん》の鶏の鳴きまねでしょうか（言い訳ですね）」と返事をしたところ、行成は「関は関でも、函谷関ではなく、あなたと逢う逢坂の関のことですよ」と、恋人として会いたいという手紙を戯れてよこして来たので、清少納言が返したのがこの歌。「鶏のうそ鳴きをしても、私の（逢坂の関の）門番はだまされて開けたりしませんよ」と、行成の戯れをぴしゃりとはね返しました。

漢詩文の教養を機知に包み込む清少納言の歌とやりとりは、当時の宮廷サロンの知的で華やかな雰囲気をいきいきと伝えています。

語句・文法

掛詞　枕詞　序詞　本歌取り

◆**夜《よ》をこめて**
「夜の明けない深夜のうちに」の意。

◆**鳥《とり》の空音《そらね》は**
ここでは鶏の鳴きまねのこと。『後拾遺和歌集』などでは、「鳥のそら音に」（「に」は「依って」の意）。

◆**よに**
下に打消の語を伴い、「絶対に」「決して」の意。打消の意志を表す助動詞「じ」と呼応している。

◆**逢坂《あふさか》の関《せき》**
山城国《やましろのくに》と近江国《おうみのくに》の境に設けられた関所のことで、「逢坂」に「逢ふ」が掛けられている。「逢坂」は歌枕。→10

63

左《さ》京《きやう(きょう)》大夫《のだいぶ》道雅《みちまさ》

992〜1054年。藤原道雅《ふじわらのみちまさ》。父・伊周《これちか》が道長《みちなが》との出世争いに敗れて失脚したため、エリートコースから外れた。勅撰集入集は6首のみ。

六歌仙
梨壺の五人
三十六歌仙
中古三十六歌仙
女房三十六歌仙

今《いま》はただ　思《おも》ひ絶《た》えなむ　とばかりを
人《ひと》づてならで　いふよしもがな

会うことを禁じられた相手への思いを詠んだ歌

今はもう、あなたのことを諦めてしまおう、ということだけでも人づてではなく、あなたに会って言う手だてがあってほしいものです。

恋　旅・離別　四季　その他

あなたを諦めるということだけでも**直接お会いして**伝えたいのです。

左京大夫道雅(藤原道雅)
祖父の道隆《みちたか》に溺愛されるも、祖父の死後は不遇で、ほとんど官位の昇進もなかった。

恋三・750

中関白家《なかのかんぱくけ》の没落《ぼつらく》②

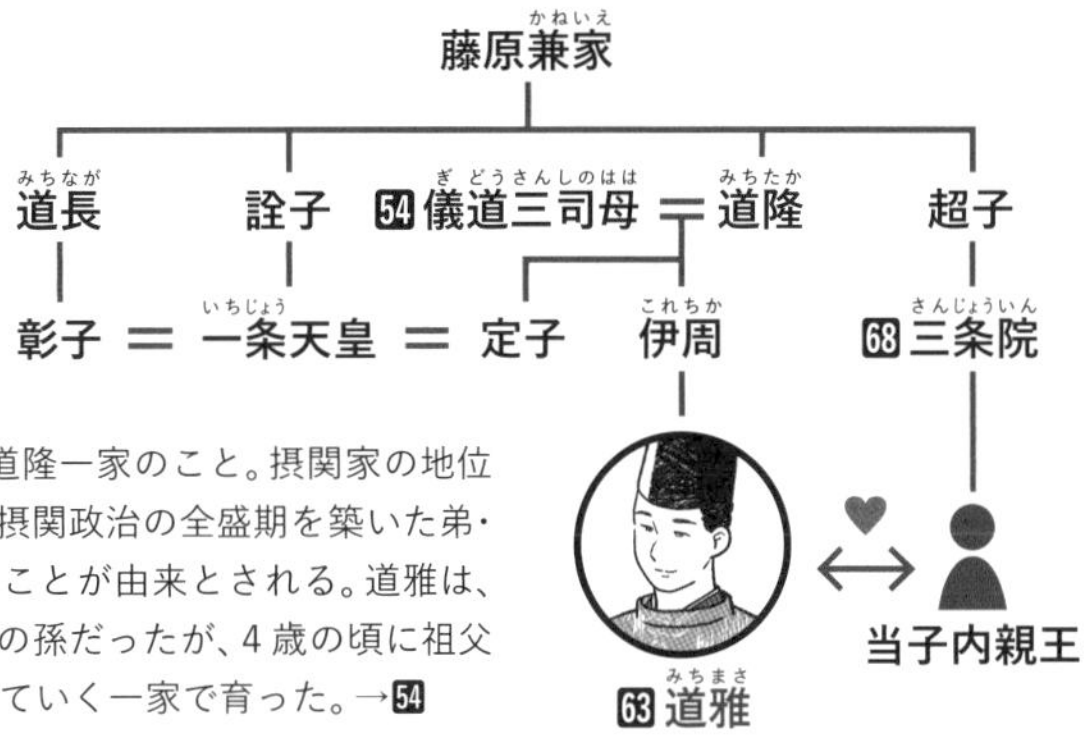

「中関白家」とは、藤原道隆一家のこと。摂関家の地位を確立した父・兼家と、摂関政治の全盛期を築いた弟・道長の間の関白だったことが由来とされる。道雅は、当時栄華を誇った道隆の孫だったが、4歳の頃に祖父が死去。その後、没落していく一家で育った。→54

荒三位《あらさんみ》・悪三位《あくさんみ》

一家の没落によって不遇をかこっていた道雅は、当子内親王との恋愛事件のあと、ますます荒ぶるようになる。藤原実資《さねすけ》の日記『小右記《しょうゆうき》』によると、花山院《かざんいん》の皇女が夜中の路上で殺され、野犬に食われた姿で発見されるという凄惨な事件があったが、道雅がその殺害を命じたという疑惑があったという。そのほか、乱闘事件を起こすなど粗暴な言動を繰り返した。

かかわりのある人物

54儀同三司母《ぎどうさんしのはは》

道雅は儀同三司母の孫にあたる。儀同三司母は、円融《えんゆう》天皇に仕え、「高内侍《こうのないし》」と呼ばれた。

68三条院《さんじょうのいん》

冷泉《れいぜい》天皇の皇子。娘である当子内親王と道雅の恋に激怒し、娘に見張りをつけた。

斎宮《さいぐう》

現在の三重県伊勢市にある伊勢神宮に、天皇に代わって奉仕した女性のこと。斎宮は天皇の代替わりごとに未婚の皇女から選ばれ、男性との恋愛は固く禁じられた。斎宮制度は飛鳥時代に始まったとされ、鎌倉時代末期の後醍《ごだい》醐《ご》天皇の時代まで続いた。

いかにして
かく思《おも》ふてふ
ことをだに
人《ひと》づてならで
君《きみ》に語《かた》らむ

藤原敦忠

〈『後撰和歌集』恋五・961〉

（どうにかして、このように思っているということだけでも、人づてでなく、直接あなたにお話ししたいものです）

類想歌《るいそうか》

この歌は、43藤原敦忠が詠んだ上記の歌と発想がよく似る。敦忠がのちに妻となる藤原明子との仲を明子の父に反対されたときの歌である。

会うことを禁じられた相手への叶わぬ想い

愛しい相手への想いを伝えることもできなくなった悲しみを歌にしています。「あなたへの想いを諦めてしまおう」ということだけでも会って伝えたいのに、それすらできないというのです。

『後拾遺和歌集』詞書によると、この歌は、道雅の実体験から詠まれています。伊勢の斎宮を退いたばかりの当子内親王のもとへ密かに通っていることが、その父である68三条院の知るところとなり、二人の仲は引き裂かれてしまいます。内親王が17歳、道雅が26歳のときのことでした。

三条院は道長の圧迫により譲位し、それに伴って伊勢の斎宮だった当子内親王は斎宮を退いて都に戻ってきたのでした。しかし、二人が会うことは決して許されず、道雅は三条院に勘当されました。悲嘆にくれた内親王は出家してしまい、その後23歳で早世します。道雅は従三位であったものの、政治的な力はなく、自暴自棄な生活を送り続けました。ただし、のちに一転して風雅な生活を送るようになり、歌人たちに歌の場を提供したということです。それが唯一の救いでしょうか。

語句・文法

掛詞　枕詞　序詞　本歌取り

◆**今《いま》はただ**
「逢うことが許されなくなった今となっては」の意。「ただ」は副詞。

◆**思《おも》ひ絶《た》えなむ**
「諦めよう」の意。「思ひ絶ゆ」は「諦める」という意味の複合動詞。「な」は完了の助動詞「ぬ」の未然形、「む」は意志の助動詞の終止形。

◆**よし**
方法のこと。

◆**もがな**
願望の終助詞で、「〜であったらなあ」の意。

64

権《ごん》中《ちゅう》納《な》言《ごん》定《さだ》頼《より》

995〜1045年。藤原定頼《ふじわらのさだより》。55公任の息子。音楽に秀で、書の名手であったが、不真面目な性格のため失敗も多かったという。家集に『定頼集』がある。

六歌仙　梨壺の五人　三十六歌仙
中古三十六歌仙　女房三十六歌仙

朝《あさ》ぼらけ　宇治《うぢ》の川霧《かはぎり》　たえだえに
あらはれわたる　瀬々《せぜ》の網代木《あじろぎ》

宇治川の霧立ちこめる朝の情景を詠んだ歌

ほのぼのと夜が明ける頃、宇治川の川面の霧がとぎれとぎれになり、その絶え間から次第に現れていく川瀬川瀬の網代木であるよ。

恋　旅・離別　**四季**　その他

宇治川にかかる霧の絶え間から次々に現れる網代木よ。

権中納言定頼（藤原定頼）
四条に屋敷があったことから、「四条中納言」とも呼ばれた。

かかわりのある人物

55 大納言公任《だいなごんきんとう》（藤原公任）

定頼の父親。通称は「四条大納言」。和歌・漢詩・管弦に優れ、「三船の才」を賞された。

60 小式部内侍《こしきぶのないし》

母・56和泉式部の代作ではないかとからかった定頼に対し、60の歌でやりこめた。二人は恋仲だった時期も。

読経《どきょう》の才能《さいのう》

定頼は、容姿の美しさと多才さを兼ね備え、58大弐三位や60小式部、65相模と恋愛を繰り広げた。美声で音楽の才能もあったという。『宇治拾遺物語』には次のような説話がある。定頼と小式部が恋仲だったときのこと。定頼が小式部の局に逢いに行くと先客の藤原教通《のりみち》がいたため、読経しながら去った。すると、小式部はその美声で定頼に気づき、教道に背を向けて伏してしまったという。

宇治《うじ》 歌枕

山城国《やましろのくに》、現在の宇治市を中心とする一帯。古くから交通の要所として栄えた。宇治川は琵琶湖から瀬田川が流下した京都南部の宇治付近の流れをいい、下流は淀川に合流する。氷魚《ひお》（鮎の稚魚）の産地として有名。貴族の別荘が多く営まれ、その代表が道長《みちなが》から頼通《よりみち》に伝えられた、のちの平等院である。

網代《あじろ》

氷魚は秋から冬にかけ琵琶湖で生まれ、宇治川を下ってくる。この漁に網代を用いるのが、宇治川の冬の風物詩であった。漁師が河瀬に網代木をV字形に配置し、集まった魚を獲っていた。万葉の時代から歌に詠まれ、53道綱母の『蜻蛉日記』や、菅原孝《たか》標女《すえのむすめ》の『更級日記』などにも宇治川の網代が登場する。

宇治川に霧が立ちこめる冬の朝の風景

『千載和歌集』詞書には「宇治にまかりて侍りける時よめる」とあり、定頼が宇治に滞在した際、実際に見た光景を詠んだ歌です。

ほのぼのと夜が明ける頃、宇治川の川面に立ちこめていた霧がところどころ薄れてゆき、その合間から、そこここの瀬に打ち込まれた網代木が現れてきたと詠んでいます。詠まれている言葉の順に情景が移りゆき、まるで一枚の風景画が完成されていくようです。

魚を獲るために仕掛けられた網代は、宇治川の冬の景物として有名でした。宇治は『源氏物語』の舞台にもなり、当時の貴族の間で人気の別荘地でもありました。

冬の早朝の美しい風景を主観的な言葉を入れずにすっきりと歌っていますが、こうした叙景歌が表れるのは定頼の頃からです。

語句・文法

掛詞 枕詞 序詞 本歌取り

◆**朝《あさ》ぼらけ**
夜がほのぼのと明ける頃のこと。→31

◆**たえだえに**
「とぎれとぎれに」の意。「川霧」を受けて、霧が次第に晴れていくさまを表すとともに、「あらはれ渡る」に続いて網代木があちこちに見え隠れするさまを表す。

◆**瀬々《せぜ》の**
「あちこちの川瀬の」の意。「瀬」は川の流れの浅いところ。

◆**網代木《あじろぎ》**
網代を支える杭のこと。「網代」とは、網の代わりに木や竹を編んで作った氷魚を獲るための道具。

65

相模《さがみ》

生没年未詳。通説では源頼光《よりみつ》の養女。乙侍従《おとじじゅう》の名で藤原妍子に出仕。相模守・大江公資《きんより》と結婚し、「相模」と呼ばれるようになった。家集に『相模集（思女集《しじょしゅう》）』がある。

六歌仙
梨壺の五人
三十六歌仙
中古三十六歌仙
女房三十六歌仙

恨《うら》みわび　ほさぬ袖《そで》だに　あるものを
恋《こひ》にくちなむ　名《な》こそ惜《を》しけれ

涙で濡れる袖と浮き名によって悔しい気持ちを詠んだ歌

恨み嘆いて、涙に濡れて乾く間もない袖さえこうして朽ちずに存在するのに、この恋のために立つ浮き名できっと私の評判が朽ちてしまうのは惜しいことですよ。

恋　旅・離別　四季　その他

涙に濡れた袖でさえ
朽ちないのに、
私の名は
朽ちてしまうなんて。

相模
大江公資と離婚後、一条《いちじょう》天皇皇女・脩子内親王に仕えた。数多くの歌合に出詠。歌人として活躍し、歌壇で指導者的立場にあった。

報われない恋のために朽ちてしまう自分の評判

相模が永承6（1051）年の『内裏根合《だいりねあわせ》』（5月5日に菖蒲《しょうぶ》の根を人々が持ち寄って、その長さを競い、歌を詠み合う催し）にて「恋」の題で詠んだ歌です。

「恨みわび」とは、相手を恨んで嘆いて、やるせない気持になっている様子です。つらい恋のために、涙で袖は乾く暇もなく濡れ続けています。そんな袖でさえ何とか存在しているのに、それとは対照的に「わが名」は朽ちようとしています。その悔しさが最後の「名こそ惜しけれ」に込められています。なお、第二・三句には「涙で濡れて乾かない袖さえ口惜しいのに」という別解もあります。

語句・文法

掛詞 枕詞 序詞 本歌取り

◆恨《うら》みわび
相手の薄情を恨み、わが身のつらさを嘆き悲しむこと。

◆ほさぬ袖《そで》だにあるものを
「ほさぬ袖」は涙で濡れて干しても乾かない袖のこと。「だに」は「さえ」の意の副助詞。「…だに～あり」という連語は「…でさえ～だ」の意。「ものを」は詠嘆を込めた逆説の接続助詞。

◆名《な》こそ惜《お》しけれ
「名」は評判のこと。強意の係助詞「こそ」の結びで、詠嘆の助動詞「けり」は已然形。

噂話《うわさばなし》

当時の貴族たちの世間は狭く、手紙のやりとりは直接ではなく従者を介していたため、噂がすぐに広まった。そのため貴族たちは、失恋など不名誉な噂が流れることを恐れた。宮仕えをする女房たち以外の貴族の女性は屋敷に住み、男性と顔を合わせることはほとんどないが、噂が流れることによって、男性からアプローチを受けることもあった。

箱根権現《はこねごんげん》

相模は夫・公資に伴って相模国《さがみのくに》（神奈川県）に下向したが、帰京前後に不仲になる。『相模集』によると、相模は夫への不満などを詠んだ百首の歌を箱根権現（箱根神社）の社前に埋めて奉納したところ、後日、権現からの返歌百首が山の僧から届けられた。その後、都に戻ることになった相模は、さらに返事の百首を詠んで僧に届けたという。

源 頼光《みなもとのよりみつ》

相模の養父とされる頼光は平安時代中期の武将で、摂津源氏の祖。摂関家に接近して勢力を伸ばした。武勇で知られ、酒呑童子《しゅてんどうじ》退治の説話が有名。頼光の家臣には鬼退治で有名な渡辺綱《つな》や、金太郎のモデルとなった坂田金時《きんとき》らがいた。

かかわりのある人物

62 清少《せいしょう》納《な》言《ごん》

相模の最初の夫は、橘則光《のりみつ》と清少納言の間に生まれた歌人・橘則長《のりなが》。10代の頃に結婚したが、離別した。

64 権中《ごんちゅう》納《な》言定頼《ごんさだより》（藤原定頼）

相模が夫と別れたあと、一時期恋愛関係にあったが、うまくはいかなかった。

相模《さがみ》の恋《こい》

公資は二人めの夫で、一人めの夫は、62清少納言の息子である橘則長《のりなが》。公資と離婚後は、64藤原定頼と交際したが、数年で破局した。この歌は題詠であり、当時50歳を超えていたと思われるが、相模の実体験をもとにした真実味も感じられる。

66

大《だい》僧《そう》正《じゃう（じょう）》行《ぎゃう（ぎょう）》尊《そん》

1055～1135年。敦明《あつあきら》親王の孫、源基平《もとひら》の息子。12歳で園城寺《おんじょうじ》（三井寺）に入り、17歳から熊野《くまの》・大峰《おおみね》などの修験霊場で修行を続け、高僧に上った。

六歌仙　梨壺の五人　三十六歌仙　**中古三十六歌仙**　女房三十六歌仙

もろともに　あはれと思《おも》へ　山桜《やまざくら》
花《はな》よりほかに　知《し》る人《ひと》もなし

厳しい修行をする山中で出合った山桜への思いを詠んだ歌

私がお前を懐かしく思うように、お前も私のことをしみじみと懐かしく思ってくれ、山桜よ。こんな山奥で、花のお前以外に私の心を知る人はいないのだ。

恋　旅・離別　四季　**その他**

私が思うように、お前も私を懐かしく思っておくれ。

大僧正行尊
「大僧正」は、僧官の最高位。多くの崇敬を集めた高僧だった。和歌を好み、家集に『行尊大僧正集』がある。

雑上・521

山桜を仲間と感じ心を寄せる

『金葉和歌集』の詞書には、「大《おお》峰《みね》にて思ひがけず桜の花を見てよめる」とあります。この歌は、行尊が大峰山（奈良県南部の山）へ入り、厳しい修行の中で詠んだ歌です。

『行尊大僧正集』によると、人のいない山奥で修行を続けていた行尊はある日、深山木《みやまぎ》の中にたった1本美しく咲く山桜を見つけます。その姿に感動した行尊は、自分の境遇を重ねて歌を詠みました。

人里に咲いている桜であれば、多くの人が花見に集まり、その美しさを愛でるでしょうが、山奥で咲くこの山桜は誰にも知られることがありません。それでもこの山桜は、風に吹き折られながらも孤独に美しく咲いていたのです。そうした姿は、心身を苦しめる厳しい修行を続ける行尊の心を捉え、思わず「もろともにあはれと思へ」と呼びかけたのでしょう。

山桜を互いに心をわかり合える旧知の友人のように感じて、心を寄せています。語りかける相手が山桜しかないというところからは、孤独に耐えつつ修行する姿も伝わってきます。

語句・文法

掛詞　枕詞　序詞　本歌取り

◆もろともに
副詞。「一緒に」「私と同じようにお前も」の意。

◆あはれと思《おも》へ
感動詞の「あはれ」はさまざまな意味があるが、ここでは、しみじみと懐かしく思う気持ち。「思へ」は命令形で、山桜を擬人化している。

◆山桜《やまざくら》
「山桜よ」と呼びかけた言い方。

かかわりのある人物

行尊の
曽祖父！

68 三条院《さんじょうのいん》
わずか5年と在位期間も短く、その間、内裏が2回も焼失するなど、悲劇の天皇として知られる。行尊は三条院のひ孫にあたる。

歌僧として
影響を
与えた！

86 西行法師《さいぎょうほうし》
平安時代末期〜鎌倉時代初期の歌憎。行尊の歌や僧としてのあり方に影響を受けた。

山桜《やまざくら》

山に自生する桜のこと。古くから和歌に詠まれる。この歌は『金葉和歌集』詞書の「思いがけず」から、4月以降に里や都ではとっくに散った桜が山中に咲いていたと解釈されてきたが、『行尊大僧正集』によると、行尊は3月の終わり頃に咲いていた山桜を詠んだと考えられる。→61

あはれ

「あはれ」は感動詞で、賞賛、喜び、愛惜、悲しみなど、心の底からわき上がってくる感情を表す。この歌ではしみじみと懐かしく思う気持ち、75藤原基俊の歌では嘆きや恨みを表すなど、多義的な言葉である。

園城寺《おんじょうじ》（三井寺《みいでら》）

- 滋賀県大津市にある天台宗寺門派の総本山。三井寺は通称。行尊が12歳で出家して密教を学び、81歳で亡くなった寺。
- 1天智・天武・2持統天皇の誕生の際、産湯に用いられたという井戸があることから「御井《みい》の寺」、のちに三井寺と呼ばれたという。創建は奈良時代末で、859年に智証大《ちしょうだい》師円珍《しえんちん》が延暦寺別院とした。993年、天台宗内の争いから延暦寺（山門派）と分かれて対立するようになった。

天台座主《てんだいざす》

行尊は、三井寺の長吏《ちょうり》や天王寺別当（いずれも長官の役割）などを経て、比叡山延暦寺の最高位の僧である天台座主となる。その後、71歳で大僧正に叙せられた。→95

護持僧《ごじそう》

天皇の身体護持のために祈祷を行う僧のこと。桓武《かんむ》天皇の時代に初めて置かれ、行尊は白河《しらかわ》・鳥羽《とば》・崇徳《すとく》天皇のときに護持僧の役目を担った。歴代の天皇の病気を祈祷で治し、その霊力は「験力《げんりき》無双」と称された。

67

周防内侍《すはう（おう）のないし》

生没年未詳。周防守《すおうのかみ》・平棟仲《たいらのむねなか》の娘。本名は仲子。掌侍《しょうじ》。当時を代表する女性歌人として活躍し、幅広い貴族・女房たちと交流があった。家集に『周防内侍集』がある。

六歌仙　梨壺の五人　三十六歌仙
中古三十六歌仙　**女房三十六歌仙**

春《はる》の夜《よ》の　夢《ゆめ》ばかりなる　手枕《たまくら》に　かひなく立《た》たむ　名《な》こそ惜《を》しけれ

戯れの腕枕を春の夜の夢にたとえ、軽妙に断った当意即妙の歌

短い春の夜の夢ほどの、はかない戯れの腕枕のために、つまらなく立ってしまう噂で私の評判が落ちるのは残念なことですよ。

旅・離別　恋　**その他**　四季

戯れの腕枕のために
浮き名が立つなんて
ごめんだわ。

周防内侍（平仲子）

約40年にわたって、後冷泉《ごれいぜい》・後三条《ごさんじょう》・白河《しらかわ》・堀河《ほりかわ》の４天皇に仕えた。摂関家の歌合などにたびたび出詠。

男性からの戯れを軽妙に切り返す

『千載和歌集』の詞書によると、ある春の夜のこと、周防内侍と女房たちが集まって話をしていたときに、眠くなった周防内侍が「枕がほしい」とつぶやいたのを藤原忠家《ただいえ》が聞いていました。そして、「ではこれを枕にどうぞ」と言って、御簾の下から腕を差し出してきました。その誘いをかわすために、その場でこの歌を詠んだといいます。

作者は、春の短い夜のはかない夢のような腕枕のために、つまらない評判が立つなんてとんでもない、お断りすると言っています。即興で詠まれた歌ですが、「春の夜」「夢」「手枕」など、はかなくて甘美な言葉が選ばれていて、忠家との物語的なやりとりの場面を趣深いものにしています。

忠家は、返しの歌で「ちぎりありて春《はる》の夜《よ》深《ふか》き手枕《たまくら》をいかがかひなき夢《ゆめ》になすべき（深い縁あって春の夜に差し出した手枕をどうしてはかない夢にするのでしょうか）」と詠みました。

二人は本気で恋の歌を贈り合っているわけではなく、歌のやりとりを楽しんでいるのです。

語句・文法

掛詞　枕詞　序詞　本歌取り

◆春《はる》の夜《よ》の夢《ゆめ》
「春の夜」は「秋の夜（長）」と対になり、短いものとされた。「夢」は、はかないものの象徴。

◆手枕《たまくら》
腕を枕にすること。男女の共寝を暗示する。

◆かひなく
「何の甲斐もなく、つまらなく」の意。「腕（かひな）」を隠し題のように詠み込む。忠家が戯れに差し入れた「腕」は、恋として何の甲斐もないと切り返したもの。

◆名《な》こそ惜《お》しけれ
→65

手枕《たまくら》

腕を枕にすること。男女が一夜を過ごすときに相手の腕を枕にすることから、「手枕」は男女の共寝《ともね》を指す場合が多い。

春《はる》の夜《よ》

春の夜は『古今和歌集』以降、香り高い「梅」と組み合わされて、好んで「闇夜」が詠まれた。春の夜の「朧月《おぼろづき》」も千載・新古今時代から注目される。また、「春の夜の夢」は、はかない夢幻の世界を表す。

名《な》（評判《ひょうばん》）

『百人一首』の中で、同じく評判という意味で「名」が出てくるのは、この歌のほかに4首（25 41 55 65）。65相模の歌は、この歌と結句「名こそ惜しけれ」が同じ。周防内侍の歌と恋の歌である41 65は「名」を不名誉な意味で、25 55ではよい評判、名声の意味で用いている。

御簾越《みすご》しの戯《たわむ》れ

当時、貴族の男女は直接顔を合わせず、御簾によって仕切られていたため、御簾越しに会話をすることが多かった。この歌のように、真剣な恋愛ではなく、即興のやりとりを楽しむために恋心を詠んだような歌を贈り合うことも多い。

かかわりのある人物

歌の相手は定家の曽祖父！

97 権中納言定家《ごんちゅうなごんていか》（藤原定家）

この歌の相手である藤原忠家《ただいえ》は道長《みちなが》の孫で、定家の曽祖父にあたる。定家は、忠家のこのエピソードを当然知っていただろう。

68

三《さん》条《でう(じょう)》院《のゐん(いん)》

976～1017年。第67代天皇。冷泉《れいぜい》天皇の皇子・居貞《いやさだ》親王。母は藤原兼家《かねいえ》の娘・超子。11歳で東宮になったが、36歳でようやく即位。41歳で譲位。翌年崩御。

六歌仙
中古三十六歌仙
梨壺の五人
女房三十六歌仙
三十六歌仙

心《こころ》にも　あらでうき世《よ》に　ながらへば
恋《こひ》しかるべき　夜半《よは》の月《つき》かな

思いどおりにならない日々、生きることのつらさを詠んだ歌

心ならずも、このつらい世に生きながらえたならば、きっと恋しく思い出されるに違いない、この美しい夜半の月であるよ。

旅・離別　恋　その他　四季

このつらい世に
生きながらえたならば、
恋しく思い出すだろう
この宮中の美しい夜更けの月を。

三条院

三条院の歌は、勅撰和歌集に8首みえる。そのうち『詞花和歌集』には「秋《あき》にまた逢《あ》はむあはじも知《し》らぬ身《み》は今宵《こよひ》ばかりの月《つき》をだに見《み》む」という月の歌が載る。

今の苦悩が将来ますます募ると予測した悲歌

『後拾遺和歌集』詞書には「例ならずおはしまして、位など去らむとおぼしめしけるころ、月の明《あ》かかりけるを御覧《ごらん》じて」とあります。悲しくも美しい述懐歌です。

この歌には当時の政治情勢が大きく関わっています。三条院は藤原道長《みちなが》が政治の実権をにぎっていた時期の天皇です。三条院は道長の娘・妍子を后にしていましたが、道長とは不和で、道長からしきりに退位を迫られていたのです。

『栄花物語』(「玉のむら菊」)によると、1015年の12月中旬頃、宮中で冬の冴えわたる月を見て、中宮妍子と語り合いながらこの歌を詠んだといいます。

年が明けて正月に退位し、その翌年5月に崩御しました。肉体的にも精神的にもつらい中で、冬の明るい月と向き合っている三条院の寂寥感・絶望感が胸に迫ってくる一首です。

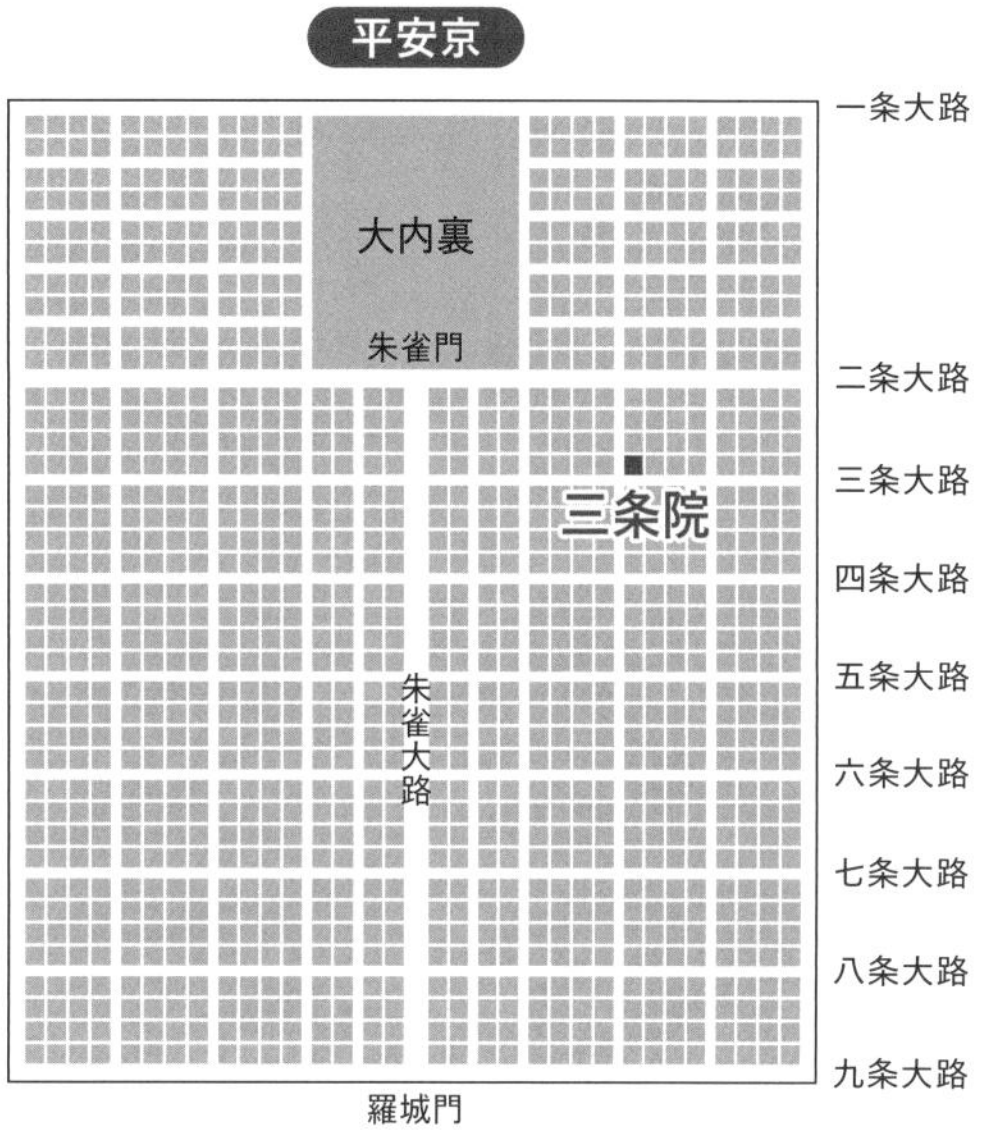

月《つき》

『後拾遺和歌集』の詞書によると、この歌は、三条院が体調がすぐれず、退位を考えていたときに、明るい月を眺めて詠んだ歌であるという。『百人一首』で月が登場する歌はこの歌のほか10首(7 21 23 31 36 57 59 79 81 86)。四季の歌で情景描写に用いられるだけでなく、心情と結びつけて用いられることが多い。

眼病《がんびょう》

三条院は病弱で多くの疾患に悩まされていた。眼病(緑内障か)も患っており、次第に政務にさしつかえるほど重くなった。眼病に加え不運だったのが、在位中に二度起こった内裏の火事で、三条院は失意のうちに退位することになった。

かかわりのある人物

三条院の娘と密かに交際!

63 左京大夫道雅《さきょうのだいぶみちまさ》
(藤原道雅)

三条院の退位後、娘の当子内親王と密通して三条院を激怒させた。

此《こ》の世《よ》をば　我《わ》が世《よ》とぞ思《おも》ふ　望月《もちづき》の
欠《か》けたる事《こと》も　無《な》しと思《おも》へば

(この世を自分のための世の中だと思うことよ。満月の欠けたところがないように)

〈『小右記《しょうゆうき》』1018年10月16日条〉

藤原道長《ふじわらのみちなが》の歌《うた》

三条院に譲位させ、敦成親王を後一条《ごいちじょう》天皇として即位させた道長は摂政の地位に就き、翌年摂政を辞し、従一位太政大臣に昇った。権力の絶頂にあった道長が詠んだ歌にも「月」が用いられているが、三条院とは正反対の心情を歌ったものだった。

藤原道長《ふじわらのみちなが》の策略《さくりゃく》

道長の思惑は、一条《いちじょう》天皇と自身の娘・彰子の間の子である敦成《あつひら》親王を1日でも早く天皇にすること。追い込まれた三条院は、自身の息子である敦明《あつあきら》親王が東宮になることを条件に譲位した。しかし、三条院没後、その敦明親王も道長の圧力を受け、東宮を辞退することになる。

語句・文法

掛詞　枕詞　序詞　本歌取り

◆**心《こころ》にもあらで**
「不本意ながらも」ということ。「早くこの世を去りたい」という自分の願望に反しての意。「で」は打消の接続助詞。

◆**うき世《よ》**
憂き世。つらいことの多い世の中のこと。

◆**ながらへば**
「ながらへ」は下二段活用動詞「ながらふ」の未然形。「ば」は仮定条件の接続助詞。

◆**恋《こひ》しかるべき**
「べき」は推量の助動詞の連体形。「きっと恋しく思われるに違いない」の意。

69

能《のう》因《いん》法《ほふ（ほう）》師《し》

９８８年〜没年未詳。橘元愷《たちばなのもとやす》の子で、俗名は永愷《ながやす》。文章《もんじょう》生《しょう》となり、肥後進士と号した。26歳頃に出家、摂津に住み、「古曽部《こそべ》入道」と呼ばれた。奥州などの諸国を旅する。

六歌仙
中古三十六歌仙
梨壺の五人
女房三十六歌仙
三十六歌仙

嵐《あらし》吹《ふ》く　三室《みむろ》の山《やま》の　もみぢ葉《ば》は
龍田《たつた》の川《かは》の　錦《にしき》なりけり

紅葉の美しさを
壮大なスケールで捉えた歌

嵐が吹き散らす三室の山の紅葉の葉は、龍田川のまるで錦であったよ。

恋　旅・離別　四季　その他

嵐が吹き散らす
三室山の紅葉の葉は、
龍田川の美しい
錦なのであった。

能因法師
和歌を藤原長能《ながとう》に学び、これが和歌の道の師弟関係の最初の例といわれる。歌学書に『能因歌枕』、私撰集に『玄々集《げんげんしゅう》』、家集に『能因法師集』がある。

秋下・366

都《みやこ》をば　霞《かすみ》とともに　立《た》ちしかど
秋風《あきかぜ》ぞ吹《ふ》く　白河《しらかは》の関《せき》

（都を春霞が立つ頃に旅立ったが、白河の関に到着した頃には秋風が吹いていたよ）
《後拾遺和歌集》羇旅《きりょ》・518

数奇者《すきもの》

能因法師は和歌に対する強い情熱からさまざまな説話が残されており、その生き様から「数奇者」と呼ばれた。今でいう「オタク」のようなニュアンスである。『古今著聞集《ここんちょもんじゅう》』171話によると、能因は陸奥国《むつのくに》の入り口である白河の関の歌を詠み、その出来映えに満足したが、白河で詠んだことにしたほうがよいだろうと思い、自分は旅に出たという噂を流し、家に隠れこもって日焼けをし、満を持してから披露したという。

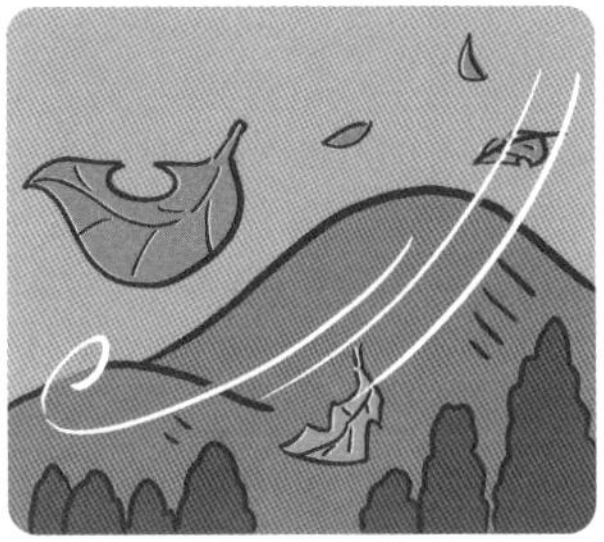

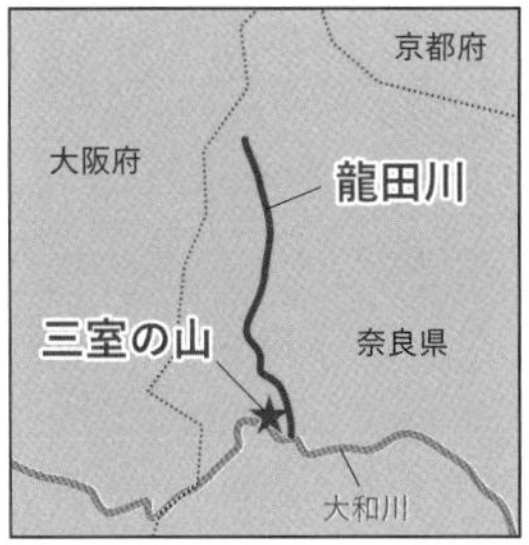

三室《みむろ》の山《やま》　歌枕

もともと「みむろ」「みもろ」とは、神の降臨する山という意味。同じ名称の山は各地にあるが、ここでは現在の奈良県生駒郡、龍田川付近の山をいう。「神奈備山《かんなびやま》」とも呼ばれる。紅葉とともに晩秋の「時雨」が詠み込まれることも多い。

能因歌枕《のういんうたまくら》

能因著の歌学書。古歌に詠まれた歌語を集成して簡単な解説を加え、諸国の名所などを列挙した作歌手引書。歌学書の中で最も初期のものとして注目される。

龍田川《たつたがわ》　歌枕

生駒《いこま》市内より三室の山の東の麓を流れ、大和川に合流する。平安時代以降、「紅葉」を景物とする歌枕として多く歌に詠まれた。『百人一首』では17も龍田川の紅葉の歌。

2つの名所を詠み込み紅葉の美しさを表現

龍田川の川面を流れる紅葉を錦に見立てる比喩や、三室山の紅葉が龍田川を流れるという発想は、『古今和歌集』以来の伝統的なものです。例えば、「龍田川《たつたがは》紅葉《もみぢ》乱《みだ》れて流《なが》るめり渡《わた》らば錦中《にしきなか》や絶《た》えなむ」（秋下・283）や、「龍田川《たつたがは》もみぢ葉《ば》流《なが》る神奈備《かむなび》の三室《みむろ》の山《やま》に時雨《しぐれ》降《ふ》るらし」（同・284）といった例があります。

詞書によると、この歌は1049年に後冷泉《ごれいぜい》天皇が主催した『内裏歌合』で詠まれたものです。能因の歌は、藤原祐家《すけいえ》の「散《ち》りまがふ嵐《あらし》の山《やま》のもみぢ葉《ば》は麓《ふもと》の里《さと》の秋《あき》にざりける」と合わされて、勝を得ました。

能因歌は「山」と「川」を対照とした広大な構図を用い、輝くばかりの色鮮やかな山の紅葉が嵐に吹き散らされ、川に落ち入ると、錦が織られていくというきらびやかな情景を描いた点に独自性があると言えるでしょう。のちに、『今鏡』は能因の歌をこの歌合で詠まれた秀歌として取り上げています。

語句・文法

掛詞　枕詞　序詞　本歌取り

◆錦《にしき》なりけり

「錦」は色鮮やかな厚地の絹織物のこと。「なり」は断定、「けり」は詠嘆の助動詞。「AはBなりけり」という語法は見立ての表現にたびたび用いられる。ここでは紅葉が川面一面に浮かぶ龍田川を錦に見立てている。

→17

かかわりのある人物

65 相模《さがみ》

平安時代中期を代表する歌人。能因法師とともに1049年の『内裏歌合』に出詠した。

86 西行法師《さいぎょうほうし》

能因法師は諸国を旅しながら多くの歌を詠み、西行法師や松尾芭蕉などに大きな影響を与えた。

70

良《りやう（りょう）》暹《ぜん》法《ほふ（ほう）》師《し》

生没年・伝未詳。後朱雀《ごすざく》・後冷泉《ごれいぜい》天皇の時代の歌人。延暦寺の僧で、祇園別当《ぎおんべっとう》。京都の大原に隠棲し、晩年は雲林院《うりんいん》に住んだらしい。

六歌仙
梨壺の五人
三十六歌仙
中古三十六歌仙
女房三十六歌仙

さびしさに　宿《やど》をたち出《い》でて　ながむれば
いづくも同《おな》じ　秋《あき》の夕暮《ゆふぐれ》

秋の夕暮れはどこに行っても同じく寂しいことを詠んだ歌

寂しさに堪えかねて、思わず庵《いおり》を出て、あたりを眺めわたすと、どこもかしこも同じく寂しい秋の夕暮れであるよ。

恋　旅・離別　四季　その他

どこもかしこも
同じく寂しい
秋の夕暮れだなあ。

良暹法師
家系・経歴は詳しくわかっていないが、その歌才を認められ、宮廷の多くの歌合に出詠した。私撰集『良暹打聞《りょうぜんうちぎき》』を編んだとされるが、現存していない。

草庵生活の僧が詠む秋の夕暮れの寂しさ

『後拾遺和歌集』の詞書は「題しらず」で、詠歌事情はわかりませんが、「秋の夕暮」の寂しさそのものを主題にした一首です。

秋の日、庵の寂しさに堪えかねて外に出てみたものの、同じく秋の寂しい夕暮れが広がっていたというのです。

わかりやすく、すぐ理解できる歌と言えるでしょう。ただ、ここでの寂しさとは必ずしも苦痛に満ちたものではなく、あえて寂寥感漂う広大な世界にわが身を置き、寂しさを受け入れてその美しさを味わおうとする心持ちであることには注意が必要です。こうした美意識は中世的なもので、その先駆けとなる歌です。

良暹法師のような隠遁生活は、のちに86西行法師や鴨長明など、多くの文人から理想的な生き方とされました。

遁世者《とんせいしゃ》（隠者《いんじゃ》）

良暹法師は京都の大原に隠棲《いんせい》。晩年は、かつて12僧正遍昭が別当を務めた天台宗寺院である雲林院《うりんいん》に住んだといわれている。良暹法師のように俗世間を捨てて生活する遁世者は平安時代後期から鎌倉時代にかけて増え、文学史上、女房文学から隠者文学への転換期となった。

祇園社《ぎおんしゃ》（八坂神社《やさかじんじゃ》）

良暹法師が別当を務めた祇園社は、「祇園感神院《かんしんいん》」とも称される。行疫神《ぎょうやくじん》の牛頭《ごず》天王《てんのう》を祀り、疫病退治の神として信仰を集めた。10世紀中頃より延暦寺に帰属。のち明治政府の神仏分離政策を受け、「八坂神社」と名称が改められた。

憧《あこが》れの的《まと》の僧侶《そうりょ》

多くの人々に尊敬された良暹法師。84藤原清輔著の歌学書『袋草紙』によると、74源俊頼が大原に出かけた際、良暹法師の草庵の前で下馬し、敬意を表したという。

庵《いおり》

修行僧や世捨て人が住む、藁《わら》・茅《かや》などで屋根を葺《ふ》いた粗末な小屋のこと。庵に住むことを「結ぶ」と表現する。

かかわりのある人物

86西行法師《さいぎょうほうし》

良暹法師の生き方に影響を受けた一人。良暹法師の草庵跡を訪れた際は、「大原《おおはら》やまだ炭窯《すみがま》もならはずといひけむ人《ひと》を今《いま》あらせばや」（良暹法師が今生きてここに住んでいたらなあ）との歌を家の戸に書きつけた。

語句・文法

掛詞　枕詞　序詞　本歌取り

◆さびしさに
「に」は原因・理由を表す格助詞。「寂しさのために」の意。

◆宿《やど》
作者の草庵（家）のこと。

◆ながむれば
「ながむれ」は「ながむ」の已然形。「ながむ」は、ただ眺望する意ではなく、寂しいもの思いの気持ちからあたりを眺めまわすということ。「ば」は順接の確定条件を示す接続助詞。

◆いづく
「いづく」で流布するが、古い写本や『百人秀歌』は「いづこ」。

◆秋《あき》の夕暮《ゆふぐれ》
「秋の夕暮であるよ」の意。体言止めで結ぶことで、一首全体の感情をこの語に集中させている。

71

大納言経信《だいなごんつねのぶ》

1016〜1097年。源経信《みなもとのつねのぶ》。通方《みちかた》の息子。正二位大納言。太宰権帥《だざいのごんのそち》となり、任地で没。多くの歌合の判者となった。歌論書に『難後拾遺《なんごしゅうい》』、家集に『経信集』がある。

六歌仙
中古三十六歌仙
梨壺の五人
女房三十六歌仙
三十六歌仙

夕《ゆふ》されば　門田《かどた》の稲葉《いなば》　おとづれて
蘆《あし》のまろやに　秋風《あきかぜ》ぞ吹《ふ》く

門前の田が、秋風に音を立ててそよいでいる情景を詠んだ歌

夕方になると、家の前の田の稲葉をそよそよと音を立てて、この蘆で葺《ふ》いた粗末な家に秋風が吹いてくることだ。

旅・離別　恋　その他　四季

夕方になると、
稲葉を揺らす音を立てて
秋風がこの家に吹いてくるよ。

大納言経信（源経信）
藤原宗忠《むねただ》の日記『中右記《ちゅうゆうき》』は、経信を詩歌・管弦に優れ、漢文や法令にも通じた「朝家之重臣《ちょうかのじゅうしん》」と讃えている。

田園を吹く秋風を目と耳で感じる

『金葉和歌集』詞書には「師賢《もろかた》の朝臣の梅津《うめづ》に人々まかりて、田家秋風といへることをよめる」とあり、この歌は、「田家秋風」という題で詠まれた題詠歌です。京都の西の郊外、一族の源師賢《もろかた》の梅津《うめづ》の山荘に人々が集まって歌を詠んだときのものです。師賢は1081年に没しているので、それ以前の詠ということになります。師賢の別荘は決して粗末な家ではなかったでしょうが、美しい田園の「蘆のまろや」の情景として表現したのでしょう。

秋の田園を吹き抜ける秋風を「おとづれて」と表現することで、視覚的な動きだけでなく、聴覚からもその風景を想像させます。夕暮れの風に波のように揺れる稲葉が互いに触れ合ってさやさやと音を立てている、爽やかで寂しい風景です。さらに、下の句では「蘆のまろやに秋風ぞ吹く」と、自分のところに秋風が吹き抜けてくることを歌っています。

門前に広がり、揺れて音を立てている稲葉、自分のところにまでやってきて肌で感じる秋風、広々とした自然の情景、そして、ゆるやかな時間の流れを描いています。あくまで風景描写に徹していますが、おのずと寂しい気分を感じさせます。経信のこのような清新な叙景歌は和歌史上、革新的なものでした。

語句・文法

掛詞　枕詞　序詞　本歌取り

◆夕《ゆふ》されば
「夕方になると」の意。「さる」は「来る」「なる」など、時間の経過を表す動詞。平安時代では特に歌語として用いられた。

◆門田《かどた》
家の前にある田のこと。地味の肥えた美田のイメージをもつ。山にある田という意味の「山田」の対義語。

◆おとづれて
「音を立てて訪ねて来て」の意。「おとづる」は、もともと「音を立てる」の意。

◆秋風《あきかぜ》ぞ吹《ふ》く
「ぞ」は強意の係助詞。「吹く」は連体形で、「ぞ」の結び。

貴族《きぞく》の別荘《べっそう》

11世紀に入ると、貴族は田舎の山里などに別荘を所有し、擬似的な隠遁生活に浸った。自然の風景を楽しみ、招いた人々と詩歌管弦の会を開いて過ごした。経信の別荘は、桂（桂川の西岸）にあったため、「桂大納言」と称された。ちなみに、別称には「師大納言《そちのだいなごん》」もある。

蘆《あし》の丸屋《まろや》

蘆を屋根に葺いた粗末な家。田園風景の象徴として、同時代に盛んに詠まれたが、経信の歌はその早い例。

かかわりのある人物

同じく三船の才をもつ！

55 大納言公任《だいなごんきんとう》
（藤原公任）
経信は公任と同様に「三船の才」（漢詩・音楽・和歌の才能）をもつ者として、周囲から認められていた。

経信の息子！

74 源俊頼朝臣《みなもとのとしよりあそん》
経信の息子の俊頼は、堀河院歌壇の中心人物として、多くの歌合に作者・判者として参加した。

15 光孝《こうこう》天皇
｜
宇多《うだ》天皇
｜
敦実《あつみ》親王
├ 源雅信《まさざね》 …… 78 源兼昌
└ 源重信《しげのぶ》 …… 71 源経信 ― 74 源俊頼 ― 85 俊恵法師

宇多源氏《うだげんじ》

宇多天皇を祖とする賜姓《しせい》源氏。敦実親王の系統が最も栄えた。

→39

平安時代後期（院政期）

72 祐子内親王家紀伊

81 後徳大寺左大臣
（藤原実定）

83 皇太后宮大夫俊成

86 西行法師

コラム 歌仙

古来より優れた歌人は「歌仙」と呼ばれ、歌を詠む人たちにとって崇敬の対象だった。もともと唐（中国）の詩人・李白が「詩仙」と呼ばれていたことから、和歌に優れた人を「歌仙」と呼ぶようになったといわれる。歌仙は、「歌聖」として崇められた3柿本人麿・4山部赤人、さらに『古今和歌集』仮名序に取り上げられた「六歌仙」や、55藤原公任による『三十六人撰』に基づく「三十六歌仙」が代表的。『百人一首』の作者も多く歌仙に選ばれている。

三十六歌仙 →5

3柿本人麿
4山部赤人
5猿丸大夫
6中納言家持
18藤原敏行朝臣
21素性法師
27中納言兼輔
28源宗于朝臣
29凡河内躬恒
30壬生忠岑
31坂上是則
33紀友則
34藤原興風
35紀貫之
40平兼盛
41壬生忠見
43権中納言敦忠
44中納言朝忠
48源重之
●大中臣頼基《よりもと》
●藤原仲文《なかぶみ》
●藤原清正《きよただ》
●藤原高光《たかみつ》
●藤原元真《もとざね》
●源公忠《きんただ》
●源信明《さねあきら》
19伊勢
●中務《なかつかさ》
●斎宮女御《にょうご》
●小大君《こおおきみ》

梨壺の五人 →42

42清原元輔
49大中臣能宣
●源順《したごう》
●紀時文《ときふみ》
●坂上望城《もちき》

六歌仙 →8

12僧正遍昭
17在原業平朝臣
9小野小町
8喜撰法師
●大友黒主《くろぬし》
22文屋康秀

女房三十六歌仙 →53

38右近
54儀同三司母
58大弐三位
60小式部内侍
67周防内侍
72祐子内親王家紀伊
80待賢門院堀河
89式子内親王
90殷富門院大輔
92二条院讃岐
●宮内卿
●俊成卿女
●宜秋門院丹後
●嘉陽門院越前
●小侍従《こじじゅう》
●後鳥羽院下野《しもつけ》
●弁内侍《べんのないし》
●少将内侍
●土御門院小宰相
●八条院高倉
●後嵯峨院中納言典侍《てんじ》
●式乾門院御匣《みくしげ》
●藻壁門院少将
53右大将道綱母
56和泉式部
57紫式部
59赤染衛門
61伊勢大輔
62清少納言
65相模
●馬内侍《うまのないし》

中古三十六歌仙 →22

23大江千里
36清原深養父
46曾禰好忠
47恵慶法師
50藤原義孝
51藤原実方朝臣
52藤原道信朝臣
55大納言公任
63左京大夫道雅
64権中納言定頼
69能因法師
●大中臣輔親《すけちか》
●藤原高遠《たかとお》
●藤原定頼《さだより》
●藤原長能《ながよし》
●藤原忠房《ただふさ》
●源道済《みちなり》
●平定文《さだふん》
●大江嘉言《よしとき》
●在原元方《もとかた》
●在原棟梁《むねはり》
●菅原輔昭《すけあき》
●増基《ぞうき》法師
●安法《あんぽう》法師
●道命《どうみょう》阿闍梨
●兼賢王《かみねおう》
●上東門院中将

❖歴史年表

西暦	和暦	天皇	できごと
1086	応徳3年	堀河天皇	白河上皇が院政を始める
1107	嘉承2年	鳥羽天皇	
1123	保安4年	77崇徳天皇	
1126	大治元年	←	『金葉和歌集』成立
1141	永治元年	近衛天皇	
1155	久寿2年	後白河天皇	
1156	保元元年	←	保元の乱が起こる
1158	保元3年	二条天皇	
1159	平治元年	←	平治の乱が起こる
1165	永万元年	六条天皇	
1167	仁安2年	←	平清盛が太政大臣となる
1168	仁安3年	高倉天皇	
1180	治承4年	安徳天皇	治承・寿永の乱が起こる（源平合戦／～1185年）
		←	
1183	治承7年	99後鳥羽天皇	
1185	元暦2年	←	壇ノ浦の戦いで平氏が滅亡する

72

祐《いう(ゆう)》子《し》内《ない》親《しん》王《わう(のう)》家《けの》紀《き》伊《い》

生没年未詳。平安時代後期の歌人。後朱雀《ごすざく》天皇の皇女・祐子内親王に仕えた女房。『堀河院艶書合《ほりかわいんけそうぶみあわせ》』『堀河百首』などに出詠。家集に『祐子内親王家紀伊集（一宮紀伊集）』がある。

六歌仙　梨壺の五人　三十六歌仙　中古三十六歌仙　女房三十六歌仙

音《おと》に聞《き》く　高師《たかし》の浜《はま》の　あだ波《なみ》は
かけじや袖《そで》の　ぬれもこそすれ

歌合で虚構の男女の贈答歌として返事を詠んだ歌

評判の高い高師の浜のいたずらに立つ波のように、浮気で名高いあなたの言葉は心にかけますまい。涙で袖を濡らすことになってはいけませんから。

旅・離別　恋　その他　四季

あなたの言葉は
本気にはしません。
涙で袖を濡らすことに
なるでしょうから……。

祐子内親王家紀伊

『堀河院艶書合』の男女の掛け合いを競う歌合で、70歳前後の紀伊が返歌をしたのは、29歳の藤原俊忠《としただ》（83俊成の父）であった。

恋下・469

人知《ひとし》れぬ 思《おも》ひありその 浦風《うらかぜ》に
波《なみ》のよるこそ いはまほしけれ

（人知れず、あなたを思っています。荒磯の浦風に波が寄せるように、夜になったら会って、そのことを告げたい）

堀河院艶書合《ほりかわいんけそうぶみあわせ》

康和4（1102）年に堀河《ほりかわ》天皇が主催して2日にわたって内裏で行われた歌合。歌合としては特殊な形式で、男性と女性に分かれ、1日めは男性から女性への恋歌、それに対する女性から男性へ返歌をする形式で、2日めはその逆で行われた。勝負判・判詞はない。

俊忠《としただ》の贈歌《ぞうか》

俊忠の歌は、人知れぬ恋心を訴えかけるもの。「思ひあり」と「荒磯の浦」、「波の寄る」と「夜」、「言はまほし」と「岩間」がそれぞれ掛詞になっている。

相手の歌に合わせた見事な返歌

この歌は『金葉和歌集』の詞書から『堀川院艶書合』で詠まれた歌ということがわかります。紀伊の歌は中納言・藤原俊忠に対する返歌です。このように、男性から女性に恋歌を贈り、女性はそれに対する返事をするという趣向をもった歌合でした。

97藤原定家の祖父である俊忠の歌が、「荒磯の浦」を取り上げるのに対して、「高師の浜」を詠み入れ、同じ海や波のイメージをもった歌を返しました。「波の寄るようにあなたのところに通いたい」という相手に、「そんなあだ波はかけたくない」と浮気心をとがめ、求愛を鮮やかにあしらった巧みな返歌と言えるでしょう。

虚構の恋歌ですが、むしろ、だからこそ、男の歌に対して切り返すことを本質とする女の恋歌として完璧なまでの出来映えになったと言ってよいでしょう。29歳の俊忠に対し、紀伊はこの歌合当時70歳ぐらいと推測されており、円熟味を増した歌人でした。

高師《たかし》の浜《はま》 歌枕

和泉国《いずみのくに》（大阪府）。現在の高石市から堺市にかけての海岸。白い砂と松林のある景勝地だった。この歌のように、「高し」に掛けて詠まれることが多い。

かかわりのある人物

97 権中納言定家《ごんちゅうなごんていか》（藤原定家）

歌人として広く知られる定家は、多くの古典作品を写して現代に残した。紀伊の家集である『祐子内親王家紀伊集』もその一つ。

語句・文法

◆音《おと》に聞《き》く

「音」は「噂」の意で、「噂に聞く、評判が高い」ということ。

◆あだ波《なみ》

「いたずらに寄せては返す波」の意。浮気な人をたとえて用いる。「あだ」は不誠実、不真面目なことを表す。

◆かけじや

「あだ波」に対応して、「波をかけない」と「心をかけまい」を掛けている。「じ」は打消の意思、「や」は詠嘆。

◆ぬれもこそすれ

「ぬれ」は下二段活用動詞「濡《ぬ》る」の連用形。「も」「こそ」は係助詞を重ねて使い、懸念する気持ちを表す。「すれ」は「こそ」の結びで、サ変動詞「す」の已然形。

掛詞 序詞 枕詞 本歌取り

73

権中納言匡房《ごんちゅうなごんまさふさ》

1041〜1111年。大江匡房《おおえのまさふさ》。当代随一の漢学者。後《ご》三条《さんじょう》・白河《しらかわ》・堀河《ほりかわ》天皇と三帝に儒学を教授する侍読《じどく》として重用され、正二位権中納言に至る。家集に『江師集《ごうのそち》』がある。

六歌仙
中古三十六歌仙
梨壺の五人
女房三十六歌仙
三十六歌仙

高砂《たかさご》の　尾上《をのへ》の桜《さくら》　咲《さ》きにけり
外山《とやま》の霞《かすみ》　立《た》たずもあらなむ

遠くの山の桜と近くの山の霞を同時に詠んだ歌

高い山の峰の上の桜が咲いたことだ。その桜が見えなくなっては残念だから、人里に近い山の霞よ、どうか立たないでほしい。

旅・離別　恋　その他　四季

遠くの山の峰に
桜が咲いた…。
どうか里に近い
山の霞よ、
隠さないでおくれ。

権中納言匡房（大江匡房）
匡房は、詩文に秀抜な才能を発揮、博学多識の学者として知られている。太宰権帥《ごんのそち》を勤めていたことから「江帥《ごうのそち》」とも呼ばれた。『江家次第《ごうけしだい》』など著書多数。

遠くの山の桜を眺める奥行きのある情景描写

『後拾遺和歌集』の詞書には「内のおほいまうち君の家にて、人々酒たうべて歌よみ侍りけるに、遥かに山の桜を望むといふ心をよめる」とあります。「内のおほいまうち君」は内大臣・藤原師通《もろみち》のこと。その邸宅に人々が集まり、お酒を楽しみながら歌会を開いた際に詠まれた歌です。題は「遥望山桜《遥かに山桜を望む》」でした。

上の句では、高い山の峰に咲く山桜が詠まれています。どのように咲いているのかというような細かな情景描写はなく、遠方から眺めやる視点で広々とした空間が切り取られています。

一方、下の句では、高砂よりも手前にある「外山の霞」に呼びかけています。はるか彼方の山桜が咲く高砂と人里に近い山が同時に描かれることで、情景に奥行きが生まれています。

格調が高く、品位のある歌で、室町時代の『百人一首』の注釈書では、「たけある歌」「正風」と評されています。

語句・文法

掛詞　序詞　枕詞　本歌取り

◆高砂《たかさご》
砂が高く積もった砂山のこと。この歌では高い山を指す。兵庫県に高砂という地名があるが、ここでは普通名詞。→34

◆尾上《をのへ》
「尾上」は「峰《を》の上」の意。「桜」は山桜で、平地よりも開花時期が遅い。

◆咲《さ》きにけり
「に」は完了の助動詞「ぬ」の連用形。「けり」は詠嘆の助動詞。三句切れ。

◆外山《とやま》
里に近い山のこと。「深山《みやま》」の対義語。

◆立《た》たずもあらなむ
「あら」はラ変動詞「あり」の未然形。「なむ」は他者への願望を表す。「立たないでほしい」の意。

遠近法《えんきんほう》

遠くにあるものと近くにあるものの対比は、漢詩に見られる構図。遠くの山にある桜と近くの山の霞を対照させる遠近法を用いるこの歌は、漢詩人である匡房らしいと評される。

侍読《じどく》

天皇の側に仕えて、学問を教授する学者のこと。個人家庭教育の一形態。大学寮の博士、助教が任命され、主に四書五経などの講義が行われた。平安時代中期以降、文章《もんじょう》博士を世襲した大江氏・菅原氏らが侍読を独占した。

歌会《かかい》

和歌を詠む会のこと。複数の人が出された共通の歌題をもとに歌を詠み、歌は講師《こうじ》によって読み上げられた（披講《ひこう》）。最も格式の高い歌会は、内裏の清涼殿で天皇が主催する「中殿御会《ちゅうでんごかい》」。「うたかい」とも。

江談抄《ごうだんしょう》

晩年の匡房の談話を、藤原実兼《さねかね》ほかが筆録したもの。内容は、公事《くじ》に関する知識や廷臣《ていしん》の逸話など貴族社会のさまざまなことや、漢文学に関することを主とする。匡房の蓄えた膨大な知識が基盤にある説話集で、後代に大きな影響を与えた。

かかわりのある人物

23 大江千里《おおえのちさと》
『百人一首』に最初に登場する大江家の人物。平安時代前期の歌人であり、儒学者であった。

土師宿禰《はじのすくね》
大江（大枝）音人《おとんど》
大江千古《ちふる》

23 大江千里《ちさと》

大江公資《きんより》＝65 相模《さがみ》

大江匡衡《まさひら》＝59 赤染衛門《あかぞめえもん》

73 大江匡房《まさふさ》

大江氏《おうえうじ》

土師《はじ》氏が源流とされる氏族。桓《かん》武《む》天皇が縁戚関係にあった土師諸上《もろかみ》らに「大枝」の姓を与えた。その後、「大枝」から「大江」へと改姓した。大江氏には優れた歌人や学者が多く、朝廷に重用された。

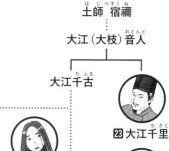

74

源《みなもとの》俊《とし》頼《より》朝臣《あそん》

1055〜1129年。71源経信の息子。従四位上木工《もくの》頭《かみ》。院政期歌壇の第一人者。『金葉和歌集』の選者。歌論書に『俊頼髄脳《としよりずいのう》』、家集に『散木奇歌集《さんぼくきかしゅう》』がある。

六歌仙 / 中古三十六歌仙 / 梨壺の五人 / 女房三十六歌仙 / 三十六歌仙

憂《う》かりける　人《ひと》を初瀬《はつせ》の　山《やま》おろしよ
はげしかれとは　祈《いの》らぬものを

恋の成就を祈るも届かず、
なおさら冷たくされるつらさを詠んだ歌

つれなかった人を、こちらになびくようにと初瀬の観音に祈りはしたが、初瀬の山おろしよ、お前のように冷たく激しくなるようにとは祈っていないのに。

旅・離別 / 恋 / その他 / 四季

恋が実るように祈りこそしたが、
あの人が私につらくあたるようにとは
祈っていないのに……。

源俊頼朝臣
堀河院の歌壇の中心的人物。多くの歌合に作者・判者《はんじゃ》として参加、『堀河百首』を企画・推進し、歌人として活躍したが、官職には恵まれなかった。

恋二・708

初瀬《はつせ》 歌枕

奈良県桜井市初瀬《はせ》の一帯。初瀬川の峡谷に開けた地で、連なる山に囲まれているため、冬は山おろしが吹く。十一面観音をまつる長谷寺《はせでら》があり、観音信仰の霊場として賑わった。『蜻蛉日記』『更級日記』に参籠《さんろう》の記事が見えるほか、『源氏物語』「玉鬘」巻では重要な舞台になった。

歌才《かさい》の家系《かけい》

親・子・孫と3代続けて『百人一首』に選ばれているのは、71源経信・74源俊頼・85俊恵法師の一族だけ。

撰歌《せんか》の変更《へんこう》

97藤原定家撰『百人秀歌』では、俊頼歌は「山桜《やまざくら》咲《さ》き初《そ》めしより久方《ひさかた》の雲井《くもゐ》に見《み》ゆる滝《たき》の白糸《しらいと》」になっている。『百人一首』で歌人を変更せずに歌を差し替えたのは、この一首のみ。「憂かりける」について、99後鳥羽院《ごとばいん》は定家がめざした風体だと言っている(『後鳥羽院御口伝』)。この歌に目をつけた撰者は、なかなかの人物。

かかわりのある人物

71 大納言経信《だいなごんつねのぶ》(源経信)

経信の息子が俊頼。経信は、藤原通俊《みちとし》が撰集した『後拾遺和歌集』を批判して、『難後拾遺』を著した。

83 皇太后宮大夫俊成《こうたいごうぐうのだいぶしゅんぜい》(藤原俊成)

97定家の父で、『千載和歌集』の撰者。新たな歌論や歌風を確立した。その歌風の一端は、俊頼から継承されたものであると考えられている。

文脈の複雑さと思うようにならない恋

『千載和歌集』の詞書に「権中納言俊忠の家に恋十首の歌よみ侍りける時、祈れども逢はざる恋といへる心をよめる」とあります。この歌の「祈れども逢はざる恋」という題は、神仏に祈っても恋人が逢ってくれない恋という意味になります。俊頼が歌の舞台として選んだのは長谷寺がある初瀬です。

直接的な文脈としては、「憂かりける人」は「はげしかれとは祈らぬものを」に続くのですが、「初瀬の山おろしよ」が挿入される形になっています。しかし、意味を考えると、句切りを超えて複雑な文脈となります。つまり、「人を」が「初瀬の」と響き合って、初瀬で相手との仲を観音に祈ったことが表され、加えて「初瀬の山おろし」は「はげし」と結びついているのです。山おろしの烈しさや冷たさとともに、相手の薄情さや冷淡さが表現されています。

このような複雑な文脈は、複雑な恋心と重なるものがあります。思い悩んで初瀬に赴き、望みをかけたにもかかわらず、相手は自分になびくどころか山おろしのようにつらく当たるばかり。無力感と恋の苦悶が、この歌のねじれて絡まるような文脈から読み取れます。

語句・文法

掛詞　枕詞　序詞　本歌取り

◆**憂《う》かりける人《ひと》**
「私に対してつれなかった人」の意。

◆**山《やま》おろしよ**
「山おろし」は山から吹きおろす烈しい風のこと。「よ」は呼びかけ。

◆**はげしかれとは**
「はげしかれ」は形容詞「はげし」の命令。「はげしくあれとは」の意。

◆**祈《いの》らぬものを**
「ものを」は「～のに」という意の逆説の接続助詞。

75

藤原《ふぢはら(ふじわら)》基俊《のもととし》

1060〜1142年。俊家《としいえ》の息子。名門の出身ながら、従五位上左衛門佐《さえもんのすけ》にとどまる。和漢の文学に通じ、『新撰朗詠集』の撰者となる。家集に『基俊集』がある。

六歌仙　梨壺の五人　三十六歌仙
中古三十六歌仙　女房三十六歌仙

契《ちぎ》りおきし　させもが露《つゆ》を　命《いのち》にて
あはれ今年《ことし》の　秋《あき》もいぬめり

約束が果たされない
悲哀を詠んだ歌

約束してくださいました「頼みにせよ、させも草」という、恵みの露のようなお言葉を命として頼りにしていますのに、ああ、今年の秋もむなしく過ぎ去るようです。

旅・離別　恋　その他　四季

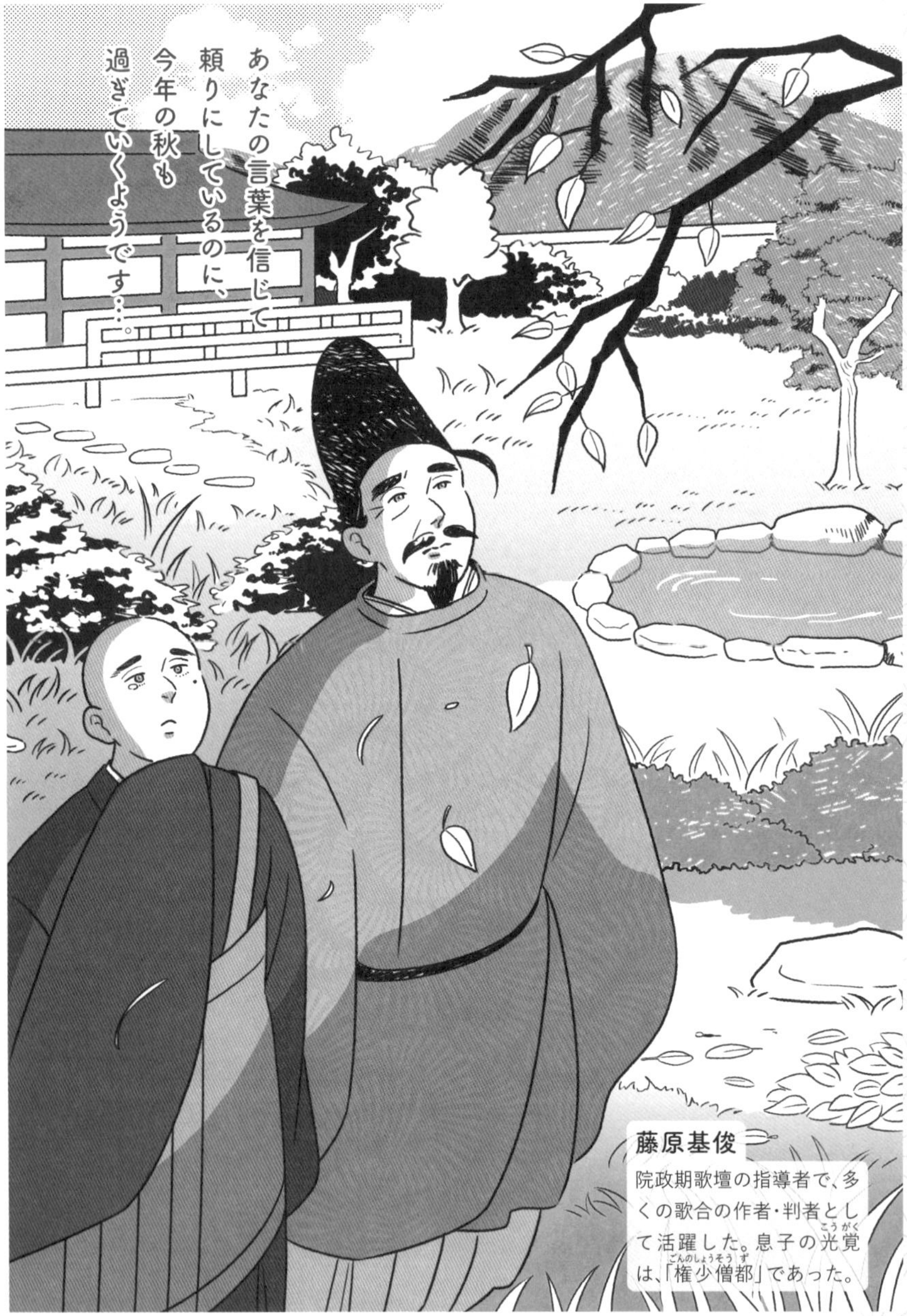
あなたの言葉を信じて
頼りにしているのに、
今年の秋も
過ぎていくようです…。

藤原基俊
院政期歌壇の指導者で、多くの歌合の作者・判者として活躍した。息子の光覚《こうがく》は、「権少僧都《ごんのしょうそうず》」であった。

雑上・1026

なほ頼《たの》め　しめじが原《はら》の　させも草《ぐさ》
われ世《よ》の中《なか》に　あらむ限《かぎ》りは

（私を頼みとしなさい。しめじが原のさせも草のように胸を焦がすことがあっても、私がこの世に生きている限りは）

〈『新古今和歌集』釈教・1917〉

しめじが原の!

しめじが原《はら》

76藤原忠通は、清水観音が詠んだといわれる右の古歌から「しめじが原」を引用して返事をしたので、基俊は「私に任せなさい」という意味だと捉えた。

息子を心配する親心の発露

この歌が詠まれた事情は、『千載和歌集』の詞書に詳しく記されています。基俊の息子である僧侶の光覚は維摩会《ゆいまえ》の講師《こうじ》になりたいと望んでいましたが、何度も選出から漏れていました。そこで、基俊は任命の権利をもつ氏長者《うじのちょうじゃ》・76藤原忠通に懇願します。すると、忠通は「しめじが原」と古歌を引用して快諾しました。しかし、その約束とは裏腹に、光覚は選ばれることはなかったのです。この歌は、そのことを恨みに思って遣わされた歌だというのです。

ところが、近年、これは史実とは少々異なることが指摘されています。『基俊集』によると、光覚が望んでいたのは「講師《こうじ》」ではなく、ずっと格下の「竪義《りゅうぎ》」でした。『千載和歌集』は、事の重大さを演出するために「講師」に変えたのではないかと推測されています。

また、『基俊集』によると、この歌は9月末日に忠通に送られています。この年の講師などの役はすでに決まっていますので、ここで希望しているのは翌年の役のことで、それはまだ決まっていませんでした。つまり、この歌は恨みの歌ではなくて、本当は、早く決めてほしいという焦りや不安、不満を訴える歌だったのです。

講師《こうじ》と竪義《りゅうぎ》

藤原鎌足《かまたり》の忌日である10月10日から16日まで開催される維摩会《ゆいまえ》では、『維摩経《ゆいまきょう》』についての講義や問答が行われ、平安時代では権威のある法会《ほうえ》として知られていた。講師はその講義をする僧のことで、法会の中核的存在。一方、竪義は出題された問題に答える立場の僧をいう。

かかわりのある人物

指導者として
ともに活躍!

74 源 俊頼朝臣《みなもとのとしよりあそん》

俊頼が歌壇に新風を吹かせたのに対し、基俊は保守派の代表だった。特に基俊は俊頼に強いライバル心をもっていた。

親密な
間柄だった!

76 法性寺入道前関白太政大臣《ほっしょうじにゅうどうさきのかんぱくだいじょうだいじん》
（藤原忠通《ただみち》）

和歌を好み、歌壇を庇護した。基俊とは、文人とパトロンという上下関係を超えて親密な間柄だった。

語句・文法

掛詞　枕詞　序詞　本歌取り

◆契《ちぎ》りおきし
「約束しておいた」の意。「置き」は「露」の縁語。

◆させもが露《つゆ》
「させも」は「さしも草」、よもぎのこと（→51）。清水観音の作とされる古歌を引用し、承諾したことを指す表現。「露」は「恵みの露」の意。

◆命《いのち》にて
「命として」の意。頼りにしていたことを表す。

◆いぬめり
「いぬ」は「往ぬ」で、「行く」の意。「めり」は推量の助動詞。

76

法《ほっ》性《しやう（しょう）》寺《じ》入《にふ（にゅう）》道《だう（どう）》前《さきの》関《くわん（かん）》白《ぱく》太《だい》政《じやう（じょう）》大《だい》臣《じん》

1097〜1164年。藤原忠通《ふじわらのただみち》。忠家《ただいえ》の息子。鳥羽《とば》・崇《す》徳《とく》・近衛《このえ》・後白河《ごしらかわ》天皇と四帝の摂政・関白を務めた。漢詩集に『法性寺関白集』、家集に『田多民治《ただみち》集』がある。

六歌仙
中古三十六歌仙
梨壺の五人
女房三十六歌仙
三十六歌仙

わたの原《はら》　漕《こ》ぎ出《い》でて見《み》れば　ひさかたの
雲《くも》居《ゐ》にまがふ　沖《おき》つ白波《しらなみ》

舟上で見た空と海とが一つになる
水平線の景観を詠んだ歌

大海原に舟でこぎ出して見わたすと、雲と見分けがつかない沖の白波よ。

旅・離別　恋　その他　四季

広々とした海に舟をこぎ出せば、
空と海が一緒になって
白い波がまるで雲みたいだ。

法性寺入道前関白太政大臣（藤原忠通）
主催する歌合や歌会に集う歌人たちのパトロンとなり、忠通家歌壇を形成。

院政《いんせい》

譲位した天皇である上皇が国政を執る政治体制のこと。77崇徳院は5歳のときに天皇になったが、幼い崇徳院に代わって白河《しらかわ》法皇が院政を行い、その後、鳥羽院《とばいん》が院政を敷いた。

まるで空と雲と海が溶け合う水平線の景色

『詞花和歌集』の詞書によると、この歌は、のちの保元の乱で争うことになる77崇徳天皇が主催した1135年の内裏歌合で詠まれた歌です。新趣向の「海上遠望」という歌題でした。

一首は、初二句で何も遮るものがない広大な海が描かれ、下の句ではその海と空が接する水平線へと視線が導かれて、遠近法的な表現がなされています。

悠々とした調べと相まって、全体として雄大な叙景歌となっています。歴史物語の『今鏡《いまかがみ》』には、この歌は3柿本人麿の「ほのぼのと明石《あかし》の浦《うら》の朝霧《あさぎり》に島隠《しまがく》れゆく舟《ふね》をしぞ思《おも》ふ」に劣らない秀作だとあって、当時から評判が高かった歌であることがわかります。また、忠通は漢詩にも巧みで、この歌は杜甫《とほ》の「春水《しゅんすい》の船《ふね》は天上《てんじょう》に坐《ざ》するがごとし」という詩に通じるところがあると指摘されています。

語句・文法

掛詞　序詞　枕詞　本歌取り

◆**わたの原《はら》**
「大海原」の意。「わた」は海のこと。→11

◆**ひさかたの**
「雲居」の「雲」にかかる枕詞。→33

◆**雲居《くもゐ》**
雲がいるところ。また、雲そのもの。

◆**沖《おき》つ白波《しらなみ》**
「つ」は古い格助詞で「の」の意。

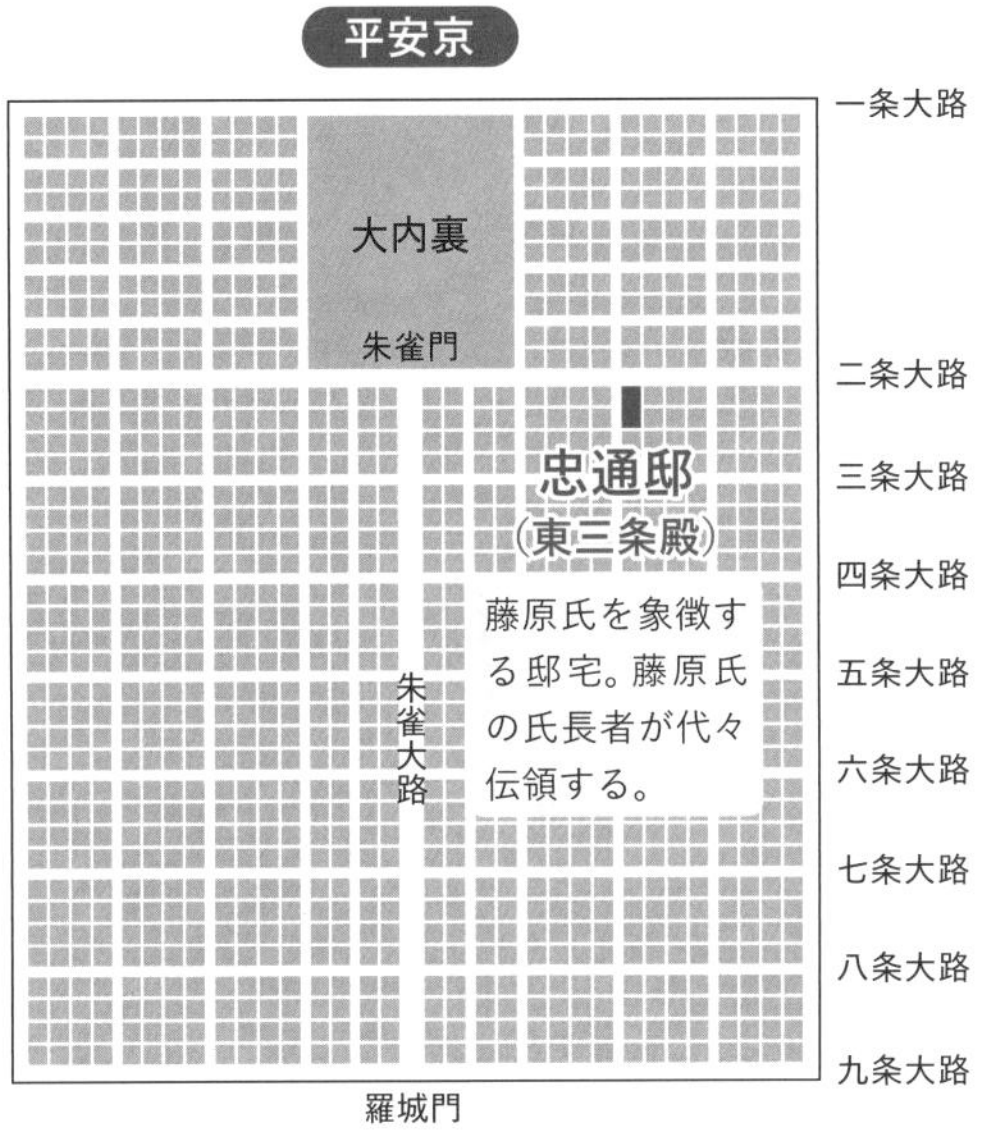

法性寺《ほっしょうじ》——忠通が隠棲した寺の名前
(忠通は書に優れ、のちにその書風は「法性寺流」と称される)

入道《にゅうどう》——出家して仏道に入った人という意味

前《さきの》——以前の役職が

関白太政大臣《かんぱくだいじょうだいじん》——関白・太政大臣だった

長《なが》い名前《なまえ》

忠通は大臣の最高位である太政大臣に至る。幼少の天皇の補佐をする摂政に二度、成人した天皇の補佐をする関白にも三度、任ぜられた。その後、出家をして、法性寺に隠居したことから「法性寺入道前太政大臣」と呼ばれるようになった。『百人一首』の歌人の中でいちばん長い作者名。

氏長者《うじのちょうじゃ》

氏族の統率者。もともとは一族の中で最も官位が高い者を任じた。中でも藤原氏の氏長者は、政治上・社会上重要な地位を占めた。忠通は25歳のときに氏長者となり関白の座についたが、父・忠実と不仲になったことで、その地位を弟・頼長に奪われてしまった。これが、のちの保元の乱での対立につながる。

摂関政治《せっかんせいじ》

平安時代末期の院政期以前の政治体制。藤原北家の嫡流《ちゃくりゅう》が摂政・関白を独占し、天皇に代わって政治を支配した。院政期になると権力の中心は上皇に移ったが、摂関家も存続し、権力の一角を占めた。→52

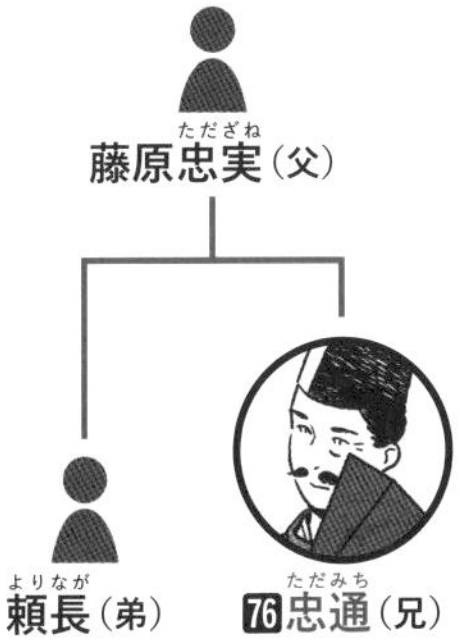

父《ちち》・弟《おとうと》との対立《たいりつ》

保元の乱において後白《ごしら》河《かわ》天皇側についた忠通は、77崇徳院側についた父・忠実、弟・頼長と対立した。保元の乱は後白河天皇側が勝利し、忠通は再び権力を手中にするようになった。

77

崇《す》徳《とく》院《ゐん》（いん）

1119〜1164年。第75代天皇。鳥羽《とば》天皇の皇子。23歳で鳥羽院に退位させられ、のちに保元の乱を起こすも敗北。讃岐（香川県）に配流されたまま、46歳で崩御した。

六歌仙
梨壺の五人
三十六歌仙
中古三十六歌仙
女房三十六歌仙

瀬《せ》を早《はや》み　岩《いは》にせかるる　滝川《たきがは》の
われても末《すゑ》に　逢《あ》はむとぞ思《おも》ふ

愛しい人との再会を願う一途な想いを詠んだ歌

川の流れが速いので、岩にせき止められた急流が2つに分かれても再び合流するように、愛しいあなたと今は別れても行く末はきっと逢おうと思う。

恋　旅・離別　四季　その他

お互い離ればなれになったとしても
いつかまた一緒になりましょう。

崇徳院
和歌を好み、『崇徳天皇初度百首』『久安《きゅうあん》百首』『句題百首』と三度の百首歌を召した。

愛する人と別れても思い続ける情熱

崇徳院が主催した『久安百首』で詠まれた恋の題詠歌です。『久安百首』では「ゆきなやみ岩《いは》にせかるる谷川《たにがは》のわれて末《すゑ》にも逢《あ》はむとぞ思《おも》ふ」となっており、その後、院自身が推稿して今の形になったと考えられます。

上の句の「瀬を早み岩にせかかる滝川の」は序詞で、激しく水しぶきを上げる激流をイメージさせます。そして、下の句の「われても末に逢はむ」で、「滝川（激流）」の激しさに重ねて、自身を愛する人に対する情熱と、いつか一緒になろうという決意が効果的に表現されています。さらに、結句の「とぞ思ふ」に至って初めて鑑賞者が恋心を表現した歌であると気づく仕掛けになっているのです。

配流前に詠まれた恋の歌ですので、院自身が意図したわけではありませんが、鋭く迫ってくるような激流のイメージは、戦乱に敗れて配流地で亡くなる、激しくも哀しい崇徳院の人生を象徴しているようです。97藤原定家はもちろん、それを狙って歌を選んでいます。

語句・文法

掛詞　序詞　枕詞　本歌取り

◆**瀬《せ》を早《はや》み**
「瀬」は川底が浅く、流れの速いところのこと。「〜を…み」で「〜が…なので」の意を表す。→1

◆**せかるる**
「せき止められる」の意。

◆**滝川《たきがは》**
急流、激流のこと。滝ではない。ここまで「われても」を導く序詞。

◆**われても**
「割れて」は「分かれて」の意。副詞の「われて」（しいて、無理に）の掛詞。

◆**逢《あ》はむ**
水が合流することと別れた二人が再び結ばれることの2つの意味を表す。

保元《ほうげん》の乱《らん》

崇徳院《すとくいん》は、鳥羽《とば》上皇が政治的な実権を握る院政を敷いたため、思いどおりにならないことが重なり、弟・後白河《ごしらかわ》天皇と対立。そこに摂関家の藤原頼長《よりなが》と忠通《ただみち》との家督争いが結びつき、保元の乱が起こった。武士団を招じ入れて戦った結果、崇徳院側が敗北。崇徳院は讃岐に流され、頼長は戦傷死した。崇徳院側では源為義《ためよし》、源頼賢《よりかた》、源為朝《ためとも》、平忠正《ただまさ》といった武士たち、後白河天皇側では平清盛《きよもり》、源義朝《よしとも》などの武士が中心となって戦った。

崇徳院側	VS	後白河天皇側
77崇徳院《すとくいん》（兄）	天皇家	後白河《ごしらかわ》天皇（弟）
藤原忠実《ただざね》（父） 藤原頼長《よりなが》（弟）	摂関家 延臣	76藤原忠通《ただみち》（兄） 藤原信西《しんぜい》
平忠正《ただまさ》（叔父）	平氏	平清盛《きよもり》（甥）
源為義《ためよし》（父） 源頼賢《よりかた》（弟） 源為朝《ためとも》（弟）	源氏	源義朝《よしとも》（兄）

崇徳院《すとくいん》の怨霊伝説《おんりょうでんせつ》

保元の乱に敗れた崇徳院は、四国の讃岐（香川県）へ流され、再び都に帰ることもなく、その地で亡くなった。没後12年経って社会不安が増してくると、怨霊として意識されるようになり、さまざまな慰霊が行われた。

崇徳院《すとくいん》の和歌愛好《わかあいこう》

幼少から和歌を好み、12歳頃から頻繁に歌会を催した。和歌は権力から排除された心のはけ口だったと思われる。『久安百首』を主催し、『詞花和歌集』の撰集を下命した。86西行法師は崇徳院配流後、和歌の道が衰えたと嘆く歌を詠んでいる。

かかわりのある人物

下命を受け『詞花集』を編纂！

79左京大夫顕輔《さきょうのだいぶあきすけ》
崇徳院から1114年に下命を受けたあと、7年の歳月をかけて、1151年に『詞花和歌集』を完成させた。

崇徳院の歌の才能を高く評価！

86西行法師《さいぎょうほうし》
崇徳院没後、慰霊のため讃岐の墓所を訪れている。西行の慰霊は崇徳院の怨霊化以前だが、上田秋成の『雨月物語』では、西行が怨霊と対決して鎮めたと描かれる。

78

源兼昌《みなもとのかねまさ》

生没年未詳。美濃介俊輔《みののすけとしすけ》の息子。従五位下皇后宮大進《こうごうぐうだいじん》。堀河院歌壇や忠通家歌壇で活躍した。家集はあったようだが、伝わらない。

六歌仙
中古三十六歌仙
梨壺の五人
女房三十六歌仙
三十六歌仙

淡路島《あはぢしま》　かよふ千鳥《ちどり》の　鳴《な》く声《こえ》に
幾夜《いくよ》寝覚《ねざ》めぬ　須磨《すま》の関守《せきもり》

千鳥の声を聞いて、須磨の関守の寂しさを思いやった歌

淡路島から通ってくる千鳥の鳴き声に、いったい幾夜目を覚ましたことだろう、須磨の関守は…。

旅・離別　恋　その他　四季

須磨の関守は
千鳥の声を聞いて、
何度も目を
覚ましたに違いない。

源兼昌
『永久百首』の作者になったほか、76藤原忠通出催の歌合にたびたび出詠している。

冬・270

孤独に暮らす須磨の関守の心境を想う

『金葉和歌集』詞書には「関路千鳥《せきじのちどり》といへることをよめる」とあります。この歌は兼昌が実際に須磨を訪れて詠んだ歌ではなく、歌合の際の「関路千鳥」という題から構想したものです。千鳥は冬の景物です。

歌の主人公は冬に須磨に宿った旅人でしょう。その旅人は淡路島から通ってくる千鳥の声によって都のことを思い起こして深い寂しさを感じ、須磨の関守はもの悲しい気持ちで幾夜も目を覚ましていることだろうと想像しています。

須磨は、16在原行平が流されたとされる場所。その伝承を踏まえて創作されたのが、『源氏物語』の「須磨」巻です。光源氏は「友千鳥《ともちどり》もろ声《ごえ》に鳴《な》く暁《あかつき》はひとり寝覚《ねざめ》の床《とこ》もたのもし」という歌を須磨で詠んでいます。兼昌はこの光源氏の歌を踏まえているのだと考えられます。そのことで哀感のこもった物語的な情趣の漂う一首となっています。

語句・文法

掛詞 序詞 枕詞 本歌取り

◆かよふ
淡路島から「通って来る」「通って行く」「往来する」の三説あるが、「通って来る」と解釈するのが自然。

◆幾夜寝覚《いくよねざ》めぬ
「ぬ」は完了の助動詞の終止形。係助詞を伴わない疑問詞（ここでは「幾夜」）の場合、終止形で結ぶ。

◆須磨《すま》
摂津国《せっつのくに》と播磨国《はりまのくに》の国境。万葉集時代から歌に詠まれる。

関守《せきもり》

関所を守る役人（番人）のこと。国を移動する人々のもつ「過所《かしょ》（書）」と呼ばれる通行証をチェックした。平安時代になると古代の関所（→10）は衰退するが、和歌では詠まれ続ける。男女の恋路を妨げるものをたとえて「関守」と詠む例もある。

千鳥《ちどり》

千鳥科の鳥の総称。冬、水辺に群れて、哀調を帯びた声で鳴く。和歌では、清らかで澄んだ鳴き声が好んで詠まれた。冬の鳥として定着するのは平安時代末期から。一方、鳴き声を「やちよ」（八千代）と聞きなして賀の歌に詠まれることもある。

『源氏物語《げんじものがたり》』「須磨《すま》」巻《まき》

光源氏が都にいられなくなり、身を隠すために選んだのが、流離の地・須磨だった。兼昌の歌は『源氏物語』の風景を基盤として、千鳥の哀しげな声を響かせて、須磨の夜の闇をいっそう奥深いものにしている。

須磨《すま》／淡路島《あわじしま》

歌枕

「須磨」は兵庫県神戸市須磨区の南海岸で、古代、関所があった。流離の地の印象の強い歌枕。「淡路島」は兵庫県須磨の西南に位置する島。瀬戸内海の名高い歌枕である。

かかわりのある人物

74 源俊頼《みなもとのとしより》

1116年に、亡くなった堀河《ほりかわ》天皇と中宮篤子を偲んで企画された百首歌である『永久百首』に兼昌とともに参加。

76 法性寺入道前《ほうしょうじにゅうどうさきの》関白太政大臣《かんぱくだいじょうだいじん》（藤原忠通《ただみち》）

多くの歌合を主催して、忠通家歌壇を形成した。兼昌も参加。

79

左《さ》京《きやう（きょう）》大《のだい》夫《ぶ》顕《あき》輔《すけ》

1090～1155年。藤原顕輔《ふじわらのあきすけ》。顕季《あきすえ》の息子。正三位左京太夫。『詞花和歌集』の撰者。家集に『左京大夫顕輔集』がある。

六歌仙　梨壺の五人　三十六歌仙　中古三十六歌仙　女房三十六歌仙

秋風《あきかぜ》に　たなびく雲《くも》の　絶《た》え間《ま》より
もれ出《い》づる月《つき》の　影《かげ》のさやけさ

秋の夜に雲の切れ間から見えた月の光の美しさを詠んだ歌

秋風に吹かれて、たなびいている雲の隙間からもれ出てくる月の光の、なんて澄みきった明るさだろう…。

恋　旅・離別　四季　その他

秋風に吹かれてたなびく、
雲の切れ間から見えた
一瞬の月の光は
なんと美しいことだろう。

左京大夫顕輔（藤原顕輔）
「左京大夫」は左京職の長官。左京職は、司法・行政・警察などを担当した役所。

かかわりのある人物

『詞花和歌集』を
顕輔に下命！

77 崇徳院《すとくいん》

『詞花和歌集』の編纂を命じられた顕輔は前代歌人を重視し、保守的な作品にまとめたが、歌道に熱心で新風も取り入れたいと思っていた崇徳院はその出来栄えに不満を抱いたという。

歌才を継いだ
優秀な息子！

84 藤原清輔朝臣《ふじわらのきよすけあそん》

顕輔の息子。多くの歌合で判者を務め、後代に尊重される歌学書などを残した。

詞花和歌集《しかわかしゅう》

平安時代における6番めの勅撰和歌集。崇《す》徳院《とくいん》の下命によって顕輔が撰者となって編集した。全10巻、総歌数409首からなる。

人麿影供《ひとまろえいぐ》

顕輔の父・顕季が、歌神と仰がれた3柿本人麿の肖像画を祀る歌会として始めた。六条藤家では人麿の影《えい》（肖像画）を受け継ぐことが、歌道家嫡流の証しとなり、顕季から顕輔、顕輔から84藤原清輔へと伝えられた。→3

六条藤家《ろくじょうとうけ》

平安時代後期から鎌倉時代にかけての歌道家。藤原顕季《あきすえ》を祖とする。息子である顕輔は父の跡を継ぎ、六条藤家が歌道家として確立する功績を上げた。

久安百首《きゅうあんひゃくしゅ》

この歌の『新古今和歌集』詞書に「崇徳院に百首の歌奉りけるに」とある。「百首」は『久安百首』のこと。久安6（1150）年、77崇徳院が藤原公能《きんよし》以下14人に奉らせた百首歌。この百首で崇徳院自身が詠んだのが77の歌である。各歌人別の非部類本と、83藤原俊成が編纂した部類本がある。

秋《あき》の歌《うた》

『百人一首』でいちばん多く詠まれているテーマは「恋」であるが、2番めに詠まれているのが「秋」をテーマにした歌。この歌を入れて全部で20首（1 5 17 21 22 23 24 26 29 32 37 47 69 70 71 75 79 87 91 94）も入っている。

秋夜の雲間から垣間見える月光の美しさ

「秋」を題として、秋風が吹く澄んだ夜空を見上げたとき、雲の切れ目から一瞬差し込んだ月の光の美しさが詠まれています。

さわやかな秋の夜の情景を滞りなく詠み下しています。「さやけさ」は直接的には、月光の視覚的な澄みきった美しさを言っていますが、同時に秋の空気の体感的な清澄さも感じられます。

「秋風」と「雲」と「月の光」が織りなす、秋の月夜の刻々と移りゆく情景を美しくまとめ上げた、優れた叙景歌と言えるでしょう。

語句・文法

掛詞　枕詞　序詞　本歌取り

◆秋風《あきかぜ》に
「秋風によって」の意。「に」は原因・理由を示す格助詞。「たなびく」に掛かる。

◆たなびく雲《くも》
横に長くひいている雲。

◆もれ出《い》づる
「もれ出づ」の連体形。「すき間を通り出てくる」の意。

◆月《つき》の影《かげ》
月の光のこと。「影」という言葉は、現代では光と反対の意味をもつが、古語ではきらきらした輝きや揺らめく光など、光そのものを意味した。

◆さやけさ
明るさ。明るく澄みきっているさま。

80

待《たい》賢《けん》門《もん》院《（いん）ゐんの》堀《ほり》河《（かわ）かは》

生没年未詳。神祇伯《じんぎはく》・源顕仲《みなもとのあきなか》の娘。初めは白河院《しらかわいん》皇女令子内親王に出仕し、のちに待賢門院璋子の女房となり、「堀河」と呼ばれた。家集に『待賢門院堀河集』がある。

六歌仙　梨壺の五人　**三十六歌仙**

中古三十六歌仙　**女房三十六歌仙**

長《なが》からむ　心《こころ》も知《し》らず　黒髪《くろかみ》の　乱《みだ》れて今朝《けさ》は　物《もの》をこそ思《おも》へ

複雑な恋心を長い黒髪が乱れることにたとえた歌

あなたの心がこの先ずっと変わらないかどうかはわからず、お別れした今朝は私の黒髪が乱れるように心も乱れて、もの思いに沈んでいます。

恋　旅・離別　四季　その他

いつまでも愛してくれるかどうか、あなたの気持ちはわからない。

待賢門院堀河
妹の上西門院兵衛《じょうさいもんいんのひょうえ》も歌人として知られる。

恋三・801

かかわりのある人物

『久安百首』の
作者の一人!

77 崇徳院《すとくいん》

堀河を含む14名の歌人が参加した『久安百首』を下命した。

悲しむ堀河に
歌を贈った!

86 西行法師《さいぎょうほうし》

仕えていた待賢門院璋子が亡くなったあと、その邸に喪に服してこもっていた堀河に歌を贈って、悲しみを共有している。

虚構《きょこう》で詠《よ》む恋歌《こいか》

この80の歌は、77崇徳院が主催した『久安百首』で詠まれた恋の歌。恋人の愛が永遠に続くことはないという主張は、54儀同三司母に通じる。後朝《きぬぎぬ》の歌については43参照。虚構なので、男性が女性の立場で詠んだり、老人が若々しい恋心を詠んだりすることもある。→72 85

黒髪《くろかみ》

平安時代、美しい女性である条件に「長い黒髪」があり、艶やかな黒髪は若さや美しさの象徴だった。黒髪を詠む恋の歌の秀歌は多く、56和泉式部の「黒髪《くろかみ》の乱《みだ》れも知《し》らずうち臥《ふ》せばまづかきやりし人《ひと》ぞ恋《こひ》しき」(『後拾遺和歌集』恋三・755)がよく知られている。

西行《さいぎょう》との交流《こうりゅう》

待賢門院璋子は、86西行法師が在俗時に仕えていた藤原実能《さねよし》の妹で、その縁があって、西行は待賢門院の女房たちと親しかった。中でも堀河は、西行に自分が亡くなるときには「死出《しで》の山路のしるべ」になってほしいと依頼している。

女房《にょうぼう》の出家《しゅっけ》

堀河は、女房として仕えていた待賢門院璋子が権勢を失い仏門に入ると、同僚の女房たちと出家した。宮中を退いた貴族女性たちが仏道に入る例は多い。

あなたを想って乱れる心と黒髪

79の歌に続いて、『久安百首』の中の一首。『千載和歌集』詞書には「百首歌奉りける時、恋の心をよめる」とあります。この歌は、男性から贈られた後朝の歌に対する返歌を想定して詠まれています。

「長からむ心」とは、相手の男性が自分に変わらない愛情を注いでくれること。しかし、相手の愛情が長続きするものか確信はもてず、時間が経つにつれて不安が募り、もの思いにふけってしまうという、恋するがゆえの女性の気持ちを巧みに表現しています。その恋によって乱れる心を黒髪が乱れるイメージと重ね合わせることで、心のさまを具象化しています。

この「黒髪」がこの歌の要です。男と別れた部屋でもの思いにふける女の、背丈より長い黒髪が乱れて揺らめくイメージが強く打ち出されています。乱れた黒髪から妖艶な印象を受ける一首です。

語句・文法

掛詞　枕詞　序詞　本歌取り

◆**長《なが》からむ心《こころ》**
変わらない愛情のこと。「長からむ」は「黒髪」の縁語。

◆**黒髪《くろかみ》の**
「の」は比喩を表す格助詞。

◆**乱《みだ》れて**
「黒髪が乱れ、心もそのように乱れて」の意。

◆**今朝《けさ》は**
「相手と逢って別れた今朝は」の意。後朝を表す。

◆**物《もの》をこそ思《おも》へ**
「物を思ふ」の間に強意の係助詞「こそ」が入り、「思へ」と已然形で結ぶ。

81

後徳大寺左大臣《ごとくだいじのさだいじん》

1139～1192年。藤原実定《ふじわらのさねさだ》。父は右大臣公能《きんよし》。97定家の従兄弟にあたる。正二位左大臣。家集に『林下集《りんげ》』がある。

六歌仙
中古三十六歌仙
梨壺の五人
女房三十六歌仙
三十六歌仙

ほととぎす　鳴《な》きつる方《かた》を　ながむれば
ただ有明《ありあけ》の　月《つき》ぞ残《のこ》れる

夜明けに鳴くほととぎすの声と思わず見上げた有明の空に趣を感じる歌

ほととぎすの鳴き声がしたほうを眺めてみると、そこには、ただ有明の月が残っている。

恋　旅・離別　四季　その他

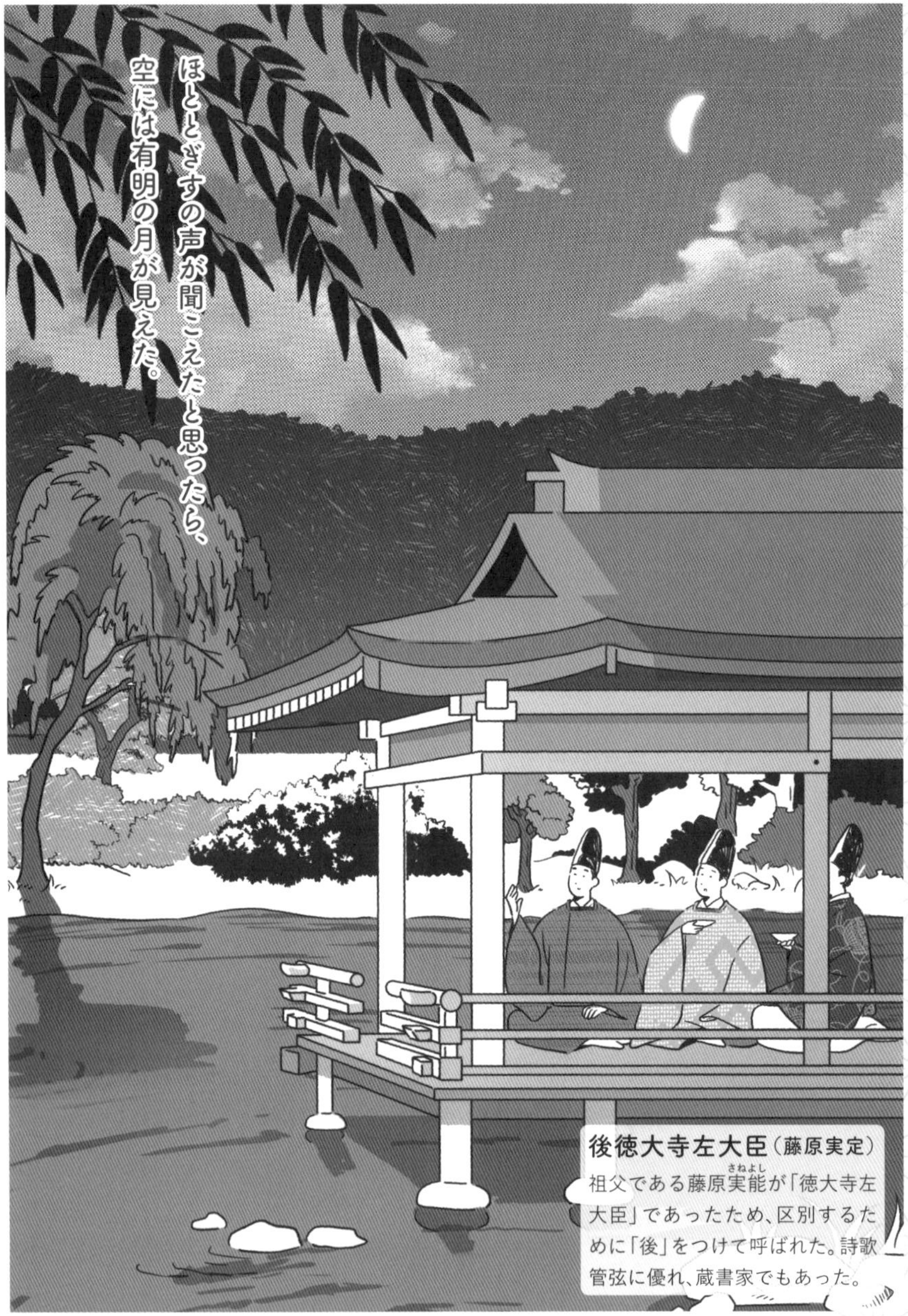
ほととぎすの声が聞こえたと思ったら、
空には有明の月が見えた。

後徳大寺左大臣（藤原実定）
祖父である藤原実能《さねよし》が「徳大寺左大臣」であったため、区別するために「後」をつけて呼ばれた。詩歌管弦に優れ、蔵書家でもあった。

かかわりのある人物

実定の伯父!

83 皇太后宮大夫俊成《こうたいごうぐうだいぶしゅんぜい》
(藤原俊成)

実定は「俊成家十首歌会」に参加するなど、叔父の俊成とは和歌を通じた交流もあった。

歌林苑で
交流!

85 俊恵法師《しゅんえほうし》

実定は20代半ばから12年間不遇であったが、その頃、しばしば俊恵の歌林苑の催しに参加して親しく交流した。

鳥《とり》の歌《うた》

『百人一首』には、「ほととぎす」のほか、3「山鳥」、6「かささぎ」、62「鳥(鶏)」、78「千鳥」が登場する(→3)。そのほか、和歌では「鶯」(春)、「雁」(春・秋)などがよく詠まれる。

ほととぎす

初夏に日本に飛来する夏鳥。夏の代表的な歌材であり、人々はほととぎすの声によって夏の訪れを感じた。橘の花を宿とすると詠まれ、5月5日の菖蒲《あやめ》の節句とも結びつけられる。その声は賞美される一方で、悲しく苦しいものとも歌われた。また、死出《しで》の山を往復する鳥という伝承があり、「死出の田長《たおさ》」の異名をもつ。「郭公」と表記するが、カッコウとは別種。

有明《ありあけ》の月《つき》

『百人一首』には「有明の月」が詠み込まれた歌が4首(21 30 31 81)ある。夜明けまで空にうっすら残る美しい月であることから、景観の美しさや趣を詠むほかに、寂しい心情を表すときにも用いられる。

西行《さいぎょう》とからむ説話《せつわ》

『古今著聞集《ここんちょもんじゅう》』494話に、86西行法師が出家後しばらくして実定の邸を訪問したところ、寝殿の棟に鳶《とび》をとまらせまいとして縄を張っているのを見て嫌気がさし、帰ってしまったという説話がある。この話は『徒然草』10段でも取り上げられるが、兼好は実定にも何か理由があったのだろうと擁護している。

ほととぎすの声の余韻の中の有明の月

『千載和歌集』の詞書によると、「暁にほととぎすを聞く」という歌題で詠まれた歌です。「ほととぎす」は夏を代表する景物で、この時代、貴族たちはいち早く初音を聞きたいと思って、眠らずに夜明けを待つこともありました。

夜が明け始めた頃、ほととぎすの声が聞こえたので、その方角を見てみると、目に映ったのは、ほととぎすの姿でなく、明け方の空に浮かんだ有明の月だったというのです。

上の句は、待ちわびてようやく声を聞くことができた一瞬の驚きと喜びを聴覚的にとらえ、下の句は、有明の月が浮かぶ空を視覚的にとらえています。「ながむれば」を間に挟むことによって、聴覚から視覚へ世界を移し、ほととぎすの声に導かれて有明の月を目にし、その空に趣を感じた心の移り変わりも巧みに表現されています。

語句・文法

掛詞　枕詞　序詞　本歌取り

◆鳴《な》きつる方《かた》
「鳴いた方角」の意。「つる」は完了の助動詞「つ」の連体形。

◆ながむれば
下二段活用動詞「ながむ」の已然形「ながむれ」に接続助詞の「ば」がつくことで、順接の確定条件を示す。

◆有明《ありあけ》の月《つき》
夜が明けても残っている月のこと。
→21

◆残《のこ》れる
「残れ」は四段活用動詞「残る」の已然形。「る」は存続の助動詞「り」の連体形で、強意の係助詞「ぞ」の結び。

82

道《（どう）だう》因《いん》法《（ほう）ほふ》師《し》

1090年～没年未詳。俗名は藤原敦頼《ふじわらのあつより》。従五位上左馬助《さまのすけ》。83歳で出家。数々の歌合に参加、歌林苑《かりんえん》の催しにもしばしば加わった。

六歌仙　梨壺の五人　三十六歌仙　中古三十六歌仙　女房三十六歌仙

思《おも》ひわび　さても命《いのち》は　あるものを
憂《う》きに堪《た》へぬは　涙《なみだ》なりけり

どんなにつらくても命はあるが涙は耐えきれず流れ落ちると詠んだ歌

うまくいかないことに思い悩んで、それでも命は続いていくのに、つらさに耐え切れず、こぼれ落ちてしまうのが涙であるなあ…。

恋　旅・離別　四季　その他

思うようにいかず、
つらくても
命ある限り
人生は続いていく…。
それでも涙だけは
流れてしまう。

道因法師（藤原敦頼）
歌に対する執着が人一倍強く、鴨長明の『無名抄《むみょうしょう》』などに多くの逸話が残されている。

かかわりのある人物

お礼しようと
夢に出た!?

83 皇太后宮大夫俊成《こうたいごうぐうだいぶしゅんぜい》
（藤原俊成）

『無名抄』によると、道因法師の死後、『千載和歌集』が編纂された当初、18首が収録予定で、撰者である俊成の夢に道因法師が現れ、お礼を述べたという。そのため、俊成は2首を追加したとされる。

プライベートでも
仲がよかった!

85 俊恵法師《しゅんえほうし》

白河の僧房「歌林苑《かりんえん》」で多くの歌会・歌合を主催、道因法師も参加していた。

住吉社《すみよししゃ》

摂津国《せっつのくに》の一宮。現在の大阪市住吉区にある神社。本来は国家鎮護《ちんご》・航海安全の神だったが、次第に和歌の神と考えられるようになった。道因法師は和歌上達のために80歳になるまで徒歩で月詣《つきもうで》したという。また、50人の歌人を集めて『住吉社歌合』を主催し、歌を奉納した。

題《だい》しらず

詞書に「題しらず」と記されているのは、詠歌事情が不明であることを示す。82の歌も「題しらず」で、いつ、どのような事情で詠んだのか、詳細はわからない。道因法師が高齢になっても歌人活動をしていたため、老いてからさまざまな昔の恋を思い出して詠んだ歌という解釈もある。

高齢《こうれい》で歌合《うたあわせ》に参加《さんか》

90歳ほどになって耳が遠くなってもなお歌会に出席し、歌を詠み上げる講師《こうじ》のそばまで行き、聞き耳を立てていたと『無名抄』は伝える。1172年、84藤原清輔が主催した『白河尚歯会《しらかわしょうしかい》』という歌会に最年長の83歳で参加した。

耐えうる命と耐えがたい涙

この歌は、つれない人を想い、悩み苦しんでも生き続けなければならないつらさを詠んでいます。『千載和歌集』の詞書は「題しらず」ですが、おそらく題詠の恋歌でしょう。作者の道因法師が長命で我執の強かった人であったことを踏まえると、老いてなお恋に涙する姿を思い浮かべることもできます。

また、『百人一首』には部立も詞書もありませんので、恋に限らず、人生そのものに対するしみじみとした哀感を詠んだ歌という読み方もできます。

上の句では、つらい境遇にあっても、それに耐えて命だけはつなぎ止めているのにと歌い、下の句では、どうしても耐えきれず涙があふれ出てくると詠んで、身《み》と心が対照されています。「さても命はあるものを」には、自分の思いとは関係なく、命が続いていくことへの深い悲しみも読み取れます。

語句・文法

掛詞　序詞　枕詞　本歌取り

◆思《おも》ひわび
「わぶ」は物事がうまくいかず思い悩むこと。「思ひわぶ」は恋歌に多用され、自分につれない相手を思い嘆く気持ちを表す。

◆さても
「そうであっても」の意。

◆命《いのち》はあるものを
「は」は他のものと区別する係助詞。「ものを」は逆説の接続助詞。下の「涙」に対して、「命は続いているのに」という意を表す。

◆涙《なみだ》なりけり
「涙だったんだなあ」の意。 → 32

83

皇《(こう)くわう》太《たい》后《ごう》宮《ぐうの》大《だい》夫《ぶ》俊《しゅん》成《ぜい》

1114〜1204年。正三位皇太后宮大夫。病により出家。法名は釈阿《しゃくあ》。多くの歌合の判者を勤めた。『千載和歌集』の撰者。歌論書に『古来風体抄《こらいふうていしょう》』、家集に『長秋詠藻《ちょうしゅうえいそう》』。

三十六歌仙　六歌仙　梨壺の五人　中古三十六歌仙　女房三十六歌仙

世《よ》の中《なか》よ　道《みち》こそなけれ　思《おも》ひ入《い》る
山《やま》の奥《おく》にも　鹿《しか》ぞ鳴《な》くなる

俗世を嫌って山に入っても
つらさからは逃れられないという嘆き

ああ、この世の中というものは、つらいことから逃れる道などないのだ。思い詰めて入った山の奥にも、鹿が悲しげに鳴いているよ。

恋　旅・離別　四季　その他

つらいことばかりの
世俗から離れて
山に入ったものの、
鹿が悲しげに鳴いている。

皇太后宮大夫俊成（藤原俊成）
10歳で父親と死別したあと、葉室顕頼《はむろあきより》の養子となり顕広《あきひろ》と名乗ったが、のちに本流に戻って俊成に改名した。

俊成《しゅんぜい》の最期《さいご》

俊成の臨終の様子は、97定家の日記『明月記』に詳しい。しきりに雪を欲しがっていた俊成は前日、家族の捜し出してきた雪を「すばらしい」と言いながら、たくさん食べる。いよいよ臨終間際になると、「死ぬべくおぼゆ」と言い、かき起こされ、法華経普賢品《ほけきょうふげんぼん》を滞りなく唱え、念仏を唱えながら亡くなる。91歳だった。命日の11月30日には、現在も冷泉家で秋山会という法要を行っている。

山の奥にも世の中の逃げ場などはない

『千載和歌集』詞書によると、俊成が27歳のときの『述懐百首』の中で、「鹿」を題として詠んだ歌です。

この歌を詠んだ当時、天皇家や貴族、源氏・平氏などの武士が権力争いに必死になっていました。そうした不安な世相の中で、86西行法師は23歳で出家を選びました。俊成自身も世を捨てて出家しようかと思い悩むことがあったかもしれません。

「山の奥」に「入る」には、俗世間を離れ、出家するという意味もあります。理想郷と思って入った山の奥で鹿の鳴く哀切な声を聞き、山の奥でさえつらいことはあるのだと思い知ります。この時代の知識人の寂しさをよく表した一首と言えるでしょう。

語句・文法

掛詞　枕詞　序詞　本歌取り

◆世《よ》の中《なか》よ
「よ」は感動を表す間投助詞。「この世の中というものは、まあ」の意。

◆道《みち》こそなけれ
「道」は世の中のつらいことから逃れる道のこと。「こそ」は強意の係助詞。ここで切れて、二句切れ。

◆思《おも》ひ入る
世の中から逃れようと思い込むことと、山に入ることを掛けている。

◆山《やま》の奥《おく》にも
「も」は「俗世と同じようにこの山の奥もまた」の意。

平安京

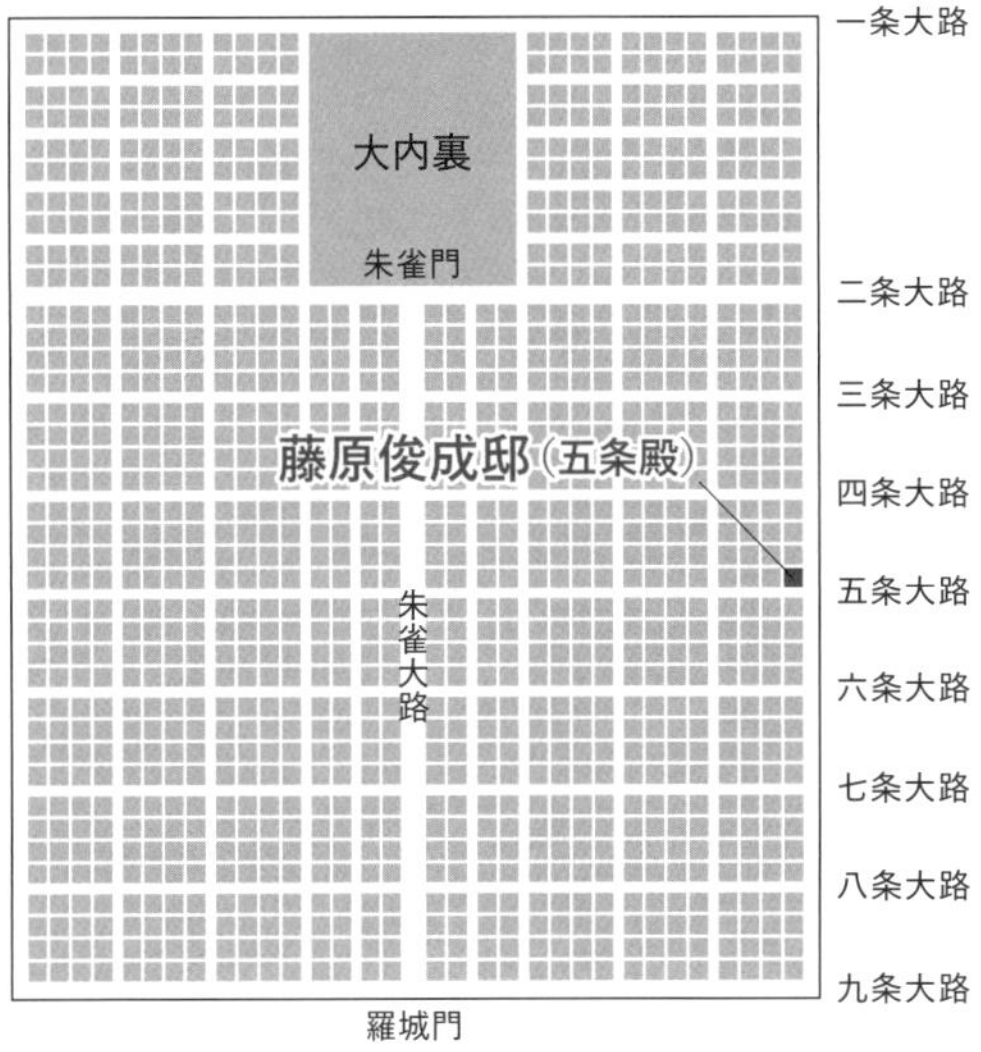

述懐歌《しゅっかいか》

「述懐」は思いを述べること。近世以前は「しゅっかい」と読んだ。述懐歌が多く詠まれるようになるのは院政期以降。自身の不遇な状況や老い、無常などに対する「嘆き」を主なテーマとした。

歌《うた》の指導者《しどうしゃ》

俊成は、息子の97定家だけでなく、99後鳥羽院や89式子内親王、藤原良経《よしつね》、俊成卿女、87寂蓮法師といった錚々たる歌人たちを指導し、新古今歌壇の形成に大きく貢献した。

父《ちち》として

49歳で97藤原定家が誕生。定家が初めての百首歌である「初学百首」を詠んだ際には息子の才能に感激し、妻とともに涙を流したという。また、若い定家が宮中で事件を起こして除籍になり、なかなか許されなかった際、老齢の親が子を思う歌を詠んで後白河院《ごしらかわいん》に奏上し、定家は恩赦になった。

かかわりのある人物

歌を通じて親しかった友人！

86 西行法師《さいぎょうほうし》

西行は俊成を歌人として深く信頼し、最晩年の自歌合『御裳濯河歌合《みもすそがわうたあわせ》』の判を俊成に依頼している。

俊成の息子！

97 権中納言定家《ごんちゅうなごんていか》
（藤原定家）

息子である定家が後鳥羽院《ごとばいん》の百首歌の出詠者から外されると、俊成は「正治奏状」と呼ばれる嘆願書を後鳥羽院に送って、定家を歌人に加えるよう運動した。

84

藤原《ふぢはらの（ふじわら）》清輔《きよすけ》朝臣《あそん》

1108～1177年。79顕輔の息子。正四位下太皇太后《たいこうたいごう》宮大進《ぐうだいしん》。六条藤家の3代め。歌学書に『奥義抄《おうぎしょう》』『袋草紙』など、家集に『清輔朝臣集』がある。

六歌仙
中古三十六歌仙
梨壺の五人
女房三十六歌仙
三十六歌仙

**長《なが》らへば　またこのごろや　しのばれむ
憂《う》しと見《み》し世《よ》ぞ　今《いま》は恋《こひ》しき**

つらいできごともいつかは恋しく思えるときが来るかもと歌う

生きながらえたら、つらいと感じているこの頃もまた、懐かしく思い出されるのだろうか。つらかった昔も、今では恋しく思い出されるよ。

旅・離別　恋　その他　四季

今はつらくても
この先、長く生きていたら
懐かしい過去になってほしい。

藤原清輔朝臣
歌学に優れ、自家に歌合を催したほか、多くの歌合で判者を勤めた。平安時代末期の歌壇をリードした人物。

かかわりのある人物

確執のあった
清輔の父！

79 左京大夫《さきょうのだいぶ》顕輔《あきすけ》（藤原顕輔）

息子である清輔と折り合いが悪く、『詞花和歌集』の編纂の際も手伝ってくれた清輔の歌を撰者の子息入集の例がないとして一首も選ばなかった。

歌才を並び
称された！

83 皇太后宮大夫俊成《こうたいごうぐうだいぶしゅんぜい》（藤原俊成）

清輔のライバル。清輔が亡くなると、摂関家の九条家の歌道師範として、清輔に代わって召された。

袋草紙《ふくろぞうし》

清輔が著した歌学書で、平安時代歌学の一大集成。歌を作るうえでの心得から歌会の作法、有名歌人たちの逸話などを著した、和歌の百科全書のような書物。『百人一首』の歌人たちも多くの説話が載る。清輔は、ほかに『奥義抄』『和歌一字抄《わかいちじしょう》』なども著した。

父《ちち》との確執《かくしつ》

清輔は父・79顕輔と仲が悪く、長らく不遇だった。しかし、1155年に顕輔が死にのぞむと、多くの息子の中から清輔の歌才を認め、歌道家の当主の象徴である人麿影を譲った。→79

続詞花和歌集《しょくしかわかしゅう》

二条《にじょう》天皇にその歌才や歌学の博学ぶりを認められ、深く信頼されていた清輔は、『続詞花和歌集』を編纂して二条天皇に奏覧しようと考えていた。しかし、完成前に二条天皇が死去。そのために勅撰集にはならず、私撰集のまま終わってしまった。

無名抄《むみょうしょう》

鴨長明著の歌学書。新古今時代前後の歌人たちの言動を活写する。『無名抄』には顕昭《けんしょう》の言として、清輔と83俊成は歌合の判者としてどちらも不公平だったと記している。ただし、態度は対照的で、俊成は自分も間違いをするかもというふうだったのに対し、清輔は表面的には清廉そうでありながら、自分の判に何か言われると顔色を変えて反論したという。

今のこの世の憂いも懐かしく思えるはず

『新古今和歌集』の詞書には「題しらず」とありますが、家集の『清輔朝臣集』には「いにしへ思ひ出でられけるころ、三条内大臣、いまだ中将にておはしける時、つかはしける」とあります。「三条内大臣」は藤原公教《きんのり》のことで、清輔のいとこです。公教が中将であったとき、清輔は30歳前後でした。

清輔は父親から愛されなかったことで官位には恵まれず、歌壇に登場するのは40歳を過ぎてからのことです。不遇の30歳前後の歌とすると、83藤原俊成が27歳のときの述懐歌と対の関係になります。

つらい過去がむしろ懐かしく思い出されるのは、今がもっとつらい状況にあるからでしょう。今のこのつらさが早く懐かしい思い出に変わってほしい、この歌にはそんな願いも感じられます。

この清輔の歌は、『新古今和歌集』でも4人の撰者が選んでおり、多くの人々の心を打ち、共感を呼んだ歌であることがわかります。

語句・文法

掛詞　枕詞　序詞　本歌取り

◆**長《なが》らへば**
→68

◆**このごろやしのばれむ**
「このごろ」は、つらく思える現在のこと。「や」は疑問の係助詞。結びの推量の助動詞「む」は連体形。「れ」は自発の助動詞「る」の未然形。

◆**憂《う》しと見《み》し世《よ》**
つらいと思った過去のこと。

◆**今《いま》は恋《こひ》しき**
「は」は区別する係助詞。「昔」と区別。「恋しき」は「ぞ」の結びで連体形。

85

俊《しゅん》恵《ゑ（え）》法《ほふ（ほう）》師《し》

1113年〜没年未詳。祖父・71源経信、父・74俊頼、俊恵と三代続く和歌の家柄（六条源家《げんけ》）。東大寺の僧であったが、のち京の白河に住んだ。家集に『林葉《りんよう》和歌集』がある。

六歌仙　中古三十六歌仙　梨壺の五人　女房三十六歌仙　三十六歌仙

よもすがら　物思《ものおも》ふころは　明《あ》けやらぬ
閨《ねや》のひまさへ　つれなかりけり

思いを寄せる人が訪れてこず一人で夜を過ごす寂しさを詠った歌

一晩中、恋人のつらさを恨んでもの思いにふけっているこの頃は、夜がなかなか明けない、その寝室の隙間さえつれなく感じられることですよ。

旅・離別　恋　その他　四季

俊恵法師
新古今時代を前に没し、その歌風は一時代前のものとみなされるが、後代への影響は小さくない。
あなたが訪ねてこない夜はなかなか光が差さない寝室の隙間さえ冷たく感じます。

寝室の隙間さえつれなく感じる一人寝の寂しさ

『千載和歌集』の詞書に「恋の歌とてよめる」とある題詠歌です。俊恵法師は男性の僧侶ですが、女性の気持ちを想像した虚構の歌です。

恋人は訪れてこず、一晩中相手のことを考えているとなかなか夜が明けない。一人で寝ることがつらくて、いっそのこと早く朝になってくれたらと思うのに、寝室の隙間にさえ光が差し込んでこない。一人寂しくもの思いにふける女性の姿を浮かび上がらせつつ、つれない男性を恨めしく思う気持ちを詠っています。

朝日の差してこない寝室の戸の隙間に、自分に対して関心をもってくれない男性のつれなさが重ね合わされていて、結句の「つれなかりけり」に女性の切ない心情が表現されています。

俊恵は歌林苑《かりんえん》に多くの歌人を集め、歌会や歌合を開催しました。家集の詞書によると、この歌も歌林苑での歌合で詠まれたと考えられます。

語句・文法

◆よもすがら
「一晩中」の意。

◆物思《ものおも》ふころは
「もの思ふ」は恋のもの思い。「ころは」は一度だけでなく、毎夜であることを示す。

◆明《あ》けやらぬ
「明けやらで」で流布するが、『百人一首』の古写本、『百人秀歌』『千載和歌集』は「明けやらぬ」。「ぬ」は打消の助動詞「ず」の連体形で、「閨のひま」に掛かる。

◆閨《ねや》のひまさへ
「閨」は寝室のこと。「ひま」は隙間のこと。

◆つれなかりけり
「つれなし」は「薄情だ、冷淡だ」の意。形容詞「つれなし」の連用形「つれなかり」に、詠嘆の助動詞「けり」が接続したもの。

掛詞 序詞 枕詞 本歌取り

鴨長明《かものちょうめい》

『方丈記』の作者として有名な鴨長明は、俊恵法師の和歌の弟子だった。著書である『無名抄』には俊恵の言葉を数多く書き記している。

俊成《しゅんぜい》と俊恵《しゅんえ》の自賛歌《じさんか》

『無名抄』によると、あるとき、俊恵法師は83藤原俊成に会って自賛歌を聞いた。俊成は「夕《ゆふ》されば野辺《のべ》の秋風《あきかぜ》身《み》にしみて鶉鳴《うずらな》くなり深草《ふかくさ》の里《さと》」と答えたという。俊恵はこのことを長明に語り、この歌の「身にしみて」がよくないと批判し、自分の自賛歌は「み吉野《よしの》の山《やま》かきくもり雪降《ゆきふ》ればふもとの里《さと》はうちしぐれつつ」だと語ったという。

歌林苑《かりんえん》

もともとは、俊恵法師の京都の白河にある僧房（僧侶の住居）の名称。そこで、毎月定例の歌会などが開催され、多くの歌人たちが集まった。歌林苑に参加したのは、中下流貴族や武士、神官、隠者歌人が大半で、『百人一首』の作者で参加していたのは以下のとおり。

81番	後徳大寺左大臣（藤原実定）
82番	道因法師（藤原敦頼）
84番	藤原清輔朝臣
87番	寂蓮法師（藤原定長）
90番	殷富門院大輔
92番	二条院讃岐

かかわりのある人物

歌壇の大御所で
偉大な祖父！

71 大納言経信《だいなごんつねのぶ》（源経信）
藤原公任と並び「三船の才」を称えられた。

『金葉和歌集』の
撰者でもある
俊恵の父！

74 源俊頼朝臣《みなもとのとしよりあそん》
白河院《しらかわいん》の下命によって『金葉和歌集』を編纂したものの、最初に献上した「初度本」は返されてしまい、3回めの「三奏本」でようやく収められた。

86

西《さい》行《（ぎょう）ぎやう》法《（ほう）ほふ》師《し》

1118～1190年。俗名は佐藤義清《のりきよ》。藤原秀郷《ひでさと》の子孫で、代々武士の家柄。鳥羽院の北面の武士。藤原実能《さねよし》の家人《けにん》。23歳で出家。法名円位《えんい》。西行と号す。家集に『山家《さんか》集』などがある。

六歌仙
中古三十六歌仙
梨壺の五人
女房三十六歌仙
三十六歌仙

嘆《なげ》けとて　月《つき》やは物《もの》を　思《おも》はする
かこち顔《がほ》なる　わが涙《なみだ》かな

恋の嘆きによるのに
月のせいだとする涙

嘆けと言って月が私にもの思いをさせるのか、いや、そうではない。本当は恋のもの思いのためなのに、まるで月のせいであるかのような顔をして流れる私の涙であることよ。

恋
旅・離別
四季
その他

月が嘆きなさいと
言っているのか、
いや、本当は
そうでない
のだけれど…。

西行法師
西行法師は恋歌の名手で、特に月を見ながら恋人を思う歌を多く詠んだ。

恋五・929

月のせいにして流れ落ちるわが涙

『千載和歌集』詞書によると、この歌は「月前恋《つきのまえのこい》」という歌題で詠まれた歌です。西行法師自身『御《み》裳濯河《もすそがわ》歌合』に撰入していることから、自信のある一首だったのでしょう。判を依頼された83藤原俊成は「心深く、姿優なり」と評しています。

月を眺めていると、ふと流れ落ちる涙を擬人化して「月のせいで あるかのような顔をして」と言っていますが、この「〇〇顔」は西行が好んだ表現です。

西行は出家後、陸奥《みちのく》や讃岐《さぬき》のほか、吉野の大峰《おおみね》や熊野《くまの》など修行の旅に出かけて歌を詠みました。中でも多く詠んだのが「花」とならんで「月」をテーマにした歌です。「月」は仏教的には真理の象徴ですが、それだけでなく、修行に明け暮れる自分をいつも優しく照らす月を友のように感じ、愛したのかもしれません。

語句・文法

掛詞 序詞 枕詞 本歌取り

◆**嘆《なげ》けとて**
「嘆け」は四段活用動詞「嘆く」の命令形。「月が嘆けと言って」の意。月を人のように表す擬人法。→32

◆**月《つき》やは物《もの》を思《おも》はする**
「やは」は反語を表す複合の係助詞。「〜だろうか、いや、そんなことはない」の意。「する」はその結びで、使役の助動詞「す」の連体形。

◆**かこち顔《がほ》**
「かこち」は四段活用動詞「かこつ」の連体形。「かこつける」「そのせいにする」の意。「〜顔」は、それらしい様子。

◆**わが涙《なみだ》かな**
「かな」は詠嘆の終助詞。

西行《さいぎょう》の代表歌《だいひょうか》

西行法師はかねて「願《ねが》はくは花《はな》の下《した》にて春《はる》しなむその如月《きさらぎ》の望月《もちづき》の頃《ころ》」と、釈迦入滅の日に花の下で死にたいと詠んでいたが、73歳でその願いどおり2月16日に亡くなった。このことは、貴族たちに大きな感動を呼び起こした。亡くなる直前に詠んだわけではないので、いわゆる「辞世の歌」ではない。

修行《しゅぎょう》の旅《たび》

西行法師は生涯に三度、大きな修行の旅をしている。まず30歳頃、同族の奥州藤原氏がいる陸奥《みちのく》に向かった。長旅を経て高野山に入山し、その後30余年を高野山で過ごしたが、50歳頃、讃岐《さぬき》で亡くなった77崇徳院の慰霊などのため四国へ。晩年は伊勢《いせ》に住み、69歳のとき、東大寺大仏殿再建の資金調達のため、再度、陸奥に向かっている。

北面《ほくめん》の武士《ぶし》

院の北面を警備していたことから「北面の武士」と呼ばれる。西行法師は鳥羽院の下《げ》北面、同い年の平清盛は上《じょう》北面の武士だった。69歳で陸奥へ向かう途中、鎌倉で源頼朝《よりとも》と対面した西行は、夜通し秀郷《ひでさと》以来伝えられた兵法を語ったという。

出家《しゅっけ》の理由《りゆう》

藤原頼長《よりなが》の日記『台記《たいき》』には、若くて富裕で、何の憂いもないのに仏道を志したとして、賞賛の言葉が記されている。西行法師が出家した具体的なきっかけは不明。『西行物語』では親しかった友人の急死、『源平盛衰記《げんぺいじょうすいき》』では身分の高い女房に失恋したことがきっかけだったとされているが、いずれも後代の創作。

かかわりのある人物

その歌才を
絶賛した友人!

83 皇太后宮大夫《こうたいごうぐうだいぶ》俊成《しゅんぜい》
(藤原俊成)

西行法師と親しかった俊成は、西行が伊勢神宮に奉納した『御裳濯河《みもすそがわ》歌合』の判者を依頼された。

親しい間柄の
友人!

95 前大僧正慈円《さきのだいそうじょうじえん》

西行法師は慈円と親しく、晩年、「風《かぜ》になびく富士《ふじ》の煙《けむり》の空《そら》に消《き》えて行方《ゆくえ》も知《し》らぬ我《わ》が思《おも》ひかな」が生涯第一の歌だと慈円に語っている。

月《つき》と桜《さくら》をこよなく愛《あい》する歌人《かじん》

特に吉野山の桜を愛した西行法師は、「吉野山《よしのやま》去年《こぞ》の枝《し》折《を》りの道《みち》変《か》へてまだ見《み》ぬ方《かた》の花《はな》をたづねむ」と歌っている。西行が生前詠ったとされる歌は、およそ2,300首以上。『千載和歌集』に18首、『新古今和歌集』には94首(最多)入集する。

97 権中納言定家

98 従二位家隆

鎌倉時代

99 後鳥羽院

100 順徳院

❖歴史年表

西暦	和暦	天皇	できごと
1185	文治元年	99後鳥羽天皇	源頼朝が全国に守護・持統を設置
1187	文治3年		『千載和歌集』成立
1192	建久3年		源頼朝が征夷大将軍となる
1198	建久9年	土御門天皇	
1205	元久2年		『新古今和歌集』成立
1210	承元4年	100順徳天皇	
1219	承久元年		93源実朝が公暁に殺害される
1221	承久3年	仲恭天皇・後堀河天皇	承久の乱が起こる
1222	貞応元年	後堀河天皇	
1232	貞永元年	四条天皇	御成敗式目が制定される
1239	延応元年		99後鳥羽院崩
1241	仁治2年		97藤原定家没
1242	仁治3年	後嵯峨天皇	100順徳天皇崩・「後鳥羽院」と追号
1246	寛元4年	後深草天皇	
1249	建長元年		「順徳院」と追号
1259	正元元年	亀山天皇	
1274	文永11年	後宇多天皇	文永の役が起きる（元寇1回め）
1281	弘安4年		弘安の役が起こる（元寇2回め）
1287	弘安10年	伏見天皇	
1298	永仁6年	後伏見天皇	
1301	正安3年	後二条天皇	
1308	延慶元年	花園天皇	
1318	文保2年	後醍醐天皇	
1333	元弘3年		鎌倉幕府が滅亡する

コラム 歌枕 →2

和歌独特の用法をもつ「歌ことば」のうち、特に諸国の地名をいう。歌枕は景物などと結びつき、特有のイメージをもっていた。『百人一首』から例を挙げると、「難波」といえば「蘆《あし》」「澪標《みおつくし》」など。歌枕は都の周辺だけでなく、遠く陸奥《みちのく》（現在の東北地方）にまで広がる。歌人たちは訪れたことのない歌枕も、歌によってイメージを共有していて、それによって歌を詠んだ。のちには、歌に詠まれた地名すべてを「歌枕」と呼ぶようになる。『百人一首』に登場した歌枕は地図のとおり。

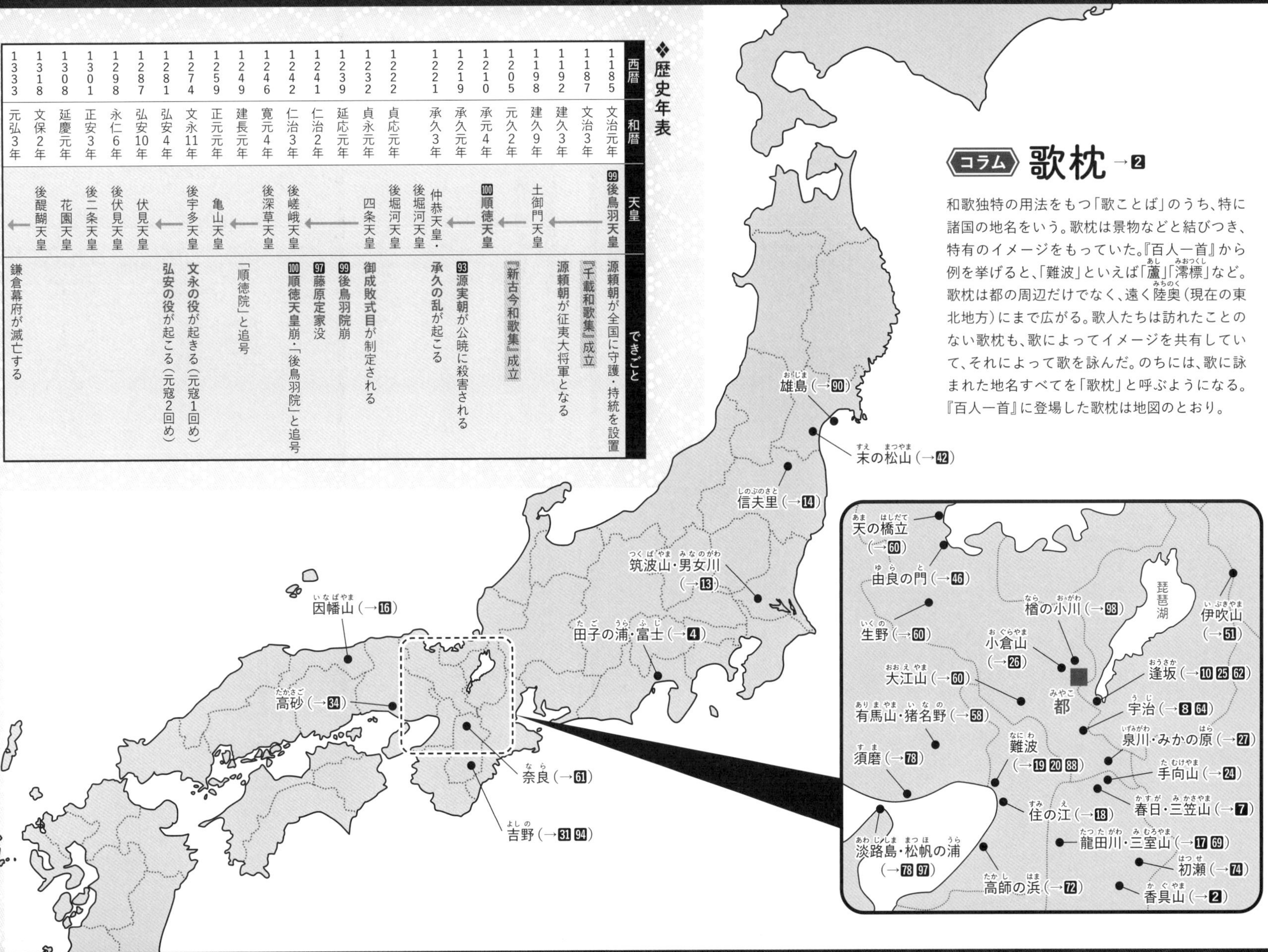

87

寂《じゃく》蓮《れん》法《ほふ（ほう）》師《し》

1139頃〜1202年。俗名は藤原定長《さだなが》。83俊成の兄・俊海《しゅんかい》の子で、俊成の養子。従五位下中務少輔《なかつかさのしょう》。1172年頃出家。家集に『寂蓮法師集』がある。

六歌仙　中古三十六歌仙　梨壺の五人　女房三十六歌仙　三十六歌仙

村雨《むらさめ》の　露《つゆ》もまだひぬ　槇《まき》の葉《は》に
霧《きり》たちのぼる　秋《あき》の夕暮《ゆふぐれ》

村雨《むらさめ》が通り過ぎたあとの寂しい秋の夕暮れを詠んだ歌

にわか雨が残していった露もまだ乾ききっていない真木の葉のあたりに、霧が立ちのぼってゆく秋の夕暮れよ。

旅・離別　恋　その他　四季

にわか雨が残した露も乾かぬうちに真木の葉にはもう霧が立ちのぼっていく。

寂蓮法師（藤原定長）
出家後、約30年の後半生で大和国《やまとのくに》（現在の奈良県）を訪ねたり、出雲大社に参詣したりした。『新古今和歌集』の撰者となったが、撰歌の途中で没。

秋下・491

寂《さび》しさは
その色《いろ》としも
なかりけり
槙《まき》立《た》つ山《やま》の
秋《あき》の夕暮《ゆふぐ》れ

寂蓮法師

心《こころ》なき
身《み》にもあはれは
知《し》られけり
鴫《しぎ》立《た》つ沢《さは》の
秋《あき》の夕暮《ゆふぐ》れ

西行法師

見渡《みわた》せば
花《はな》も紅葉《もみじ》も
なかりけり
浦《うら》の苫屋《とまや》の
秋《あき》の夕暮《ゆふぐ》れ

藤原定家

三夕《さんせき》の歌

『新古今和歌集』「秋上」において、結句が「秋の夕暮れ」という体言止めで3首並んだ和歌のこと。このように称されるのは室町時代末頃から。寂蓮歌は槙が立つ山の情景を詠み、この歌と通うものがある。

かかわりのある人物

近況を
歌で報告!

95 前大僧正慈円《さきのだいそうじょうじえん》

寂蓮法師は慈円の庇護のもと、詠歌の場を拡大。晩年、嵯峨に庵を結んでいた寂蓮が、ある秋の暴風雨によって庵が壊れてしまった際、慈円に8喜撰法師の歌をもとにした歌を詠んで贈っている。

和歌の才を
受け継いだ
俊成の息子!

97 権中納言定家《ごんちゅうなごんていか》（藤原定家）

定家が11～12歳頃、歌人としての才能の片鱗を見せ始めると、寂蓮は出家した。

多芸多才《たげいたさい》

寂蓮法師は難しい歌題を詠みこなすことができ、99後鳥羽院からは「真実の堪能」と高く評価された。その一方で、少々いかがわしい即興の歌もうまく、後鳥羽院の歌会では道化役を演じて座を盛り上げたこともあった。

歌道家《かどうか》（歌《うた》の家《いえ》）の対立《たいりつ》

平安時代末期、「御子左家《みこひだりけ》」と「六条藤家《ろくじょうとうけ》」の2つの歌道家が競い合っていた。御子左家の寂蓮法師と六条藤家の顕昭《けんしょう》はともに弁が立ち、歌合の場で顕昭は独鈷《とっこ》を持ち、寂蓮は鎌首《かまくび》をもたげて論争したと伝えられる（『井蛙抄《せいあしょう》』）。

にわか雨のあと深山に霧が立つ秋の夕暮れ

『新古今和歌集』詞書には「五十首歌奉りし時」とあり、この歌は、99後鳥羽院が1201年に主催した『老若《ろうにゃく》五十首歌合』で詠まれた歌です。

村雨が通り過ぎていったあと、まだ露を残している真木（杉や檜などの常緑樹）の葉から、霧が立ちのぼっていく、その様子が秋の夕暮れと相まって深い趣を感じさせます。

上の句では真木の葉にきらめく露に視点を絞って、雨が降ったあとの静寂感を表現する一方、下の句では山全体を包んで立ちのぼっていく夕霧のさまを動的に表現しています。また、上の句で近景、下の句で遠景を詠むことによって2つの景色が重なり合い、「雨」「露」「霧」という刻一刻と変化する自然現象が捉えられています。

結句の体言止めによる余情を生かして、広がりのある静寂美と深い寂寥感を感じさせる一首です。

語句・文法

掛詞　枕詞　序詞　本歌取り

◆**村雨《むらさめ》**
一時的に強く降ってやむ雨。にわか雨のこと。秋の到来を告げる景物。

◆**まだひぬ**
「まだ」は副詞。「ひ」は上一段活用動詞「干《ひ》る」の未然形。「ぬ」は打消の助動詞「ず」の連体形。

◆**槙《まき》**
真木《まき》。杉や檜、槙など常緑樹の総称。スギ科の「槙」ではない。

◆**霧《きり》たちのぼる**
春は「霞」、秋は「霧」と使い分けられる。「たち」は接頭語ではなく、動詞。

88

皇《（こう）くわう》嘉《か》門《もん》院《（いん）ゐんの》別《べっ》当《（とう）たう》

生没年未詳。源俊隆《としたか》の娘で、皇嘉門院（77崇徳天皇の皇后・聖子）に仕えた女房。歌合の出詠が多い。1181年の皇嘉門院の崩御に際しては、尼として葬儀に奉仕した。

六歌仙
中古三十六歌仙
梨壺の五人
女房三十六歌仙
三十六歌仙

難波江《なにはえ》の　蘆《あし》のかりねの　ひとよゆゑ
みをつくしてや　恋《こ》ひわたるべき

仮初《かりそ》めの恋の相手への
忘れられない想いを詠んだ歌

難波の入り江の葦の刈り根の一節《ひとよ》ではないが、一夜の仮寝のために、澪標《みおつくし》のように身を尽くして、生涯をかけて恋し続けることになるのでしょうか。

旅・離別　恋　その他　四季

このあとも
あの人に恋焦がれて
しまうのかしら。
皇嘉門院別当
お仕えした皇嘉門院をはじめ、同僚の女房たちが勅撰集入集歌人となっている。

恋三・807

世中《よのなか》を
いとふまでこそ
かたからめ
かりの宿《やど》りを
おしむ君《きみ》かな
西行法師

（この世を厭《いと》い、出家するのは難しいかもしれないが、あなたは仮初めの宿を貸すことまでも惜しむのか）

世《よ》をいとふ
人《ひと》としきけば
かりの宿《やど》に
心《こころ》とむなと
思《おも》ふばかりぞ
遊女妙

（ご出家の身だと伺ったので、こんな仮の世の宿などに心をお留めにならないようにと思っただけです）

〈『新古今和歌集』羇旅《きりょ》・978・979〉

遊女《ゆうじょ》の宿《やど》

院政期頃の遊女は、楽器を奏で、歌を歌う女性芸能者で、男性と関係をもつこともあった。難波江あたりでは江口（現在の大阪府淀川区）や神崎（現在の兵庫県尾崎市）がその集住地として著名。遊女をテーマにした和歌は平安時代初期から見られる。86西行法師は、遊女に宿を借りようとしたところ、出家の身であることを理由に断られ、遊女と贈答歌を交わしている。この贈答をもとに謡曲「江口」が作られ、そこで遊女は「江口の君」と呼ばれている。

かかわりのある人物

76 法性寺入道前関白太政大臣《ほっしょうじにゅうどうさきのかんぱくだいじょうだいじん》
（藤原忠通《ただみち》）

女房として仕えていた皇嘉門院は忠通の娘で、九条兼実《かねざね》の異母姉である縁から、皇嘉門院別当は兼実が主催する歌合にたびたび参加していた。

さまざまな技法《ぎほう》

「難波江」の縁語として、「葦」「刈り根」「一節」「澪標」「渡る」を一首全体に配し、恋歌として「仮寝」「一夜」「身を尽くし」という掛詞で二重の文脈を構成する。

蘆のかりね	➡ 刈り根 ➡ 仮寝
ひとよ	➡ 葦の一節（ひとよ） ➡ （男女がともに過ごす）一夜
みをつくし	➡ 澪標 ➡ 身を尽くすこと

別当《べっとう》

皇太后などの女院の家政を担当する政所《まんどころ》の長官（女官長）のこと。

たった一夜の仮寝に身を尽くすような恋

『千載和歌集』の詞書によると、九条兼実主催の歌合において「旅の宿りに逢ふ恋」という歌題で詠まれた歌です。

「難波江」をめぐるおびただしい縁語や掛詞が用いられていますが、煩わしさは感じさせません。むしろ、それによって難波江の美しい水辺の風景を描き出しています。皇嘉門院別当は「旅の宿」を寂しさが漂う難波江に設定し、自身を遊女の立場に重ね合わせることで、一夜限りのはかない恋をイメージして詠んだのでしょう。この時代の遊女は今様《いまよう》を歌う女性芸能者として活躍しており、今様の流行によって貴族の館に招かれることも多くありました。貴族にとって身近な存在だったのです。

たった一夜の仮寝が生涯身を尽くすほどの恋になるのかと自身に問いただす形で詠まれており、女性の悲しく切ない恋心を巧みに表現した一首と言えます。

語句・文法

掛詞　枕詞　序詞　本歌取り

◆難波江《なにはえ》
現在の大阪府大阪市の入り江。「葦」や「澪標」を連想させる歌枕。→19

◆葦《あし》のかりね
「難波江の蘆の」までが序詞で、「かりねのひとよ」を導く。「仮寝」は旅先での仮の宿り。

◆みをつくしてや
「みをつくし」は「澪標」と「身を尽くし」との掛詞。「や」は疑問の係助詞。→20

◆恋《こ》ひわたるべき
「わたる」は補助動詞で、長く続くことを表す。「べき」は推量の助動詞「べし」の連体形で、「や」の結び。

89

式《しょく》子《し》内《ない》親《しん》王《わう》（のう）

1149～1201年。後白河《ごしらかわ》天皇の皇女。1159～1169年まで賀茂斎院。83藤原俊成から歌を学び、新古今時代を代表する歌人。家集に『式子内親王集』がある。

六歌仙　梨壺の五人　三十六歌仙　中古三十六歌仙　**女房三十六歌仙**

玉《たま》の緒《を》よ　絶《た》えなば絶《た》えね　ながらへば
忍《しの》ぶることの　弱《よわ》りもぞする

命が絶えることもいとわない秘めた恋心を詠んだ歌

命よ、絶えるならば絶えてしまいなさい。もし、このまま生きながらえていれば、堪え忍んでいる心が弱って、恋心があらわになってしまうでしょうから。

恋　旅・離別　四季　その他

必死に耐えて
隠している恋心が
知られてしまう
ぐらいなら、
命よ、絶えてしまいなさい。

式子内親王

式子は少なくとも三度、百首歌を詠んでいるが、これは皇女としては異例。99後鳥羽院は歌人として式子を高く評価した。「萱《かやの》斎院」「大炊御門《おおいみかど》斎院」などと称される。名の読みは「しきし」とも。

恋一・1034

生きながらえば 隠しきれない忍ぶ恋

「忍ぶ（る）恋」を主題として詠まれた虚構の歌です。『新古今和歌集』詞書には「百首歌の中に、忍恋を」とあります。忍ぶ恋とは、恋の初期において恋心を表に出さず、心中に秘める恋のことです。

　秘めている恋心が堪えきれないほど大きくなってしまい、これ以上、生きながらえると気持ちが弱り、人に知られてしまうという切ない恋慕を詠んでいる一方、それならいっそのこと命が絶えてしまってもかまわないという激情も感じさせます。

　式子は内親王という高貴な身分で、10代の初めから20代の初めの10年あまり、賀茂神社の斎院を務め、世間と隔たった人生を送りました。そのため、この歌にはその実人生の境遇や経験が反映されているものと解釈されてきましたが、近年ではいろいろな面で見直されています。

　式子のサロンは開放的な面をもち、式子自身も慣習にとらわれない自由な考えをもっていた節があります。また、題詠の「忍ぶ恋」は、通常は男性の恋心を詠むものなので、現在では、この歌は「男歌」（男性が主人公）の可能性が高いと言われています。

　いずれにしろ、『新古今和歌集』の撰者名注記によれば、5人の撰者全員に選ばれており、当時から誰もが認める名歌であったことには変わりありません。

語句・文法

掛詞　序詞　枕詞　本歌取り

◆玉《たま》の緒《を》よ

「玉の緒」は命のこと。本来、玉を突き通す紐を指す。魂を身体につなぎ止める緒で、命の意となる。「よ」は呼びかけの終助詞。

◆絶《た》えなば絶えね

「絶え」は下二段活用動詞「絶ゆ」の連用形。「な」は完了の助動詞「ぬ」の未然形。「ね」は命令形。「ば」は仮定条件の接続助詞。

◆ながらへば

→68

◆弱《よわ》りもぞする

係助詞「も」と「ぞ」で、「～すると困る」の意。「する」はサ変動詞の連体形で「ぞ」の結び。

『源氏物語《げんじものがたり》』柏木《かしわぎ》の恋《こい》②

この歌を「男歌」と見るとき、そこには『源氏物語』の柏木の恋の苦悩が背景として取り込まれているのではないかと指摘されている（→45）。「忍ぶ」と詠む恋歌は4首（14 39 40 89）あり、作者はすべて男性。

謡曲《ようきょく》「定家《ていか》」

式子の秘めた恋心の相手は、和歌を指導してくれた97藤原定家であるという伝承に基づいて、謡曲「定家」は作られた。むろん、これは伝承にすぎないが、謡曲としては恋の執念を描いた秀逸な曲である。

賀茂神社《かもじんじゃ》

京都府京都市にある賀茂別雷《かもわけいかずち》神社（上賀茂神社）と賀茂御祖《かもみおや》神社（下鴨神社）の2つの神社の総称。平安京遷都後、皇城鎮護の神となった。上賀茂神社の境内は世界遺産「古都京都の文化財」の一つに登録されている。

斎院《さいいん》

賀茂神社の祭祀に奉仕した皇女または女王《にょおう》のこと。未婚であることが条件で、「卜定《ぼくじょう》」と呼ばれる占いによって定められた。99後鳥羽天皇皇女の礼子内親王のあと、廃絶。

かかわりのある人物

敬愛する歌の師匠！

83 皇太后宮大夫俊成《こうたいごうぐうだいぶしゅんぜい》
（藤原俊成）

式子から歌の師と仰がれた。俊成の歌論書『古来風体抄《こらいふうていしょう》』は、式子の要望で書かれたという推測がある。

実は主従関係!!

97 権中納言定家《ごんちゅうなごんていか》（藤原定家）

若い頃、父である俊成に同伴して、式子の御所に出入りすることがあった。歌の表現に影響関係がみられる。

90

殷《いん》富《ぷ》門《もん》院《ゐん（いん）》大輔《のたいふ》

生年未詳〜1200年頃。藤原信成《のぶなり》の娘で、後白河《ごしらかわ》上皇の皇女・殷富門院亮子（89式子内親王の姉）に仕えた女房。歌合や百首歌に数多く出詠。家集に『殷富門院大輔集』。

六歌仙
梨壺の五人
三十六歌仙
中古三十六歌仙
女房三十六歌仙

見《み》せばやな　雄島《をじま》のあまの　袖《そで》だにも
濡《ぬ》れにぞ濡《ぬ》れし　色《いろ》はかはらず

袖が血の涙で紅に染まる
恋愛のつらさを詠んだ歌

涙で色まで変わってしまった私の袖をお見せしたいものです。あの雄島の漁師の袖でさえ、濡れに濡れながらも色は変わらないというのに…。

恋
旅・離別
四季
その他

漁師の袖ですら濡れても
色が変わらないというのに…。
私の袖は血の涙で
染まってしまいました。

殷富門院大輔

歌林苑の会衆の一人で、85俊恵法師、源頼政《よりまさ》、藤原隆信《たかのぶ》、87寂蓮法師、86西行法師、小侍従《こじじゅう》らと親交があった。

恋四・886

松島《まつしま》や
雄島《をじま》の磯《いそ》に
あさりせし
あまの袖《そで》こそ
かくは濡《ぬ》れしか

（松島の雄島の磯で漁をした漁師の袖くらいですよ。私の袖と同じくらいに袖を濡らしたのは）

源重之

〈『後拾遺和歌集』恋四・827〉

雄島《おじま》 歌枕

現在の宮城県の松島湾にある一つの島。陸奥《みちのく》で客死した48重之歌によって著名になった歌枕。「あま」と一緒に詠むことが多く、「袖」や「濡る」などの海の縁語がよく用いられる。

かかわりのある人物

97権中納言定家《ごんちゅうなごんていか》
（藤原定家）

大輔への評価が高く、定家が単独で撰者になった『新勅撰和歌集』には15首も選入している。

千首大輔《せんしゅたいふ》

40年以上、歌壇で活躍し、たくさんの歌を詠んだことから「千首大輔」の異名をもっていたという（『愚問賢注《ぐもんけんちゅう》』）。

漁師でさえ変わらない袖の色を変える涙

この歌は、48源重之の「松島や雄島の磯にあさりせしあまの袖こそかくは濡れしか」を本歌取りして詠み出されました。

本歌が「雄島の漁師の袖くらいであろう、つらい恋で涙を流し、私の袖のように濡れているのは」と詠むのに対し、大輔は「私の袖こそ見せたいものです。血の涙で染まった袖は、雄島の漁師でさえこうはならないでしょう」と切り返した形です。

「見せばやな」という初句切れによる呼びかけと、血の涙で袖の色が変わってしまったという本歌を超えるほどの強い悲しみは、本歌とはまたひと味違った新しさがあります。そのうえ、まるで作者と重之が時代を超えてやりとりしているようなおもしろさも感じます。

『千載和歌集』の詞書によると、歌合で恋の歌として詠まれた一首で、歌林苑の歌合での作と推測されます。思いきりのよい初句切れは、歌合で賞賛されたに違いありません。

語句・文法

掛詞 序詞 枕詞 本歌取り

◆見《み》せばやな
「見せ」は下二段活用動詞「見す」の未然形。「ばや」は願望の終助詞で、「な」は詠嘆の終助詞。初句切れ。

◆あま（海人・海女）
漁業や製塩に従事する人。男女ともにいう。

◆袖《そで》だにも
「だに」は「さえ」の意の副助詞。この句は「色はかはらず」に掛かる。

◆濡《ぬ》れにぞ濡《ぬ》れし
「に」は格助詞で、同じ動詞を「…に…」と重ねると、その動詞の強調形になる。「し」は過去の助動詞「き」の連体形で、係助詞「ぞ」の結び。独立した一文で挿入句。

血《ち》の涙《なみだ》

『俊頼髄脳《としよりずいのう》』は、この語の出典を「下和《べんか》」の玉造りの説話（『韓非子《かんぴし》』）とする。悲しみが極まったときの涙のこと。「紅涙《こうるい》」ともいい、和歌では「くれなゐの涙」と詠まれる。

和歌《わか》における袖《そで》

「泣く」という意味で、袖を「濡らす」、袖が「乾かない」といった表現がよく使われる。『百人一首』ではこのほか、4首（42 65 72 92）の歌で使われている。

91

後《ご》京《きやう（きょう）》極《ごく》摂《せつ》政《しやう（しょう）》前《さきの》太《だい》政《じやう（じょう）》大《だい》臣《じん》

1169〜1206年。藤原良経《よしつね》。兼実《かねざね》の息子。従一位摂政太政大臣に至る。「後京極殿」と称され、「式《し》武《き》史《ぶ》生《し》秋篠《しょうあきしの》月清《げっせい》」などと号した。家集に『秋篠月清集《あきしのげっせいしゅう》』がある。

三十六歌仙 / 梨壺の五人 / 女房三十六歌仙 / 六歌仙 / 中古三十六歌仙

きりぎりす　鳴《な》くや霜夜《しもよ》の　さむしろに
衣片敷《ころもかたし》き　ひとりかも寝《ね》む

秋の夜に一人で聞く
こおろぎの声に寂しさを感じる歌

こおろぎが鳴いている霜の降る晩秋の夜、寒々としたむしろの上に自分の衣だけを敷いて、一人寂しく寝ることになるのかなあ。

恋 / 旅・離別 / 四季 / その他

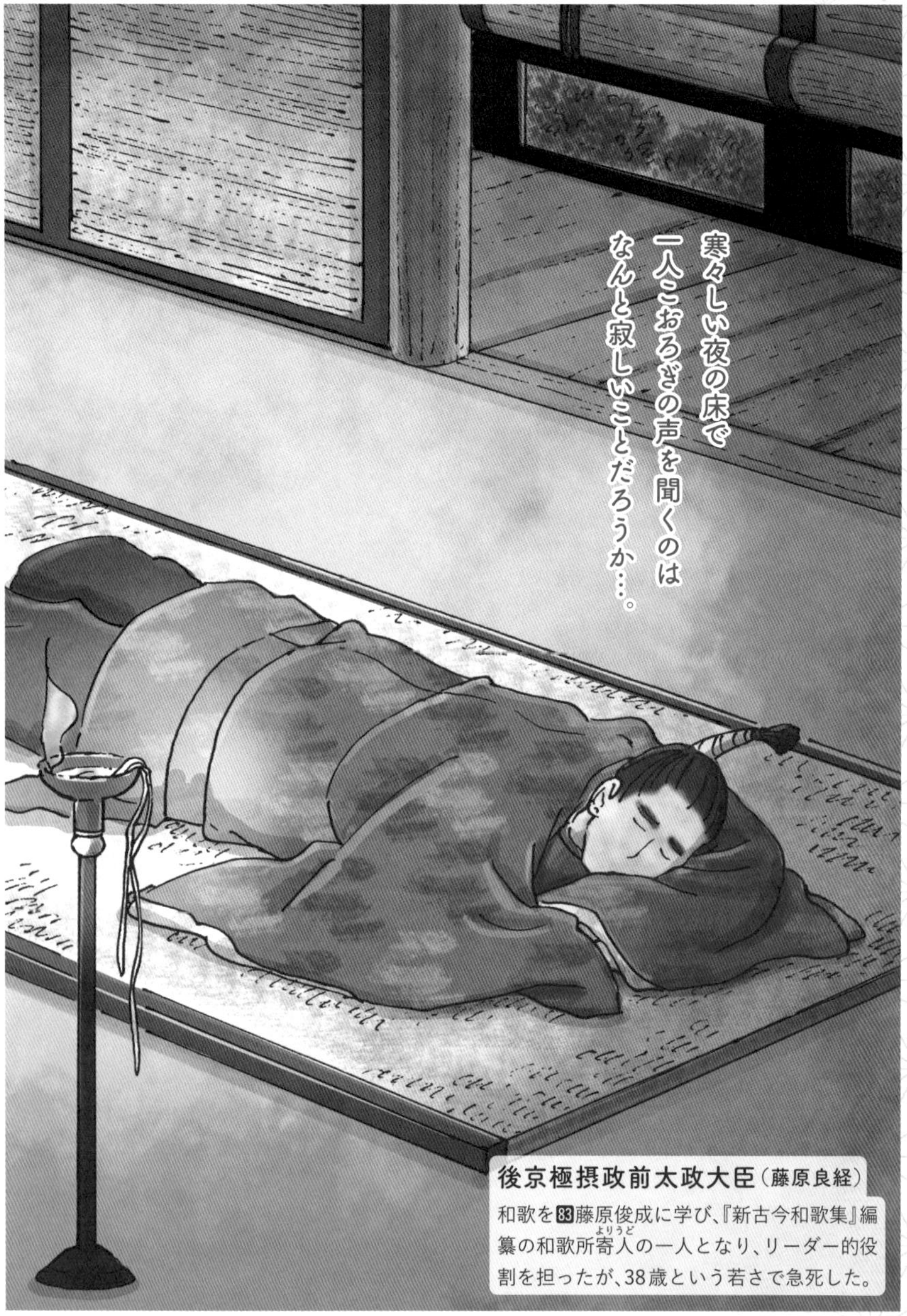
寒々しい夜の床で
一人こおろぎの声を聞くのは
なんと寂しいことだろうか…。

後京極摂政前太政大臣（藤原良経）
和歌を83藤原俊成に学び、『新古今和歌集』編纂の和歌所寄人《よりうど》の一人となり、リーダー的役割を担ったが、38歳という若さで急死した。

かかわりのある人物

76 法性寺入道前関白太政大臣《ほっしょうじにゅうどうさきのかんぱくだいじょうだいじん》（藤原忠通《ただみち》）

忠通は1115年から1126年にかけて、自邸で10回以上の歌合を主催。歌合や歌会に集う歌人たちを庇護し、忠通家歌壇が形成された。

95 前大僧正慈円《さきのだいそうじょうじえん》

良経は叔父の慈円と和歌を通して心を通わせ、『南北百番歌合《なんぼく》』という二人だけの歌合も作成している。

正治初度百首《しょうじしょどひゃくしゅ》

1200年に99後鳥羽院が廷臣や女房に詠進させ、自らも詠んだ百首歌のこと。この百首歌をきっかけに後鳥羽院歌壇が形成され、『新古今和歌集』には79首も選入された。

きりぎりす

「こおろぎ」の古称。逆に「こおろぎ」は、「きりぎりす」と呼ばれた。漢籍の『詩経』にある「七月野《や》に在《あ》り、八月宇《のき》（軒のこと）に在り、九月戸《こ》に在り、十月蟋蟀《しっしゅつ》我が牀下《しょうか》（寝床の下）に入る」という句がよく知られており、良経歌でもこの知識が背景にあると考えられる。

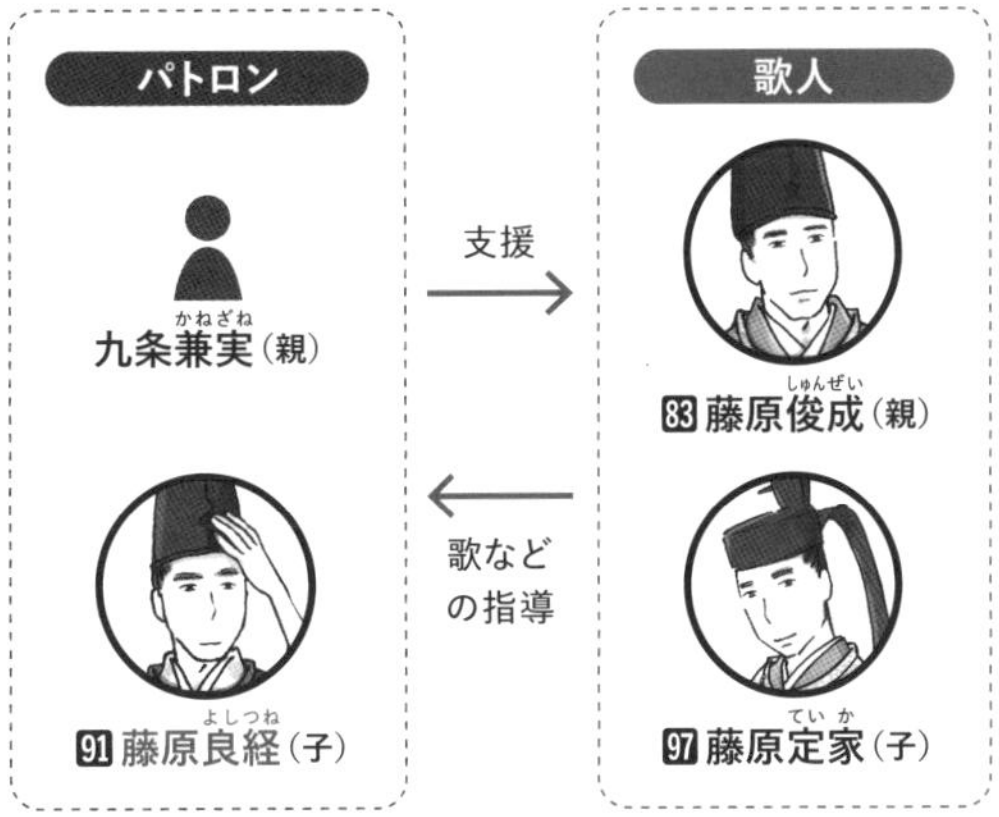

歌人《かじん》とパトロン

良経は自邸で主催する歌会や歌合に96定家を招くなど、パトロンとして支援している。父の兼実が83俊成を歌の師として迎えたことで御子左家《みこひだりけ》と関係が深まり、良経の子・道家《みちいえ》も『新勅撰和歌集』完成に尽力するなど、父同様に定家を支援した。

本歌取《ほんかど》り

97藤原定家以前にも古歌を摂取して歌を詠むことはあったが、「盗古歌（こかをとる）」とされ、肯定的な評価は得にくかった（→39）。ところが、定家が古典から詞をとって、新しい心を盛り込む革新的な方法を生み出した。ただし、本歌の模倣にならないようにすることはとても難しかったため、定家は主に初心者向けに本歌取りの方法を以下のようにまとめ、弟子に伝えた。

その①	本歌から採用する句は2句程度にするべし
その②	本歌とは異なったテーマで歌を作るべし
その③	時代の近い歌人の作品を本歌取りするのはやめるべし

巧みな本歌取りで詠んだ恋心も秘めた季節の歌

『新古今和歌集』の詞書に「百首の歌奉《たてまつ》りし時」とあり、この歌は1200年に99後鳥羽院が主催した『正治初度百首』の一首です。

『古今和歌集』の「さむしろに衣《ころも》片敷《かたし》き今宵《こよひ》も我《われ》を待《ま》つらむ宇治《うじ》の橋姫《はしひめ》」（689）と、3柿本人麿の「あしひきの山鳥《やまどり》の尾《を》のしだり尾《を》の長々《ながなが》し夜《よ》をひとりかも寝《ね》む」の2首を本歌取りした歌です。

本歌は2首とも恋歌ですが、作者は四季の歌に詠み変えています。それによって、冷たい霜が降りる夜に一人寝床につき、こおろぎの声を聞くという晩秋の孤独な寂寥に、一人寝を嘆く本歌の恋の情趣が加わって、四季の歌にもかかわらず、恋の艶な気分も感じさせます。

題詠ですが、作者はこの歌を詠む直前に妻に先立たれており、そのまま作者自身の悲嘆ともとれる一首です。

語句・文法

掛詞　枕詞　序詞　本歌取り

◆鳴《な》くや霜夜《しもよ》の
「霜夜」は霜の降りる寒い夜のこと。晩秋。「や」は間投助詞。

◆さむしろに
「さ」は接頭語で、「むしろ」は藁などで編んだ敷物。「寒し」との掛詞。

◆衣片敷《ころもかたし》き
自分の袖を枕代わりに自分で敷くこと。共寝のときは互いに袖を敷き交わすので、寂しい一人寝を表す。

◆ひとりかも寝《ね》む
→3

92

二《に》條《(じょう)でう》院《(いん)ゐん》讃《のさ》岐《ぬき》

1141年頃～1217年頃。源三位頼政《げんざんみよりまさ》の娘。二条《にじょう》天皇に女房として仕え、「讃岐」と呼ばれた。99後鳥羽院の中宮任子にも仕えたが、のちに出家。家集に『二条院讃岐集』。

六歌仙　中古三十六歌仙　梨壺の五人　女房三十六歌仙　三十六歌仙

わが袖《そで》は　潮干《しほひ》に見《み》えぬ　沖《おき》の石《いし》の
人《ひと》こそ知《し》らね　乾《かわ》く間《ま》もなし

誰にも知られず流す
恋の涙を詠んだ歌

私の袖は、引き潮のときにも見えない沖の石のように、人は知らないでしょうが、恋の涙に濡れて乾く暇もありません。

恋　旅・離別　四季　その他

私の袖が恋の涙で濡れて
乾く間がないことを
誰も知らないでしょう。

二條院讃岐
『千載和歌集』当時、すでに歌人として知られ、99後鳥羽院歌壇の『正《しょう》治《じ》初《しょ》度《ど》百首』『千五百番歌合』などの作者となる。

恋二・760

参考歌

わが袖《そで》は　水《みず》の下《した》なる　石《いし》なれや
人《ひと》に知《し》られで　かわくまもなし

〈『和泉式部集』94〉

（私の袖は水の下にある石のようです。誰にも知られることなく、恋の涙で乾く暇もありません）

沖《おき》の石《いし》の讃岐《さぬき》

この歌の要になっている「潮干《しおひ》に見えぬ沖の石」が独創的で新鮮な言葉であったため、のちに讃岐は「沖の石の讃岐」と称されたと、江戸時代の注釈書にはみえる。

沖《おき》の石《いし》（沖《おき》の井《い》）

歌枕の「末の松山」（現在の宮城県多賀城市八幡）の南方にある名所。江戸時代に仙台藩の名所整備の中で固定され、保護された。一方、香川景樹《かげき》は、頼政の若狭国《わかさのくに》（福井県）の領地にある矢代《やしろ》浦沖の大石説を主張した（『百首異見《ひゃくしゅいけん》』）。

源三位頼政《げんざんみよりまさ》

父である頼政は、武将・歌人として有名。保元・平治の乱の勝者側に属した。源氏でありながら平清盛からも信頼されたが、のちに平家に反旗をひるがえして、敗れて平等院で自刃。『百人一首』の歌人では、83藤原俊成や85俊恵法師、90殷富門院大輔と交流があった。

かかわりのある人物

85 俊恵法師《しゅんえほうし》

父・頼政が歌林苑の会衆で、かねてより俊恵法師と仲がよかったことから、娘である讃岐も歌林苑の歌会に参加していた。

99 後鳥羽院《ごとばのいん》

讃岐は出家後、歌人として後鳥羽院歌壇で活躍し、歌合史上最大規模の『千五百番歌合』などにも出詠した。

ユニークなお題で詠んだ新風感じる恋の一首

『千載和歌集』詞書によると、この歌は、「石に寄する恋」という題で詠まれた歌です。この難題に対して、讃岐は誰にも知られない恋の悲しみを沖の石に重ねて詠むことで、印象鮮明な一首に仕上げています。

讃岐は、父・頼政の「ともすれば涙《なみだ》に沈《しず》む枕《まくら》かな汐満《しほみ》つ磯《いそ》の石《いし》ならなくに」（『頼政集』376）や、56和泉式部の「わが袖《そで》は水《みず》の下《した》なる石《いし》なれや人《ひと》に知《し》られでかわくまもなし」（右掲）などに学んでこの歌を詠んだと考えられています。

和泉式部の「水の下なる石」は潮の満干に関係ありませんが、讃岐歌では潮が引いたときでさえ海の中に沈んでいて見えない「沖の石」とすることで、よりいっそう深い恋の切なさを表現しています。

なお、「沖の石」は海中深くに沈んでいる沖の石を指す普通名詞ですが、のちには固有名詞と解釈されることもありました。讃岐の歌が名歌であるゆえに、歌に詠まれているのはここだという場所が探され、伝承を生んだのでした。

語句・文法

掛詞　序詞　枕詞　本歌取り

◆潮干《しほひ》に見《み》えぬ
「潮干」は潮が引くこと。「ぬ」は打消の助動詞「ず」の連体形。

◆沖《おき》の石《いし》の
「海中に深く沈んでいる沖の石のように」の意。第二・三句が比喩の序詞として下に掛かる。

◆人《ひと》こそ知《し》らね
「他人は知らないけど」の意。「人」は、世間一般の人々を表すとともに、恋人の意を含ませる。「ね」は打消の助動詞「ず」の已然形で、係助詞「こそ」の結び。

◆乾《かわ》く間《ま》もなし
初句の「わが袖は」を受ける。「も」は強意の係助詞。

93

鎌倉右大臣《かまくらのうだいじん》

1192〜1219年。源実朝《みなもとのさねとも》。源頼朝《よりとも》・北条政子の次男。鎌倉幕府3代将軍。97藤原定家の作歌指導を受け、『万葉集』や『近代秀歌』などを贈られた。家集に『金槐和歌集《きんかいわかしゅう》』。

六歌仙
梨壺の五人
三十六歌仙
中古三十六歌仙
女房三十六歌仙

世《よ》の中《なか》は　常《つね》にもがもな　渚《なぎさ》漕《こ》ぐ
あまの小舟《をぶね》の　綱手《つなで》かなしも

世の中が永遠であってほしいという願いを込めた歌

世の中が永遠に変わらなければよいのになあ。渚を漕ぐ漁師の小舟の引き綱を引く光景に、しみじみと心を動かされるよ。

旅・離別
恋
その他
四季

漁師たちの日常が永遠に続きますように。

鎌倉右大臣（源実朝）
近現代の作家も関心を寄せる万葉調の歌の人気が高いが、この歌のような非万葉調の歌にも実朝の独自性が見える。

かかわりのある人物

97 権中納言定家《ごんちゅうなごんていか》
（藤原定家）

実朝は定家を和歌の師として仰ぎ、歌の添削などを依頼していた。また、定家の歌論書『近代秀歌』は実朝のために書かれた。

99 後鳥羽院《ごとばのいん》

実朝は後鳥羽院への忠誠を「山《やま》は裂《さ》け海《うみ》はあせなむ世《よ》なりとも君《きみ》に二心《ふたごころ》わがあらめやも」と歌っている。

執権政治《しっけんせいじ》

兄・頼家が死去したため、実朝は弱冠12歳で3代将軍となった。幼い実朝を支えるために実際の政治は、母である北条政子の父・北条時政や、政子の弟・義時が行った。これを「執権政治」といい、以降、北条氏が執権を世襲した。

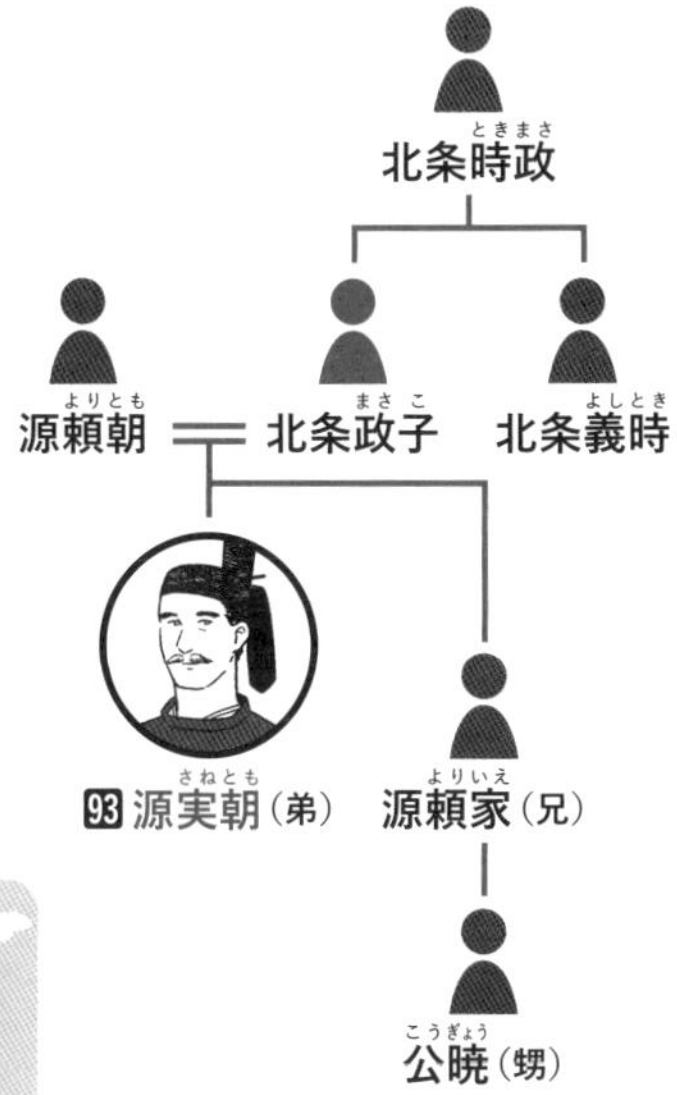

武家政権《ぶけせいけん》

鎌倉幕府を開いた将軍・源頼朝《よりとも》は武家を主体とした武家政権を築いた。頼朝が亡くなると、実朝の兄である頼家《よりいえ》があとを継ぎ2代将軍となるが、権力争いによって暗殺された。

鎌倉歌壇《かまくらかだん》

頼朝は95慈円と贈答歌を交わし、『新古今和歌集』に2首入集している。実朝は将軍邸で御家人を集めて歌会を主催し、「鎌倉歌壇」を形成した。

金槐和歌集《きんかいわかしゅう》

「金」は鎌倉の「鎌」の偏、「槐」は「槐《がい》門《もん》（大臣の唐名）」の略。槐とは木の名前で、周の時代に槐を3本植え、政治的な最高位を示したことから大臣の意味をもつ。「金槐」は「鎌倉の大臣」、つまり実朝のこと。

太平の世への期待と無常観

『新勅撰和歌集』には「題知らず」とあり、家集『金槐和歌集』では「舟」という題が付されています。

この歌は、『万葉集』の「川《かは》の上《へ》のゆついはむらに草《くさ》むさず常《つね》にもがもな常《とこ》をとめにて」（巻一・22）と、『古今和歌集』の「陸奥《みちのく》はいづくはあれど塩竈《しほがま》の浦《うら》漕《こ》ぐ舟《ふね》の綱手《つなで》かなしも」（陸奥歌・1088）の二首を本歌としながら、まったく独自な新しい歌となっています。下の句は、本歌の古今集歌によって構成されていますが、おそらく実朝は鎌倉の由比が浜あたりで、このような風景を実際に目にしたことがあったのでしょう。その光景にしみじみと感動するとともに、これが永遠であってほしいという願いも沸き起こってきたのです。現実には世の無常を強く感じていたからこそ、切実に永遠が希求されるのだと考えられます。

実朝は鎌倉幕府の3代将軍でしたが、常に権力争いの渦中にいて、ついには28歳という若さで、鶴ヶ岡八幡宮の境内において甥の公暁《こうぎょう》によって暗殺されてしまいます。そのような実朝の人生と重ね合わせると、この世のはかなさを思う哀感が伝わってくる一首と言えるでしょう。

語句・文法

掛詞　枕詞　序詞　本歌取り

◆**常《つね》にもがもな**
「常」は仏教用語で常住不変《じょうじゅうふへん》のこと。「に」は断定の助動詞「なり」の連用形。「もがも」は願望の終助詞。「な」は詠嘆の終助詞。

◆**渚《なぎさ》**
波打ち際のこと。

◆**あまの小舟《をぶね》の綱手《つなで》**
「あま」は海人、漁師のこと。「綱手」は舟の先につけて舟を引く綱のこと。

◆**かなしも**
「しみじみとした深い気持ち、切なさ」を表す形容詞「かなし」に、詠嘆の終助詞「も」がついた形。

94

参議《さんぎ》雅経《まさつね》

1170〜1221年。藤原雅経《ふじわらのまさつね》。頼経《よりつね》の息子。従三位参議右兵衛督《うひょうえのかみ》。和歌・鞠《まり》の家である飛鳥井《あすかい》家《け》の祖。『新古今和歌集』の撰者の一人。家集に『明日香井《あすかい》和歌集』がある。

六歌仙
梨壺の五人
三十六歌仙
中古三十六歌仙
女房三十六歌仙

み吉野《よしの》の　山《やま》の秋風《あきかぜ》　小夜《さよ》ふけて
ふるさと寒《さむ》く　衣《ころも》うつなり

吉野の里に衣を打つ音が響く寂しい夜の風景を詠んだ歌

吉野の山から秋風が吹き下ろし、夜が更けて、吉野の古里には寒々と衣を砧《きぬた》で叩く音が聞こえてくる。

恋
旅・離別
四季
その他

古里・吉野では、衣を打つ音がいっそう秋の寂しさを感じさせるなあ…。

参議雅経（藤原雅経）
父の頼経《よりつね》は、源義経《よしつね》と事を謀ったとして伊豆に配流された。その後、雅経も鎌倉に下り、大江広元《ひろもと》の娘を妻としていたが、99後鳥羽院によって都に召還された。

秋下・483

かかわりのある人物

深く親交を
結んだ!

93 鎌倉右大臣《かまくらのうだいじん》
（源実朝《さねとも》）

雅経は99後鳥羽院によって都に召還されたあとも鎌倉に下って歌や鞠を指導しており、鴨長明を実朝に推挙して引き合わせたりした。

『新古今和歌集』を
ともに撰進した!

97 権中納言定家《ごんちゅうなごんていか》
（藤原定家）

雅経は定家のほか、源通具《みちとも》、藤原有家《ありいえ》、98藤原家隆《いえたか》とともに『新古今和歌集』の撰集作業を行った。定家と実朝が師弟関係を結ぶのを仲介したのも雅経である。

秋の夜寒を聴覚で捉えたもの寂しい古里の風景

『新古今和歌集』の詞書には「擣衣の心を」とあります。家集『明日《あす》香井《かい》和歌集』によれば、この歌は建仁2（1202）年に詠まれた百首歌中の一首で、31坂上是則の「み吉野《よしの》の山《やま》の白雪《しらゆき》つもるらし古《ふる》里《さと》寒《さむ》くなりまさるなり」（『古今和歌集』冬・325）を本歌としています。

本歌では、吉野の里で寒さが増していくことを実感して、吉野の山には白雪が積もっているだろうと思いやっています。それを雅経は秋の情趣に変えました。本歌では冬の寒さを「山の白雪」と視覚的に表現しているのに対し、雅経は秋の寒さを吹き下ろす秋風や砧の音で聴覚的に描いています。

冷たく澄んだ秋の夜空に響く砧の音は秋の深まりを思わせ、その舞台がひっそり静まりかえった古都吉野であるだけに、いっそう寂寥感を感じさせる一首となっています。

語句・文法

掛詞　枕詞　序詞　本歌取り

◆み吉野《よしの》の
「み」は美称の接頭語。現在の奈良県吉野郡吉野町。→31

◆小《さ》夜《よ》ふけて
「小《さ》」は接頭語。「夜が更けて」の意。

◆ふるさと
ここでは「旧都」の意。→35

◆衣《ころも》うつなり
「なり」は詠嘆の意を込めた伝聞の助動詞の終止形。

吉野《よしの》の里《さと》　歌枕

吉野は、和歌に詠まれることが特に多い歌枕。古代には、2持統天皇をはじめとした歴代天皇たちの離宮があった。その後、平安京に遷都し、さらに時代が下ると、南都《なんと》奈良・吉野は遠い昔に都があった旧都《ふるさと》と意識されるようになり、人々から忘れ去られた寂しげな風景が歌に詠まれるようになる。平安時代末期、源平の争乱で奈良が焼き討ちされ、復興事業が行われると、古都への関心はさらに高まり、ノスタルジーとともに静寂な風景が好んで歌に詠まれている。→31

飛鳥井流蹴鞠《あすかいりゅうけまり》の祖《そ》

雅経の祖父は、蹴鞠の名手として著名な藤原頼輔《よりすけ》。雅経も蹴鞠に巧みで、鎌倉では蹴鞠を好んだ源頼家《よりいえ》（93実朝の兄）に厚遇された。99後鳥羽院によって都に呼び戻されると、内裏蹴鞠会に参加した。→31

擣衣《とうい》

「擣衣」とは砧《きぬた》（木槌）で衣を打つこと。冬支度として布を砧で打ち、光沢を出して柔らかくする作業をいう。中国では、秋の夜に妻が遠征に出た兵士の夫を思って打つとされ、その切なさを感じる音が漢詩の題材とされた。その影響のもと、平安時代初期から和歌でも詠まれているのだが、この雅経の歌の頃から晩秋の寂寥感を表す景物となった。

95

前大僧正《さきのだいそうじょう（じょう）》慈円《じゑん（えん）》

1155～1225年。11歳で青蓮院《しょうれんいん》に入寺。38歳で天台《てんだい》座主《ざす》となる。おくり名は慈鎮《じちん》。歴史書に『愚管抄《ぐかんしょう》』、家集に『拾玉集《しゅうぎょくしゅう》』がある。

六歌仙
梨壺の五人
三十六歌仙
中古三十六歌仙
女房三十六歌仙

おほけなく　うき世《よ》の民《たみ》に　おほふかな
わがたつ杣《そま》に　墨染《すみぞめ》の袖《そで》

多くの人々を救いたいという僧としての決意を詠んだ歌

身の程もわきまえないことですが、このつらい世を生きる人々に覆いかけましょう。比叡山に住んで身につけているこの墨染の衣の袖を。

恋　旅・離別　四季　その他

比叡山に住む一人の僧として
万民を救う務めを果たしたい。

前大僧正慈円
甥の91藤原良経とともに、九条家歌壇を中心とする新風歌人たちの作歌活動に参加、多くの百首歌を詠んだ。多作の歌人。

雑中・1137

民を救済するという若き僧侶の覚悟と使命感

この歌の『千載和歌集』詞書は「題知らず」ですが、仏法の力によって、つらい世の中を生きる人々を救済しようという決意を詠んだ歌です。ただし、不遜《ふそん》な野望を抱いているわけではなく、「おほけなく」と歌うように、謙虚な気持ちから出た決意です。

「わがたつ杣」は、比叡山を開山した最澄が根本中堂《こんぽんちゅうどう》を建立したときに詠んだと伝えられる「阿耨《あのく》多羅《たら》三藐三菩提《さんみゃくさんぼだい》の仏《ほとけ》たちわがたつ杣《そま》に冥加《みやうが》あらせ給《たま》へ」（『新古今和歌集』釈教・1920）という最上の知恵をもつ仏たちに加護を願う歌を本歌としています。そのことで天台宗の祖となった最澄の法統を継ぐという覚悟を示すとともに、その加護を願っているのでしょう。

この歌は、30歳前後で詠まれており、座主《ざす》になってからの感慨ではありません。それでも慈円は座主になることが約束された僧でした。疫病や災害、戦争など、混乱の一途を辿っていた世の中にあって、国家鎮護《ちんご》の役割を担う寺に住み始めた慈円は、その責任の重さを痛感したのだと思われます。重々しい気魄《きはく》が感じられる、格調高い一首です。

仏法《ぶっぽう》と王法《おうぼう》

古代には、仏教が国家を守護するという「鎮護国家《ちんごこっか》」という思想があった。慈円の時代には、それを受け継ぎつつ、「仏法」と「王法」が互いに不可欠な存在であると考えられるようになる（「仏法王法相依《ぶっぽうおうぼうそうい》」）。王法とは、天皇を頂点とする支配体制のこと。

杣《そま》

杣山《そまやま》（材木を切り出す山）のことで、この歌では比叡山を指す。785年に最澄《さいちょう》が比叡山に入り、草庵《そうあん》を結んだ。その3年後に薬師像を刻んで小堂を建て、比叡山寺と号したことが延暦寺の始まり。

天台座主《てんだいざす》

比叡山延暦寺の最高位の僧職。「山の座主」ともいう。最澄の弟子・義真《ぎしん》が824年に任じられたのが第1代で、明治時代まで続いた。慈円は政変により四度も座主に任じられた。→66

愚管抄《ぐかんしょう》

慈円著の歴史書。全7巻。中世日本の歴史思想を示す古典の代表だが、長らく九条家につながる人々にのみ読まれていた。注目されるようになったのは江戸時代後半から。内容は神武《じんむ》天皇から慈円の時代までの通史と、そこから導き出される世の「道理」、王朝が今後とるべき政策方針である。

語句・文法

掛詞　枕詞　序詞　本歌取り

◆おほけなく
形容詞「おほけなし」の連用形。「身分不相応ながら」の意。

◆うき世《よ》の民《たみ》
「うき世」はつらい世の中。「民」は人民のこと。

◆おほふかな
「黒染めの袖で覆うことだよ」の意。「おほふ」は袖の縁語。ここで切れて三句切れ。

◆墨染《すみぞめ》の袖《そで》
僧侶が着用する黒い衣の袖のこと。「墨染め」と「住み初《そ》め（住み始めること）」の掛詞。「おほふかな」に続く倒置法。

かかわりのある人物

76 法性寺入道《ほっしょうじにゅうどう》前関白太政大臣《さきのかんぱくだいじょうだいじん》（藤原忠通《ただみち》）

慈円は忠通の息子。同母兄である兼実《かねざね》が政権を執ると、慈円も政界・仏教界で地位を築いた。

99 後鳥羽院《ごとばのいん》

1192年に後鳥羽天皇の護持僧《ごじそう》（天皇の身体護持のための祈祷《きとう》を行う僧）となった。歌人としても深く傾倒し合う関係だったが、武家に対する考え方では対立。慈円は武家を、天皇家と摂関家の政治体制を補完するものとして評価していた。

96

入《にふ(にゅう)》道《だう(どう)》前《さきの》太《だい》政《じゃう(じょう)》大《だい》臣《じん》

1171～1244年。藤原公経《ふじわらのきんつね》。実宗《さねむね》の息子。従一位太政大臣に至る。京都・北山に西園寺《さいおんじ》を建立。西園寺家の祖。宮中歌壇で活躍し、61歳で出家。法名は覚空《かくくう》。

六歌仙　梨壺の五人　三十六歌仙　中古三十六歌仙　女房三十六歌仙

花《はな》さそふ　嵐《あらし》の庭《には》の　雪《ゆき》ならで
ふりゆくものは　わが身《み》なりけり

雪のように散る桜の花に自らの老いを重ねて詠んだ歌

花をさそって散らす嵐の庭には、雪のように桜の花が降っているが、古《ふ》りゆくのは、実は歳をとっていくわが身なのだなあ。

恋　旅・離別　四季　その他

桜の花びらがまるで雪のようだ。
しかし、本当にふりゆくのは
老いていく私自身なのだ…。

入道前太政大臣（藤原公経）
公経の妻は源頼朝《よりとも》の妹婿・一条能保《よしやす》の娘。幕府方と強く連帯して、承久の乱後は権勢並ぶ者なく栄華を極めた。

雑一・1052

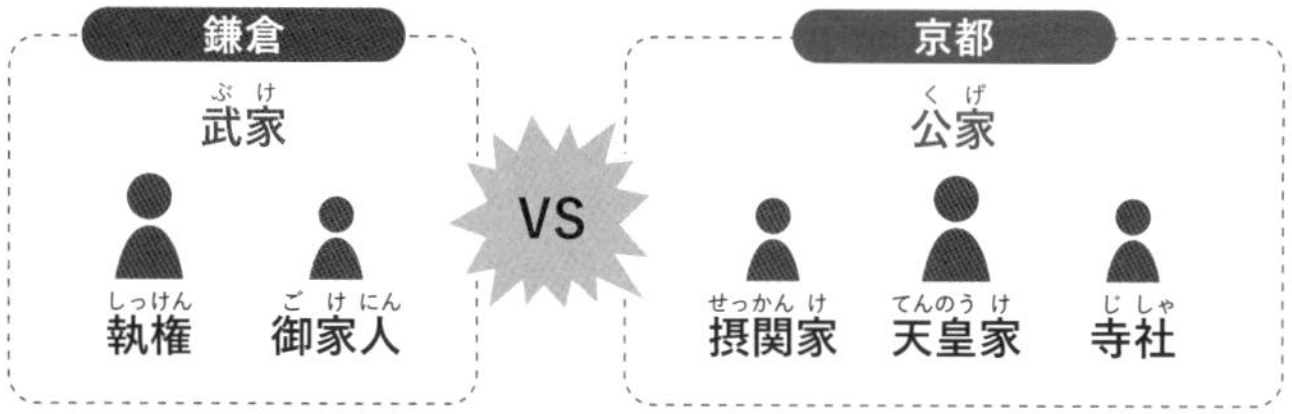

承久《じょうきゅう》の乱《らん》

鎌倉幕府が将軍と御家人の主従関係を軸とした支配体制（御恩と奉公）によって東日本を中心に勢力を広げた一方、京都では天皇を中心に公家の勢力も大きかった。政治の中心が武家になることに不満を募らせていた99後鳥羽院は承久3（1221）年に挙兵。北条義時《よしとき》追討の命令を出すものの、あっけなく幕府側の勝利で幕を閉じた。公経は親藩派として承久の乱時には幽閉され、生命の危機にもさらされたが、それだけに乱後は大きな権力を握った。

老いゆくことと重ねる落花の風景

『新勅撰和歌集』の詞書に「落花をよみ侍りける」とあるように、上の句で、桜の花をさそい散らし吹く嵐が、まるで雪の降るように庭を白一色の世界にする光景を詠んでいます。

美しく舞い散る桜吹雪のイメージが、位人臣《くらいじんしん》を極めた公経の経歴と重なって、豪華絢爛《けんらん》たる風景を想起させるとともに、明るい耽美の心を感じさせます。

しかし、その華やかな様子から一転、「雪ならで」によって、桜の花が「降りゆく」光景に、「古《ふ》りゆく（老いていく）」という自身の力ではどうにもならない事実を重ね合わせ、老いの嘆きへと移っていきます。栄華の時代もいつかは終わってしまうと嘆くのです。

栄華の頂点まで上り詰めただけに、その権勢をもってしても避けられない老いに対する悲しみは、一段と深いものであったでしょう。花吹雪と老いを嘆く白髪の老人の姿が重ね合わされる、優れた述懐歌です。

語句・文法

掛詞 枕詞 序詞 本歌取り

◆**花《はな》さそふ**
「嵐が桜をさそって散らす」の意。「花」は桜の花を指す。

◆**雪《ゆき》ならで**
「雪ではなくて」の意。「雪」は散る桜の白い花びらを雪に見立てた表現（→17）。「で」は打消の接続助詞。

◆**ふりゆく**
桜の花びらが「降りゆく」と、自分自身が「古りゆく（老いていく）」の掛詞。

◆**わが身《み》なりけり**
「自分だったのだ」という気づき。→32

かかわりのある人物

歌の活動も支援した義理の兄!

97 権中納言定家《ごんちゅうなごんていか》
（藤原定家）
公経の姉が定家の妻。定家の活躍を支援し、定家が編纂した『新勅撰和歌集』に公経歌は30首も採られている。

幕府転覆の危機を阻止!

99 後鳥羽院《ごとばのいん》
後鳥羽院が承久の乱によって幕府転覆を企てたとき、計画を知った公経は幽閉されたが、幕府に計画を漏らして乱を失敗に終わらせた。

栄華《えいが》の極《きわ》み

1227年から公経は有馬温泉に幾度となく湯治に出かけ、97藤原定家の息子である為家《ためいえ》もたびたび随行している。1231年、大阪の吹田に建てた山荘に有馬の湯を毎日桶200杯分運ばせていたという。

西園寺家《さいおんじけ》

公経が山荘の敷地内に西園寺を造営したことから、一門を「西園寺家」と呼ぶようになった。承久の乱後、権力の中枢にあった西園寺家だったが、鎌倉幕府が滅亡して建武《けんむ》の新政が始まると、その権威は失墜した。京都・北山の金閣寺（鹿苑寺《ろくおんじ》）は、公経の山荘を足利義満《よしみつ》が譲り受け、「北山殿《きたやまどの》」と称したのを、義満没後、遺言によって息子の義持《よしもち》が寺としたもの。

97

権《ごん》中《ちゅう》納《な》言《ごん》定《てい》家《か》

1162～1241年。藤原定家《ふじわらのていか》。正二位権中納言に至り、72歳で出家。歌論書に『近代秀歌《きんだいしゅうか》』『詠歌大概《えいがのたいがい》』、家集に『拾遺愚草《しゅういぐそう》』があるほか、多くの古典を書写校勘《こうかん》した。

六歌仙
梨壺の五人
三十六歌仙
中古三十六歌仙
女房三十六歌仙

来《こ》ぬ人《ひと》を　まつほの浦《うら》の　夕《ゆふ》なぎに
焼《や》くや藻塩《もしほ》の　身《み》もこがれつつ

思い人を待ち続ける女性の切実な恋心を詠んだ歌

いくら待っても来ない恋人を待つ、松帆の浦の夕なぎの頃に焼く藻塩のように、私の身は恋焦がれ続けています。

旅・離別　恋　その他　四季

待てども待てども来ない……。
海辺で焼かれる藻塩のように
恋焦がれています。

「藻塩」とは、海藻から採取する塩、またはその海水のこと。海藻に何度も海水をかけることで塩分を多く含ませて乾燥し、それを焼いて水に溶かし、その上澄みを煮詰めて塩を採った。

権中納言定家（藤原定家）
新古今時代を代表する歌人。『新古今和歌集』撰者の一人で、晩年には『新勅撰和歌集』を独撰した。漢文日記に『明月記《めいげつき》』がある。

恋三・849

夕なぎに藻塩の煙が立ち上る切ない恋の心象風景

この歌は定家自身が『百人一首』のもととなった『百人秀歌』に選び入れたもので、『定《てい》家《か》卿《きょう》百番《ひゃくばん》自《じ》歌合《かあわせ》』『新勅撰和歌集』にも自撰している自賛歌です。もともとは、1216年の内裏《だいり》歌合で詠まれた歌で、100順徳院によって勝とされています。

「来ぬ人を待つ」「身もこがれつ」というのが主想で、その中間に「まつほの浦の夕なぎに焼くや藻塩」という序詞が挿入されています。これは、本歌とした『万葉集』（巻六）の長歌「…淡路島《あわぢしま》松帆《まつほ》の浦《うら》に　朝凪《あさなぎ》に玉藻《たまも》刈《か》りつつ　夕《ゆう》凪《なぎ》に藻塩《もしおや》焼きつつ　海人少女《あまをとめ》ありとは聞《き》けど　見《み》にいかむよしのなければ　ますらをの心《こころ》はなしに…」（935・笠金村《かさのかなむら》）によっています。本歌は明石にいる男が海を挟んだ淡路島の松帆の浦の海女に恋焦がれる歌ですが、定家はやって来ない恋人を待つ女性の立場で歌を詠みました。

どことなく寂しく、やるせない夕なぎの海辺の風景の中で立ちのぼる藻塩の煙は、じりじりと身を焦がす女性の胸中で燃え上がる思いの炎を象徴しています。この炎も煙も女性の心象風景ですが、そこには深い物語情趣がまとわりついています。この歌のように、中間に具象的な序詞を挟み込む方法は16在原行平や74源俊頼にも見られましたが、定家はそれを高度に洗練させています。定家の晩年の好みを知ることができる一首です。

語句・文法

掛詞　序詞　枕詞　本歌取り

◆**まつほの浦《うら》**
「まつ」は、「来ぬ人を」「待つ」と「松帆の」「松」との掛詞。

◆**夕《ゆふ》なぎ**
夕方、海風と陸風が交代するときに生じる無風状態のこと。

◆**焼《や》くや藻塩《もしほ》の**
「や」は語調を整え、感動を表す間投助詞。「まつほの浦」から「焼くや藻塩の」までが、「こがれ」を導き出す序詞。

◆**こがれつつ**
「こがれ」は「恋い焦がれる」の意。藻塩が焼ける意味を掛ける。「つつ」は継続を表す接続助詞。

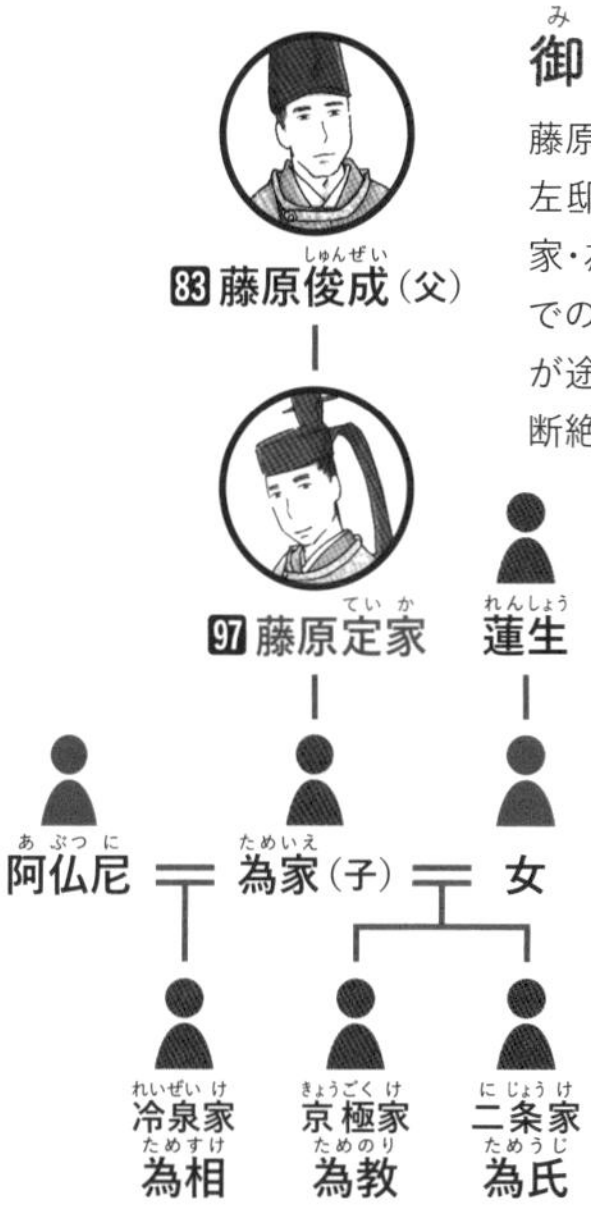

御《み》子《こ》左《ひだり》家《け》

藤原道長《みちなが》の子・長家《ながいえ》が、醍醐《だいご》天皇の御子《みこ》・左大臣兼明《かねあきら》親王邸である「御子左邸」を譲り受けたことに由来する。それを受け継いだ子孫（83俊成・定家・為家）の家系を「御子左家」という。為家の子の代で三家は分裂。歌壇での主導権をめぐって激しく争った。このうち、京極家はいちばん早く子孫が途絶えた。嫡流の二条家は中世の歌壇の中心だったが、15世紀初頭に断絶し、冷泉家だけが現代まで続き、多くの古典籍を伝えている。

平安京

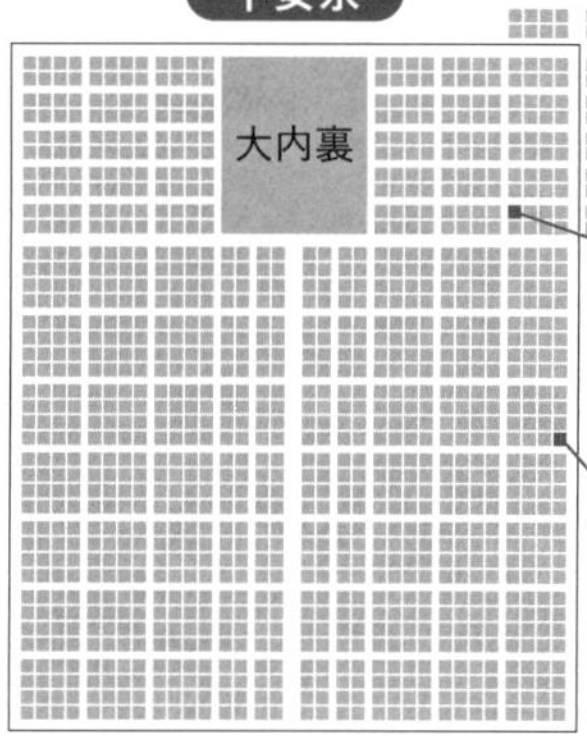

一条京極邸…『百人秀歌』を選んでいた頃に住んでいた。

冷泉邸…現在の冷泉家に名前が受け継がれている。この頃は息子の為家に譲っている。

五条邸…父・83俊成が住んでいた。定家は若い頃、ここに同居していた。

新勅撰《しんちょくせん》和《わ》歌《か》集《しゅう》

『新古今和歌集』に続く、9番めの新撰和歌集。後堀河《ごほりかわ》天皇の下命で、70歳を超えた定家が単独で撰者となった。当初、99後鳥羽院の歌を多く入れていたが、幕府の意向をはばかった藤原道家《みちいえ》の命により、承久の乱関係者の歌を約100首削除させられた。その後、奏覧前に後堀河院が崩御したため、絶望した定家は自宅南庭で原本を焼き捨てたが、道家が草稿本を探し出してきて、定家に命じて完成させた。

松帆《まつほ》の浦《うら》　歌枕

淡路島北部にあり、明石海峡に臨む海辺。『万葉集』に詠まれて以降、定家が本歌とするまで他に例がなく、定家が発見した歌枕。定家以降は、定家が絶対視されたため、息子の為家、孫の為氏以外にほとんど詠まれることがない。

かかわりのある人物

83皇太后宮大夫俊成《こうたいごうぐうだいぶしゅんぜい》（藤原俊成）

父・俊成が摂関家の九条兼実《かねざね》に和歌の師として迎えられた関係で、定家が25歳の頃から親子で九条家に仕えるようになった。

99後鳥羽院《ごとばのいん》

定家は後鳥羽院に認められて『新古今和歌集』の撰者になった。しかし、次第に関係は悪化し、承久の乱の前の1220年には、院の逆鱗《げきりん》に触れ、謹慎処分を受けた。

98

従《じゅ》二《に》位《ゐ(い)》家《いへ(いえ)》隆《たか》

1158～1237年。藤原家隆《ふじわらのいえたか》。光隆《みつたか》の息子。従二位宮内卿《くないきょう》。『新古今和歌集』の撰者の一人。「壬生二品《みぶにほん》」と称される。歌集に『壬二集《みにしゅう》』がある。

六歌仙 / 中古三十六歌仙 / 梨壺の五人 / 女房三十六歌仙 / 三十六歌仙

風《かぜ》そよぐ　ならの小川《をがは》の　夕暮《ゆふぐれ》は
みそぎぞ夏《なつ》の　しるしなりける

夏の終わりの風物を描いた
屏風絵に添える歌

風がそよそよと吹いて、楢《なら》の木の葉を揺らしている、このならの小川の夕暮れはすっかり秋の趣だが、水無月祓《みなづきばらえ》の禊《みそ》ぎだけが夏のしるしなのだなあ。

恋 / 旅・離別 / 四季 / その他

楢《なら》の小川の夕暮れは
まるで秋のように涼しい。
禊ぎが行われていなければ、
夏だと気がつかないよ。

従二位家隆
（藤原家隆）
家隆は83藤原俊成に和歌を学んだ。97定家らと交友があり、99後鳥羽院歌壇の主要な歌合・歌会に参加した。

神聖な水辺に満ちる清爽《せいそう》な夏の空気

『新勅撰和歌集』の詞書に「寛喜《かんき》元年女御入内屏風《にょうごじゅだい》」とあるように、藤原道家《みちいえ》の娘・竴子が後堀河《ごほりかわ》天皇に女御として入内する際に制作した屏風《びょうぶ》に描かれた絵に添えるために詠まれた歌です。

入内屏風には、12か月の年中行事や風景が描かれており、それぞれにふさわしい歌（屏風歌）が添えられます。この屏風歌には、ほかに96藤原公経・97定家なども参加していましたが、家隆の歌で採用されたのは、定家と同数の7首でした。そのうちの1首が、この「水無月祓」と題した歌です。

この歌は、「みそぎするならの小川《をがは》の川風《かはかぜ》に祈《いの》りぞわたる下《した》に絶《た》えじと」（『古今和歌六帖』116）と、「夏山《なつやま》の楢《なら》の葉《は》そよぐ夕暮《ゆふぐ》れは今年《ことし》も秋《あき》の心地《ここち》こそすれ」（『後拾遺和歌集』夏・231）の2首の本歌取りです。

独創性には乏しいですが、上の句には秋の始まりを予感させる涼しさが感じられ、下の句では神事の緊張感による引き締まった空気感と清浄感を感じとれる爽やかな一首です。定家は日記『明月記』に、今回の家隆の歌は秀逸ではないが、この歌だけは悪くないと記しています。

語句・文法

掛詞　枕詞　序詞　本歌取り

◆**風《かぜ》そよぐ**
「風がそよそよと音をさせて吹く」の意。

◆**ならの小川《をがは》**
「なら」は、ブナ科の落葉樹「楢」と「ならの小川」の掛詞。

◆**みそぎ**
川原などで、水で身を洗い清めて穢《けが》れを落とすこと。ここでは「水無月祓」をいう。

◆**しるしなりける**
「しるし」は証拠のこと。「ける」は「ぞ」の結びで連体形。詠嘆。

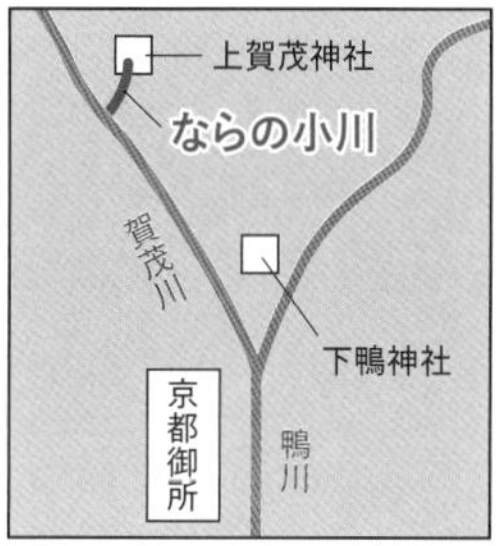

ならの小川《おがわ》　歌枕

京都市北区の上賀茂神社の境内を流れる御手洗川《みたらしがわ》を指す。「御手洗川」は参詣の人々が手を洗い、口をすすいだ川のこと。樹木の「楢」と掛詞にして、「風そよぐ楢の小川」で「御手洗川に涼しい秋風が吹く」ことと「楢の木の葉に風がそよぐ」ことを表している。

水無月祓《みなづきばらえ》

毎年旧暦の6月30日に行われた年中行事。6月は疫病の流行期であり、水辺で身を清めることで罪や穢《けが》れを祓い落とした。現代でも茅《ち》の輪《わ》くぐりなどが神社で行われている。「夏越《なごし》の祓《はらえ》」「荒和《あらにご》の祓《はらえ》」ともいう。和歌では10世紀後半頃から詠まれるようになる。

遠島御歌合《えんとうおんうたあわせ》

1236年7月、99後鳥羽院は配流されていた隠岐と都の院に近い歌人たちに和歌を詠進させて歌合とし、自ら判詞を書いた。後鳥羽院は、79歳になった家隆のことを思い、また自身も57歳となって完全に都へ帰る希望を失い、忠節を尽くしてくれた人々に感謝を込めて歌合を作成したのだと思われる。この歌合で後鳥羽院は、特に家隆を尊重している。

かかわりのある人物

97 権中納言定家《ごんちゅうなごんていか》（藤原定家）

家隆は83俊成に師事し、定家とはライバルとして並び称された。家隆とは対照的に99後鳥羽院との仲は悪化したが、院を思う気持ちは変わらなかった。

99 後鳥羽院《ごとばのいん》

承久の乱後、隠岐に流された後鳥羽院と最も近かった歌人が家隆。家隆は文のやりとりを続け、後鳥羽院の和歌の創作活動を支えた。

99

後《ご》鳥《と》羽《ば》院《のゐん》（いん）

1180～1239年。第82代天皇。名は尊成《たかひら》。『新古今和歌集』の編纂を下命。歌論書に『後鳥羽院御口伝《ごくでん》』、歌集に『後鳥羽院御集《ぎょしゅう》』がある。

六歌仙

中古三十六歌仙

梨壺の五人

女房三十六歌仙

三十六歌仙

人《ひと》もをし　人《ひと》もうらめし　あぢきなく
世《よ》を思《おも》ふゆゑに　物思《ものおも》ふ身《み》は

世の中を思い煩い
人に対する愛憎を詠んだ歌

人が愛《いと》おしくも、恨めしくも思われる。つまらなく、この世を思うゆえに、あれこれともの思いをする私には。

旅・離別　恋　その他　四季

思い悩む私には、
人が愛おしくも恨めしくも
思えてしまうなあ…。

後鳥羽院

19歳で息子である土御《つちみ》門《かど》天皇に譲位して上皇になると、以後23年間にわたり院政を行った。承久３年に倒幕を企てたが、敗北（承久の乱）。隠岐に配流され、在島19年、60歳で崩御した。諡号《しごう》は初め「顕徳《けんとく》院」、のちに「後鳥羽院」。

雑中・1202

見渡《みわた》せば　山本霞《やまもとかす》む　水無瀬川《みなせがは》
ゆふべは秋《あき》と　何思《なにおも》ひけむ

後鳥羽院〈『新古今和歌集』春上・36〉

（見渡すと山の麓は霞み、水無瀬川が流れている。夕べは秋に限るなどと、どうして思っていたのだろうか）

※後鳥羽院の代表歌。『枕草子』の「秋は夕暮」のような通念に反論する歌。

五人百首《ごにんひゃくしゅ》

1221年、後鳥羽院が97藤原定家、98藤原家隆、藤原秀能《ひでよし》ともう1人（未詳）の4人にそれぞれ20首ずつ詠進させ、自身の歌20首を加えて百首歌としたもの。後鳥羽院の歌は春5首、秋10首、述懐歌5首。

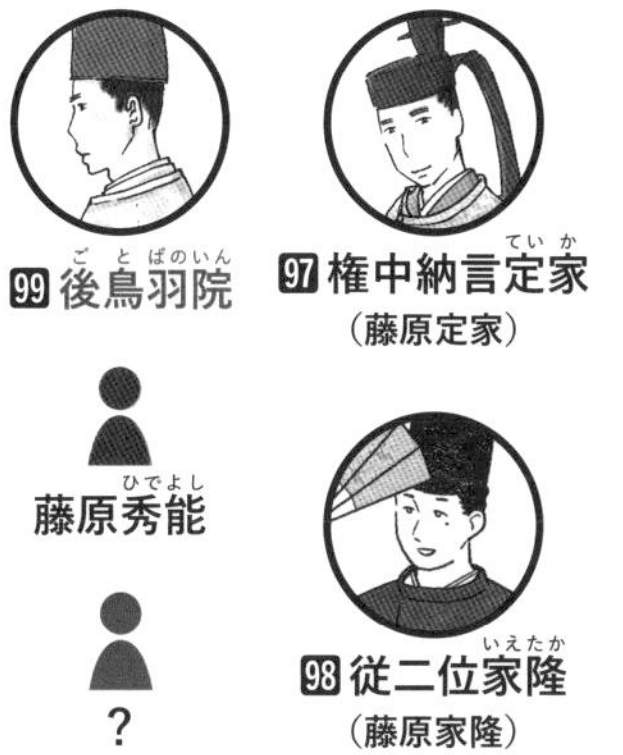

人生を象徴すると読み変えられた歌

『後鳥羽院御集』詞書によると、建暦2（1212）年の「五人百首」の中の一首です。承久の乱のほぼ9年前、後鳥羽院は33歳でした。

後鳥羽院は『新古今和歌集』の改訂作業が一段落したあと、連歌や蹴鞠、社寺参詣などに熱中していましたが、このとき久しぶりに和歌活動を再開しました。そのきっかけは、突然死した91藤原良経の七回忌の年にあたり、追慕の情が募ったからと推測されています。「五人百首」の後鳥羽院の歌には良経を偲ぶ歌が多く見え、この歌もそもそもは良経を思って詠まれ、「人」は具体的には良経を指していたと考えられます。

後鳥羽院は、源平の合戦の最中、5歳で即位し、19歳で上皇になって院政を行いましたが、鎌倉幕府成立後の院政は思うように事が運ばず、苦悩することが多かったのです。その困難を分かち合い、支えてくれた良経がいないことが痛切に感じられて、愛しくもあり、恨めしくもあるという心情になったのでしょう。

しかし、承久の乱から約半世紀が経って、『続後撰和歌集』に「題しらず」として撰入されると、人間というものはあるときは愛しく思われ、あるときは恨めしく思われるという、人間に対する複雑な愛憎の思いを詠んだ歌として鑑賞されるようになります。『百人一首』がこの歌を選んだのも、まさしくそう解釈したからです。それは、苦悩の末に承久の乱を起こし、敗北して配流の地で亡くなるという悲劇的な運命をたどった王にふさわしい歌でした。

語句・文法

掛詞　枕詞　序詞　本歌取り

◆人《ひと》もをし人《ひと》もうらめし
「をし」は「愛《を》し」で、「愛《いと》おしい」の意。「も」は並列の助詞。2つの「人」を、同一人とする説と別人とする説がある。

◆あぢきなく
「苦々しく」「おもしろくなく」の意。「世を思ふ」に掛かるとする説と、「物思ふ」に掛かるとする説がある。

◆世《よ》を思《おも》ふ
「世」は世の中のこと。

◆物思《ものおも》ふ身《み》は
「身」は後鳥羽院自身の身。倒置法で初二句に続く。

新古今和歌集《しんこきんわかしゅう》

『古今和歌集』から8番め、八代集の最後を飾る勅撰和歌集。396人の歌人の歌が収録されており、歌の数はおよそ2,000首に及ぶ。後鳥羽院の勅命によって編纂され、和歌所が後鳥羽院の御所に置かれた。撰者は、源通具《みちとも》、藤原有家《ありいえ》、97定家、98家隆、94雅経の5人（87寂蓮法師は撰者に選ばれたが途中で没）。後鳥羽院自身も編纂に深く関わり、序では親撰であることが強調されている。

隠岐本新古今和歌集《おきぼんしんこきんわかしゅう》

1236年頃、後鳥羽院は配所の隠岐で『新古今和歌集』の大改訂を試みた。全体の配列はそのままに、約400首の和歌を除いて、もともとあった真名序・仮名序のあとに新たに序を書き加えた。これを『隠岐本新古今和歌集』という。

かかわりのある人物

97 権中納言定家《ごんちゅうなごんていか》
（藤原定家）

定家は正治2（1200）年の『正治初度百首』で父・83俊成の推薦により作者の一人に追加された。後鳥羽院は定家の実力を認め、自身が関わる歌会や歌合に頻繁に参加させた。

100 順徳院《じゅんとくいん》

後鳥羽院は幼い頃から利発だった順徳院を愛し、14歳で土御門《つちみかど》天皇から位を譲らせて即位させた。しかし、承久の乱の敗北によって、ともに配流となった。

100

順《じゅん》徳《とく》院《ゐん（いん）》

1197～1242年。第84代天皇。名は守成《もりなり》。99後鳥羽天皇の皇子。14歳で即位。歌論書に『八雲御抄《やくもみしょう》』、故実書に『禁秘抄《きんぴしょう》』、歌集に『順徳院御集《じゅんとくいんぎょしゅう》』がある。

三十六歌仙
梨壺の五人
六歌仙
女房三十六歌仙
中古三十六歌仙

ももしきや　古《ふる》き軒端《のきば》の　しのぶにも
なほあまりある　昔《むかし》なりけり

宮中の古い軒端に生える
忍ぶ草を見て昔の栄華を懐かしむ歌

宮中の古い軒端の忍ぶ草を見るにつけても、偲《しの》んでも偲びつくせないほど懐かしいのは、古きよき昔であることよ。

恋　旅・離別　四季　その他

軒先に生えている
忍ぶ草を見ると
優れた天皇が
自ら世を治めていた
時代はよかったと
懐かしんでしまう…。

順徳院
25歳のときに懐成《かねなり》親王（仲恭《ちゅうきょう》天皇）に譲位して父・99後鳥羽院とともに承久の乱に加わるが、敗れて佐渡に流された。後鳥羽院が崩御し、わが子の即位や、自身が都に帰る希望を失った順徳院は絶食し、最期は自殺のような形で46歳で崩御した。

雑下・1205

現在と対象的な聖帝の治世への追慕

『順徳院御集』によれば、順徳院が20歳のときに作った歌です。承久の乱によって佐渡に流される5年前、公家と武家の軋轢《あつれき》が高まっていく時期に詠まれました。

宮中の建物の軒端に生える忍ぶ草は、皇室の権威の衰退を象徴しています。

結句の「昔」とは、聖代とされていた10世紀前半の醍醐《だいご》・村上《むらかみ》朝の延喜《えんぎ》・天暦《てんりゃく》年間頃とするのが通説ですが、『百人一首』でいえば、1天智から始まる、天皇が世を治めていた時代のことを指すとも考えられます。輝かしかった聖代と衰退した現在の状況の間には大きな隔たりがあり、「なほあまりある昔なりけり」という詠嘆には鎮痛な響きがあります。

強い印象を残す99と100の2首は、『百人一首』の原撰本（プロトタイプ）といえる『百人秀歌』になかった歌です。後鳥羽院・順徳院という作者名は、定家没後に追号されたもので、定家はこの院号も知りません。しかし、この2首があったからこそ『百人一首』の魅力は大きく増し、現代まで愛される古典になったと言えるでしょう。

語句・文法

掛詞 枕詞 序詞 本歌取り

◆**ももしきや**
「ももしきの」は「宮・大宮（皇居）」にかかる枕詞だが、ここでは「皇居・宮中」の意。「や」は間投助詞。

◆**古《ふる》き軒端《のきば》**
古くて荒れた皇居の軒端のこと。ここまでが「しのぶ」を導く序詞。

◆**しのぶ**
「忍ぶ草」と「偲ぶ」との掛詞。

◆**あまりある**
「偲んでも余る」、つまり「いくら偲んでも偲びきれない」の意。

◆**昔《むかし》なりけり**
「昔」は王朝の盛時。聖代のこと。

『百人一首《ひゃくにんいっしゅ》』成立《せいりつ》の謎《なぞ》①

これまで、『明月記』に記された、97藤原定家が鎌倉幕府の有力御家人であった蓮生《れんしょう》に贈った「古来の人の歌各一首」の色紙形が『百人一首』と直接関係があるとされ、定家を『百人一首』の撰者とする根拠となっていた。しかし現在は、蓮生に贈られたのは『百人秀歌』で、それをもとにして、鎌倉時代中期以降に別の人物によって改訂されたのが『百人一首』であると考えられている。

都忘《みやこわす》れ

キク科の多年草。自生するミヤマヨメナの栽培品種。佐渡へ流された順徳院がこの花を見て、都への思いを忘れようと詠んだ歌から「都忘れ」と呼ばれるようになったという伝承があるが、平安時代・中世を通じてこの花の名を詠んだ歌は見当たらず、かなり時代が下って作られた伝承だろう。

忍《しの》ぶ草《くさ》

「ノキシノブ」のこと。家の軒や古木の幹などに生えるシダ植物。軒に生えているのは、荒れた寂しい家というイメージを印象づける。「しのぶ」という心情を掛詞にされることが多いが、「しのぶ」にはこの歌のように追慕するという意味のほか、「人目を忍ぶ」「我慢する」の意もある。

『百人一首《ひゃくにんいっしゅ》』成立《せいりつ》の謎《なぞ》②

『百人一首』が定家の手になるものでないことは確実である。だとしたら、いったい誰が撰者なのか。古くは蓮生説もあったが、これは早くに否定された、定家の息子・為家説もあるが、歌道家の人間ではないと考えられるので、これも否定される。近年、鎌倉～南北朝時代の歌人・頓阿《とんあ》説が浮上している。いずれにしろ、為家没後の歌道家同士の対立の中で誕生したと思われる。→97

『百人一首《ひゃくにんいっしゅ》』の配列《はいれつ》

『百人一首』は基本的に時代順に並んでいるが、歌合の対決者が並んでいたり、「難波」の恋の歌が並んでいたり、よく工夫された配列となっている。巻頭の1天智・2持統、巻末の99後鳥羽・100順徳がそれぞれ親子で天皇なのはその最たる例。また、100番の初句「ももしきや」を漢字で表記すると「百敷や」と「百」で始まるのは、もしかしたら撰者の遊び心かもしれない。

1天智天皇《てんじ》（親）

2持統天皇《じとう》（子）

99後鳥羽院《ごとばのいん》（親）

100順徳院《じゅんとくいん》（子）

かかわりのある人物

歌の師匠として影響を受けた！

97権中納言定家《ごんちゅうなごんていか》
（藤原定家）

父・99後鳥羽院の影響により、早くから定家を和歌の師とした。配流後も『順徳院御百《おんひゃく》首《しゅ》』を送って批評を受けている。

配流後も手紙のやり取りをしていた父！

99後鳥羽院《ごとばのいん》

後鳥羽院の崩御後、1年間の順徳院の日記的歌集に『御製歌少々《ぎょせいかしょうしょう》』がある。その中の秋の歌には「同《おな》じ世《よ》の別《わか》れはなほぞしのばるる空行《そらゆ》く月《つき》のよそのかたみに（現世での別れはまだ我慢できる。月を父の形見と思って眺められるのだから）」とある。

キーワードさくいん

【参考文献】

- 井上宗雄『百人一首を楽しくよむ』（笠間書院）
- 中川博夫・田渕句美子・渡邉裕美子編『百人一首の現在』（青簡舎）
- 小田勝『百人一首で文法談義』（和泉書院）
- 鈴木日出男『百人一首』（ちくま文庫）
- 島津忠夫『新版　百人一首』（角川ソフィア文庫）
- 有吉保『百人一首全訳注』（講談社学術文庫）
- 谷 知子『百人一首 解剖図鑑』（エクスナレッジ）
- 八條忠基『有職装束大全』（平凡社）
- 須貝 稔・秋山虔他編『源氏物語図典』（小学館）

本書に関するお問い合わせは、書名・発行日・該当ページを明記の上、下記のいずれかの方法にてお送りください。電話でのお問い合わせはお受けしておりません。
• ナツメ社 web サイトの問い合わせフォーム
https://www.natsume.co.jp/contact
• FAX（03-3291-1305）
• 郵送（下記、ナツメ出版企画株式会社宛て）
なお、回答までに日にちをいただく場合があります。正誤のお問い合わせ以外の書籍内容に関する解説・個別の相談は行っておりません。あらかじめご了承ください。

ナツメ社Webサイト
https://www.natsume.co.jp
書籍の最新情報（正誤情報を含む）はナツメ社Webサイトをご覧ください。

イラストで楽《たの》しくわかる
ときめく百人《ひゃくにん》一首《いっしゅ》図《ず》鑑《かん》

2024 年 4 月 1 日　初版発行

監修者　渡邉裕美子《わたなべゆみこ》　　Watanabe Yumiko, 2024
発行者　田村正隆

発行所　株式会社ナツメ社
東京都千代田区神田神保町 1-52 ナツメ社ビル 1F（〒 101-0051）
電話 03-3291-1257（代表）　FAX 03-3291-5761
振替 00130-1-58661

制　作　ナツメ出版企画株式会社
東京都千代田区神田神保町 1-52 ナツメ社ビル 3F（〒 101-0051）
電話 03-3295-3921（代表）

印刷所　ラン印刷社

ISBN 978-4-8163-7503-3
Printed in Japan

〈定価はカバーに表示してあります〉
〈乱丁・落丁本はお取り替えします〉

● 監修
渡邉裕美子（わたなべ・ゆみこ）

早稲田大学大学院文学研究科博士後期課程退学（研究指導修了による）。博士（文学）。現在、立正大学文学部教授。専門分野は、和歌文学、中世文学。著書に『新古今時代の表現方法』（笠間書院）、『歌が権力の象徴になるとき―屏風歌・障子歌の世界』（角川学芸出版）、『藤原俊成』（コレクション日本歌人選63 ／笠間書院）、『最勝四天王院障子和歌全釈』（風間書房）、編著書に『百人一首の現在』（青簡舎）などがある。

● 構成・執筆・編集
和西智哉・梨子木志津・
三井悠貴・橋本亜也加・鷲尾達哉（カラビナ）／和西 尋

● イラスト
梶浦ゆみこ［1 2 4 7 8 9 11 12 14 15 17 19 20 22 24 26 29 34 37 42 45 47 50 52 54 57 59 60 62 63 66 68 70 71 74 75 76 78 81 87 93 98 100］
サトウユカ［3 10 13 18 21 27 30 33 35 38 40 41 43 44 48 53 56 65 67 72 77 80 82 83 84 85 88 89 90 91 94 95 97 99］
荻上由紀子［5 6 16 23 25 28 31 32 36 39 46 49 51 55 58 61 64 69 73 79 86 92 96］
辰見育太（オフィスシバチャン）［解説パート］

● 本文デザイン・レイアウト・DTP
松岡慎吾／田畑紀子

● 編集担当
原 智宏（ナツメ出版企画）